Helene Krause

Lory Lenz

und die Todesfalle

amicus

Nachdruck oder jede Art der Veröffentlichung, auch auszugsweise, nur mit ausdrücklicher Genehmigung und Quellenangabe.

Die Deutsche Bibliothek – CIP-Einheitsaufnahme – verzeichnet diese Publikation in der Deutschen Nationalbibliografie.

Autor: Helene Krause
Einband: Silke Schwimmer

© amicus
Alle Rechte vorbehalten
1. Auflage 2006 by amicus-Verlag Föritz
www.amicus-mdlv.de
Satz: www.*DTPMEDIA*.de
Druck und buchbinderische Verarbeitung:
Druckerei Müller, Meng.-Hämmern
Printed in Germany

ISBN 10: 3-935660-94-4
ISBN 13: 978-3-935660-94-5

1

Der letzte der zwölf Glockenschläge von „St. Nikolai" verhallte dumpf über der Stadt Überall. Kein einziges Licht brannte in den Fenstern der zwei- und dreistöckigen Gebäude. Und sogar der runde Mond und die Sterne hatten sich hinter dicken, Unheil verkündenden Wolken versteckt.

„Warum kommt sie nicht, Mutti?" Unzählige Male hatte Lory Lenz die Borngasse hinuntergeblickt. Das Licht der Straßenlampen spiegelte sich in den Karosserien der am Straßenrand parkenden Autos. Dunkel standen die Schatten der kleinen Siedlungshäuser links und rechts der Straße. Sie stammten aus den zwanziger Jahren des vorigen Jahrhunderts und waren bis auf wenige Ausnahmen mit hellen Fassaden, roten Ziegeldächern und weißen Sprossenfenstern hübsch hergerichtet. In ihren Vorgärten wuchsen Rosen, Hortensien und Phloxe, Rhododendron- und Wacholderbüsche, Tamarisken, Tannen und Flieder. Sanft spielte in den Zweigen der Wind, dass es wie leises Elfengeflüster klang. Mit dem Wind zog der Duft von Rosen und Jasmin durch die Nacht.

„Warte ab!", tröstete Annemarie Lenz und zog ihre Strickjacke enger um ihren knabenhaften Körper. „Sie wird bestimmt kommen!" Der Wind wehte ihr Strähnen des lockigen Braunhaars ins Gesicht. Haarspitzen kitzelten ihre Nase und Wangen. Sie drehte den Kopf auf die dem Wind abgewandte Seite.

Ein trauriger Zug spielte über Lorys pausbäckiges Gesicht mit den roten Apfelwangen. „Bestimmt hat Violette Moosgrün mich vergessen." Energisch warf sie ihre schwarzen Zöpfe auf den Rücken und stampfte mit dem Fuß auf eine der Betonplatten, die den Weg pflasterten, der vom Wohnhaus zum Gartentor führte. Ein leiser dumpfer Ton hallte durch die Nacht. Das wäre gemein! Wo sie sich schon so sehr auf die Magierschule gefreut hatte und auf das, was sie dort lernen würde. Dann hätten Kay, Grit, Melanie und die anderen aus ihrer Schulklasse in Überall keine Chance mehr, sie zu ärgern und zu verspotten. Auch freute sie sich darauf, Reginald Regenbogen, Laurentin Knacks, Filomena Knitter und all die anderen wiederzusehen, die sie von ihrem Abenteuer, im vergangenen Sommer, kannte. Und wie würden ihre Mitschüler in Violette Moosgrüns Zauberschule sein? Angst kroch in ihr Herz wie ein Wurm in einen Apfel. Sie dachte an Ellen-Sue Rumpel, die Zweitklässlerin der Zauberschule, und an ihre Mitschüler in der Klasse in Überall. Was, wenn die Mädchen und Jungen in ihrer Zauberschulklasse genauso fies und gemein wären, wie Kay, Grit, Melanie und die anderen Schüler in Überall, oder wie Ellen-Sue?

Leises Rascheln von Papier riss sie aus ihren Gedanken. Der Wind wehte einen bunten Prospekt über die Fahrbahn.

Lory seufzte. Heut war ihr erster Ferientag, und es hatte sie allerhand Mühe gekostet, ihrer Mutter und ihrer Oma Ilse klar zu machen, dass sie die Ferien lieber bei Violette und nicht in Überall verbringen wollte. „Ganz bestimmt denken sie nicht mehr an mich!"

„Das glaube ich nicht", entgegnete Frau Lenz. „Nach allem, was im letzten Sommer mit dir und Lucas geschehen ist, halten sie bestimmt Wort."

„Aber es ist schon nach Mitternacht. Es wird doch nichts passiert sein? Hoffentlich nur ein Stau auf der Autobahn!"

„Ein Stau? Jetzt in der Nacht?"

„Gibt's in der Nacht keine Staus?"

Annemarie Lenz wurde einer Antwort enthoben. Am Ende der Straße bog ein PKW in die Borngasse ein. Die Silberkarosse glänzte im Licht der Straßenlampen wie Schneekristalle im Sonnenschein. Lautlos, als ob es schwebe, kam das Auto näher. Keiner, der den Wagen sah, hätte sagen können, was für ein Typ er war. Er glich einem „Mercedes" genauso wie einem „Maybach", „Audi" oder „Ford". Er hatte ein stromlinienförmiges Aussehen, ein zurückklappbares Verdeck, und seine Scheinwerfer ließen sich wie bei einem „Nissan 200 SX" in die Karosserie versenken.

Vor dem letzten Haus, der Nummer 28, an dessen Gartentor Lory und ihre Mutter warteten, blieb er stehen. Das Gebäude war das kleinste in der Borngasse. Es hatte über dem Erdgeschoss ein spitzes, rotes Ziegeldach und grüne Fensterläden. Die üppig blühenden Geranien vor den weißen Sprossenfenstern lenkten die Blicke der Betrachter von den zahlreichen Stellen ab, an denen der Putz bröckelte.

Die Fahrertür öffnete sich. Eine seltsam gekleidete Frau stieg aus. Sie trug einen grauen Umhang, einen gleichfarbigen Spitzhut und Schnallenschuhe. Mit dem runden Gesicht, umrahmt von blonden Löckchen und mit den feinen Fältchen um Mund und Augen, glich sie ein wenig der Frau Holle aus dem Märchenbuch.

Enttäuscht verzog Lory das Gesicht. Gertrud Gutwill, die Verkäuferin aus der Konditorei „Zuckerguss", hatte sie wirklich nicht erwartet.

„Hallo Gertrud!" Annemarie Lenz trat auf die Frau zu. „Wie lange haben wir uns nicht mehr gesehen?"

„Grüß dich, Annemarie! Schätze 's ist fast ein Jahr her, seit ich dir deinen Buben zurückgebracht habe." Die Frauen umarmten sich. Dann fragte Annemarie Lenz:

„Und du bist unter die Magier gegangen?"

„Nicht gegangen!", entgegnete Gertrud Gutwill. „Ich war schon immer eine Magierin. Viele von uns leben in der Menschenwelt. Wir helfen den Leuten, mit ihren Problemen fertig zu werden, und passen auf, dass herrsch- und machtsüchtige Typen und windige Politiker nicht über die Stränge schlagen.

In diesen Fällen greifen wir meistens ein. Schließlich soll die Erde noch lange erhalten bleiben. Oder was meinst du?"

„Hast Recht, Gertrud! Allerdings fällt es mir schwer, daran zu glauben. Und dass Lory eine von euch sein soll, will mir überhaupt nicht in den Kopf. Von meinem Sohn Lucas wollen wir gar nicht erst reden."

Gertrud Gutwill lächelte. „Dass deine Kinder magische Menschen sind, darüber kannst du froh sein, Annemarie!" Sie gab Lory die Hand. „Grüß dich, Lory! Schon gespannt auf die Schule?"

„Hallo Frau Gutwill!", entgegnete das Mädchen. „Wo ist Violette?"

„Tut mir Leid!" Gertrud Gutwill zuckte mit den Schultern. „Violette und Reginald konnten dich nicht abholen."

„Warum?"

„Krisensitzung!" Gertrud deutete auf ihre Kleidung. „Deshalb komme ich auch in Umhang, Spitzhut und Schnallenschuhen anstatt in Zivil."

„Was ist passiert?", fragte Annemarie Lenz.

„Die kleine Sina ist verschwunden. Sina Apfel. Eine Schülerin der zukünftigen ersten Klasse, in die auch deine Tochter gehen wird."

„Arabella?", fragte Lory, schob die Hände in die Taschen ihrer Blue Jeans und starrte auf die abgeschabten Spitzen ihrer braunen Halbschuhe.

Gertrud Gutwill zuckte mit den Schultern. „Das wissen wir nicht. Sina ist gestern angekommen. Ihre Eltern sind Archäologen. Sie mussten dringend nach Ägypten. Deshalb haben sie Sina schon gestern gebracht. Seit heut Mittag wurde das Mädchen nicht mehr gesehen. Was soll Violette ihren Eltern sagen?" Mit einer Handbewegung öffnete sie den Kofferraum. Mit einer zweiten schwebte Lorys Reisetasche hinein. Staunend beobachtete Annemarie Lenz den

Vorgang. Leise schlug die Klappe zu. „Nun komm, Lory!" Gertrud Gutwill winkte dem Mädchen. „Wir wollen keine Zeit verlieren." Sie reichte Annemarie Lenz die Hand. „Ich hoffe, wir treffen uns irgendwann. Dann können wir ausgiebig über deine Kinder, die Magie und alles andere reden."

„Bestimmt, Gertrud!", entgegnete Lorys Mutter.

Die Frauen umarmten sich.

In Annemaries Augen trat ein besorgter Blick: „Und pass mir gut auf mein Mädel auf!"

„Mach ich, Annemarie!"

„Tschüss, Mutsch!" Lory gab ihrer Mutter einen dicken Kuss. Dann schwang sie sich auf den Beifahrersitz. Lautlos schloss sich die Tür.

Gertrud ließ den Motor an und wendete den Wagen. Die beiden winkten Annemarie Lenz noch einmal zu. Und genauso lautlos, wie es gekommen war, fuhr das Auto davon.

Lorys Mutter sah dem Wagen nach, bis er am Anfang der Gasse in die Hauptstraße einbog. Langsam schloss sie das Gartentor und schritt an Rosen, Rittersporn und Jasmin vorbei zum Haus. Eine böse Vorahnung umklammerte, gleich den Fangarmen eines Kraken, ihr Herz. Für einen Augenblick glaubte sie, vor ihr auf dem Gartenweg stände ein Steinsarg, umrahmt von weißen Rosen. Wie eine Halluzination wich das Bild so schnell, wie es gekommen war. „Hoffentlich sehe ich Lory wieder!", seufzte sie. „Und dass sie dann noch am Leben ist."

2

Der Wagen flog über die Landstraße, bog in die Auffahrt zur Autobahn A 14 ein und erhob sich nach etwa zehn Kilometern in die Luft. Eine halbe Stunde später landete er in einem dichten Laubwald, holperte über unwegsame Wege und raste plötzlich im Affentempo auf einen Baum mit drei ineinander verdrehten Stämmen zu. Obwohl Lory wusste, dass der Baum das Tor zum Magierland war, schlug ihr Herz bis zum Hals, und sie schloss, einen Aufprall erwartend, die Augen. Sekundenbruchteile später fuhr der Wagen durch eine Hügellandschaft mit ausgedehnten Wiesen, Feldern und kleinen Waldstücken. Im Licht der Scheinwerfer erblickte Lory links und rechts der Straße Maispflanzen, Halme von Weizen, Roggen und Gerste, Gräser und Unkraut aller Art. Hier und da hob sich der schwarze Schatten eines Baumes von der Dunkelheit ab und entpuppte sich im Scheinwerferlicht als Eiche, Buche, Esche oder Linde. Nach etwa einer Stunde bog Gertrud Gutwill in eine Einfahrt ein, die ein großes Eisentor verschloss. Blatt- und Blütenornamente zierten seine Gitterstäbe, und Spitzen wie Pfeile ragten als oberer Abschluss in die Luft. Während sie auf das Tor zufuhren, öffnete es sich mit leisem Quietschen. Kies knirschte unter den Rädern, als der Wagen an ausgedehnten Rasenflächen, hohen Laub- und Nadelbäumen, verschiedenartigen Büschen und Blumenrabatten mit Rosen, Studentenblumen und Nelken vorbeirollte. Wie Gespenstergestalten standen sie in der Nacht. Nach ein paar Minuten hielten sie vor Violette Moosgrüns Villa.

Am Horizont zeigte sich der erste helle Schimmer. Schwarz erhob sich die Silhouette des Hauses in den erwachenden Tag. Wie ein Märchenschloss, dachte Lory, und betrachtete die Erker, Gauben und das Türmchen mit dem Kegeldach. Mit den Rundbogenfenstern, den Fensterläden und der Terrasse, von der eine breite Freitreppe in den Garten führte, erinnerte das Haus Lory an die Villa von Dr. Gürtler, dem Kinderarzt in Überall. Rosa und gelbe Kletterrosen auf der Gartenseite und wilder Wein auf der Wegseite umspannen das Gebäude wie ein zartes Gewand.

„Warten sie auf mich?" Lory deutete auf das Erdgeschoss. Die hell erleuchteten Fenster bildeten wie bei einem Scherenschnitt einen krassen Gegensatz zur dunklen Fassade. „Weil sie noch auf sind?"

„Krisensitzung!", erwiderte Gertrud. Mit einer schüttelnden Handbewegung öffnete sie Fahrer- und Beifahrertür. Lory und sie stiegen aus. Vom Wald wehte ein kühler Wind. Mit ihm kam der Geruch von Frische, Fichten und Rosen. Während Gertrud Lorys Reisetasche aus dem Kofferraum schweben ließ, lauschte Lory den Wortfetzen, die aus dem offenen Fenster des Speisesaals klangen.

Da war die dunkle Stimme eines Mannes: „...Schüler in deinem Haus nicht sicher... Werde die Schule schließen müssen." Worauf eine Frau entgegnete: „Archibald... nicht machen. Arabella Finsternis... Hand im Spiel." Anhand der Stimme glaubte Lory zu erkennen, dass die Frau Violette Moosgrün, die Direktorin der Zauberschule, war.

In dem Moment, als der Mann zu einer Gegenrede ansetzte, vernahm Lory hinter sich die raue Stimme einer Frau – oder war es ein Mann? *„Such den grünen Skarabäus, Lory! Dann kannst du Sina Apfel retten, und alle werden dich bewundern."*

Erschrocken drehte sich Lory um. Es war niemand zu sehen.

„Wer war das?", fragte Lory, denn sie glaubte, Gertrud Gutwill habe ebenfalls die Stimme gehört.

„Was meinst du?"

„Die Stimme."

Gertrud Gutwill sah sie misstrauisch an. „Was für eine Stimme?"

„Von einer Frau oder einem Mann. Ich weiß es nicht genau?"

„Wieso? Ich habe niemanden gesehen."
„Die Stimme war hinter mir."
„Aber da war doch niemand!"
„Ich habe aber deutlich eine Stimme gehört!"
„Und was hat sie gesagt?"
„Dass ich den grünen Skarabäus suchen soll. Damit könnte ich Sina Apfel befreien."
„Das war bestimmt eine Botschaft von Arabella." Gertrud Gutwill zog Lory zum Haus. „Komm schnell rein! Die Sache ist mir nicht geheuer."

Rasch traten sie ins Haus. Der Geruch von Beize, den die holzgetäfelten Decken und Wände verströmten, schlug ihnen entgegen. Der mattbraune Farbton der Fichtenbretter, -tafeln und -leisten verbreitete in Flur und Treppenhaus eine anheimelnde Atmosphäre. Rechts neben der Eingangstür führte eine Treppe in die oberen Geschosse und in den Keller. Daneben lag Violette Moosgrüns Wohnung. Links befanden sich die Garderobe, der Speise- und Festraum und die Küche.

Gertrud Gutwill stellte Lorys Tasche an der Garderobe ab. Sie traten in den Speiseraum. Ein riesiger Kronleuchter breitete sein grelles, bläuliches Sumpfgaslicht über das Zimmer, ließ das Parkett spiegeln und zeichnete Schatten auf die holzgetäfelten Wände und die Decke. In allen Regenbogenfarben glänzten die Kristallglastropfen an dem Lüster, und bunte Kringel spielten über die Holzplatten der Deckenverkleidung, über Parkettfußboden und Tische. Vor zehn Vierertischen standen gedrechselte Stühle. An einem der Tische saß eine zierliche Dame mit schulterlangen, rotblonden Locken. Sie trug ein moosgrünes Cape, und ihre Füße steckten in ebenfalls moosgrünen Schnallenschuhen. Der Mann, der ihr gegenübersaß, war Stella Tausendlichts, der Herrin des Lichtreichs, Erster Minister, Archibald Rumpel. In einen nachtblauen Umhang gekleidet erinnerte er Lory an einen

Zauberer, den sie vor Jahren im Zirkus gesehen hatte. Die gleiche Farbe hatten auch seine Schnallenschuhe. Sein ebenfalls nachtblauer Spitzhut mit breiter Krempe lag vor ihm auf dem Tisch. Weiße, schulterlange Haare umwallten ein sorgenvolles Gesicht, und sein weißer Rauschebart reichte ihm bis auf die Brust. Auf dem dritten Stuhl lümmelte, den Arm lässig über die Lehne gelegt, ein Mann von Mitte zwanzig. Lange blonde Locken umflossen seine Schultern und gingen bis weit auf den Rücken. Sie verdeckten zum großen Teil die Kapuze seines lichtblauen, mit silbernen Fäden durchwobenen Capes. Den gleichfarbigen Spitzhut hatte er keck auf die Lehne des Nachbarstuhls gehängt. Sein schmales Gesicht zierte ein Schnauzbart mit langen gezwirbelten Enden. Ein dreieckiges Bärtchen spross ihm wie Federflaum auf dem Kinn.

Graf Gabriel von Gabriel, dachte Lory, und ein unangenehmes Gefühl machte sich in ihrem Inneren breit. Den Grafen mochte sie nicht. Er erschien ihr arrogant und böse.

„Was sollen wir bloß machen?" Violette stöhnte. „Wir kriegen das Mädchen nie wieder, wenn uns nicht bald etwas einfällt. Oh, ihre armen Eltern!"

„Und du...", Archibald Rumpel deutete mit seinem spitzen Finger auf Violette, „... bist schuld daran!"

„Ich? Aber...?"

Rumpel winkte ab. „Hör mit deinen Ausreden auf! Immerhin ist Sina Apfel aus deiner Schule verschwunden."

Violette brach in Tränen aus. „Meine Schule ist mein Lebenswerk. Bisher ist noch niemand..."

„Bisher!", unterbrach sie Minister Rumpel barsch. „Die Zeiten haben sich geändert. Jetzt..."

Während Violette und Archibald Rumpel sich gegenseitig böse anstarrten und beschimpften, schien der junge Mann sich zu amüsieren. Mit einem angedeuteten Lächeln im Gesicht beobachteten seine eisgrauen Augen die beiden Streitenden.

Unbemerkt von Violette und den beiden Männern schloss Gertrud Gutwill die Tür.

In den Klang des Türschließens hinein hörte Lory plötzlich ein leises Donnergrollen. Von der gegenüberliegenden Wand tönte es zu ihr herüber, und als sie in die Richtung sah, zuckte plötzlich ein pinkfarbener Blitz über die weiße Wandfläche, und in flammenden Buchstaben bildete sich der Satz: *Suche den grünen Skarabäus, Lory Lenz, und befreie Sina Apfel!*

Genauso schnell, wie die Worte aufgeflammt waren, verschwanden sie wieder. Lory blieb vor Staunen der Mund offen stehen. Fragend sah sie Gertrud an. Hatten sie und die anderen das auch gesehen? Oder war es genauso wie vorhin mit der Stimme, dass nur sie selbst die Worte wahrnehmen konnte?

Gertrud blickte unbeirrt zu Violette und den Männern. Archibald und die Direktorin stritten, und der Graf sah den beiden zu. Keiner schien die Worte auf der Wand bemerkt zu haben.

Lory beschloss, von der Schrift nichts zu sagen. Stattdessen überlegte sie, was ein grüner Skarabäus war. Als sie keine Erklärung fand, zupfte sie Gertrud am Cape. „Frau Gutwill, was ist ein Skarabäus?"

Gertrud sah sie merkwürdig an: „Warum fragst du das?"

„Nur so. Bitte erklären Sie es mir!"

„Ein Skarabäus ist ein Käfer, der im Orient als Glücksbringer gilt. Aber er ist nicht grün, sondern schwarz."

„Und wieso spricht dann jemand von einem grünen Skarabäus?"

Gertrud Gutwill sah Lory misstrauisch an. „Meinst du die Stimme von vorhin?"

Lory nickte.

„Arabella oder wer auch immer das war...", begann Gertrud Gutwill zu erklären, „...meint mit dem grünen Skarabäus eine Steinfigur, die ein Talisman der Pharaonen ist. Aus unerklärlicher Ursache hat er sich grün verfärbt."

„Und was will sie mit dem?"

„Was wohl? Die Macht im Magierland."

Gertrud und Lory hatten die letzten Worte laut gesprochen. Augenblicklich verebbte der Streit, und Violette und die beiden Männer blickten zur Tür.

Violette Moosgrün sprang auf. „Ihr seid schon da!" Mit einer Handbewegung wischte sie die Tränen aus ihrem Gesicht und trat mit ausgebreiteten Armen auf Lory zu: „Herzlich willkommen, mein Kind!" Sie umarmte das Mädchen innig. Lory fühlte die weichen Arme und roch das Veilchenparfüm, das Violette sanft umwehte.

„Du wirst müde sein", fuhr die Schulleiterin fort. „Madame Cornelissen wird dir dein Zimmer zeigen." Sie rief nach der Haushälterin. Augenblicklich trat eine kleine, gedrungene Frau in den Raum. Mit dem runden, pausbäckigen Gesicht, umrahmt von weißen Löckchen, erinnerte sie Lory an eine kluge, liebevolle Oma. Sie trug ein braunes Kleid mit weißem Spitzenkragen, und darüber hatte sie eine weiße Rüschenschürze gebunden. Ihre grauen Augen, hinter einer silbergerahmten Brille, ruhten sekundenlang auf Lory.

„Babette!", wies Violette Moosgrün sie an. „Bringe bitte Lory auf ihr Zimmer!"

„Sofort." Babette Cornelissen ergriff Lorys Hand: „Komm, Mädchen!"

„Gute Nacht!" Lory folgte der Haushälterin auf den Flur.

„Gute Nacht!", tönte es aus drei Kehlen, und Gertrud Gutwill rief ihr ein „Schlaf gut!" hinterher. Nur der Graf schien Lory nicht wahrzunehmen.

An der Garderobe ergriff Babette Lorys Reisetasche. Sie stiegen die Treppe hinauf. Leise knarrten die Stufen. Wortfetzen hallten ihnen aus dem Speiseraum nach: „… neuer Aspekt." … „… um Skarabäus geht." … „… hätte ich nicht gedacht…" … „… seit ewigen Zeiten verschwunden…" … „Keine Chance, den Talisman jemals zu finden?"

Als sie im Dachgeschoss ankamen, wo die Zimmer der Schülerinnen und Schüler lagen, war Babette Cornelissens Gesicht krebsrot. Schweißperlen standen ihr auf der Stirn, und sie rang erschöpft nach Luft.

„Du hast Glück, Lory Lenz!", schnaufte sie und stapfte mit der Reisetasche den Gang entlang. „Du, Caroline von Trutzberg und Sina Apfel habt das schönste Zimmer im Haus. Reginald Regenbogen hat darin gewohnt und seine Freunde Charlie Magic und Tony Mann.

Charlie und Tony kannte Lory nicht. Aber sie erinnerte sich gut an Reginald Regenbogen, den jungen Mann mit den kurz geschorenen regenbogenbunten Haaren, der sie im vergangenen Sommer zweimal aus Arabellas Schloss gerettet hatte.

Vor einer Tür in der Mitte des Flures blieb Madame Cornelissen stehen, stellte Lorys Reisetasche ab und zog einen Schlüssel aus der Schürze. Ein metallisches Knirschen erklang, als sie ihn im Schloss drehte. Leise knarrte beim Öffnen die Tür. Sie traten ein. Licht flammte aus einer runden Deckenleuchte auf. Sofort fiel Lorys Blick auf den Erker, in dem ein kleiner runder Tisch mit vier Stühlen stand. Duftige Wolkenstores und moosgrüne Übergardinen hingen vor den Fenstern. Auf dem Fußboden dämpfte moosgrüner Teppichboden die Schritte. Die rechte Seite des Zimmers nahmen drei, nur durch Nachttische getrennte Betten ein. Moosgrüne Tagesdecken waren darüber gebreitet. Ihre Rüschenvolants ließen sie duftig wirken. Auf dem linken Bett saß ein strubbliger, abgegriffener gelber Teddybär, und davor lag ein brauner Lederkoffer. Eine fast zimmerhohe Dattelpalme mit ausladenden Wedeln stand in der rechten Ecke. Auf der linken Seite führte eine Tür in ein winziges Badezimmer mit Dusche, Waschbecken und WC. Neben der Badtür stand ein klobiger dreitüriger Kleiderschrank aus den zwanziger Jahren, der Lory an ihr Zuhause in Überall erinnerte. Ihre Oma Ilse hatte einen ähnlichen Schrank in ihrem Schlafzimmer stehen.

Babette Cornelissen stellte Lorys Reisetasche vor dem Schrank ab. „Such dir ein Bett aus, Lory!" Sie deutete auf den Teddybär. „Wie du siehst, ist dieses Bett schon besetzt. Es gehört Sina Apfel. Caroline von Trutzberg kommt erst morgen Vormittag. Ihre Eltern haben vergangenen Abend ein Fest gegeben." Sie strich Lory sacht übers Haar. „Schlaf gut, Mädchen!"

„Gute Nacht, Madame Cornelissen!"

Die Haushälterin wirbelte hinaus. Einige Zeit hallten ihre Schritte über den Flur, bis sie allmählich verklangen.

Lory trat ins Bad. Seife, Zahnpasta und eine Zahnbürste, die Sina Apfel gehörten, lagen auf der Konsole über dem Waschbecken. Zwei bunte Waschlappen, ebenfalls von Sina, und sechs moosgrüne Handtücher hingen auf silbernen Haken daneben. Vier weitere Haken waren frei. Das Zimmer sah so aus, als wäre Sina Apfel nie verschwunden. Für einen Moment glaubte Lory, das Mädchen käme jeden Augenblick herein.

Lory fasste nach der Seife. Sie roch nach grünem Apfel. Und während sie den Duft in sich hineinströmen ließ, tauchte in ihrem Kopf das Bild eines dunklen Kellers mit glitschigen schwarzen Steinwänden auf. Durch ein fast unter der Decke liegendes Fenster fiel schwaches Tageslicht. In einer Ecke hockte auf einem Strohballen eine Gestalt. Wie bei einer

Kamera, die ein Bild heranzoomte, wurde Lory näher an die Person geführt. Es war ein Mädchen, in Blue Jeans und grünem Sweatshirt. Lautes Schluchzen hallte durch das Gewölbe. Das Mädchen weinte. Blondes Haar hing ihr aus einem, in Auflösung begriffenen, Pferdeschwanz wirr ins Gesicht. Die Tränen hatten sich mit dem Staub in der Luft auf ihrem Gesicht zu einer Schmutzkruste vermischt, so dass es etwas dem eines Schornsteinfegers glich.

„Hilf mir, Lory!", schluchzte sie. „Und finde den grünen Skarabäus! Sonst wirft Arabella mich ihrem Drachen zum Fraß vor!" Flehend blickten ihre Augen in die Dunkelheit. „Nur du kannst den Talisman finden." Und so schnell, wie das Bild gekommen war, zerrann es in Lorys Kopf.

Als hätte sie einen elektrischen Schlag erhalten, legte Lory die Seife zurück. „Arabellas Kerker?", murmelte sie, und erinnerte sich an die Zeit, als sie selbst in dem Loch eingesperrt gewesen war. Nur Reginald Regenbogen hatte sie es zu verdanken, dass sie damals Arabella entkommen konnte. Und jetzt hatte die Hexe Sina Apfel geschnappt.

Lory war fest entschlossen, das Mädchen zu befreien. Aber wo sollte sie den grünen Skarabäus suchen? Ob Violette es wusste, oder Reginald? Wo war Reginald Regenbogen, wenn er nicht mehr die Zauberschule besuchte?

Sie packte ihre Waschsachen, Seife, Zahnputzzeug und Waschlappen, aus, zog den moosgrünen Schlafanzug an, der auf einem Hocker bereitlag, und schlüpfte in das mittelste Bett. Und während sie über Reginald Regenbogen, Sina Apfel und den grünen Skarabäus nachsann, sank sie in tiefen Schlaf.

3

„Alles gut gegangen, Gertrud? Hattet ihr eine gute Fahrt?" Violette deutete auf den freien Stuhl an dem Vierertisch. „Bitte setz dich!"

Ein wenig umständlich zog Gertrud den Stuhl vor. Seine Beine schabten über das Parkett. Die Sitzfläche knarrte, als sie sich setzte. „Gut gegangen ist unsere Fahrt bis hierher schon. Aber dann..." Sie schlug vor Entsetzen die Hände vors Gesicht.

„Was dann?", brummte Archibald Rumpel ungeduldig.

Hämisch fragte der Graf: „Hat jemand ihr wieder mal das Auto gestohlen?"

„Lory hat eine Stimme gehört", berichtete Gertrud Gutwill. „Ich glaube, dass es die von Arabella war."

Sofort waren Graf Gabriel, Archibald Rumpel und Violette hellwach. „Was hat die Stimme gesagt?", fragten die drei fast gleichzeitig.

„Sie hat Lory aufgefordert, den grünen Skarabäus zu suchen und Sina Apfel zu befreien."

Archibald Rumpel strich sich über den Bart. „Den grünen Skarabäus? Merkwürdig."

„Was ist daran merkwürdig?", wollte Gertrud wissen. „Soviel ich weiß, gibt es den Talisman wirklich."

„Das schon", erklärte Rumpel. „Aber er ist seit mehreren hundert Jahren verschwunden."

Der Graf lachte schrill. „Und keiner im Magierland weiß, wo er steckt oder wer ihn hat!" Nach einem Augenblick des Schweigens ergänzte er: „Manch ein Magierländer glaubt sogar, dass irgendeiner aus Hass und Neid den Talisman zerstört hat."

„Dass keiner weiß, wo der Skarabäus steckt", ergriff Violette Moosgrün das Wort, „möchte ich nicht sagen. Wir kennen denjenigen nur nicht."

Wieder strich sich Archibald Rumpel über den Bart. „Möglicherweise hat ihn Arabella wirklich, oder sie weiß, wo er ist. Dass Lory ihn suchen soll, halte ich für einen faulen Trick."

„Das glaube ich nicht", meinte Graf Gabriel und zwirbelte die Enden seines Schnauzbarts. „Ich denke, dass Arabella ihn wirklich haben will. Deshalb der Austausch gegen Sina Apfel."

„Ganz schön schlau!", bemerkte Violette. „Denn Lory erhält sie damit obendrein."

„Tja!", seufzte Archibald Rumpel. „Wir wissen ja, wie ausgekocht raffiniert Arabella Finsternis ist!"

Auf Violettes Stirn bildete sich eine steile Falte, und sie blickte sorgenvoll. „Hoffentlich geht Lory ihr nicht auf den Leim!"

Der Graf lächelte. „Das zu verhindern, liebste Violette, ist ihr Problem!"

„Auf jeden Fall...", fiel Rumpel ein, „... sollten wir Stella Tausendlicht informieren."

„Und Gegenmaßnahmen ergreifen", ergänzte der Graf und fasste nach seinem Hut. „Gehen wir, Minister Rumpel!" Mit einer wedelnden Handbewegung setzte er den Hut auf und rückte ihn dann mit beiden Händen zurecht.

Die beiden Männer erhoben sich.

„Leben Sie wohl, Violette!" Der Graf schritt zur Tür.

„Gute Nacht!" Archibald Rumpel reichte Violette und Gertrud die Hand. „Und denke daran, Violette, wenn noch einmal so etwas passiert, dass Schüler unbemerkt aus deiner Schule verschwinden, werde ich höchstpersönlich dafür sorgen, dass sie geschlossen wird!"

„Oh!", seufzte die Direktorin und schien einer Ohnmacht nahe.

„Ich hoffe, dass das klar ist!", fuhr Rumpel fort. „In dem Fall scherze ich nicht!" Er schritt zur Tür.
Die beiden Minister verließen den Raum.
Gertrud und Violette starrten auf die Tür, bis sie sich mit einem dumpfen Ton geschlossen hatte.
„Oh, Gertrud!", seufzte Violette. „Ich schätze, es beginnt ein neuer Alptraum für mich! Wie sollen wir Lory und die anderen Schüler vor Arabella schützen?"
Gertrud Gutwill zuckte mit den Schultern: „Keine Ahnung, Violette! Wir werden uns halt was einfallen lassen müssen."
„Oh ja, das müssen wir!" Violette stand auf. „Und zwar schnell!" Sie winkte Gertrud Gutwill. „Gehen wir schlafen, Gertrud! Morgen, äh...", sie sah auf ihre zierliche goldene Armbanduhr, „...heute, ist auch noch ein Tag. Und wer weiß, was der für Ereignisse bringt, die meine Nerven strapazieren."
Die beiden Frauen verließen den Raum.

4

Ruckruck. Ruckruck. In gleichmäßigem Takt schwang sich Arabella Finsternis wie ein müder Reiter in ihrem Schaukelstuhl hin und her. Im Zimmer herrschte Dunkelheit. Nur das Kaminfeuer warf einen flackernden Schein auf den schwarzen Marmorfußboden. Dunklen Schatten gleich, standen die Schränke und Regale ringsum vor den kargen, aus schwarzen Marmorblöcken gemauerten Wänden. Das flackernde Feuer und die Fläschchen, Tiegel, Dosen und Apparaturen gaben dem Raum ein geheimnisvolles Flair, das an ein Alchimistenlabor im Mittelalter erinnerte.
Ruckruck. Gedankenverloren starrte die Hexe in die Flam-

men, die sich knackend und knisternd in die Holzscheite fraßen.

Ruckruck. Vor ihrem geistigen Auge stand noch immer Lorys Bild. Jetzt lag das Mädchen im Bett und schlief dem neuen Morgen entgegen. Wie ein Mantel lagen ihre schwarzen Haare auf dem moosgrünen Kissenbezug. Arabellas Blick fiel auf das Eurostück-große Feuermal über Lorys rechter Braue, direkt am Haaransatz. Das Mal der Auserwählung, dachte die Hexe, und ihr Gesicht verzerrte sich in Sekundenbruchteilen voller Hass. Leise flüsterte sie: „Lory! Du bist auserwählt, Sina Apfel zu befreien. Hör auf mich! Träum von Sina, dem Kerker und dem Ort, an dem der grüne Skarabäus liegt!"

Ruckruck. Ruckruck. Arabella Finsternis erwachte aus der Trance. Nachdenklich starrte sie vor sich hin. Das Beste wäre, Zacharias Schreck zu beauftragen, Lory zu beobachten. Ja, er soll in Violettes Schule gehen... Mit einem Ruck sprang sie auf. Leise raschelte das schwarze Seidenkleid, das ihre schlanke Figur wie eine zweite Haut umhüllte. Der Schaukelstuhl machte einen Satz, und pendelte leise polternd langsam aus.

„Ha!", rief sie und schüttelte ihren Kopf, dass die hüftlangen schwarzen Haare, in denen feuerrote Strähnen flammten, wie die Lederriemen einer mehrschwänzigen Peitsche flogen. Wie Diamanten funkelten ihre armreifgroßen Creolen im Feuerschein. Ihr höhnisches Lachen schallte durch das Labor. Vom lauten Ton klirrten Gläser, Röhrchen und Ampullen in den Schränken und Regalen. Lory Lenz, dachte sie, in diesem Sommer entgehst du mir nicht! Minuten später tönte ihr lautstarker Ruf nach Zacharias wie Donnergrollen durch das Schloss.

5

Wie ein aufgeschrecktes Huhn schritt Adolar Zack in nach vorn gebeugter Haltung, so dass sein Buckel scharf unter seinem Hemd hervortrat, unruhig in seinem Zimmer auf und ab. Seine Schritte hallten auf den Marmorplatten und übertönten das Prasseln der Holzscheite im Kamin, in die sich ein Heer von lodernden Flammen fraß.

Wie Feuer, das Holz vernichtet, nagte der Ärger in Adolars Innerem. Immer bevorzugte Arabella Zacharias Schreck. Erst vorhin hatte sie ihn mit einem Auftrag in Violettes Villa geschickt. Und er? Wie konnte er Arabella im Kampf gegen Lory helfen? Immer wieder ging ihm der Gedanke durch den Kopf, dass Zacharias Schreck ihm zuvorkam und bei seiner Herrin beliebter war als er. So beliebt, dass er, Adolar, ins Hintertreffen geriet und Arabella ihn bestimmt eines Tages aus ihren Diensten entlassen würde. Dabei liebte er seine Herrin. Alles, ja wirklich alles, würde er für sie tun!

Als hätte er in eine saure Gurke gebissen, verzog sich für einen Moment sein Gesicht. Strähnen braunen Haares fielen ihm wirr in die Stirn und seine Nase erinnerte noch mehr an einen Knopf als sonst. Warum fiel ihm verdammt noch mal nichts ein, damit Arabella im Kampf gegen Lory Lenz Siegerin blieb?! Nicht auszudenken, wenn die Prophezeiung der Astrologen Wahrheit würde und die Herrin der Finsternis …!

Plötzlich blieb er stehen und schlug sich mit der flachen Hand gegen die Stirn.

„Ich bin wirklich ein Dummkopf!", rief er laut. „Ein Dummkopf, wie ihn die Magierwelt noch nie sah!" Natürlich! Ein strahlendes Lächeln glitt über sein Gesicht. Wenn er alleine Lory beseitigen würde … Sofort verschwand das Lächeln von seinem Gesicht und machte einem sorgenvollen

Ausdruck Platz. „Aber wie sollte er das Mädchen fangen? Wo steckte sie überhaupt?

Erneut nahm Adolar Zack seine Wanderung durch das Zimmer auf. Wenn ihm nur eine Idee käme, wie er Lory habhaft werden konnte. Dann wäre Arabella stolz auf ihn. Dann würde sie nie mehr Dummkopf oder Tölpel zu ihm sagen. Dann wäre er bei seiner Herrin angesehener als Zacharias Schreck. Dann…

Er erinnerte sich an den vergangenen Sommer und an Elija Irrlicht. Elija war schlau und gerissen wie ein gewiefter alter Krämer. Ob der noch immer Lory hasste? Vielleicht hatte der eine Idee, was er anstellen konnte, um das Mädchen zu vernichten? Ja, Elija Irrlicht war sein Mann.

Mit wenigen Schritten trat Adolar Zack zur Tür, riss sein Cape von einem Haken an der Wand, stülpte seinen Spitzhut über und verließ das Zimmer. Erst im Laufen zog er den Umhang an. Und während er, so schnell er konnte, zum Teufelsmoor eilte, nagte, wie eine Maus an einem Brotkanten, ein Rest Ungewissheit in seinem Kopf: Würde Arabella sein Tun auch wirklich gefallen? Oder war sie ihm böse, dass er ihr ins Handwerk pfuschte? Aber Lory…? Ihre Mission! Sie war gefährlich, für Arabella und das Reich der Finsternis. So gefährlich, dass… Mit einem Kopfschütteln tat er seine Zweifel ab.

6

Schon von weitem sah Filomena Knitter das Licht. Wie ein bläulicher, diffuser Ball tanzte es zwischen den schwarzen Schatten der Erlen, Birken und Eschen und den Gruppen von Ried. Knorrige Kiefern reckten ihre Äste wie Geisterarme in die Dunkelheit.

Unheil erahnend, fasste Filomena ihre prall gefüllte Reisetasche fester und beschleunigte ihre Schritte. Holzbohlen polterten unter ihren Tritten und übertönten das Glucksen, Blubbern und Pfeifen, das von Zeit zu Zeit dem morastigen Boden entstieg.

Langsam schwebte das Licht auf sie zu, und eine abgehackt krächzende Stimme, die an einen zwölfjährigen Jungen im Stimmbruch erinnerte, fragte: „Wohin des Weges, Knitterin?"

Filomenas kornblumenblaue Äuglein blinzelten in die Lichtkugel. „Was geht's dich an, Elija Irrlicht?"

„Nichts. Ich frag ja nur. Nicht alle Tage kommt nachts jemand durchs Moor gewandert, und gleich gar nicht ein Weiblein in deinem Alter. Schätze, dass das etwas zu bedeuten hat."

„Ha!", lachte Filomena Knitter. „Ich geh zur Schule, wenn du 's wissen willst! Violette Moosgrün erwartet mich."

Das Irrlicht ließ ein kicherndes Lachen hören. „Hast du das nötig, Knitterin?! Schätze, mit deinen über dreihundert Jahren bist du zu alt dafür, noch einmal die Schulbank zu drücken."

„Was bist du für ein Depp, Elija?", entgegnete die Alte. „Ich geh nicht in die Schule, um zu lernen. Violette Moosgrün hat mich zum Unterrichten eingestellt."

„Du bist Lehrerin?" Für einen Augenblick verschlug es Elija die Sprache. Dann erklang erneut sein kickerndes Lachen. „Und was unterrichtest du?"

„Kräuterkunde, Zaubertränke und das Hexeneinmaleins." Sie lächelte vor sich hin. „Ich freue mich schon riesig auf die Aufgabe, und ganz besonders auf die Neuen in Violettes Schule!" Aus dem Lichtball klang ein leises, unwirsches Grunzen, das Filomena Knitter in ihrem Eifer überhörte. „Denk dir, Elija, ich werde Lory Lenz unterrichten! Das

Mädchen fängt in diesem Jahr in Violettes Schule zu lernen an.

„Lory Lenz?" Das Irrlicht zog sich zusammen wie ein Synthetikhemd in einer Wanne kochenden Wassers. Seit Lory ihm entkommen war und seine Gefangene, die Elfe Stefanie Feewald, befreit hatte, war das Mädchen für ihn eine Zumutung. Am liebsten hätte er sie tot gesehen. Ja, tot! Das war's. Wie ein Brot im Backofen aufgeht, formte sich in seinem Lichthirn ein genialer Plan. Ohne der alten Frau noch einen Blick zu schenken, schwebte Elija pfeilschnell davon.

Mit einem Kopfschütteln setzte Filomena Knitter ihren Weg durch das Moor fort.

Wo mochten sie sein? Seit Stunden irrte Elija Irrlicht durch das Sumpfgebiet. Verdammt, warum fand er sie nicht?! Sie waren doch jede Nacht im Moor, und heute...? Ein Geräusch traf sein Ohr. Urplötzlich verringerte er die Geschwindigkeit und schwebte sanft zu Boden. Auf einem Streifen humosen, mit Gras bewachsenen Bodens, umringt von schwarzen Wasserlöchern, kam er zum Stehen. War dort jemand? Aufmerksam lauschte er in die Dunkelheit. Mit dem Wind, der sanft in den Riedhalmen raschelte, wehte gesangähnliches Wispern zu ihm herüber. Wer war das? Moorelfen? Oder die Geister der Nacht?

Das Irrlicht machte einen Satz und schwebte ein Stück in die Richtung, aus der das Wispern kam.

Aus der Dunkelheit hoben sich vier menschenähnliche Schatten in pechschwarzen Umhängen ab. Die Kapuzen weit über die Köpfe gezogen, glichen sie Mitgliedern einer Geheimgesellschaft. Sie hielten sich an den Händen, die so glatt und weiß wie Porzellan waren. Sanft schwebten sie auf und nieder und tanzten im Reigen über dem Moor.

Elija huschte ein Stück näher an die Gestalten heran. Jetzt konnte er auch ihre Worte verstehen:

Geisterreigen in der Nacht,
hat uns um den Schlaf gebracht.
Finden keine Rast und Ruh,
müssen tanzen immerzu.
Erst ein Mensch von Erdengrößen
kann uns von dem Tanz erlösen.
Wenn er stirbt im Moor wie wir,
rettet er uns alle vier.
Doch wann wird es uns gelingen,
einen Menschen herzubringen?
Tanzen, tanzen jede Nacht,
immer um den Schlaf gebracht.

Tatsächlich, jubelte Elija, das mussten sie sein, die Geister der Nacht! Mit leisem Zischen schoss das Irrlicht auf die Tanzenden zu. Mit einem Pflupp ließ er sich in ihrer Mitte nieder.

Ohne den Reigen abzubrechen, umtanzten ihn die Geister, und ihr klagender Gesang klang schaurig über das Moor.

„Einen Menschen wollt ihr?", unterbrach Elija Irrlicht ihren Singsang und starrte in ihre kreideweißen Porzellangesichter mit den riesigen schwarzen Augen und den schmerzverzerrten Zügen.

Der Geistergesang verstummte abrupt. Nur die leisen wiegenden Bewegungen und das schwebende Auf und Nieder der Gestalten brachen nicht ab.

„Wer bist du?"
„Ein Licht!"
„Was willst du?"
„Woher weiß er ...?", wisperten die Geister durcheinander.

„Elija Irrlicht!", stellte sich das Irrlicht vor. „Wie ich hörte, sucht ihr einen Menschen, der euch erlösen soll?"
„Ja."
„Richtig!"
„Den suchen wir."
„Hast du einen?", raunten die Geisterstimmen durch die Nacht.
„Hab ich!" Elija lachte. „Sonst wäre ich nicht hier."
„Oho!"
„Ist das wahr?"
„Super!"
„Wer ist es?", flüsterte es um das Irrlicht herum.
„Ein Mädchen aus dem Menschenreich."
„Wer?"
„Sag es!"
„Wir sind sehr gespannt!"
„Du machst uns neugierig!", jubelten die Geister und wirbelten im Kreis um die eigene Achse.
„Lory Lenz!"
„Oh!"
„Die!"
„Nein!"
„Das geht nicht", klang es enttäuscht aus den Mündern der Gespenster.

Ein Stück entfernt raschelten Äste. Elija und die Geister blickten in die Richtung, aus der das Geräusch kam. Niemand war zu sehen, nur Dunkelheit, aus der sich die Umrisse der Bäume und Sträucher schwarz wie Scherenschnitte abhoben. Raschelten die Blätter im Geäst, wenn der Wind die Kronen der Espen, Erlen und Kiefern durchstreifte? Hatten die Bäume vorhin schon dort gestanden? Eine Baumgruppe mitten im Moor? Die fünf erinnerten sich nicht.

Als alles ruhig blieb, wandte sich Elija wieder den Geistern zu. Aus seinem Inneren schossen blaue Lichtblitze in alle Richtungen. Die Geister zuckten zusammen, unterbrachen ihren Tanz und wichen vor Schreck ein Stück zurück.

„Warum wollt ihr Lory nicht haben?", begann Elija Irrlicht. „Ich denke, ihr wartet auf Erlösung, oder nicht?"

„Doch, darauf warten wir!", klang es einstimmig.

„Und warum weigert ihr euch, Lory…?"

„Aber Stella!"

„Und Arabella!"

„Und Lorys Mission?"

„Wir machen uns alle Leute im Magierland zum Feind!", unterbrachen die Geister Elija.

„Papperlapapp!", entgegnete das Irrlicht rigoros. „Ihr wollt so schnell wie möglich erlöst werden, und Lory ist für euch gegenwärtig die einzige Möglichkeit, das zu erreichen. Was zählen da Stella, Arabella oder wer auch immer?"

„Stellas Strafe!"

„Arabellas Rache!"

„Lorys Mission!"

„Wir wollen keinen Ärger!", klang es durcheinander.

„Dann eben nicht!" Ein bläulicher Funkenregen ergoss sich aus Elijas Innerem über die Geister, so dass sie wie elektrisiert zusammenzuckten. „Ich dachte, ich könnte euch einen Tipp geben, euch helfen. Wenn Arabella Lory erst hat, könnt ihr eure Erlösung vergessen!"

„Wieso Arabella?", fragte ein Geist, der so hager wie eine Haselgerte war und an dem der Umhang wie ein viel zu großer Mantel schlotterte.

„Die Herrin der Finsternis will Lory vernichten", erklärte ein Gespenst, mit einem Umfang wie ein Weinfass, und dessen Umhang über Bauch, um Brust und Rücken spannte. „Ihre Mission. Ihr wisst?"

„Nein", wisperte ein anderer, der über dem rechten Auge eine Klappe trug und von allen, die ihn kannten, „einäugiger Jack" genannt wurde. „Lory kann uns nicht erlösen. Sie nicht. Niemals!"

Die Geister nahmen ihren Tanz wieder auf. Doch statt des Reigens vollführten sie jetzt einen Stepptanz der modernen Art. Sie traten gleichzeitig einen Schritt nach rechts und einen nach links, einen vor und einen zurück. Bei jedem Strophenanfang, der mit „Geisterreigen" begann, hoben sie die Hände und stampften mit den Füßen auf den Boden. Ihre Gewänder flatterten bei jedem Schritt, und als sie Minuten später im Reigen davonschwebten, hallte ihr Gesang schauriger und schwermütiger als je zuvor über das Moor.

„Mist!", schimpfte Elija Irrlicht und schwebte ein Stück davon. „Diese dämlichen Geister! Da haben sie schon mal die Chance, erlöst zu werden, und dann..." Wütend hüpfte er auf und nieder, so dass zahlreiche bläuliche Blitze wie ein Funkenregen aus seinem Inneren stoben.

Wieder klang ein leises Knacken im Gebüsch. Diesmal näher. Blätter raschelten. Und plötzlich ertönte die Stimme eines Mannes:

„He! Elija! Warum so erregt?"

Das Irrlicht starrte in die Richtung, aus der die Stimme kam. Aus dem Dunkel der Baumgruppe flog ein schwarzer Schatten auf ihn zu. Er glich einer riesigen Fledermaus. Wer war das?

„Wieso erregt?", knurrte Elija und blickte gebannt auf die Person, die sich ihm näherte. Er hörte Stoff rascheln. Sanft flatterte der Umhang, den die Gestalt trug, im Wind. Sie setzte zur Landung an. Es gab einen lauten Plumps, und vor Elija Irrlicht stand Adolar Zack. Ein wenig verlegen strich er sein Cape glatt und rückte seinen Spitzhut gerade. Fast hätte er ihn im Flug verloren.

„Sag!", schnaufte Zack. „Was verärgert dich? Denn dass du Ärger hast, sehe ich an dem Funkenregen, den du wie ein Feuerwerk versprühst."

„Auf niemanden ist mehr Verlass!", gab Elija seinem Unmut freien Lauf. „Jeder glaubt, ich sei ein Dummkopf, bloß weil ich nicht außerhalb des Moores leben kann." Er schluchzte ein paar Mal laut auf. „Ich bin wirklich gestraft, unglücklich und verkannt!"

Adolar Zack wiegte bedenklich den Kopf. Das Irrlicht schien wirklich sehr schlechter Stimmung zu sein. „So schlimm, Elija?"

„Noch schlimmer!"

„Was?" Adolar zog skeptisch die Nase kraus. „So sag, was dich bedrückt!"

Das Irrlicht berichtete Adolar Zack, wie es sich vergeblich bemüht hatte, die Geister der Nacht zu gewinnen, um Lory zu vernichten. „Aber die Kerle sind zu nichts zu gebrauchen! Lieber tanzen sie weiter jede Nacht, als durch Lory erlöst zu werden."

Elija stöhnte. „Ich würde ja selber nach dem Mädchen suchen. Aber ich kann das Moor nicht verlassen."

Zacks Augen leuchteten auf. Elijas Missgeschick mit den Geistern der Nacht, und dass das Irrlicht an das Moor gebunden war, ließen ihn hoffen. Bestimmt würde er gemeinsam mit Elija Irrlicht eine Idee haben, um Lory zu vernichten. „Dann probiere es mit jemand anderem!"

„Ja, mit wem denn? Weit und breit ist keiner da. Diesen Teil des Moores fürchten alle Magierländer, seit ich die Gerüchte über Teufel, Vampire und Schreckgespenster verbreitet habe, die hier hausen sollen."

Adolar Zack hob den Finger: „Und wer singt da?"

„... tanzen, tanzen jede Nacht..." Der Wind trug den Gesang der Geister jetzt lauter zu ihnen herüber.

„Das sind die Geister der Nacht", erklärte Elija. „Wie ich schon sagte. Sie wollen Lory nicht, weil sie Angst haben. Sie fürchten sich vor Arabella, vor Stella Tausendlicht und ihren Ministern und wer weiß, vor wem noch. Richtige Angsthasen sind das!" Er pustete einen Funkenregen in die Luft.
„Und das wollen Geister sein?"

Adolar Zack legte nachdenklich die Stirn in Falten. „Wirklich schade, dass wir sie nicht gewinnen können, Lory zu fangen."

Eine Weile herrschte Schweigen. Jeder hing seinen Gedanken nach, was zu tun sei, um Lory ins Moor zu bringen.

„Ich hab's!" Elija Irrlicht lachte laut auf. „Wenn du dich als Stellas Minister ausgibst, werden sie vielleicht einwilligen, Lory ins Moor zu holen. Wir müssen es ihnen nur recht glaubhaft beibringen."

„Aber wie denn?" Adolar Zack blickte so dumm drein, dass Elija erneut einen Funkenregen aus seinem Inneren sprühte. „Lass mich nur machen! Du brauchst nur zu bestätigen, was ich den Geistern sage. Einverstanden?"

„Ich weiß nicht."

„Zier dich nicht! Mach mit!" Mit einer Stimme so laut und schrill, wie Adolar Zack sie nie bei dem Irrlicht vermutet hätte, rief Elija die Geister der Nacht. Sofort brach ihr Gesang ab. Wenig später tauchten in der Dunkelheit vier schwarze Schatten auf. Langsam schwebten sie über das Moor, und ihre Gewänder wallten um ihre Körper wie Schleier im Frühlingswind. Ihr melancholischer Singsang hallte erst leise, als sie näher kamen, immer lauter durch die Nacht:

Geisterreigen in der Nacht,
tanzen wir mit Zaubermacht.
Finden weder Rast noch Ruh,
müssen tanzen immerzu.
Wird es jemals uns gelingen

*einen Menschen herzubringen,
der mit seiner Lebenskraft
unsere Erlösung schafft? ...*
Wie ein Schwerthieb durchfuhr Elija Irrlicht die Angst. Ob die Geister ihn auslachten, wenn sie sahen, wie wütend er war? Aber in seiner Höhle zu verschwinden, dafür war es zu spät. Er hatte sie gerufen, und die Geister hatten ihn erspäht.

Abrupt brach ihr Gesang ab. „Elija! Elija Irrlicht!", hallte es vierstimmig durch die Nacht. „Was willst du schon wieder? Und wer ist der andere?"

„Das ist Archibald Rumpel!", log das Irrlicht. „Stellas Erster Minister."

„Was?", fragte Adolar. „Wieso bin ich ...?"

„Schweig!", zischte Elija böse, und aus seinem Inneren ergoss sich ein wahrer Funkenregen.

„Warum sprühst du Funken?", fragte der Geist mit dem Weinfassbauch, der Gordon hieß.

„Bist du böse?", wollte ein anderer wissen, der Ähnlichkeit mit der Haselgerte hatte und Hubert genannt wurde.

Der dritte Geist, der die Augenklappe trug, hob seinen Arm und ballte die Hand zur Faust. „Sag, wer hat dich verärgert?! Ich nehme es mit jedem auf!"

Nummer vier, ein Geist, dessen rundes Porzellangesicht ein riesiger Mund vereinnahmte, vermutete: „'s wird doch nicht Arabella Finsternis gewesen sein?"

„Schnick! Schnack!", antwortete das Irrlicht, und erneut schossen tausend bläuliche Blitze durch die Nacht, dass selbst die Geister erschraken. „Ihr seid es gewesen!"

„Wir?!", riefen die Spukgestalten fast einstimmig. „Wieso wir?!"

Der einäugige Jack rückte seine Augenklappe zurecht, die sich beim Tanz verschoben hatte. Für einen Moment war darunter eine leere, dunkle Knochenhöhle zu sehen, die einem winzigen Mondkrater glich.

Elija stampfte mit dem Fuß auf, und wieder schossen unzählige Lichtblitze und Funken durch die Nacht. Dann wurde seine Stimme weinerlich: „Ich wollte euch helfen. Aber ihr wollt Lory nicht. Und dabei habe ich nur an eure Erlösung gedacht!"

„Aber Elija!", seufzte Gordon. „So versteh doch! Wir wollten dich nicht verärgern. Doch im Fall Lory geht es nicht anders."

„Stimmt!", summte das Gespenst mit der Haselgertenfigur.

„Hast Recht, Hubert!", stimmte der Geist mit dem riesigen Mund zu, den alle Bill nannten. Er verdrehte die Augen, dass die Umstehenden nur noch das Weiße sahen, und rollte sie dann zurück. „Lory hat eine Mission zu erfüllen. Wir können sie nicht für unsere Zwecke missbrauchen!"

„Nein, das können wir nicht!", echoten die anderen drei Geister. „Wir wollen keinen Ärger, weder mit Arabella noch mit Stella Tausendlicht und ihren Leuten."

Elija Irrlicht schnaufte. „Ihr begreift aber auch gar nichts!"

„Wieso?", fragte Bill.

Jack wiegte den Kopf hin und her. „Was sollen wir begreifen?"

Hubert starrte Elija mit großen runden Augen an: „Wir begreifen alles, wenn du uns sagst, warum." Und Gordon warf ein: „Sag, warum soll es Lory sein?! Sie ist doch von den Astrologen für eine andere Aufgabe vorgesehen, als uns Unwürdige zu erlösen?"

Das bläuliche Leuchten aus Elija Irrlichts Innerem nahm eine gefährlich grelle Farbe an, und ein Kichern entfuhr seinem Mund. „Ihr wohnt wirklich auf dem Mond, was?"

„Wieso?", fragte Gordon.

„Was meinst du?", wollte Bill wissen.

Jack stemmte die Hand in die Hüften, und aus seinem Auge schoss ein böser Blick. „Willst du uns beleidigen, Irrlicht? Mit dir werde ich jederzeit fertig!"

„So sag's uns!", forderte Hubert Elija auf.

Elija Irrlichts Leuchten wurde einen Schein schwächer. „Lory wird ihre Mission erfüllen, und euch erlösen!"

„Wie das?", kam es einstimmig von den Geistern.

Elija schüttelte sich, dass feine Lichtfunken in die Dunkelheit sprühten. „Ja kennt ihr den Wortlaut der Prophezeiung nicht?", fragte er und heuchelte Erstaunen. „Indem Lory euch erlöst, erfüllt sie die Vorhersage der Astrologen."

„Nein!", rief Bill. „Das glaube ich nicht! Wenn Lory uns erlöst, ist sie tot. Versunken im Moor. Dann kann sie Arabella nicht mehr..."

„Still!", zischte Gordon. „Darüber darf keiner sprechen!"

„Aber so ist es nicht", erklärte Elija. „Ihr glaubt, dass ich lüge, nicht wahr?"

Die Geister nickten.

Wieder leuchtete Elija Irrlichts Inneres einen Augenblick gefährlich grell. „Es ist meine Art, verkannt zu werden", seine Stimme klang schrill von verhaltener Wut.

„Dabei ist doch jedem klar, dass die Astrologen diese wichtige Angelegenheit, die das Schicksal unseres Landes betrifft, nicht in die Öffentlichkeit posaunen."

„Wie meinst du das?", fragte Bill.

„Sie haben der Magierwelt nicht die Wahrheit verkündet. Schließlich ist die Sache mit Lory Lenz geheim."

„Dann haben die Astrologen gelogen?" Hubert lachte über die Wortspielerei.

„Astrologen lügen nicht!", ermahnte ihn Bill.

„Sie haben nicht gelogen", fuhr Elija Irrlicht fort. „Und auch nicht die Wahrheit gesagt." Sein Blick traf Adolar Zack:

„'s stimmt doch, Archibald, oder?"

„Archibald?" Zack blickte verständnislos drein. Erst als ihn Elija Irrlichts wütender Blick traf, stammelte er: „Du sagst es, Elija! So ist es!"

Jack rieb sich sein Auge. „Das verstehe ich nicht."

Gordon stieß ihn an. „Mensch, bist du blöd! Die Sache ist doch klar."

„Natürlich!", warf Elija ein. „Sie haben nur eine Teilwahrheit verkündet. Oder hat jemals jemand erfahren, wie Lorys Mission vonstatten gehen soll?"

„Nein!"

„Ich weiß nicht."

„Keine Ahnung."

„Wie lautet die ganze Prophezeiung?", klangen die Geisterstimmen durcheinander.

Das Irrlicht lachte verschlagen. Jetzt hatte er die Geister am Haken. Er brauchte ihre Neugier nur weiter zu schüren, dann glaubten sie alles, was er ihnen erzählte. Nur so konnte er sie dazu bewegen, Lory ins Moor zu holen. Und wenn er sie so weit hatte... Ein Funkenregen der Freude brach aus seinem Inneren. „Also hört zu!" Er deutete auf Adolar Zack. „Dieser Mann hier wird bestätigen, dass ich die Wahrheit sage."

„Wer ist das?", fragte Bill.

Und Hubert warf ein: „Du sagtest, dass er Archibald Rumpel heißt?"

„Wir kennen keinen Mann dieses Namens!", klang es von Gordon und Jack im Chor.

„Mensch, seid ihr blöd!", schnaufte das Irrlicht. „Archibald Rumpel kennt jeder im Magierland."

„Wir nicht!", antworteten die Geister einstimmig.

„Archibald Rumpel ist Stella Tausendlichts Erster Minister", erklärte das Irrlicht noch einmal und wieder stob ein

Funkenregen aus seinem Inneren.

„Ja", ergriff Adolar Zack etwas kleinlaut das Wort. „Elija sagt es. Ich bin Ar..., äh... Stellas Erster Minister."

„Oh!", staunten die Geister und starrten Adolar an, dass er errötete. Zum Glück war es dunkel, so dass sein Rotwerden niemand sah.

Elija Irrlicht trat näher an die Geister heran: „Also hört zu! Den ersten Teil der Vorhersage kennt jedes Kind im Magierland."

„Klar!", warf der einäugige Jack ein. „Darüber darf niemand sprechen."

„Und wie lautet der zweite Teil?", fragte Bill.

„Seid still!", zischte Hubert. „Lasst das Irrlicht berichten!"

Elija Irrlicht beugte sich zu den Geistern: „Über Lorys Mission im Magierland darf deshalb keiner sprechen, weil sie selbst davon nichts wissen darf."

„Warum?", fragte Jack und rückte an seiner Augenklappe.

„Weil sie sonst Angst hat, Dummkopf!", zischte Bill.

„So ist es", ergriff Elija wieder das Wort. „Denn sie wird bei der Mission sterben."

„Warum?", fragte Jack.

„Wie?!" riefen Hubert und Bill.

„Still!", brummte Gordon. „Lasst Elija berichten!"

„Also hört zu!", mahnte Elija. „Sie wird euch erlösen, und dabei wird sie sterben."

„Und Arabella?", fragte Gordon.

„Das ist es ja!" Elijas Stimme klang mürrisch. „Versteht ihr mich nicht?"

„Nein!", riefen die vier im Chor.

„Mein Gott!", lispelte das Irrlicht. „Seid ihr schwer von Begriff." Er drehte sich um seine eigene Achse, und ein Lichtschweif, der aus seinem Inneren kam, wand sich um ihn herum wie eine Schlange. „Wenn Lory tot ist, werden Stella und Arabella..." Die weiteren Worte flüsterte er so leise, dass die Geister Mühe hatten, sie zu verstehen.

In Gordons porzellanweißes Gesicht trat Skepsis: „Und du glaubst, das geht so einfach?"

„Warum nicht?", antwortete Elija mit fester Stimme, die keinen Zweifel zuließ. „Schließlich haben die Astrologen es genauso in der Zukunft gesehen." Wieder sah er zu Adolar Zack.

Als der den Blick des Irrlichts bemerkte, nickte er eifrig und stammelte: „So..., so ist es, ihr..., ihr Geister, genau so. Stella Tausendlicht hat es bestätigt."

Gordons Blick war immer noch skeptisch: „Und woher weißt du das, Elija?"

„Ach!", stöhnte das Irrlicht. „Euch muss unsereins auch alles bis ins Kleinste erklären!" Wieder sprühte er feine bläuliche Lichtpunkte in die Nacht. „Weil ich gehört habe, wie die Astrologen darüber gesprochen haben."

„Hier im Moor?", fragte Jack.

„Wo sonst?!", knurrte Elija. „Schließlich kann ich aus dem Moor nicht weg. Sie haben drüben, bei den drei großen Steinen, die alle Welt für verwunschen hält, in die Zukunft geblickt. Und jeder hat dabei das gleiche Bild von Lory gesehen."

Gordon schüttelte ungläubig den Kopf. „Ist das nicht, zu einfach?"

„Stimmt!", meinte Bill. „Viel zu einfach ist das!"

Aus Elijas Kehle klang ein unwilliges Brummen: „Ja, warum soll's denn kompliziert sein?"

„Warum?", echoten Hubert und Jack.

„Warum?", fragte auch Adolar, und erntete dafür von Elija Irrlicht ein lautes, missbilligendes Zischen und einen strafenden Blick. Dann schnaufte das Irrlicht: „Lorys Tod bringt die beiden Herrscherinnen dazu, dass sie..."

„Sei doch still!", zischte Gordon. „Darüber darf niemand sprechen!"

„Schon gut", beruhigte ihn Elija, und seine Stimme klang mild. „Also holt ihr Lory ins Moor?"

„Ja", stimmte Jack zu.

„Freilich!", erklärte sich Bill einverstanden.

„Machen wir!", Hubert nickte Gordon zu: „Du bist doch einverstanden, was?"

„Ja, klar!", knurrte der. „Wenn's denn so sein soll!" Gordon kam trotz Elijas Erklärung im Beisein des Ministers die Sache viel zu einfach und nicht geheuer vor.

„Dann macht euch auf!", rief Elija. „Es ist höchste Zeit!"

„Aber...", hob Bill an. „Wie sollen wir Lory ins Moor bekommen? Wir wissen bis jetzt nicht einmal, wo sie ist."

„Noch ist sie in Violette Moosgrüns Zauberschule", erklärte Adolar Zack. „Aber nicht mehr lange. Dann bricht sie zu den ‚Teufelszinnen' auf."

Elija Irrlicht lächelte verschmitzt. „Drum hört, was ich mir hab einfallen lassen!" Wie ein Lichtblitz in der Nacht war ihm die Idee gekommen.

Die Geister umringten ihn. Mit hoher Wisperstimme erklärte das Irrlicht seinen Plan.

„Großartig!", riefen die Geister, schwenkten ihre Gewänder und begannen ihr Lied zu singen. Weit schallte es über das Moor:

Geisterreigen in der Nacht,
wieder um den Schlaf gebracht.
Finden niemals Rast und Ruh,
müssen tanzen immerzu.
Doch bald wird es uns gelingen,
einen Menschen herzubringen.
Lory stirbt im Moor wie wir.

Rettet so uns alle vier.
Tanzen niemals mehr bei Nacht.
Nie mehr um den Schlaf gebracht."

Mit „Huuuiii", „Juuuiii", „Ruuuiii" und „Schuuuiii", den Schreien, die Geister ausstoßen, wenn sie sich freuen, verschwanden die vier wie von Raketen angetrieben in der Nacht. Elija Irrlicht und Adolar Zack sahen ihnen hinterher, bis die Geister die Dunkelheit schluckte.

Aus Elijas Körper kam ein freudiges Leuchten. „Geschafft!", murmelte er, und ein Funkenregen prasselte auf Adolar herab, dass der erschrocken zur Seite sprang.

Das Irrlicht lächelte. Wie dumm von den Geistern, ihm diesen Unsinn mit Stella und Arabella zu glauben. Von wegen, dass die beiden sich einigen, wenn Lory tot ist! Aber was ging ihn das an? Sollten sich die Hexen doch bekriegen. Hauptsache, die Geister der Nacht brachten Lory zu ihm ins Moor. Mit einem doppelten Salto, wobei tausende bläuliche Funken aus seinem Inneren, wie die Lichtfunken eines Glühwürmchen-Schwarms, durch die Dunkelheit stoben, und ohne sich von Adolar zu verabschieden, schwebte das Irrlicht davon.

Kopfschüttelnd sah Adolar Zack ihm hinterher. Wollte Elija nun Lory, oder nicht? Und wieso holten die Geister das Mädchen ins Moor? Eine Weile grübelte er darüber nach, und als er zu keinem Ergebnis kam, murmelte er: „Ist ja egal, wer Lory ins Moor holt! Hauptsache, das Mädchen verschwindet." Dann dachte er an Arabella und Thurano, und wie ein Schwerthieb durchzuckte ihn das schlechte Gewissen. Hoffentlich würde seine Herrin nicht sauer sein, wenn Lory im Moor verschwand, und der Drache um seine Lieblingsspeise kam?! Ach Unsinn! Ein Lächeln wie ein Sonnenstrahl glitt über sein Gesicht. Wenn die Geister Lory holten, fiel der Verdacht nicht auf ihn, dass er mit Lorys Verschwinden etwas zu tun hatte. Dann konnte er sich zwar nicht über Zacharias erheben. Aber wer weiß, wozu das gut war. Zufrieden mit sich und der Welt hob er seine Arme. Wie ein großes Rad breitete sich der Umhang um ihn herum aus. „Zurück zum Schloss!", murmelte er und schoss wie eine Rakete davon.

7

Noch immer den Traum der vergangenen Nacht im Kopf, in dem sie irgendwo im Gebirge – zwischen grässlich steilen Felswänden – von Bergen, die zwei Fingern glichen – die Höhle mit dem grünen Skarabäus gefunden hatte, verließ Lory ihr Zimmer. Kalt, kahl und unheimlich war ihr das Bergesinnere vorgekommen, geradeso wie die karge Behausung eines Schmugglers. In der Grotte schwebte der Geruch von abgestandener Luft, von Schwefel und den Blüten weißer Calla. Im einfallenden Tageslicht, das das Innere der Höhle nur schwach erhellte, hatte sie in einer Nische, vergraben unter Steinen und Geröll, den grünen Skarabäus gefunden.

Langsam schritt Lory über den menschenleeren Flur. Durch das bunte Bleiglas-Fenster mit den Lilien-Motiven fielen Sonnenstrahlen. Sie warfen einen gelben Lichtkegel auf den Parkettboden und den moosgrünen Läufer. Der Geruch von Bohnerwachs stieg ihr in die Nase, und sie hörte aus dem Erdgeschoss Lachen und Stimmengewirr. War sie zu spät? Sie beschleunigte die Schritte und rannte die breite Freitreppe hinunter. Die letzten Schüler drängten durch die Tür zum Speisesaal, über der ein rotes Transparent mit der goldenen Aufschrift: *Herzlich willkommen, Erstklässler!* hing. Gleich neben der Tür sah sie Violette Moosgrün stehen, und um sie herum ein Mädchen und zwei Jungen, die dem Aussehen nach in ihrem Alter waren.

Violette winkte Lory. „Komm zu uns, Lory! Wir warten schon. Gleich beginnt die Feier."

Die Kinder, die bei Violette standen, schauten sofort zu ihr herüber. Ihre Augen bohrten sich förmlich in Lory hinein, so dass sie errötete und für einen Moment die Lider senkte. Als sie wieder aufschaute, sahen die Kinder noch immer zu ihr hin.

Das Mädchen war eine langhaarige, brünette Schönheit mit schlanken Gliedern und einem Puppengesicht. Sie trug ein knallrotes Rüschenkleid und schürzte hochmütig die Lippen. Wie eine lästige Krankheit spürte Lory Abneigung gegen sie. Der eine Junge, ein kleiner, rundlicher in Jeans und Shirt, mit pinkfarbenen Haaren, die er zu einer Irokesenbürste gestylt trug, lächelte Lory an. An seinem rechten Ohr steckte eine silberne Creole mit einem smaragdfarbenen Stein, der im Deckenlicht funkelte. Der zweite Junge, ein hoch gewachsener südländischer Typ mit schwarzen Locken und schwarzen Augen, der einen dunklen Anzug trug, versuchte, durch plötzliches Wegsehen Gleichgültigkeit zu demonstrieren.

Als Lory Violette und die Schülergruppe erreicht hatte, klatschte die Schulleiterin in die Hände: „Kommt, Kinder! Es geht los!" Sie traten in den Speisesaal. Augenblicklich wurde es still. An festlich, mit weißen Damast-Tischdecken, Kerzen, zartem Porzellan und buttergelben Orchideen, gedeckten Vierertischen saßen Schüler verschiedenen Alters. Die Stühle an zwei Tischen waren unbesetzt. An einem Achtertisch, in dessen Mitte ein Stuhl frei war, entdeckte Lory ein kleines Weiblein in einem kornblumenblauen Cape. Kornblumenblaue Augen funkelten in einem ovalen Gesicht mit gerader Nase. Über hohen Wangenknochen spannte sich rosige pergamentene Haut. Freundlich blickte sie Lory entgegen.

Filomena Knitter, durchzuckte es Lory, die Hexe, die sie vom letzten Sommer kannte. Was wollte die hier? Vor ihr auf dem Tisch stand ein Schild mit ihrem Namen und darunter die Worte: *Kräuterkunde, Zaubertränke und Hexeneinmaleins.* Lory durchfuhr ein freudiger Schreck. Wenn Filomena hier unterrichtete, konnte es nicht so schlimm für sie werden.

Neben Filomena saß ein kleiner rundlicher Mann um die fünfzig. Er hatte einen borstenartigen Haarschnitt, ein rundes Gesicht und eine zierliche Knopfnase. Sekundenlang ruhten seine braunen Augen auf Lory, und ein Lächeln des Erkennens glitt über ihr Gesicht: Das war ja Professor Laurentin Knacks! Sie wollte seinen Namen rufen und ihm winken. Da besann sie sich, dass es irgendjemandem missfallen könnte. So lächelte sie dem Professor zu, der, so verkündete es das Schild mit seinem Namen, Magie unterrichtete. Neben Knacks saß ein junger Mann um die dreißig. Er trug einen rotblau karierten Umhang, und seine strohblonden Haare waren im Nacken zu einem Zopf gebunden. Zu seinen Füßen lag ein grauzottiger Hund, der einem ungarischen Hirtenhund glich. Den Kopf auf den Vorderpfoten, lugte das Tier friedlich unter dem Tisch hervor und betrachtete mit seinen braunen Knopfaugen interessiert das Geschehen. *Stefan Lind* stand auf dem Namensschild vor ihm auf dem Tisch, und dass er der Lehrer für „Magische Kunst und Geschichte der Magie und des Magierlandes" war. Auf der anderen Seite von dem freien Stuhl saß, in ein dunkelgrünes Cape gehüllt eine streng blickende Mittfünfzigerin. Ihre schwarzen, von grauen Strähnen durchzogenen Haare waren zu einem strengen Pagenkopf frisiert und hoben sich krass von dem Dunkelgrün ihres Spitzhutes ab. *Agatha Pusselmann,* las Lory auf dem Schild, das vor der Lehrerin stand. Sie unterrichtete Astrologie, Wahrsagekunst und Zukunftsdeutung. Der strenge Blick der Frau wanderte über die Erstklässler. Lory verspürte ein unangenehmes Gefühl. Agatha Pusselmann, war ihr auf Anhieb unsympathisch. Rechts neben der Pusselmann entdeckte das Mädchen ein hutzliges Männlein im rauchgrauen Umhang. Schlohweiße Haare ragten wirr unter seinem ebenfalls rauchgrauen Spitzhut hervor. Steingraue Augen blickten wie abwesend aus einem von Falten durchfurchten Gesicht. Seine gewaltige Hakennase hätte jeder Hexe Ehre gemacht. *Anton Flodderblomm* stand auf seinem Namensschild. Er war Lehrer für „Bildhafte Vorstellungen und Verwandlung". An einem Vierertisch, gleich neben dem Tisch der Lehrer, entdeckte Lory Graf Gabriel von Gabriel. Wie fast immer trug er einen lichtblauen, mit silbernen Fäden durchwirkten Umhang und einen gleichfarbigen Spitzhut. Ihm gegenüber saß in einem königsblauen Cape, den Spitzhutz stolz auf den weißen, wallenden Haaren, Archibald Rumpel. Zwei Stühle waren frei. Hoheitsvoll und unnahbar blickten beide Minister den Erstklässlern entgegen.

Während Violette die Schüler der ersten Klasse zu einem der beiden freien Vierertische auf der Fensterseite des Saales dirigierte, spielte eine unsichtbare Musikkapelle einen Tusch. Eine getragene, festliche Melodie folgte. Durch weiße Wolkenstores fielen helle Sonnenstrahlen auf Parkettfußboden und Möbel und vermischten sich mit dem bläulichen Schein des Sumpfgas-Lichtes, das aus dem großen Kristallüster fiel. Direkt in der Mitte des Raumes hing er von der Decke herab. Seine Glastropfen schimmerten im einfallenden Licht in allen Regenbogenfarben und verliehen dem Raum ein geheimnisvolles Ambiente, eine Mischung aus Feierlichkeit, Magie und Sterben.

Die Musik verstummte. Violette trat zum Lehrertisch. An dem Platz mit dem freien Stuhl blieb sie stehen und wandte sich den Schülern zu: „Liebe Schülerinnen und Schüler, liebes Lehrerkollegium!" Sie sah Filomena Knitter, Laurentin Knacks, den Zopfmann, die Frau im dunkelgrünen Cape und Anton Flodderblomm der Reihe nach an. „Werte Herren Minister!" Graf Gabriel und Archibald Rumpel erhielten einen Blick. „Wir haben uns in dieser Stunde zusammengefunden, um die 250-jährige Tradition unserer Schule fortzusetzen und eine neue Klasse in diesem Haus willkommen zu heißen." Ihre Blicke streiften Lory, den pinkhaarigen Jungen, den südländischen Typ, und blieben bei dem Mädchen mit den langen braunen Haaren stehen. „Ich werde jetzt die Neuankömmlinge vorstellen, und bitte diese, sich dazu von ihren Plätzen zu erheben!" Es entstand eine Pause, in der nur das Atmen der Anwesenden zu hören war. Dann fuhr Violette Moosgrün fort: „Beginnen wir mit Caroline von Trutzberg." Das brünette Mädchen an Lorys Seite erhob sich. Verlegen blickte sie in die Menge. „Carolines Eltern arbeiten im Zauberministerium in der ‚Abteilung für magische Forschung'. Sie hat einen Bruder, Ralph, der an der Universität studiert, und eine kleine Schwester, die im nächsten Jahr in die Schule kommt." Viollette nickte Caroline zu, sich wieder zu setzen. Rasch und mit einem leisen Plumps ließ die sich zurück auf den Stuhl fallen.

Noch ehe Violette dazu kam, den Nächsten vorzustellen, begann das bläuliche Sumpfgaslicht in dem Kronleuchter zu flackern, und ein schwacher Geruch von Schwefel und Calla-Blüten strömte durch den Saal. Ein erstauntes Raunen erfüllte den Raum. Das Flackern hörte auf. Der Geruch verschwand. Das Murmeln verstummte.

Violette knetete nervös ihre Hände, und wandte sich an den pinkhaarigen Jungen.

„Der Kleine mit dem lustigen Bürstenhaarschnitt ist Freddy Pink!" Freddy sprang so schnell vom Stuhl hoch, dass der nach hinten kippte und laut polternd auf dem Parkettboden aufschlug. Augenblicklich erlosch das Sumpfgaslicht. Das

Lachen der anwesenden Schüler über Freddys Missgeschick erstarb. Wieder verbreitete sich Schwefel- und Callablütengeruch im Raum. Diesmal noch beißender als beim ersten Mal.

„Was soll das?", „Wer tut so etwas?", „Wer sabotiert unsere Feier?", hallten vereinzelte Stimmen ängstlich oder verwundert durch den Saal.

Während Freddy den Stuhl aufrichtete, ging das Licht wieder an. Violette atmete erleichtert auf. Dann erklärte sie: „Freddys Vater betreibt die älteste Brauerei im Magierland. Die Mutter ist Hausfrau. Freddy hat eine dreijährige Schwester." Freddy setzte sich.

Violette deutete auf den unbesetzten Platz. „Leider zwingen mich unglückliche Umstände dazu, die Vorstellung unserer nächsten Erstklässlerin zu unterlassen." Wieder flackerten die Sumpfgaslampen. Violettes Blicke wanderten unstet zwischen den Tischen hin und her, und ihre Hände zitterten. „Ihr alle wisst, was mit Sina Apfel geschehen ist." Wie zur Bestätigung verstärkte sich der Geruch von Schwefel und Callablüten, und vor den Fenstern schossen aus wolkenlosem Himmel Blitze hernieder, denen ein gewaltiges Donnern folgte. Ein angstvolles Raunen ging durch den Saal. Graf Gabriel von Gabriel und Archibald Rumpel rutschten unruhig auf ihren Stühlen hin und her, dass das Holz unter ihnen knackte. Bis auf Flodderblomm, der noch immer in sich versunken vor sich hinstarrte, sahen sich die Lehrer sorgenvoll an. Violette trat von einem Bein auf das andere und atmete schwer. „Sinas Eltern sind Archäologen, die zurzeit in Ägypten arbeiten. Das Mädchen ist ihr einziges Kind. Hoffen wir, dass Sina recht bald aus Arabellas Kerker befreit werden kann." Wieder erlosch das Licht für Sekunden. Als es wieder aufflammte, wandte sich Violette an den schwarzlockigen Jungen: „Kommen wir zu Marco Meridiano." Der südländische Typ stand auf. „Sein Vater arbeitet im ‚Geologischen Zentrum' der Universität von Tausendlicht Stadt. Die Mutter ist Sekretärin im Zauberministerium. Marco hat keine Geschwister." Wieder flackerte das Sumpfgaslicht sekundenlang auf und erlosch. Erneut schossen Blitze aus wolkenlosem Himmel. Wie Geschützfeuer folgte der Donner. Diesmal so gewaltig, dass er an das Einstürzen eines Hauses erinnerte. Der Schwefel- und Callablütengeruch nahm an Stärke zu, so dass sich manche Schüler und die Lehrer die Nase zuhielten. Als das Licht wieder aufflammte, sah Violette die Minister sekundenlang an. Der Graf zuckte mit den Schultern. Archibald Rumpel nickte Violette zu. „Mach weiter!", forderte er sie auf.

Violette winkte Lory, aufzustehen. „Die Letzte, die ich euch vorstellen möchte, werden die meisten von euch bereits kennen." Blitze zuckten, denen eine Donnerkanonade folgte, dass einige Schüler glaubten, die Welt ginge unter. Einige kreischten. Mehrere weinten. Augenblicke später wurde es gefährlich still. Violette fuhr fort: „Es ist Lory Lenz. Lory stammt aus dem Menschenreich und lebt mit ihrer Mutter, ihrem kleinen Bruder Lucas und ihrer Oma Ilse in einem kleinen Haus in der Borngasse von Überall." Im flackernden Licht der Sumpfgaslampen blickte Lory in das hämisch grinsende Gesicht von Ellen-Sue Rumpel. Sie saß am Tisch schräg gegenüber, bei ihren Freundinnen, der blonden Barbieschönheit Nicole de Fries und dem rotzopfigen Pummelchen Sabrina May. Funkelnder Hass schoss aus Ellen-Sues Augen. Und ihr Mund schien die Worte zu formen: Warte ab, Lory Lenz, dir werde ich es geben! Diesmal klappt es ganz bestimmt! Oder bildete sie sich das nur ein?

Lory kam nicht dazu, sich darüber Gedanken zu machen. Abrupt verschwand die Sonne. Das Sumpfgaslicht im Saal erlosch. Blitze und Donner folgten dicht auf dicht, und der Schwefel- und Callablütengeruch wurde so unerträglich, dass einige Schüler den Saal verließen. Lautes Raunen ging durch die Anwesenden, dem Angstschreie folgten, als klirrend die Fensterscheiben zersprangen und Glasscherben auf den Parkettfußboden und die dem Fenster am nächsten stehenden Tische und Stühle flogen. Wie am Tag des Jüngsten Gerichts, in einer Wolke aus Feuer und Rauch, schwebte Arabella Finsternis in den Saal. Ihr scheppernfes Lachen schallte sekundenlang durch das Haus. Gleich darauf dröhnte im tausendfachen Echo ihre rauchige Stimme durch den Saal: „Gebt mir Lory, und Sina Apfel ist frei!"

Lory zitterte am ganzen Körper, und in Sekundenbruchteilen zogen unzählige Gedanken durch ihren Kopf. Was, wenn sie gegen Sina ausgetauscht wurde und Arabella sie mitnahm? Sollte sie fliehen? Wohin?

Lory kam nicht mehr dazu, sich weitere Gedanken zu machen. Genauso schnell, wie der Spuk gekommen war, löste sich Arabella in Luft auf. Die Glassplitter setzten sich zu vollständigen Fensterscheiben zusammen. Der Geruch von Schwefel und Callablüten verschwand. Die Sonne ließ ihr gelbes Licht durch die Bogenfenster fallen, und die Sumpfgaslampen leuchteten wie eh und je still von der Saaldecke herab.

Graf Gabriel sprang auf. Sein Gesicht war weiß wie eine Wand. „Wer war das?"

„Arabella Finsternis!", entgegnete Archibald Rumpel. „Wir haben's doch alle gesehen!"

Violette und die Lehrer schüttelten verständnislos die Köpfe. Filomena Knitter, Laurentin Knacks, Stefan Lind und Frau Pusselmann tuschelten miteinander.

„Schöne Bescherung!", murmelte Anton Flodderblomm und erntete dafür von Agatha Pusselmann aus haselnussbraunen Augen böse Blicke.

„Wie kann es sein, dass die Hexe in das Haus eindringen

kann?!", rief der Graf. „Minister Rumpel! Ich verlange eine Erklärung!"

Rumpel hockte in sich gekehrt am Tisch. „Ich..., ich weiß nicht!", stammelte er. „Das versteh ich nicht. Der Schutzzauber! Jemand muss ihn gebrochen haben. Wie soll ich das Stella Tausendlicht erklären?"

„Ihre Sache, Rumpel!" Ärger spiegelte sich auf dem Gesicht Graf Gabriels. „Ich muss weg!", rief er, sprang auf und stürmte davon.

Verwundert starrten ihm Violette, Archibald Rumpel und die Lehrer und Schüler hinterher. Ein paar Zwölftklässler lachten und tuschelten. Erst das laute Zuschlagen der Tür riss sie in die Wirklichkeit zurück.

Violette erhob sich. „Unter diesen Umständen schlage ich vor, die Aufnahmefeier zu beenden."

Die Erstklässler starrten stumm und mit großen Augen auf das Geschehen. Die älteren Schüler murrten. Sie hatten sich aufs Essen und Trinken gefreut und auf die Zauberdarbietungen der Zweit- und Drittklässler.

„Vernünftig!", murmelte Archibald Rumpel und wiegte nachdenklich den Kopf, dass sein Spitzhut wie eine umgedrehte Zuckertüte im Wind hin und her schwang. „Kaum zu glauben, dass Arabella sich so etwas traut." Schwerfällig erhob er sich. „Ich muss sofort zu Stella Tausendlicht! Wer weiß, was der Graf ihr erzählt. Es wird ein Schock für sie sein, wenn sie von Arabellas Auftritt erfährt." Unter den Blicken der Anwesenden stolperte er zur Tür.

Violette klatschte in die Hände. „Kommt, Kinder! Beginnen wir mit dem Unterricht!"

Stuhlbeine scharrten über das Parkett. Stimmengewirr und trappelnde Schritte schallten durch den Raum. Schüler und Lehrer verließen den Speisesaal.

Violette Moosgrün sah ihnen hinterher, ohne sie richtig

wahrzunehmen. Tausend Gedanken gingen ihr durch den Kopf. Warum störte Arabella die Feier? Was wollte die Hexe ihnen damit sagen? Und wie war es ihr gelungen, in das Haus einzudringen? Die Villa und der Park waren gegen jegliche magischen Eingriffe abgeschirmt. Schließlich sollten die Schüler sicher darin sein. Und nun? Irgendjemand hatte den Schutzzauber gebrochen. Wer? Der Verräter?

8

Zögernd trat Lory an die Tür. Ein Messingschild mit der Aufschrift *1. Klasse* hing daran. Durch die Bleiglas-Fenster mit den Lilienornamenten im Jugendstil fiel gedämpftes Licht auf den Flur. Schüler schritten lärmend, lachend und über die Ereignisse im Speiseraum diskutierend die Freitreppe hinauf, eilten über den Flur den Klassenzimmern entgegen. Aus einem der Räume klang die Stimme eines Mannes, der etwas über bildhafte Vorstellungen, auch „Visualisierung" genannt, erklärte. Lory atmete tief durch. Eine unbeschreibliche Angst erfasste sie plötzlich. Was, wenn sie in Violettes Schule die gleichen Schwierigkeiten hatte, wie in ihrer Klasse in Überall? Wenn sie hier statt von Kay, Grit und Melanie von Freddy Pink, Caroline von Trutzberg oder ein paar anderen Typen gemobbt wurde? Ihr kamen Ellen-Sue Rumpel und deren Freundinnen in den Sinn. Für Sekundenbruchteile war sie versucht, umzukehren. Dann hörte sie Violettes Stimme. Wie die Oase inmitten einer Wüste tönte sie hinter ihnen her:

„Die erste Tür, Kinder!"

Lory drückte die Klinke und schob sich in den Raum. Caroline, Freddy und Marco folgten ihr. Auf einem großen Tisch lag jeweils ein Stapel dicker roter Bücher und dünner orangefarbener DIN A4-Hefte. Farblos gebeizte Holztische, mit jeweils zwei Stühlen davor, standen wie Soldaten in einer Reihe vor dem Lehrertisch. In Sekundenbruchteilen registrierte Lory den raumhohen Eichenschrank auf der linken Wandseite und die zwei Fenster, verhüllt von weißen Stores. Genau wie im Speisesaal, fielen Sonnenstrahlen durch blank geputzte Scheiben auf Parkettfußboden, Tische und Schrank. Links neben dem Lehrertisch war eine schwarze Schultafel aufgestellt.

Violette winkte. „Setzt euch, Kinder!"

Lory schob sich hinter die Tischreihe und nahm in der Mitte Platz. Caroline, Freddy und Marco folgten ihr. Während Caroline einen Stuhl neben Lory freiließ, belegte Freddy den Platz rechts neben ihr. Marco Meridiano nahm am Fenster Platz. Der Stuhl an der Tür blieb ebenfalls frei.

Lorys Blick haftete an dem freien Stuhl neben ihr. Er hätte bestimmt Sina Apfel gehört. Oder auch der Platz, auf dem sie jetzt saß, wenn Sina die Erste im Klassenzimmer gewesen wäre. Wieder kam ihr das Bild in den Sinn, in dem sie Sina auf einem Lager fauligen Strohs in Arabellas Kerker gesehen hatte. Wenn sie den Skarabäus...

„Lory!", riss sie die mahnende Stimme der Direktorin aus den Gedanken. „Du hörst mir gar nicht zu!"

„Doch", entgegnete Lory. „Aber der Traum heute Nacht... Ich muss immer an Sina Apfel denken und an den grünen Skarabäus... Ich weiß, dass er in einer Höhle im Gebirge liegt. Wenn ich herausfinden könnte..." Abrupt brach sie ab.

Violette machte ein Gesicht wie Donnergrollen, und aus ihrer Stimme sprach Ärger: „Untersteh dich, etwas zu unternehmen, Lory! Die Sache mit dem grünen Skarabäus und Sina Apfel ist viel zu gefährlich, als dass du allein etwas tun kannst. Arabella wartet nur darauf, dich zu erwischen." Sie wandte sich an die anderen: „Ich werde euch jetzt ein paar Informationen über unsere Schule geben, die von meinem Vater am 15. September 1754 gegründet wurde."

„So alt!", flüsterte Marco. Ihm blieb der Mund offen stehen. Von Violette erntete er einen strafenden Blick.

„Im Keller...", fuhr die Schulleiterin fort, „... findet ihr die Bibliothek, den Aufenthaltsraum und das Spielezimmer. Die drei hinteren Räume beherbergen Lagerflächen für verschiedene Dinge und sind für Schüler verboten. Verboten sind ebenso der Turm und alle Räume, die oberhalb des Dachgeschosses, in dem sich eure Schlafzimmer befinden, liegen."

Lory dachte an die Bodenkammer und das geheime Computerkabinett, in dem der Zaubercomputer stand. Klar, dass diese Zimmer für Unbefugte verboten waren.

„Die Klassenzimmer im ersten Stock kennt ihr bereits", unterbrach Violette Lorys Gedanken. „Und auch den Speiseraum, im Erdgeschoss, der gleichzeitig als Aula und Festsaal dient. Ihm schließt sich der Küchentrakt an, der ebenfalls für Schüler verbotenes Gebiet ist. Im hinteren Teil des Erdgeschosses liegt meine Wohnung. Verboten sind auch die hinteren Kellerräume. Nur die Bibliothek, den Sportsaal und den Spiel- und Aufenthaltsraum im Untergeschoss dürft ihr benutzen." Ihr Blick schweifte über die Gesichter und ruhte sekundenlang auf Lory. „Und damit kommen wir zu unserem Unterricht!" Ihre Hand berührte den Bücherstapel. Sanft strich sie darüber. „Im ersten Schuljahr müsst ihr euer Unterbewusstsein schulen und ihr werdet lernen, euch vor bösen Blicken, Verwünschungen und Flüchen zu schützen. Im Laufe der Jahre dringt ihr immer tiefer in die Geheimnisse der Magie, der Lehre von der Zauberei, ein. Ihr werdet am Ende der Ausbildung Praktiken beherrschen, mit denen ihr euren eigenen Willen auf die Umwelt übertragen könnt und..."

Die weiteren Worte rauschten an Lory vorbei. Der Traum vom Auffinden des grünen Skarabäus hatte sie wieder erfasst. Deutlich sah sie die Höhle vor sich. Zwei schroffe Felsen ragten Fingern gleich bis in den Himmel. Ihre Spitzen waren ganz in Wolken gehüllt. Wenn sie herausfände, welches Gebirge das war? Bestimmt würde sie dann auch die Höhle und den Skarabäus finden und Sina Apfel aus Arabellas Kerker holen.

Sie erinnerte sich an den letzten Sommer, in dem sie ihren Bruder Lucas zusammen mit Reginald Regenbogen aus Arabellas Schloss befreit hatte. Natürlich, sie musste mit Reginald Regenbogen sprechen. Aber wo war der jetzt? Sollte sie Violette nach ihm fragen?

„Lory! Träumst du?", riss sie Violettes Stimme erneut aus den Gedanken. „Auch wenn du nachts Alpträume hast, so musst du trotzdem im Unterricht aufpassen, mehr als die anderen, denn du bist ein Menschenkind und mit den magischen Praktiken ganz und gar nicht vertraut."

Lory wurde rot wie Paprika. „Ich pass schon auf", murmelte sie, und sah erneut im Geist den grünen Skarabäus.

Streng blickte Violette sie an: „Was habe ich gefragt?"

„Reginald Regenbogen... Äh, die Magie...", stammelte Lory. „Dass wir... Dass sie..." Abrupt brach sie ab und starrte auf die Tischplatte.

Freddy, Marco und Caroline lachten.

„Geht dir noch immer der grüne Skarabäus durch den Kopf?", fragte Violette.

„Wieso?", murmelte Lory. Wieder wurde sie rot. „Ich passe auf! Wirklich!"

„Dann kommen wir zur Austeilung der Lehrbriefe und der Bücher." Violette griff zu dem Stapeln mit Büchern und DIN A4-Heften auf dem Lehrertisch. „Ihr werdet die Lehrbriefe in eurer Freizeit lesen und alle Übungen sorgfältig ausführen, und üben, üben, üben! Das ist das Wichtigste, denn nur Übung macht aus euch perfekte Magier." Sie legte vor jeden der Schüler ein Buch und fünf Lehrhefte. Während das Buch die Aufschrift „MAGIE" trug, hatten die Lehrbriefe verschiedene Titel: „Herr Couè und die Übungen zum positiven Denken", „Alles über Hypnose", „Wie ich mein Unterbewusstsein schule", „Schutz gegen schwarzmagische Angriffe" und „Wie ich bekomme, was ich mir wünsche – Teil 1".

Lory dachte an das Buch, das sie im vergangenen Sommer von Professor Laurentin Knacks geschenkt bekommen hatte. Darin standen alle Zaubersprüche für jede Gelegenheit. Warum lernten sie nicht daraus das Zaubern?

Ehe sie Violette fragen konnte, nahm die das dicke rote Buch zur Hand und befahl: „Schlagt Seite fünf auf!" Papierrascheln erklang.

Einführung in die Magie stand in fetten schwarzen Druckbuchstaben über dem Text auf Seite fünf.

„Die Magie...", fuhr Violette Moosgrün fort, „... ist eine Geheimwissenschaft, die..."

Einige Zeit versuchte Lory, den Worten der Schulleiterin zu folgen. Dann gewann erneut der grüne Skarabäus in ihren Gedanken die Oberhand. Und erst das Läuten der Schulglocke riss sie in die Wirklichkeit zurück.

„Pause, Kinder!", rief Violette. „Die nächste Stunde hält Stefan Lind. Anschließend wird euch Filomena Knitter in die Anfangsgeheimnisse der Hexentränke und Zaubersalben einweihen."

„Oh toll!", rief Lory. "Filomena kenne ich. Sie hat mir im vergangenen Jahr die Zaubersalbe geschenkt."

„Und noch etwas wird dich freuen, Lory!", fuhr Violette, ohne auf Lorys Bemerkung einzugehen, fort. „Professor Laurentin Knacks hält die letzte Stunde für heute. Er hat sein neuestes Buch mitgebracht, aus dem er euch das erste Kapitel, ‚Einführung in die Magie', vorlesen wird."

Lory juchzte: „Von dem hab ich das Zauberbuch!"

Violette Moosgrün lächelte: „Na, dann werdet ihr euch nach der Stunde sicher viel zu erzählen haben!" Sie winkte den Schülern noch einmal zu und verließ den Raum.

Kaum hatte sich die Tür hinter der Schulleiterin geschlossen, rückte Freddy an Lory heran: „Du warst in Arabellas Schloss?" Mit großen grünen Kulleraugen sah er sie bewundernd an. „Sag, eh, wie kommt es, dass du da wieder heil rausgekommen bist?" Er rückte noch ein Stück näher an Lory heran, dass das Mädchen seinen Atem spürte. Caroline und Marco sahen misstrauisch zu ihnen herüber.

„Während Filomena Knitter und Professor Knacks meinen Bruder und mich mit einem magischen Bann geschützt haben", erklärte ihm Lory, „hat Reginald Regenbogen mich vom Dach des Schlosses geflogen."

Marco starrte sie ungläubig an. „Und Arabella hat zugelassen, dass ihr flieht?"

„Reginald Regenbogen, Filomena Knitter und Professor Knacks hatten sich in Mitglieder von Arabellas Knochengarde verwandelt. Dazu war das Schloss voll von Teufeln, Hexen und schaurigen Gestalten, die nach mir und Lucas und den anderen Eindringlingen suchten. Es herrschte das totale Tohuwabohu! Und wir waren durch einen magischen Bann geschützt. Dadurch hat die Herrin der Finsternis nicht mitbekommen, dass wir geflohen sind."

Caroline lachte schrill: „Hört nicht auf sie! Sie lügt! Mein Vater sagt..."

„Ich lüge nicht!", wehrte sich Lory. „Frag Reginald Regenbogen, Professor Knacks oder Filomena Knitter! Die werden euch sagen, wie es war." Sie sah einen Augenblick gedankenverloren in den Raum. „Wenn ich nur wüsste, wo er ist?!"

„Wer wo ist?", fragte Freddy.

„Reginald."

Marco Meridiano verzog skeptisch das Gesicht: „Warum willst du das wissen?"

„Ich will ihm von dem grünen Skarabäus erzählen."

„Wegen Sina?", fragte Freddy, und seine Augen blitzten vor Neugier.

„Natürlich!"

Den Zeigefinger an den Lippen, starrte Freddy Pink nachdenklich zum Fenster. „Meinst du, wir könnten ihn finden?"

„Den grünen Skarabäus?", fragte Lory.

„Wäre doch toll, oder?! Dann würden wir Sina Apfel befreien." Er sah von Marco zu Caroline: „Macht ihr mit?"

„Ich weiß nicht", entgegnete Marco. „Die Sache ist zu gefährlich, und Frau Moosgrün sagt, wir dürfen das Schulgelände nicht verlassen."

„Er hat Recht", meinte Caroline und blickte auf ihre schlanken, wohlgeformten Hände mit den langen Fingern und den farblos lackierten Nägeln. „Macht, was ihr wollt! Ich will nicht von der Schule fliegen! Ich halt mich raus!"

„Pfeifen!", zischte Freddy.

Die Schulglocke schrillte, und Caroline und Marco blieben eine Antwort schuldig. In das Klingeln hinein öffnete sich die Tür. Ein zottiger grauer Hund stürmte herein, dem der schlanke junge Mann mit dem blonden Zopf folgte. Noch immer trug er den rotblau karierten Umhang. Blue Jeans und braune Schnallenschuhe lugten darunter hervor. Verträumte himmelblaue Augen glitten einen Augenblick über die Schüler. Mit dem fein geschnittenen, ovalen Gesicht, der geraden Nase und den hohen Wangenknochen erinnerte er Lory an Hansi Hinterseer.

„Hallo Kinder!", rief der Mann und trat zum Lehrertisch. Der Hund folgte ihm.

„Brav, Jonathan!" Er tätschelte dem Hund den Kopf. „Platz!" Das Tier setzte sich und blickte mit seinen braunen Hundeaugen zufrieden auf die Schüler. An die Kinder gewandt, fuhr der Mann fort: „Ich bin Stefan Lind! Ich nehme an, Violette hat euch noch einmal gesagt, welche Fächer ich unterrichte."

„Ja!", klang es einstimmig.

„Dann wollen wir mit der Gründung des Magierreiches beginnen. Einverstanden?"

Lory, Freddy, Marco und Caroline schwiegen.

Wieder glitt Stefan Lind's Blick über die Schüler. Einen Augenblick ruhte er auf Lory und der Lehrer lächelte sie an. Dann begann er: „Vor vielen tausend Jahren, als die Erde noch wüst und leer war..."

Ein netter Mann, dachte Lory, und ihr kam erneut Reginald Regenbogen in den Sinn. Wo mochte der stecken? Wieder grübelte sie über Reginald, den grünen Skarabäus und Sina Apfel nach und ohne dass sie etwas von dem mitbekam, was Stefan Lind über die Gründung des Magierreiches erzählte, verging die Stunde. Erst das Läuten der Schulglocke holte sie in die Wirklichkeit zurück. Hinter Stefan Lind und Jonathan fiel die Tür ins Schloss.

„Eh!" Freddy stieß Lory an. „Du hörst überhaupt nicht zu, was die Lehrer sagen! Denkst du immer noch an Sina Apfel?"

„Wieso?"

„Na ja, ich hab da 'ne Idee."

„Was meinst du?"

„Wir könnten den grünen Skarabäus suchen, und wenn wir ihn haben, eh,..."

„Spinnt ihr?", mischte sich Caroline von Trutzberg ein. „Violette hat verboten, dass wir...!"

„Hör auf!", rief Freddy. „Du bist bloß zu feig!" Er betrachtete sie abfällig. „So 'ne aufgetakelte Schraube!"

„Ph!", rief Caroline, und drehte so abrupt den Kopf von Freddy weg, dass ihre Haare flogen.

Freddy stieß Lory an: „Was ist, eh? Bist du einverstanden?"

„Ich weiß nicht." Lory warf einen skeptischen Blick auf den Jungen. Meinte er es ernst? „Ich muss erst mit Reginald Regenbogen reden. Wenn ich nur wüsste, wo er jetzt ist!"

„Frag Violette!", schlug Marco vor. „Wenn einer von Reginald weiß, dann sie."

„Wahrscheinlich!", meinte Lory und beschloss, gleich nach dem Unterricht zu Violette Moosgrün zu gehen.

Wieder öffnete sich die Tür. Ein hutzliges Weiblein in einem kornblumenblauen Umhang und einem Spitzhut schob sich durch die Tür. Unter ihrem Hut lugte ein in den Nacken verrutschter Dutt hervor, und graue Haarsträhnen hingen ihr wirr ins schmale Gesicht.

Lory strahlte die Frau an. Filomena Knitter! Welche Freude, die alte Frau zur Lehrerin zu haben!

Auch Filomena lächelte Lory zu. Während die Hexe zum Lehrertisch wuselte, beugte sich Freddy Pink zu Lory: „Nach der Schule an der Riesenfichte im Park!", flüsterte er. „Ich sag dir, ich hab einen genialen Plan, eh!"

Caroline sah Freddy scharf an. „Ich hab dir doch gesagt, ihr sollt nicht..."

„Ruhe!", rief Filomena. Ihr strafender Blick fiel auf Caroline.

„Wirst du kommen, Lory?", flüsterte Freddy.

„Mal sehen." Im Gegensatz zu den vorausgegangenen Stunden lauschte Lory den Ausführungen Filomenas über die Herstellung einfacher Zaubertränke Wort für Wort.

9

„Klingklong" – tönte der Türgong hinter Violette Moosgrüns Wohnungstür. Gleich darauf hörte Lory Schritte. Die Tür öffnete sich. Vor ihr stand die Schulleiterin im moosgrünen Rock und in weißer Rüschenbluse. „Lory?" Ihr Gesicht drückte Verwunderung aus. „Stimmt etwas nicht, oder was treibt dich zu mir?"

„Entschuldigen Sie, dass ich störe!", begann Lory. „Ich wollte... Ich möchte..." Was würde Violette von ihr denken? „Reginald Regenbogen..."

Die Schulleiterin sah Lory befremdlich an: „Was ist mit ihm?"

Lory holte tief Luft. „Er hat doch letztes Jahr die Schule beendet. Vielleicht wissen Sie, wo er jetzt steckt? Wo ich ihn finden kann?"

Violettes Blick wurde streng. „Ist es wegen Sina Apfel und des grünen Skarabäus? Schlag dir das aus dem Kopf, Kind! Die Sache ist viel zu gefährlich."

„N... Nein", log Lory. „Ich... Äh, er... Ich hab ein Buch von ihm geborgt. Im vergangenen Jahr. Jetzt möchte ich es endlich zurückgeben." Durch die Türöffnung sah Lory in den schmalen Flur. Ein Lüster verbreitete gedämpftes bläuliches Licht, das sich in seinen geschliffenen Glastropfen regenbogenfarbig brach. Ein Läufer im Persermuster bedeckte den Parkettboden, und an einer altertümlichen Garderobe mit geschnitzten Blatt-Ranken und gedrechselten Knäufen hing Violettes moosgrüne Kostümjacke. Aus einer halb offen stehenden Tür, hinter der Lory die Küche vermutete, strömte der Geruch von Kräutern und Bratkartoffeln.

„Reginald studiert an der Universität in Tausendlicht Stadt Psi, Gedankenübertragung, Sprachen und Magie." Sie lächelte und blickte träumerisch auf das Parkett. „Einer meiner besten Schüler. Er wird es einmal zu etwas bringen. Vielleicht Archibald Rumpel ablösen." Der Gedanke an den Verräter, der in Stellas Reihen sein Unwesen trieb, machte sich in ihrem Kopf wie wucherndes Unkraut in einem Gartenbeet breit.

„Und wie erreiche ich ihn?", unterbrach Lory ihre Gedanken.

Violette sah Lory an. „Weißt du was? Du gibst mir das Buch. Ich nehme es morgen mit in die Stadt und gebe es in der Uni ab."

„Oh!" Für einen Moment fehlten Lory die Worte. Wo sollte sie so schnell ein Buch hernehmen? „Ich ... Ich möchte es ihm selber geben." Sie sah auf ihre abgeschabten braunen Halbschuhe. „In der Uni kann es verloren gehen!"

„Du traust mir wohl nicht, was?"

Lory errötete. „Doch! Ja!" Sie wandte sich zum Gehen. „Na gut. Ich bringe es Ihnen heute Abend. Sagen wir, nach dem Abendessen?"

„Einverstanden!"

Lory verabschiedete sich und schritt zur Haustür. Hinter ihr schloss sich mit leisem Knacken Violettes Wohnungstür.

Als Lory die Villa verließ, kreisten ihre Gedanken nur um die eine Frage: Wo sie bis zum Abend ein Buch hernehmen sollte?

10

Schon von weitem sah Lory Freddy Pink neben der Fichte stehen. Wie ein Kirchturm überragte der Baum die Schulvilla und alle anderen Bäume ringsum. Neben ihm nahm sich der Junge wie ein Zwerg aus. Schon allein der Stamm der Fichte umfasste fast sieben Meter, und bestimmt war sie mehr als tausend Jahre alt und der stattlichste Baum im ganzen Park oder sogar im ganzen Magierland.

Staunend blickte Lory auf den Nadelbaum. Noch nie hatte sie einen so riesigen Baum gesehen. Ein Rabe flatterte aus dem nahen Wald heran und nahm auf einem der oberen Äste Platz. Sacht wiegte der Ast auf und nieder.

„Hausaufgaben schon gemacht, eh?", fragte Freddy, als Lory vor ihm stand. Verächtlich grinste er über das ganze Gesicht. „Was der alte Flodderblomm sich bloß ausdenkt! Bildhafte Vorstellungen üben. Als ob ich mir eine Krähe, eine Münze oder einen Stein nicht vorstellen könnte."

„Er wird sich schon etwas dabei gedacht haben!", brummte Lory, die Hausaufgaben hasste. Sich etwas bildlich vorzustellen oder zu visualisieren, wie es in der Fachsprache hieß, fand sie nicht schlimm. Sie träumte gern und stellte sich dabei die verschiedensten Bilder und Situationen vor. Sie sah sich als Prinzessin in einem schicken Wagen, das allerneueste Markenhandy in der Hand. Oder sie dachte daran, wie Kay, Grit und den anderen aus ihrer Schulklasse in Überall, die sie nicht mochten, Hörner und Kuhschwänze wuchsen. Bei dem Gedanken lächelte sie.

„Sag, was du von mir willst!", wandte sie sich an Freddy.

„Sina suchen!"

„Aber Violette hat gesagt..."

Freddy verdrehte die Augen. „Was die schon sagt! Das ist wie bei den Politikern im Menschenreich. Mein Vater spricht oft davon. Die reden und reden und wollen sonst was tun. Aber passieren tut nichts, und wenn, dann nur Schlechtes."

„Ja klar!" Lory erinnerte sich, wie sie ihren Bruder gesucht hatte. Wenn es nach Violette gegangen wäre, hätte sie zwei Wochen später aufbrechen dürfen, und wer weiß, was bis dahin mit Lucas geschehen wäre. Und wie zur Bestätigung meldete sich die Stimme in ihrem Kopf: „Geh zu den

Teufelszinnen! Such den grünen Skarabäus, und Sina Apfel kommt frei!"

„Was willst du tun?", fragte sie.

„Losziehen, den grünen Skarabäus holen und Sina befreien." Das Unternehmen klang aus Freddys Mund einfach, so einfach, als wäre es ein Spaziergang durch Violette Moosgrüns Park.

„Und wie willst du das machen? Wir wissen doch noch nicht einmal, wo der grüne Skarabäus steckt, und auch nichts von Sinas Aufenthaltsort."

„Ich denke, sie ist in Arabellas Kerker."

„Ja und? Denkst du, dort können wir so einfach rein- und rausspazieren, wie es uns beliebt?"

Freddy sah Lory dreist an. „Und du?! Ist wohl alles Lüge, was die Leute im Magierland sich über dich erzählen, was?! Dass du in Arabellas Kerker warst und deinen Bruder aus ihrem Schloss befreit hast, und alldas?"

„Was die Leute über mich erzählen, weiß ich nicht. Außerdem hatte ich einen Mantel an, der unsichtbar macht." Mit Schaudern dachte sie an ihre Erlebnisse im Schloss des Grauens zurück.

„Ha!", meinte Freddy cool. „Dann besorgen wir uns solche Mäntel, und los geht's!"

„Und woher willst du die Mäntel nehmen? Die wachsen nicht auf Bäumen!"

Freddy blickte auf die Spitze der Fichte. „Kein Problem, eh! Mein Dad ist mit einem Schneider befreundet, der..." Abrupt brach er ab. Der Rabe rutschte auf dem Ast hin und her, schlug kurz mit den Flügeln, und als er die richtige Stellung gefunden hatte, verhielt er sich ruhig und blickte würdevoll auf Lory und Freddy herab.

„Glaubst du...", fuhr Lory fort, „... dass der Schneider uns so einfach die Mäntel näht?"

„Pst!", zischte Freddy Pink und deutete auf den Vogel. „Es sollte mich nicht wundern, wenn das ein Spion ist."

Lory starrte auf das Tier: „Was für ein Spion?"

„Von Arabella oder einem ihrer Helfer."

„Wieso? Woran siehst du das?"

„Ich sehe es nicht. Ich weiß es!"

„Verstehe ich nicht. Woher willst du das wissen?"

„Gefühl!"

„Glaub ich nicht."

„Warte ab, eh!" Freddy lächelte Lory altklug an. „Wenn du deine magischen Fähigkeiten entdeckst und entwickelst, wirst du noch ganz andere Dinge spüren!"

„Was machen wir?"

„Abhauen!"

Sie rannten über die Rasenfläche. Der Rabe flatterte in Richtung Villa davon und verkroch sich in dem Rosenspalier an der Hauswand. Geduldig wartete er, bis Lory und Freddy herankamen.

Kurz vorm Haus blieb Freddy stehen. „Suchen wir zuerst den Skarabäus?" Die Strahlen der Nachmittagssonne spielten golden über das Spalier mit gelben und rosaroten Rosen und glitzerten in den Fenstern der Villa wie die Strahlensterne einer Wunderkerze.

„Und wo willst du ihn suchen? In Violettes Villa wird er kaum sein!"

„Das weiß ich!", knurrte Freddy. „Ich bind doch nicht blöd! Wir hauen ab!"

Lory sah Freddy unsicher an. „Hast du die Schulordnung nicht gelesen? Keiner darf unerlaubt das Gelände verlassen. Und Violette wird uns kaum eine Genehmigung erteilen, hier wegzugehen." Lory lachte schrill. „Noch dazu, wo sie es mir verboten hat, nach dem Skarabäus zu suchen!"

„Ach was, eh?!" Freddy verzog das Gesicht, so dass er mit

den zusammengekniffenen Augen und dem schiefen Mund einem Schreckgespenst ähnelte. „Da lassen wir uns etwas einfallen!"

„Und wenn sie schimpfen?"

„Pah!", entgegnete Freddy. „Wenn wir Sina befreit haben, wird keiner mehr mit uns schimpfen. Dann sind wir die Kings!" Er lachte und trat dicht an Lory heran. „Und ich weiß auch schon, wie wir 's machen!"

„Wie?" Gespannt blickte Lory auf Freddy.

„Am besten gehen wir die Sache am Wochenende an. Da fahren fast alle Schüler nach Hause. Wir melden uns bei Violette ab und..."

„Aber ich fahre nicht nach Hause!", unterbrach Lory den Jungen. Auf ihrem Gesicht spiegelte sich Verständnislosigkeit. „Ich weiß nicht mal, wie ich von hier nach Überall komme. Wenn Violette, Gertrud Gutwill oder ein anderer mich nicht mit dem Zauberauto fahren würde..."

„Hach!", schnaufte Freddy genervt. „Lass mich ausreden! Du fährst natürlich mit zu mir nach Hause. Und meinen Eltern erzähle ich, dass ich in der Schule bleibe." Als Lory schwieg, knurrte er ärgerlich: „Gib's zu, du traust dich nicht!"

„Unsinn!"

„Was dann?"

„Was, wenn Violette bei deinen Eltern nachfragt, und wir sind gar nicht dort?"

„Violette hat noch nie mit meinen Eltern telefoniert oder eine telepathische Verbindung aufgenommen. Warum sollte sie das ausgerechnet jetzt tun?"

„Weil sie ahnt, dass wir etwas wegen Sina unternehmen."

„Du spinnst, eh!"

„Blöder Heini!"

„Ach hau ab, dumme Ziege! Mit dir ist nichts los!" Ärgerlich rannte Freddy davon. Der Kies knirschte unter seinen

Sportschuhen, und kleine Kiesel flogen beiseite und blieben am Rand der Wiese liegen.

Ein wenig traurig sah Lory ihm nach, bis er hinter einem Rhododendrongebüsch verschwand. Ob er sie jetzt nicht mehr mochte? Kay, Grit, Melanie und die anderen aus ihrer Schulklasse in Überall, die sie nicht leiden konnten, kamen ihr in den Sinn. Es schien ihr, dass es ihr in der Zauberschule genauso erginge, wie in der Schule zu Hause.

Langsam trottete sie zum Eingang der Villa. In ihrem Kopf spukten Freddys Worte. Vielleicht war seine Idee gar nicht so dumm. Aber wo sollte sie nach dem grünen Skarabäus suchen? Der Traum von letzter Nacht kam ihr in den Sinn. Ob der Skarabäus wirklich in einer Berghöhle lag? Wieder dachte sie an Reginald Regenbogen und an das Buch, das sie ihm schicken wollte.

11

Warum nur war sie so dumm gewesen und Arabella Finsternis auf den Leim gegangen?! Wütend auf sich selbst wälzte Sina Apfel sich von einer Seite auf die andere. Unter ihr raschelte faules Stroh. Sie spürte die feuchte Kälte, die von Wänden und Fußboden in jeden ihrer Knochen kroch, und roch den Geruch von Feuchtigkeit, Moder und Schwefel. Von wegen Zauberschule und Geheimtricks lernen! Alles Schwindel, was Zacharias Schreck ihr versprochen hatte, nur damit sie mit ihm ging!

In ihrem Magen rumorte der Hunger, und ihre Kehle war wie ausgetrocknet. Irgendwann vor vielen Stunden hatte ein widerliches Skelett im schwarzen Umhang ihr eine Schüssel Haferflocken und einen Krug Wasser gebracht. Wie lange mochte das her sein, und wie spät war es jetzt?

Sina Apfel starrte in die Dunkelheit. „Tek, tek, tek", klang von irgendwo das gleichmäßige Aufschlagen von Wassertropfen auf den Steinfußboden. Aus einem winzigen Fenster mit Gitterstäben, das hoch oben, fast unter der Decke, lag, fiel gedämpftes Licht in den Raum. In einer Ecke raschelte es. Sina blickte in die Richtung, aus der das Geräusch kam. Der schwarze Schatten einer Ratte huschte davon und verschwand in einem Loch im Fußboden. Angewidert schüttelte sich das Mädchen. Tränen traten ihr in die Augen. Bestimmt würde Arabella sie in diesem Verlies verhungern lassen, oder, wenn Lory den grünen Skarabäus nicht fand, sie Thurano zum Fraß vorwerfen. Ein Schluchzen durchbebte ihren Körper, und ihr Pferdeschwanz schwang im Rhythmus der Bewegung hin und her.

Ob Lory schon nach ihr suchte? Hoffentlich! Und hoffentlich würde sie den grünen Skarabäus finden.

Vom Hof klangen Stimmen. Deutlich hörte Sina die raue Stimme Arabellas heraus. Die andere – klang wie die eines Mannes. Oder war es eine Frau? Die Worte waren seltsam gestelzt. Sina wunderte sich, wer heute noch so sprach und sie erinnerte sich, dass sie die Stimme schon einmal gehört hatte. Wo?

Als könnte sie etwas verpassen, sprang sie von ihrem Strohbett auf und trat zum Fenster. Mist! Es lag zu hoch. Selbst wenn sie sich auf die Zehenspitzen stellte, reichte nur ihr Fransenpony an die Öffnung heran.

Sie sah sich um, trat zu ihrem Lager zurück und packte den Strohballen mit beiden Händen. Ein Rascheln und Scharren erklang, als sie ihn über den Fußboden zerrte. Wieder knisterte es leise, als sie auf den Ballen stieg und sich mit beiden Händen an den Gitterstäben hochzog.

Ihr Blick fiel in den Hof. Nur wenige Meter entfernt erblickte sie Arabella. Ihre schwarzen Haare wehten im Wind, und die Strähnen darin flackerten wie grellrote Flammen. Ihr gegenüber stand eine Person in einem schwarzen Umhang, die Sina den Rücken zudrehte. Wer war das? Angestrengt horchte sie auf das Gespräch.

Arabella stampfte mit dem Fuß auf den Boden. „Du machst mir Vorwürfe!", schrie sie. „Wieso machst du mir Vorwürfe?" Sie sah die Person dreist an. „Die Störung der Aufnahmefeier war eine kleine Belustigung für mich, nichts weiter! Gönnst du mir nicht die kleinste Freude?"

Aus dem Wortklang der Person sprach Erstaunen. „Wieso, gnädigste Arabella? Ich meine... Ich wollte... Nun wissen alle, dass der Schutzwall zerbrochen ist, der die Schule vor magischen Angriffen bewahrt. Wenn sie herausbekommen, dass ich es war, der ihn zerstört hat..."

„Ach was!", unterbrach Arabella die Person. „Wie sollen sie das herausfinden?" Die Hexe sah ihr Gegenüber scharf an: „Es sei denn, du willst aus meinem Dienst aussteigen!"

„Was denkt Sie von mir? Das würde ich nie tun!" Einen Augenblick herrschte Schweigen. Dann fuhr die Person fort: „Oder traut Sie mir nicht mehr?"

Arabella ließ ihr schepperndes Lachen hören. „Trauen? Wem in diesem Land kann ich trauen? Ihr wollt doch alle die Macht! Sag nicht, du nicht!"

„Aber ich bin Ihr treu ergeben, Majestät!"

„Pha! Als ob ich auf dieses Versprechen bauen könnte."

Die Person ließ einen Wortschwall Beteuerungen vom Stapel, denen Arabella gar nicht zuhörte. Händeringend schritt die Hexe im Hof auf und ab. „Er macht mir Vorhaltungen!", murmelte sie unentwegt. „Ausgerechnet er!"

„Aber ich bin Ihr treu ergeben!", wiederholte die Person und versuchte damit, Arabella zu beruhigen.

„Das will ich hoffen!", schrie die Hexe und blieb stehen. „Nicht dass mein Plan mit Lory, dem grünen Skarabäus und

Sina Apfel gefährdet wird!"

„Bestimmt nicht, Majestät! Das verspreche ich Ihr. Jeden Augenblick behalte ich Lory im Auge."

„Hoffentlich!", knurrte Arabella. „Du weißt, was für mich, was für uns im Reich der Finsternis auf dem Spiel steht. Die Astrologen haben nicht umsonst..."

„Still, Majestät!", unterbrach sie die Person. „Keiner darf darüber sprechen!"

„Ja, schon gut."

„Aber sagen Sie...", ergriff die Person erneut das Wort. „Wieso ist Sie dem grünen Skarabäus verfallen? Hat Sie ihn wirklich in den Teufelszinnen versteckt? Ich denke, der Talisman ist seit Jahrhunderten..."

Arabella unterbrach die Person mit schallendem Lachen, so dass ihr Gelächter von den Mauern des Schlosses widerhallte. „Ein guter Geck, der grüne Skarabäus!"

„Wieso Geck?"

Wieder ließ Arabella ihr schepperndes Lachen hören. „Weil sie den grünen Skarabäus nicht finden werden! Nicht in der Höhle!"

„Hat Sie ihn im Schloss?"

„Wo denkst du hin?"

„Wo dann?"

Die Hexe beugte sich zu ihrem Gegenüber und flüsterte ihm etwas ins Ohr.

Die Person sah Arabella bewundernd an: „Großartig! Das ist phänomenal! Wenn es darum geht, Lory Lenz auszuschalten, halte ich Sie für eine der Besten."

„Danke." Arabella reichte der Person die Hand. „Ich höre von Ihm."

„Gewiss, Majestät!" Die Person verneigte sich tief und legte die Rechte auf ihr Herz. „Es ist mir eine Ehre!" Langsam richtete sie sich wieder auf. Als sie sich zum Gehen wandte, traf ihr Blick auf das Verliesfenster, und genau in Sinas Augen. Das Gesicht, durchzuckte es Sina Apfel. Das war... Aber wieso...? Der Verräter! In diesem Moment traf sie ein Blitz aus den hellen Augen der Person. Sina sackte zusammen und blieb reglos auf dem Strohballen liegen.

12

Blöde Idee, ausgerechnet auf ein Buch zu verfallen, dachte Lory und trat in die Eingangshalle der Villa. Gedämpftes Licht nahm sie gefangen, und die holzgetäfelten hellbraunen Wände strahlten Gemütlichkeit aus. Aus dem Obergeschoss klangen Flötenspiel und Lachen. Hinter der Tür, die in den Küchentrakt führte, schepperte Madame Cornelissen mit Tellern und Tassen, und es roch nach Bohnenkaffee.

Wo sollte sie bis heute Abend ein Buch herbekommen, um es Violette zu geben, damit die es Reginald schickte? Die Bibliothek fiel ihr ein. Ob Violette es merken würde, wenn sie...?

Kurz entschlossen verschwand Lory im Kelleraufgang. Laut hallten ihre Schritte durch das Gewölbe. Das bläuliche Sumpfgaslicht, das aus silbernen Wandleuchten auf helle Marmorplatten fiel, verbreitete mit seinem düsteren Schein eine gespenstische Atmosphäre. Lory erschauerte, und nur der Gedanke an Reginald und den grünen Skarabäus zwang sie zum Weitergehen.

„Die erste Tür rechts", murmelte sie und blieb vor einer Eichenholztür stehen, an der ein Messingschild mit der Aufschrift *Bibliothek* angebracht war.

Zögernd öffnete sie die Tür. Ein lautes Knarren erklang, das lang und ziehend durch das Gewölbe schallte. Sie zuckte zusammen. Langsam schob sie sich durch die Tür. Der Geruch von altem Papier und Büchern schlug ihr entgegen. Zwei Mädchen aus der zwölften Klasse, eine mit einem blonden Pferdeschwanz, die andere mit einem braunen Bubikopf, blickten von dem Tisch auf, an dem sie saßen. Jede hatte ein aufgeschlagenes Buch vor sich. Für Sekunden trafen sich ihre Augen mit denen Lorys. Errötend sah Lory einen Augenblick zu Boden. Dann wanderten ihre Blicke durch den Raum.

In langen Regalen links und rechts stapelten sich Bücher aller Größen und Farben. Im hinteren Teil des Raumes, dort, wo schwaches Tageslicht durch ein winziges Kellerfenster fiel, standen mit Gittern verschlossene Aktenschränke. In ihnen lagerten die für Schüler verbotenen Bücher. Verfolgt von den Blicken der Mädchen, griff Lory wahllos ein Buch aus dem vordersten Regal. Ohne auf den Titel zu sehen, stürmte sie zurück in ihr Zimmer.

Schnaufend ließ sie sich aufs Bett fallen. Zum Glück hatte sie, außer den Mädchen, keiner gesehen. Wie ausgestorben waren Treppenhaus und Flure zu dieser späten Nachmittagsstunde. Von 17.00 Uhr bis zum Abendbrot, um 19.00 Uhr, hatten die Schüler Freizeit. Viele nutzten das Angebot, um durch den Park zu streifen, oder mit Violettes Erlaubnis nach Tausendlicht Stadt zu gehen und durch die Geschäfte zu bummeln.

Lory wandte sich dem Buch zu. *Wunderwelt Natur* las sie den Titel, und als sie es aufschlug, erblickte sie gleich auf der ersten Seite das Bild eines grünen Skarabäus. Entsetzt schlug sie das Buch zu. War das ein Zufall? Kurz entschlossen griff sie nach einem Heft in ihrer Schultasche. Lautes Ratschen erklang, als sie eine Seite herausriss. Sie griff nach einem Stift und kritzelte in ihrer krakeligen Schülerschrift ein paar Sätze darauf:

Lieber Reginald,
ich muss dringend mit dir reden. Es ist wichtig!
Lory.

Noch einmal schlug sie das Buch auf. Der grüne Skarabäus war von der ersten Seite verschwunden. Hatte sie sich geirrt, und er war auf einer anderen Seite gewesen? Papier raschelte, als sie von Seite zu Seite blätterte. Ahornbäume, Rosen, Krebse und bunte Fische, Ameisen und Hirschkäfer ... Einen grünen Skarabäus sah sie nicht. Seltsam. Sie erinnerte sich an die Stimme bei ihrer Ankunft und an die flammend rote Schrift auf der Wand im Speisesaal.

Eilig, so, als könnte jeden Augenblick jemand kommen und ihr den Zettel wegnehmen, schob sie ihn in das Buch. In der Hoffnung, dass Reginald Regenbogen es auch wirklich erhielt, eilte sie zu Violettes Wohnung.

13

Durch das weit geöffnete Rundbogenfenster flog ein Rabe direkt in Arabellas Thronsaal hinein. Mit dem Tier kam der Geruch von Feuchtigkeit, Moder und Schwefel gezogen. Augenblicklich hob die Hexe den Kopf, und auch Thurano, der wie eine Katze zusammengerollt neben ihrem Thronsessel lag, reckte seine sieben Häupter in die Höhe.

An hohen Wänden aus schwarzen Marmorquadern hingen goldene, dreiarmige Kandelaber, in denen ein bläuliches Sumpfgaslicht flackerte. Zwischen den Leuchtern waren goldgerahmte Bilder angebracht, die grässliche Gestalten, Teufel, Hexen, Zauberer und Vampire zeigten. Durch sieben hohe Bogenfenster fiel, gedämpft von schwarzen Stores im Spinnennetzdesign, schwach das Tageslicht. In der Mitte des

Saales hing ein riesiger Kronleuchter von der Decke herab, aus dem ebenfalls bläuliches Sumpfgaslicht wie ersterbend flackerte.

Mit einem leisen Plumps landete der Vogel auf dem schwarzen Marmorfußboden. Sofort wurde das Tier größer und größer. Sein Federkleid verwandelte sich in einen schwarzen Umhang, die Flügel wurden zu Armen und Händen, die Beine zu Menschenbeinen und die Krallen zu Füßen in schwarzen Schnallenschuhen. Statt des Raben stand wie eine Gerte Zacharias Schreck vor dem Thron. Eisgraue Haare wallten unter seinem Spitzhut bis auf die Schultern herab. Spitz wie ein Stachel stach ihm seine lange Nase aus dem Gesicht. Die schwarzen umschatteten Augen funkelten Araballa freundlich an.

Die Hexe deutete auf den Elfenbeinhocker zu ihrer Rechten: „Was hast du zu berichten, Zacharias? Ich hoffe, nur Gutes!"

„Wie man's nimmt, Majestät!" Der Minister klopfte nicht vorhandenen Staub von seinem Cape. „Dieser Junge, Freddy, hat mich... äh, den Raben gesehen und sofort vermutet, dass der Vogel ein Spion ist. Ziemlich kluges Kerlchen, der Balg!"

„Mist!", fluchte Arabella. „Hättest dich besser tarnen sollen! Jetzt wissen sie Bescheid."

„Noch ist nicht alles verloren, Majestät!" Der Minister trat zu dem Hocker, hob seinen Umhang an und setzte sich. Sorgfältig breitete er das Cape über seine Knie und zupfte es im Rücken zurecht, so dass der Saum um ihn herum den Boden berührte. „Höre, was ich erfahren habe!"

Arabella Finsternis wartete gespannt. Ihr Blick war starr auf Zacharias Schreck gerichtet, und ihre Hände ruhten ineinander.

In kurzen Sätzen schilderte der Minister, worüber sich Lory und Freddy bei der Riesenfichte und später am Haus unterhalten hatten.

„Ein Zaubermantel von Rodolfo Popp?" Arabella lachte. „Da weiß ich, was ich tue! Dieser Modefritz ist mir noch lange nicht gewachsen!"

„Tja!", meinte Zacharias Schreck und zog den Kopf ein, denn er erwartete ein Donnerwetter von Arabella Finsternis. „Leider ist nicht raus, ob die beiden Kinder wirklich zu den Teufelszinnen gehen."

„Was willst du damit sagen, Schreck?"

„Dass sie sich gestritten haben. Freddy Pink ist verärgert weggerannt."

Arabella Finsternis ließ ein ungnädiges Knurren hören. Dann lachte sie. „Ach was! Diesen Streit sollten wir nicht so tragisch nehmen."

„Du meinst, sie versöhnen sich wieder?"

„Bestimmt! So ein Kinderkrach hat nichts zu sagen. Meist ist am nächsten Tag alles wieder vergessen."

„Wollen wir's hoffen!"

Wieder lachte die Hexe. „Wenn es sein muss, werde ich ein bisschen nachhelfen! Da kommt die Versöhnung wie von selbst!" Sie schwieg einen Augenblick und fügte dann hinzu: „Allerdings wäre es mir lieber, Lory würde alleine zu den Teufelszinnen gehen." Sie zog die Stirn in Falten. „Obwohl ich auch mit einem Freddy Pink fertig werde." Sie bedeutete Zacharias Schreck, den Thronsaal zu verlassen. „Geh, Zacharias, ruh dich aus! Ich werde dich zu gegebener Zeit rufen."

Mit einem Ruck stand der Minister auf. Mit vielen Verbeugungen schlich er im Rückwärtsgang zur Tür und huschte hinaus. Einen Augenblick schwebte der dumpfe Ton durch den Raum, der vom Schließen der zweiflügeligen Eichentür kündete.

„Rodolfo Popp?", murmelte Arabella und kraulte einen von Thuranos sieben Köpfen. Das Tier stieß ein wohliges

Grunzen aus. „Und Lory Lenz?" Sie blickte ihr Haustier liebevoll an. „Was meinst du, Thurano, werden wir mit denen fertig?"

Alle sieben Köpfe des Drachen schnellten in die Höhe. „Huuuhaaaa!", tönte es aus allen Mäulern gleichzeitig, dass die Wände zitterten und der Ton mehrfach widerhallte.

„Also ja!" Die Hexe sprang auf, strich noch einmal zärtlich über jeden der sieben Drachenköpfe. Ein hinterhältiges Lächeln erschien auf ihrem Gesicht, als sie mit wehendem Umhang aus dem Thronsaal rauschte.

14

„*Wunderwelt Natur?*", murmelte Violette und blätterte in dem Buch. Ein Zettel fiel heraus. „Oh! Wieso ...?" Sie hob ihn auf. Im Obergeschoss verhallten Lorys Schritte.

„Was ist?" Babette Cornelissen trat mit Eimer und Wischmopp aus dem Küchentrakt und starrte auf Violette, die mit einem Buch in der Hand in der Tür zu ihrer Wohnung stand. „Hast du mich gerufen, oder führst du neuerdings Selbstgespräche?"

Violette Moosgrün hielt der Haushälterin das Buch entgegen. „Sieh dir mal das an!"

„Was ist damit?" Babette stellte den Eimer auf den Fußboden, dass es schepperte, wischte sich die Hände an der Schürze ab und griff nach dem Buch. Aufmerksam blätterte sie darin. Erstaunen lag auf ihrem Gesicht, als sie Violette das Buch zurückgab. „Ist es verzaubert oder was? Ich kann nichts Auffälliges darin entdecken."

„Ja siehst du 's nicht?!" Violette nahm Madame Cornelissen das Buch aus der Hand, schlug die erste Seite auf und deutete auf ein ausgeprägtes Wasserzeichen: „Schau!"

Babette starrte auf die Seite. „Der Schulstempel! Was bedeutet das?"

„Das Lory Lenz das Buch aus der Bibliothek genommen hat. Von wegen von Reginald Regenbogen geborgt!" Sie hielt Babette den Zettel hin: „Und der steckte drin!"

„Lieber Reginald...", las die Haushälterin und rümpfte die Nase. „Ganz schön raffiniert, die Kleine, was?!"

„Stimmt!", brummte Violette. „Wir müssen aufpassen, dass ihr nichts passiert. Nicht auszudenken, wenn sie sich allein auf den Weg macht, um den grünen Skarabäus zu suchen."

„Was willst du tun?"

„Ich werde Reginald das Buch bringen und mit ihm reden."

„Und dann?"

„Dann müssen wir sehen, was passiert, und gegebenenfalls einschreiten. Vielleicht Lory ab und zu kontrollieren, auch nachts. Mal sehen!"

„Na dann viel Glück!" Babette Cornelissen hob Eimer und Wischmopp wieder auf. „Wenn ich an die Aktion mit Lorys Bruder denke, wird mir heute noch schlecht vor Sorge!"

„Hoffen wir, dass wir Lory vor Arabella bewahren können. Nicht auszudenken, wenn ihr etwas passiert! Ihre ganze Mission ist in Gefahr und die Zukunft des Magierlandes und der ganzen Menschheit auf dieser Welt."

„Das eigensinnige Kind!", seufzte Babette. „Hoffentlich geht alles gut!" Sie nickte Violette zu und verschwand im Speisesaal.

„Hoffentlich!", seufzte Violette, klemmte das Buch unter den Arm und verließ das Haus. Nur das Zuschlagen der Tür hallte Babette Cornelissen in den Ohren.

15

Wuuih! Wuuih! Wuuih! Wuuih! Tief stand die silberne Sichel des Mondes hinter den uralten Eichen, Fichten und Buchen, als ein leises Schwirren die Stille der Nacht zerschnitt. Unheimlich und bedrohlich übertönte das Geräusch das Säuseln des Windes, der in den Ästen und Zweigen spielte und sanft über die ausgedehnte Rasenfläche strich. Wie ein stiller See umgab sie Violette Moosgrüns Villa.

Wuuih! Wuuih! Wuuih! Wuuih! Über den hohen Bäumen erschienen vier schwarze Gestalten. Wie Riesenfledermäuse hoben sie sich vom Nachthimmel ab. Rasch kamen sie näher. Am Ende der Baumgruppe, dort, wo Rhododendron und Wacholderbüsche die Rasenfläche säumten, verlangsamten sie die Geschwindigkeit und sanken langsam zu Boden.

Wuuih! Wuuih! Wuuih! Wuuih! Mit einem leisen Plumps setzten ihre Füße auf dem Rasen auf. Das Schwirren verhallte.

Einen Moment sahen sie sich um. Ihr Blick blieb an der Villa haften, die, vom Mondlicht beschienen, wie ein verwunschenes Schlösschen inmitten der Parkanlage stand. Von den Kletterrosen, die an der Mauer des Hauses in üppiger Pracht wuchsen und blühten, zog süßer Duft zu den Gestalten herüber.

„Sie schlafen alle!", flüsterte Gordon.

„Hoffentlich!", meinte Hubert. „In welchem Zimmer wird Lory sein?"

Einen Augenblick herrschte Schweigen. Dann antworteten alle vier fast gleichzeitig: „Ich weiß es nicht."

„Kommt!", Jack winkte. „Gehen wir ins Haus! Irgendwo werden wir Lory schon finden."

„Bist du verrückt!", rief Hubert. „Wenn uns einer sieht! Wir müssen gezielt vorgehen."

„Ha!", rief Bill. Sofort wurde er von Gordon mit einem

bösen Zischen unterbrochen. „Still! Du weckst das ganze Haus auf."

„Ich hab mir gedacht...", fuhr Bill leise fort, „... dass es ein Problem wird, Lory in dem riesigen Haus zu finden."

Hubert lachte. „Wenn das nur das einzige Problem ist!"

„Nun kommt endlich!", mahnte der einäugige Jack und rückte seine Augenklappe zurecht. „Wenn wir noch lange warten, kommt der Morgen. Dann ist es zu spät." Er ging mehrere Schritte auf die Villa zu.

Im letzten Moment packte ihn Gordon an einem Zipfel seines Umhangs. „Halt! So geht das nicht! Wir müssen vorsichtig sein."

Widerwillig drehte Jack sich zu ihm um. „Und Lory?"

„Die holen wir uns!" Gordon machte ein ernstes Gesicht. „Nur müssen wir dabei gezielt vorgehen."

„Ich hab eine bessere Idee", meldete sich Hubert.

„Was wird das wohl sein?!", fragte Jack verächtlich.

„Du brauchst gar nicht dumm daherreden!", antwortete Hubert gekränkt. „Andere Geister haben auch gute Einfälle, nicht bloß du!"

„Streitet euch nicht!", mahnte Gordon. „Nur wenn wir zusammenhalten, gelingt uns der Plan." Er nickte Hubert zu: „Nun berichte!"

„Wie wär's", begann Hubert, „wenn wir Lory von jemand anderem entführen lassen?"

„Wer soll das sein?", „An wen denkst du?", „Bist du verrückt?", redeten die Geister durcheinander.

„Überlegt mal, Leute!", fuhr Hubert ungeachtet der Einwände fort. „Wir können nur nachts etwas unternehmen, weil wir bei Tageslicht zu Staub zerfallen. Lory aber ist auch tagsüber unterwegs."

„Na und?", meinte Jack. „Wenn wir Lory jetzt aus der Villa holen, sind wir bis zum Tagesanbruch längst in unserer

Höhle im Moor."

„Und wenn nicht?", fragte Hubert. „Wenn wir im Haus bis zum Morgen nach Lory suchen müssen?" Er lachte. „Da ist es doch viel besser, wir warten erst mal ab."

„Abwarten?" Bill verzog das Gesicht. „Wer kann heutzutage noch abwarten?"

„Die Idee ist gar nicht dumm!", stimmte Gordon Huberts Vorschlag zu. „Wir warten, bis sich Lory auf den Weg zu den Teufelszinnen gemacht hat. Dann soll unser Mann Lory schnappen, und wir holen sie dann heimlich in der Nacht von ihm weg. So fällt der Verdacht auf ihn, und keiner bringt uns mit der Tat in Verbindung. Schließlich sind wir die Geister der Nacht."

„Hast du schon an jemanden gedacht?", fragte Jack.

„Natürlich!" Gordon lachte. Sein Lachen klang hohl und schrill. „Für das Unternehmen kommt nur einer in Frage!"

„Wer?", fragten seine Genossen einstimmig.

„Urbanus Harms!"

„Der?", „Warum ausgerechnet der Alte vom Berg?", „Bei dem müssen wir vorsichtig sein!", „Er ist ein Gauner!", klangen die Stimmen der Geister durcheinander.

Gordon hob den Arm und bat um Stille. „Der Alte vom Berg ist deshalb unser Mann, weil er scharf auf Arabellas Drachen ist. Schon im vergangenen Jahr wollte er Lory gegen Thurano eintauschen. Das ist ihm aber nicht gelungen. Wenn wir ihn dazu brächten, in diesem Jahr erneut auf Lory Jagd zu machen..."

„Die Idee ist gut!", rief Bill.

„Finde ich auch!", meinte Hubert.

„Na ja!", klang es skeptisch von Jack.

„Also!", rief Gordon. „Packen wir 's an! Und fliegen zu Harms."

„Einverstanden!", klang es aus drei Kehlen.

Die Geister rafften ihre Umhänge. Langsam erhoben sie sich in die Luft. Und mit dem gleichen Schwirren, mit dem sie gekommen waren, schossen sie im Turbogang davon, bis ihre schwarzen Fledermausumrisse am Horizont hinter den Kronen der Eichen, Buchen und Fichten verschwanden.

16

Wenn sie sich doch endlich auf den Weg machen würde! Arabella lehnte sich auf ihrem Thronsessel zurück. Durch die hauchzarten schwarzen Stores, vor den hohen Bogenfenstern, fiel dunkel die Nacht in den Raum. Das bläuliche Sumpfgaslicht, das aus einem riesigen Kronleuchter und aus mehreren dreiarmigen Wandleuchtern schien, war gedämpft, so dass die hohen Säulen schwarze Schatten auf die Marmorplatten warfen. Der zarte Duft von Callablüten schwebte über dem Saal und vermischte sich mit den Schwefeldämpfen, die Thurano hin und wieder aus den Nüstern seiner sieben Köpfe stieß. Eingerollt döste er zu Füßen seiner Herrin und ließ von Zeit zu Zeit ein leises, wohliges Grunzen hören.

„Verdammt!" Die Hexe verzog das Gesicht, als hätte sie in ein mit Essig getränktes Brot gebissen. Warum dauerte es so lange, ehe Lory Lenz endlich zu der Höhle ging? Jede Nacht, seit das Mädchen wieder im Magierland war, hatte sie ihr den Traum von der Höhle gesandt, und die Bilder mit Sina Apfel im Kerker. Warum machte sie sich nicht endlich auf, den grünen Skarabäus zu suchen und ihre Klassenkameradin zu befreien?

Seufzend schloss Arabella die Augen, atmete tief ein und aus. Langsam wurde sie ganz ruhig. Mit allen Sinnen konzentrierte sie sich auf Lory Lenz, bis ihr nach einiger Zeit das Bild des Mädchens im Geist erschien. Sie sah das Zimmer in Violettes Villa. Durch das einzige Fenster fiel bleiches Mondlicht, das dem moosgrünem Teppichboden eine ausgeblichene Farbe verlieh. Drei Betten standen im Raum. In einem schlief Caroline von Trutzberg. Ein anderes, das ganz links stand, war leer. Es hätte Sina Apfel gehört. In dem mittelsten schlief Lory, einen Arm unter dem Kopf, den anderen auf dem Kissen. Schwarze Haarflechten hoben sich wie ein ausgebreitetes Tuch von dem Weiß des Bettbezugs ab.

„Lory!", flüsterte Arabella. „Hörst du mich?"

Das Mädchen räkelte sich im Schlaf.

„Lory!" Arabellas Worte klangen mild, wie der Ruf einer guten Fee. „Steh auf! Sofort! Geh in die Bibliothek! Im ersten Regal steht das Buch. Es wird dir den Weg zu der Höhle zeigen, in der der grüne Skarabäus liegt." Wieder schickte sie Lory die Bilder vom Teufelsgebirge, dem Skarabäus und von Sina Apfel. Und ihre Lippen formten leise die Worte: „Mach dich am Freitagabend, in dieser Woche, auf den Weg! Unbedingt! Sonst wird Sina Apfel sterben!"

17

Aus dem Wolkengebirge, das die Spitze eines riesigen Berges einhüllte, lösten sich vier menschliche Schatten. Mit flatternden Umhängen und ausgebreiteten Armen sahen sie aus wie riesige schwarze Vögel. Langsam setzten sie zur Landung an, und kamen genau vor einem torgroßen Loch zum Stehen, das tief in den Berg hineinführte. Steine und Geröll knirschten, als ihre Füße die Erde berührten.

Einen Augenblick betrachteten Gordon, Hubert, Bill und der einäugige Jack den riesigen Felskoloss, der hoheitsvoll und bedrohlich in die Nacht ragte. Zu seinen Füßen erstreckte sich links die große Grasebene vom Zauberwald bis zum Teufelsmoor. Rechts des Berges zogen sich die Ausläufer des Teufelsgebirges bis weit hinter Arabella Finsternis' Schloss.

„Kommt!", rief Gordon in ihre Betrachtungen hinein. „Bald wird es hell, und wir wollen nicht bei Urbanus Harms den Tag verbringen."

Fast lautlos schlüpften sie in die Höhle hinein. Dunkelheit nahm sie gefangen, und der Geruch von Feuchtigkeit, Moder und Fledermäusen schlug ihnen entgegen. Leise knirschten ihre Schritte auf Steinen und Geröll, als sie den schmalen Pfad entlangwanderten, der zu Urbanus Harms' Wohnhöhle führte. Den Weg säumten Stalagmiten und Stalaktiten, die in Jahrtausenden zu seltsamen Gebilden gewachsen waren und einen phantasiebegabten Betrachter an Schlösser und Burgen, Märchenfiguren oder an gar gruselige Gestalten erinnerten.

Huberts Fuß stieß an einen Stein. „Aua!", schrie er. „Beim Geisterspuk! Es ist verdammt dunkel hier!"

„Hast Recht!", bestätigte Hubert. „Warum der Alte vom Berg kein Sumpfgaslicht hat? Das Zeug ist doch billig genug!"

Bill lachte. „Harms ist ein Geizhals! Weißt du das nicht?"

„Wartet nur ab!", meinte Jack und fummelte an seiner Augenklappe herum. „Vielleicht stürzt er mal richtig! Dann braucht er statt eines Gehstocks zwei!" Er lachte wie über einen guten Witz.

„Bloß gut, dass wir Geister sind!", meinte Gordon. „Und dass wir bei Nacht fast besser sehen als am Tag."

„Ha! Ja!", rief Bill. Leise stimmte er ihr Geisterlied an: *„Geisterreigen in der Nacht..."*

Unter Absingen aller Strophen und dem geschickten Umgehen der Stalagmiten, Stalaktiten und der vielen Gesteinsbrocken, die überall auf dem Weg lagen, gelangten sie zu Urbanus Harms Wohnungstür.

„He, Harms!", rief Gordon und wummerte mit seiner Geisterfaust gegen die eisenbeschlagene Eichenholztür. Wie Donnergrollen hallten das Klopfen und seine Bass-Stimme vom tausendfachen Echo verstärkt durch den Berg. „Wach auf! Wir müssen mit dir reden!"

18

In die Bibliothek gehen? Langsam öffnete Lory die Augen. Wieso? Wo war sie? Durch das Fenster fiel fahles Mondlicht, und der Wind blähte leicht die Gardinen. Mit dem Wind strömte der Geruch der Kletterrosen ins Zimmer.

Nach und nach nahm sie die Umrisse von Tisch, Stühlen, dem breiten Kleiderschrank und den drei Betten, auf der rechten Seite des Zimmers, wahr.

Erleichtert atmete Lory auf. Sie lag in ihrem Bett in Violette Moosgrüns Villa. Neben ihr schlief Caroline von Trutzberg. Wie ein dunkler Mantel breitete sich deren schwarzes Haar auf dem moosgrünen Kopfkissen aus, und leise klangen ihre Atemzüge durch den Raum. Das dritte Bett war leer. Welch Glück, dass das, was sie soeben erlebt hatte, nur ein Traum gewesen war!

Trotzdem. Sie richtete sich auf, sah in Gedanken die Teufelszinnen vor sich und erinnerte sich an die Worte, die sie in die Bibliothek schicken wollten. Jetzt? Mitten in der Nacht? Wie spät mochte es sein? Wieder flüsterte es in ihrem Inneren: „Mach! Geh in die Bibliothek! Im Regal der Reiseführer findest du alles, was du brauchst."

Lory sprang aus dem Bett. Wohlig weich fühlte sich der Teppichboden unter ihren Fußsohlen an. Ein Blick zu Caroline sagte ihr, dass diese noch schlief.

„So beeile dich doch!", tönte die Stimme in ihren Ohren.

„Noch liegt alles in tiefem Schlaf."
„Wer bist du?", flüsterte Lory.
„Eine Freundin, die es gut mit dir meint."
„Wer? Gertrud Gutwill?"
„Ja, die! Und nun geh endlich!"
Lory schlüpfte in ihre Pantoffeln und verließ das Zimmer. Langsam schlich sie durch das stille Haus. Bläuliches Sumpfgaslicht gab den Fluren und Treppen einen gespenstischen Schein. Irgendwo knackte Holz. Lory zuckte zusammen, und am liebsten wäre sie wieder umgekehrt. Doch die Stimme forderte sie erneut dazu auf, unbedingt in die Bibliothek zu gehen.

Endlich hatte sie den Kellergang erreicht. Vorsichtig öffnete sie die Tür. In das leise Knarren mischte sich ein kaum hörbares, dumpfes Knacken. Aus dem Erdgeschoss klang es schwach in den Keller hinab. Dann knarrten Stufen. Jemand stieg eine Treppe hinauf. In ihrer Aufregung nahm Lory die Geräusche nicht wahr. Rasch schlüpfte sie in die Bibliothek. Ihre Finger suchten den Lichtschalter. Urplötzlich tauchte grellblaues Sumpfgas den Raum in hell gleißendes Licht.

Reiseführer? Ihr Blick huschte über die Regale. Wo standen die? Langsam ging sie von Regal zu Regal. Ihre Blicke streiften über die Buchrücken: *Brehms Tierleben, Tod im Moor, 1 x 1 der Zauberei, Majaschätze und Azteken, Satansberg und Räuberfelsen – Ein Streifzug durch das Reich der Finsternis, Bergriesen im Magierland.* Lory zog das Buch aus dem Regal. War es ein Zufall, dass den Einband die zwei Fingerfelsen zierten?

Sie setzte sich auf einen Hocker und blätterte in dem Buch. Auf jeder Seite sah sie Bilder mit schroffen Felsen, tiefen Tälern und blaugrünen Seen. *Teufelsgrat, Hexensee, Zauberspitz* lauteten die Bildunterschriften. Und dann fand sie, was sie suchte: die beiden Berge, die Fingern glichen. *Die Teufelszinnen sind ein Ausläufer des Teufelsgebirges,* las sie, *und bekannt und gefürchtet für ihre Wetterunbilden. Ihre Ausläufer beginnen am „Urbanus-Harms-Berg" und dehnen sich bis zum „Satansfelsen" aus. Die beiden fingerförmigen Gipfel, in der Mitte des Gebirges, stellen eine große Herausforderung für jeden Bergsteiger oder Alpinisten dar. Eine Besteigung empfiehlt sich wegen der guten Fernsicht besonders im September ...*

„Mmmh!", brummte Lory. In Urbanus Harms Höhle war sie im vergangenen Sommer schon einmal gewesen. Aber sie konnte sich nicht entsinnen, irgendwo in der Nähe des Berges die Teufelszinnen gesehen zu haben. Sie blätterte weiter. Auf der letzten Seite des Buches steckte eine Karte. Lory zog sie heraus und faltete sie auseinander. Schwarze, rote und blaue Schlangenlinien zogen sich über graubraune Flecken und verbanden rote und schwarze Punkte. An einem graubraun geschipperten Fleck stand: *Urbanus-Harms-Berg*. Von dort aus zog sich eine rote Linie fast quer über die Karte. Sie endete in zwei schwarzgrauen Flecken, die V-förmig gespreizten Fingern glichen und an denen in kleinen schwarzen Druckbuchstaben *Teufelszinnen* stand. Keine fünf Zentimeter entfernt las sie *Satansberg* und *Schwarzes Schloss*.

Lory starrte auf die Karte. Sollte sie den Plan mitnehmen? Aber wenn es jemand merkte? Violette vielleicht? Ihr Blick fiel auf einen Kopierer, der in einer Nische zwischen zwei Regalen stand. Rasch trat sie an das Gerät heran, legte die Karte ein und betätigte den Startknopf. „Tektek", klang leises Rattern durch die Bibliothek. Dann spuckte das Gerät die Kopie aus. Lory riss das Blatt an sich, steckte die Originalkarte in das Buch zurück und schob dieses in das Regal. Zufrieden mit sich verließ sie die Bibliothek. Wieder nahm sie die geisterhafte Stille des schlafenden Hauses gefangen. Irgendwo oben klang ein kurzes leises Knarren. Lory erschauerte. War da jemand? Wer? Sie lauschte eine Weile. Doch alles blieb still.

So schnell sie konnte stieg sie die Treppe hinauf. Kaum hatte sie das Dachgeschoss erreicht, trat ein menschlicher Schatten hinter dem Geländer hervor, und eine Frau rief im ärgerlichen Ton:
„Lory!"
Vor ihr stand Violette Moosgrün. Schuldbewusst senkte Lory die Augen.
„Wo kommst du her?" Violettes Blick fiel auf das Blatt in Lorys Hand: „Was hast du da?" Sie nahm ihr das Papier weg und starrte darauf: „Eine Karte?" Ihr Blick wanderte über den Plan: „Vom Magierland?" Dann klang ein gedehntes „Aha!" durch das Haus. „Die Teufelszinnen!"
Lory spürte Violettes scharfen Blick. „Was willst du mit der Karte, sag?!"
„Es ist...", stammelte Lory. „Weil... Sina Apfel..."
„Schlag es dir aus dem Kopf, nach dem grünen Skarabäus zu suchen! Die Angelegenheit ist gefährlich. Und wir werden nicht zulassen, dass du dich in Gefahr begibst." Violette schnaufte gequält. „Nicht auszudenken, wenn Arabella Finsternis dich erwischt! Das wäre ein großes Unglück und eine Niederlage für das Reich des Lichts und das gesamte Magierland." Wieder spürte Lory Violettes strengen Blick. „Später, wenn du älter bist, wirst du das Geheimnis erfahren, und mein Handeln verstehen. Doch bis dahin tust du das, was ich sage, verstanden!" Sie deutete auf die Tür zum Mädchenschlafzimmer der Erstklässler. „Nun geh und schlaf! Es ist erst kurz nach Mitternacht."
Während Lory mit hängendem Kopf wie ein gescholtenes Kind zu ihrem Zimmer trottete und der Ärger in ihr fraß, dass sie erwischt worden war, stieg Violette Moosgrün mit dem Plan des Teufelsgebirges in ihre Wohnung hinab.
Im Schwarzen Schloss schäumte Arabella vor Wut. „Verdammt!", rief sie immer wieder, dass ihre rauchige Stimme

durch das Schloss dröhnte. Grüne Blitze schossen zischend aus ihren Augen quer durch den Thronsaal, und statt des zarten Calladufts zog der Geruch von Schwefel und Hölle durch den Raum. „Violette Moosgrün hat Lory erwischt!" Sie stampfte mit den Füßen auf, dass das Gewölbe erzitterte und Thurano aus allen sieben Mäulern Feuer spie und wie eine Horde Tiger fauchte.

„Was muss dieses Weib mir dazwischenfunken?!"

Ängstlich drückten sich Zacharias Schreck und Adolar Zack in die äußersten Ecken des Saales. In der Hoffnung, schnellstens zu verschwinden, spähten sie immer wieder zu der zweiflügligen Tür, die hinaus in den Flur führte. Keine Chance, Arabellas Zorn zu entgehen!

„Zack!", schrie Arabella und winkte dem Kleineren der beiden.

Mit unterwürfigen Verbeugungen, den Kopf gesenkt und jeden Augenblick darauf gefasst, dass die Herrin der Finsternis ihn strafen könnte, schlich Adolar Zack näher zum Thron.

„Du musst die Schlappe in Ordnung bringen, versprich mir das!"

„Gern, Herrin! Du größte Zauberin im Magierland! Was soll ich tun?"

„Geh hin und …!" Arabellas Worte klangen so leise, dass nur Zack sie verstand. Neugierig reckte Thurano seine Köpfe.

Auf Zacharias Schrecks Gesicht spiegelte sich Unmut. Was hatte seine Herrin vor? Warum bevorzugte sie diesmal Adolar Zack? Ellen-Sue Rumpel kam ihm in den Sinn. Ob er sie noch einmal für seine Ziele gewinnen konnte?

„Du machst mich glücklich, Herrin…", begann Adolar, nachdem Arabella schwieg, „… dass ich dir dienen darf! Sofort will ich gehen und tun, was du sagst.

„Nicht sofort, Dummkopf!", zischte Arabella, und wieder

fuhr ein Blitzeregen aus ihren Augen. „Sondern morgen früh."
Sie winkte ihren Ministern, den Thronsaal zu verlassen.

19

Nach einiger Zeit – den Geistern der Nacht kam es wie eine Ewigkeit vor – hörten sie hinter der Tür schlurfende Schritte.
„Wer ist da?!", brummte eine verschlafene Männerstimme.
„Wir!", rief Gordon. „Die Geister der Nacht!"
„Was wollt ihr von mir?"
„Mit dir reden?", riefen die Geister im Chor.
„Jetzt, mitten in der Nacht?"
„Es ist wichtig!", erklärte Gordon.
„Was soll so wichtig sein, dass ich dafür meine Nachtruhe opfern muss?"
„Wir haben eine Neuigkeit für dich", säuselte Jack und rückte an seiner Augenklappe. „Eine Neuigkeit, die keinen Aufschub duldet."
„Ihr?" Aus Harms Stimme klang Zweifel.
„Wir!", riefen die Geister gemeinsam, und Bill ergänzte: „Ganz wichtige Neuigkeiten, die dir von Nutzen sind!"
„Oh!" Ein Schlüssel drehte sich im Schloss, und knarrend öffnete sich die Tür einen Spalt. Urbanus Harms verschlafenes Gesicht, umrahmt von grauem Zottelhaar und einem genauso zotteligen Vollbart, der bis auf die Brust reichte, erschien in der Tür.
Eisgraue Augen blickten kalt auf die Geister der Nacht. „Nun sagt", bellte er, „was ihr zu sagen habt! Ich bin müde und will zurück ins Bett. Und wehe euch, wenn ihr mich veralbert habt!"
„Es geht um Lory Lenz!", flötete Bill.
„Und um Thurano", ergänzte Hubert.

„Oh!", ließ sich Urbanus Harms vernehmen, und seine hünenhafte Gestalt schob sich wie ein Bergkoloss zwischen Rahmen und Tür. Ein bis zum Boden reichendes graues Nachthemd, unter dem kräftige, schmutzige Zehen wie dicke Mäuse hervorlugten, umhüllte seinen massigen Körper.
„Dann lasst mal hören!"
„Wie wir hörten...", ergriff Gordon wieder das Wort, „...willst du Arabellas Drachen haben?"
Augenblicklich war Urbanus Harms hellwach. „Ja und?" Seine Augen blinzelten listig. „Ich höre?"
Bill verzog das Gesicht zu einer lächelnden Maske. „Lory sucht den grünen Skarabäus. Fang dir das Mädchen, dann wird Thurano garantiert dein Eigen sein!"
„Was?!", knurrte der Alte vom Berg skeptisch. „Wollt ihr mich verulken?"
„Niemals!", rief Gordon und berichtete Urbanus Harms, was er von Lory, der Höhle in den Teufelszinnen und dem grünen Skarabäus wusste.
„Ja und?!", brummte Harms, als Gordon geendet hatte. „Was soll ich dabei tun?"
Mit schmeichelnden Worten, wobei einer den anderen ergänzte, unterbreiteten die Geister der Nacht dem Alten vom Berg ihren Plan.
„Nicht schlecht!", meinte Urbanus Harms und wiegte bedenklich seinen Kopf. „Aber sagt, ich denke, der grüne Skarabäus ist seit Jahrhunderten verschwunden?"
„Anscheinend nicht!", erklärte Gordon. „Soviel ich weiß, hat ihn Arabella in der Höhle der Teufelszinnen versteckt, damit Lory nach ihm sucht und ihn gegen Sina Apfel eintauschen kann."
Jack rückte erneut an seiner Augenklappe, und sein Mund verzog sich für einen Moment zu einem verschlagenen Lächeln. „Schade, dass wir das Tageslicht fürchten müssen! Ich

würde liebend gern nach dem Skarabäus suchen, dann hätte ich Lory, Sina und den Talisman."

„Ja", meinte Bill und kratzte sich am Kopf. „Was für ein Glückspilz muss das sein, der den Skarabäus findet! Damit kann er nicht nur alles Mögliche, wie den Drachen, von Arabella verlangen. Nein, er wird auch noch mit Glück, Gesundheit, Wohlstand und ewigem Leben überhäuft!"

„Ein wahres Glückskind!", seufzte Hubert. „Ach, wenn ich doch nach dem Talisman suchen könnte! Was ich mir dafür alles leisten würde..."

„Das wäre wirklich toll!", meinte Bill. „Ein bisschen Glück tut heutzutage jedem gut. Auch uns, und nicht nur den anderen."

Urbanus Harms strich sich übers Kinn. „Und Lory kommt wirklich an meinem Berg vorbei?" In Gedanken sah er sich schon in Besitz des grünen Skarabäus, und wie er Thurano in seiner Küche zu Wurst und Hackfleisch verarbeitete.

„Natürlich!", meinte Gordon. „Es gibt keinen anderen Weg zu den Teufelszinnen. Sie muss an deinem Berg vorbei."

Jack beugte sich zu Urbanus Harms' Ohr. „Wenn ich Lory fangen wollte, ich wüsste schon, wie ich es anstellen würde."

„Wie?", fragte Harms und spitzte die Ohren.

„Na so, dass ich zwei Fliegen mit einer Klappe schlage!"

„Hach!", stöhnte der Alte vom Berg. „Du mit deinen Andeutungen! Sag klar heraus, was du meinst!"

Jack kicherte: „Ich würde Lory in die Höhle verfolgen, sie den Skarabäus suchen lassen, und wenn sie ihn hat, dann schnappte ich mir beide, den Talisman und das Kind!"

Der Alte vom Berg verzog skeptisch das Gesicht, ihm waren plötzlich Zweifel gekommen. „Sagt, Freunde, warum kommt ihr mit Lory und dem grünen Skarabäus zu mir? Warum sucht ihr nicht selbst nach dem Talisman, wo Lory, wie ihr sagt, auch für euch ein Gewinn ist?"

„Wieso?", „Wie meinst du das?", „Was willst du uns unterstellen?", klang es von den Geistern zurück.

„Wir hassen Lory!", fügte Bill hinzu. „Wir wollen nicht, dass eine wie sie, die nicht einmal aus dem Magierland stammt, eines Tages Stella Tausendlicht..."

„Still!", zischte Gordon. „Niemand darf darüber sprechen!"

„Aber ich dachte", begann der Alte vom Berg erneut, „dass ihr ein Menschenkind gut brauchen könntet. Heißt es nicht, dass euch nur ein Mensch von Erdengrößen erlösen kann? Und ihr wollt doch erlöst werden, nicht wahr?"

„Ja!", „Schon!", „Sicher!", „Natürlich!", redeten die Geister der Nacht durcheinander.

„Aber die Sache ist die...", ergriff Gordon das Wort. „Wir können kaum etwas unternehmen, um Lory zu bekommen. Fast die ganze Nacht müssen wir tanzen, und im Tageslicht zerfallen wir zu Staub. Außerdem schläft Lory nachts. Daher ist es für uns zu schwer, das Mädchen ständig zu verfolgen."

„Außerdem sind wir großzügig", meinte Bill. „Wir gönnen dir Lory von Herzen, weil wir wissen, dass du ein Ehrenmann bist! Das bist du doch, oder?"

„Natürlich! Zweifelt ihr an mir?"

„Niemals!", riefen die Geister einstimmig.

In Harms Augen trat für einen Moment ein verschlagener Ausdruck. Dann fragte er: „Aber wisst ihr auch, wann genau Lory an meinem Berg vorbeikommt?"

„Das wissen wir nicht!", kam es von den Geistern vierstimmig zurück. „Morgen, übermorgen oder am nächsten Wochenende."

Und Gordon ergänzte: „Je nachdem, wann es Arabella gelingt, Lory auf den Weg zu schicken."

„Oh!", brummte Urbanus Harms ärgerlich. „Da muss ich

ja tagelang vor meiner Höhle stehen. Das gefällt mir gar nicht!"

„Ohne Fleiß kein Preis!", meinte Jack.

„Denk an Thurano und den grünen Skarabäus!", riet Hubert. „Und daran, dass Drachenblut unsterblich und unbesiegbar macht!" Und Bill fügte hinzu:

„Du bekommst Lory nie wieder so leicht zu fassen."

„Ja, ja", brummte der Alte vom Berg. Arbeit und Mühe waren ihm schon immer zuwider gewesen. Und jetzt sollte er tagelang auf Lory warten.

„Willst du nicht?", fragte Gordon, der seinen Plan gefährdet sah.

„Ich werd's machen!", sagte Urbanus Harms. „Auch wenn ich nicht mehr der Jüngste bin und mir das Warten unendliche Mühe bereitet!" Er seufzte laut.

„Gut!" Gordon winkte Hubert, Bill und Jack: „Auf ins Moor, Freunde! Wir müssen tanzen, bis der Morgen kommt!"

„Leb wohl!", ‚Ciao, Harms!", „Bis bald, und viel Erfolg!", „Du hörst von uns!", verabschiedeten sich die Geister von Urbanus Harms. Wie riesige schwarze Schmetterlinge schwebten sie davon.

Einen Augenblick sah ihnen der Alte vom Berg hinterher. Dann stapfte er in seine Wohnung zurück.

20

Er war gekommen. Wie eine Kamera, die ein Bild festhält, starrte Lory vom Obergeschoss hinunter ins Foyer. Um sie herum hallten Stimmen und Lachen. Eine Schülergruppe polterte wie eine Herde wild gewordener Pferde über die Treppe. Türen schlugen. Kinderhorden strömten an ihr vorbei und verschwanden im Speisesaal.

Und während die Welt um Lory herum im Nichts versunken war, trat das Bild des jungen Mannes scharf hervor.

„Reginald!", schrie sie und rannte die Treppe hinunter, so dass sie um Haaresbreite eine Stufe verfehlt hätte und gestürzt wäre. In letzter Sekunde klammerte sie sich am Geländer fest. „Reginald! Du bist gekommen!"

„Sollte ich nicht?", fragte er und lächelte. Seine regenbogenfarbigen, wie eine Bürste geschnittenen Haare glänzten im Licht der Deckenstrahler und standen in Konkurrenz mit dem schwarzen Anzug, der ihm eine elegante Note verlieh. Eine vorwitzige Locke fiel ihm keck in die Stirn.

„Oh doch! Ja!", kam es zögernd. Reginalds nobler Anzug schüchterte Lory ein. Er erinnerte sie an die Männer, die in der Schalterhalle der Sparkasse von Überall standen, oder dort, in durch Glaswände abgeteilten Kabinen, saßen und Leute finanziell berieten. Oder an die Politiker, die fast täglich im Fernsehen zu sehen waren. Der regenbogenfarbige Umhang, den Reginald sonst trug, hatte ihr besser gefallen.

„Hast du meine Nachricht bekommen?"

„Klar! Aber Violette hat gemerkt, dass du das Buch aus der Bibliothek genommen hast."

„Oh!"

„Das darfst du nicht machen!"

„Aber ich wollte mit dir reden. Ich wusste nicht, wo du bist. Und deshalb..."

„Mit mir reden? Warum? Wegen Sina Apfel und dem grünen Skarabäus?"

Lory blickte zu Boden und nickte. „Und weil ich von dir wissen will, wo das Gebirge liegt?"

„Was für ein Gebirge?"

„Na, das mit der Höhle! In der der grüne Skarabäus versteckt ist."

„Woher weißt du, dass der grüne Skarabäus in einer Berghöhle versteckt ist?"

„Ich hab davon geträumt. Jede Nacht, seit ich hier bin. Sina hat mir die Höhle gezeigt."

„Sina Apfel?"

Lory nickte. „Ich träume jede Nacht von ihr und der Höhle in den Bergen. Es ist immer der gleiche Traum."

„Merkwürdig!", brummte Reginald und machte ein ernstes Gesicht. „Sieht nach Arabella aus!"

„Was meinst du?"

Statt zu antworten, fragte Reginald: „Wie sieht das Gebirge aus?"

„Es ist hoch. So hoch, dass nur noch kahle Felsen zu sehen sind, auf denen Schnee liegt. Ein Weg führt zu der Höhle im Felsen, und die Berggipfel sehen so aus!" Sie bildete mit Zeige- und Mittelfinger ein „V", so, als wollte sie hinter Reginalds Kopf Hörner zeigen.

„Die Teufelszinnen sind das", entgegnete Reginald bestimmt.

„Was heißt ‚Teufelszinnen'?"

„Das ist der Name des Berges, weil es zwei Bergspitzen sind, die Teufelshörnern gleichen und der Berg im Teufelsgebirge liegt."

„Und wo genau liegt der Berg?"

„Lory! Du kannst Sina nicht befreien. Die Sache ist viel zu gefährlich für dich! Du musst an uns, die friedliebenden Magierländer, denken, und an deine Mission!"

„Meine Mission? Wieso? Was heißt das?"

„Vergiss es!", lenkte Reginald ab. Indem er die Mission erwähnte, hatte er zu viel gesagt.

„Soll Sina für immer bei Arabella bleiben?"

„Natürlich nicht! Aber überlass ihre Befreiung lieber Archibald Rumpel und seinen Sicherheitsleuten!"

„Und wenn der Minister der Verräter ist?"

„Dafür gibt's keine stichhaltigen Beweise."

„Und Ellen-Sue? Sie wollte mich an Arabella verraten. Und sie ist Rumpels Enkelin."

Reginald winkte ab: „Sie hat sich gedankenlos von Arabellas Minister ausnutzen lassen. Eine Kindertorheit, weiter nichts." Er sah Lory scharf an. „Die Leute haben auch von Professor Laurentin Knacks und mir geglaubt, dass wir mit Arabella gemeinsame Sache machen. Und haben wir das?"

„Nein!" Lory sah auf ihre Schuhe. Sie waren staubig. Graue Kratzer hoben sich auf den Kappen vom braunen Leder ab. Dass Minister Rumpel nicht mit Arabella Finsternis gemeinsame Sache machte, war längst nicht bewiesen. Lory seufzte. Und dass Reginald ein Verräter war, konnte sie sich wirklich nicht vorstellen.

Reginald fasste Lory am Arm und sah ihr ins Gesicht: „Versprich mir, dass du nichts allein unternimmst! Diesmal bin ich nicht da, um dich in letzter Minute aus Arabellas Schloss zu retten."

„Ach!", brummte Lory. Alle Welt schien etwas dagegen zu haben, dass sie Sina befreien wollte. Ob sie doch mit Freddy Pink aufbrechen sollte? Aber er war böse mit ihr. In dem Moment bedauerte sie, dass sie grob zu ihm gewesen war.

Reginald zwinkerte Lory zu: „Wir sehen uns! Mach's gut!"

„Tschüss!"

Ehe Lory sich versah, hatte Reginald Regenbogen, als hätte er sich in Luft aufgelöst, das Schulhaus verlassen.

In Gedanken bei Freddy, Sina Apfel und dem grünen Skarabäus, trottete Lory in den Speiseraum.

21

„Hallo Freddy!"

Wie aus dem Nichts gekommen, stand vor Freddy Pink ein kleiner hutzliger Mann. Er trug einen schwarzen Umhang, der einen Buckel verbarg. Unter seinem schwarzen Spitzhut fielen ihm struppige Haare wie angefaulte braune Strohhalme in die Stirn.

Freddy starrte auf den Mann: „Wer sind Sie?"

„Ein Freund!"

„Wieso Freund? Wir kennen uns doch gar nicht."

„Du kennst mich nicht." Kohlrabenschwarze Augen funkelten aus dunklen Höhlen Freddy listig an. „Aber ich kenne dich!"

„Woher?" Freddy konnte sich nicht entsinnen, den Mann schon einmal gesehen zu haben. Und irgendwie hatte er ein ungutes Gefühl. Was führte der Mann im Schilde?

„Nun, ich kenne deinen Vater. Und ich weiß, dass du sehr gern mit Lory Lenz nach dem grünen Skarabäus suchen möchtest."

Freddy verzog ärgerlich das Gesicht. „Die dumme Pute will mich nicht dabeihaben, eh!"

Der Fremde lachte. „Das gibt sich, wenn du ihr das gibst." Er hielt Freddy ein Blatt Papier entgegen.

Der Junge griff danach. „Was ist das?"

„Die Kopie einer Landkarte. Sie zeigt euch den Weg zu den Teufelszinnen. Lory hat die Karte letzte Nacht heimlich in der Bibliothek kopiert. Leider hat Violette sie erwischt."

„Und wieso haben Sie die Karte jetzt?"

Der Mann lachte verschmitzt. „Mein Geheimnis! Also willst du sie?"

„Klar!", nickte Freddy Pink. „Aber was sollen wir bei den Teufelszinnen?"

„Das frag Lory! Nur sie ahnt, wo der grüne Skarabäus steckt." Der Mann hob warnend den Zeigefinger! „Und sag keinem ein Wort von mir, verstanden?"

„Warum?"

„Der Verräter in Stellas Reihen...", flüsterte der Mann geheimnisvoll. „Du verstehst? Deshalb will Violette nicht, dass ihr nach dem Skarabäus sucht. Sie wäre außer sich, wenn sie wüsste, dass ich..."

„Wieso?", unterbrach Freddy den Mann. „Was hat Violette Moosgrün mit dem Verräter zu tun?"

„Was wohl? Wenn du aufmerksam bist, wirst du's merken." Noch einmal sah er Freddy warnend an: „Deshalb zu keinem ein Wort! Schwatzen kann euch in dem Fall das Leben kosten!"

„Ja, aber...?" Ehe Freddy sich versah, war der Mann verschwunden. Nur an der Stelle, an der er gestanden hatte, flimmerte einen Augenblick lang die Luft.

22

Mit einem Packen Bücher und Hefte unterm Arm trat Lory aus der Tür ihres Zimmers und stutzte. An das Geländer gelehnt, stand am oberen Treppenabsatz Freddy Pink und starrte ihr entgegen. Wie eine Kasperpuppe lachte er sie an und winkte ihr mit einem Blatt Papier. Was wollte er? Sie waren doch zerstritten. Wollte er sich wieder versöhnen? Das wäre nicht schlecht. Sie hatte sowieso die ganze Zeit wegen ihres Streits ein schlechtes Gewissen gehabt. Mit raschen Schritten trat sie auf Freddy zu: „Was willst du?"

„Schau, was ich habe, eh! Er hielt ihr das Papierblatt hin. Von unten klangen Lachen und Stimmengewirr aus den Klassenräumen. Eine Gruppe Drittklässler rannte lärmend an ihnen vorbei. Laut polterten ihre Schritte die Treppe hinunter.

„Was ist das?" Lory starrte auf das Blatt.
„Die Landkarte vom Teufelsgebirge."
„Wieso hast du die, wo Violette Moosgrün sie mir letzte Nacht weggenommen hat?"
„Tja!" Freddy lachte. „Jetzt hab ich sie!"
„Gestohlen?"
„Nein."
„Was dann?"
„Darf ich nicht sagen."
„Du lügst!"
„Denkste!" Freddy sah Lory ins Gesicht. „Wann gehen wir? Freitagabend in dieser Woche?"
„Ich weiß nicht." Die rauchige Stimme der Frau in ihrem Traum kam ihr in den Sinn. Hatte die nicht die gleichen Worte wie Freddy gesagt?"
„Du traust dich nicht, stimmt's, eh?"
„Unsinn!"
Während des Wortgeplänkels der beiden öffnete sich mit leisem Knacken die Tür zu einem der Mädchenschlafzimmer. Eine Schneewittchen-Schönheit, nur wenig älter als Lory, trat heraus. Als sie das Mädchen und Freddy erblickte, huschte sie ins Zimmer zurück und spähte durch den Türspalt. Aufmerksam beobachtete sie jede Bewegung der beiden, und sie lauschte ganz genau auf das, was sie sagten.
„Kein Unsinn!" Freddys Gesicht verzog sich zu einer Grimasse, dass seine zu einer Bürste gestylten pinkfarbenen Haare noch um einiges steiler nach oben standen. „Gib zu, du hast Schiss gekriegt!"
„Nein! Aber ich muss allein gehen."
„Warum? Ich kann dir helfen. Die Teufelszinnen sind mit dem ‚Satansberg', auf dem Arabellas Schloss steht, das ge-

fährlichste Gebirge der Welt. Du kannst es nicht allein bezwingen."

Lory sah ein, dass es schwer sein würde, allein nach dem grünen Skarabäus zu suchen. „Einverstanden!" Hinter ihr ertönte ein leises „Klick-klack". Sie drehte sich um. Die Tür zu dem Mädchenschlafzimmer der Zweitklässler, die genau gegenüber der Treppe lag, wackelte. Lory deutete auf sie. „Dort!", flüsterte sie. „Ich glaub, uns hat jemand belauscht."

Mit einem Satz war Freddy an der Tür und riss sie auf. „Ellen-Sue!", rief er. Das Mädchen mit dem Schneewittchen-Gesicht stand vor ihm. „Du hast gelauscht, gib's zu, eh!"

„Ach was?" Trotz lag in Ellen-Sues Blick. „Lass mich in Ruhe, Pink! Oder denkst du, dass mich euer Babykram interessiert? Ich weiß auch so, was ihr vorhabt."

Freddy hob drohend die Faust: „Wehe du petzt!"

„Soll ich jetzt Angst haben?" Ellen-Sue Rumpel lachte gekünstelt. „Hast wohl vergessen, dass mein Opa Stella Tausendlichts Erster Minister ist, was?"

Freddy verzog das Gesicht zu einem hämischen Grinsen. „Dein Opa? Ist das nicht der, den mancher im Magierland für einen Verräter hält, derjenige, der mit Arabella gemeinsame Sache macht?"

„Mein Opa ist kein Verräter!" Aus Ellen-Sues Augen blitzte Zorn. „Und jetzt verschwinde, Pink! Für Jungs ist es verboten, die Mädchenschlafräume zu betreten."

Freddys Grinsen ging in einen boshaften Ausdruck über. „Na ja, es langt schließlich, wenn du Arabella zu Diensten bist. Nur schade, dass das Armband, das du zur Belohnung für deine Dienste erhalten hattest, zu Staub zerfallen ist, eh?"

„Phüh!", zischte Ellen-Sue Rumpel beleidigt. Mit hassverzerrtem Gesicht schlug sie vor Freddy Pink die Tür zu. Ein dumpfer Knall dröhnte durch das Haus und übertönte die Stimmen und das Lachen der Schüler.

Freddy kehrte zu Lory zurück. „Die haben wir zum Feind."

Lory verzog skeptisch das Gesicht. „Ob sie Violette etwas erzählen wird?"

Wieder hob Freddy die Faust und drohte in Richtung der Tür, hinter der Ellen-Sue verschwunden war. „Dann gnade ihr die große Zauberkraft!" Er reichte Lory die Hand. „Kommendes Wochenende? Ich besorge die Zaubermäntel."

„Nichts dagegen."

„Treffen wir uns vor Violette Moosgrüns Wohnung?"

„Freitagabend? Nach dem Essen?"

„Klar!"

Gemeinsam stiegen Lory und Freddy die Treppe hinab, wo sie in ihrem Klassenzimmer Filomena Knitter zu einer Stunde über Hexentränke und Zaubermedizin erwartete.

23

„Halt dich gerade, Jessica!" Wie das tapfere Schneiderlein wirbelte Rodolfo Popp zwischen seinen Models hin und her, deutete hier- und dorthin und schrie eine Anweisung nach der anderen durch den Raum: „Melanie, zu dem Kleid gehören die anderen Sandaletten! Die anderen Sandaletten, sagte ich! An dem weißen Kleid fehlt ein Abnäher, Fanny! Crissy sieht darin aus wie ein Gespenst!"

In dem Modeatelier herrschte ein emsiges Drehen, Flitzen, Schminken und Frisieren, Trippeln und Scharren, das fast schlimmer war, als ein Theaterauftritt in Stella Tausendlichts Palast. Deckenspots verbreiteten grelles Sumpfgaslicht über Kleiderständern voll behangen mit Röcken, Blusen, Hemden, Kleidern, Hosenanzügen und Jacketts der neuesten Kollektion, über Schminktische und die Menschen im Raum. Hier noch ein bisschen Rouge, dort ein wenig Lippenstift. Die Maskenbildnerin rannte mit Pinsel und Puderdose zwischen Jessica und Camilla hin und her. Fanny und Mary, die beiden Schneiderinnen, bügelten da ein Fältchen weg, nähten dort noch schnell einen Saum oder schnitten einen Faden ab.

„Babs und Ringo sollen..." Das Wort erstarb Rodolfo auf der Zunge, und der Fächer, mit dem er sich nervös Luft zuwedelte, fiel aus seiner Hand. Mit leisem „Pflupp" schlug er auf dem Parkettfußboden auf. Augenblicklich brach im Raum jede Bewegung ab, und es herrschte Totenstille, als urplötzlich mitten im Zimmer die Luft zu vibrieren begann. Der Geruch von Schwefel, gemischt mit dem Duft weißer Callablüten, verbreitete sich im Raum. Alle Augen richteten sich starr vor Schreck auf den Luftwirbel, und ein einstimmiger gellender Schrei aus allen Kehlen durchdrang gespenstisch das Atelier. Aus dem Luftwirbel kristallisierte sich eine Gestalt heraus. Lange schwarze Haare mit feuerroten Strähnen umwallten eine schlanke Gestalt in einem schwarzen, bodenlangen Spitzenkleid.

„A..., Ar... Arabella Finsternis!", stotterte Rodolfo. Sein dürrer Körper in dem schwarzen, figurbetonten Anzug schlotterte wie bei hohem Fieber, und die grellroten, im Nacken zu einem Zopf gebundenen Haare sträubten sich, als wären sie mit Gel gestylt. „Wa..., was verschafft mir die Ehre?"

Ein Lächeln auf den Lippen ließ Arabella Finsternis ihre Blicke langsam durch den Raum gleiten. Der Schreck, der den Models und Popps Bediensteten ins Gesicht geschrieben stand, amüsierte sie köstlich. Nach einer Weile, in der sie die geisterhafte Stille und die Angst der Anwesenden genossen hatte, sah sie hoheitsvoll auf Rodolfo Popp. „Wie ich hörte, seid Ihr ein viel gefragter Mann, der beste Modeschöpfer im Magierland?"

Aus Rodolfos Mund kam ein unartikuliertes Brummen, das Arabella zu einem kicksenden Lacher veranlasste.

„Und meine Minister sagten mir, dass ihr Zaubermäntel näht, die unsichtbar machen. Ihr sollt der Einzige im Magierland sein, der solche Dinge noch schneidern kann."

„Stimmt!", flüsterte Rodolfo, und seine Zähne schlugen klappernd gegeneinander. „Mei..., meine Urgroß..., Urgroßmutter hat's mir gelernt."

„Großartig!", rief Arabella und vollführte eine Drehung, dass der Rock ihres Kleides um ihre Beine wirbelte und ihr Fuß gegen einen Garderobenständer schlug. Krachend fiel er um. „Oh! Entschuldigung!" Als hätte er nie auf dem Fußboden gelegen, richtete sich der Ständer auf, und wie von Zauberhand bewegt, kehrten die Jacken, die daran gehangen hatten, an ihre Plätze zurück. „Ich möchte sie sehen!"

„Was? Die Zaubermäntel?"

„Ja."

„A..., aber ich... ich hab nur zwei da. Beide für Kinder. In letzter Zeit hat keiner im Magierland solche Mäntel verlangt."

„Dann zeig mir die!"

„Sie sind noch nicht fertig."

„Großartig!"

„Was?"

„Nichts!" Wieder ließ Arabella ein leises Lachen hören. Es klang wie schepperndes Blech. „Zeig mir die unfertigen Mäntel!"

„Warum?"

„Ich will sie sehen!" Arabellas Stimme wurde drohend.

„Also zeige sie mir!"

„Sofort!" Er winkte einer Angestellten. „Kitty, die Mäntel für Lory Lenz und Freddy Pink!"

Die Frau ging im schnellen Schritt davon und verschwand

in einem Nebenzimmer. Augenblicke später kehrte sie mit mehreren grauen und graugrünen Stoffstücken zurück. Scheu, als würde ihr jeden Augenblick ein Unglück widerfahren, legte sie den Stoff auf einen Tisch. Als hätte sie eine heiße Kochplatte berührt, trat sie sofort ein paar Schritte zurück, und verschwand hinter einer Kleiderpuppe.

Arabella deutete auf die Models, die Schneiderinnen, die Maskenbildnerin und alle Anwesenden. „Sie sollen verschwinden!"

„Warum?" Rodolfo Popps Herz raste. Schweißperlen traten auf seine Stirn, und die Angst in seinem Inneren steigerte sich ins Unermessliche. Was hatte Arabella vor? „Es ist Arbeitszeit, da..."

„Frag nicht!", unterbrach ihn Arabella schroff. „Ich will, dass sie verschwinden!"

Rodolfo winkte seinen Angestellten: „Geht!"

Augenblicklich trappelten Füße über das Parkett, Stühle rückten, Türen schlugen. Es herrschte ein Trippeln und Scharren, ein Stoßen und Drängeln. In wilder Flucht rannten die Angestellten davon. Sekunden später stand Rodolfo Popp mit Arabella allein zwischen Tischen, Stühlen und den Ständern mit Kleidern, Anzügen, Hemden, Blusen, Röcken, Jacken und Hosen.

Arabella trat an den Tisch, auf dem die angefangenen Zaubermäntel lagen. Sanft berührte ihre Rechte den Stoff. „Feinster Wollstoff", murmelte sie und betrachtete die Ärmel, Vorder- und Rückenteile, die Patten und Kragen.

Rodolfo Popp, der, von Panik erfasst, einer Ohnmacht nahe schien, beobachtete jede Bewegung der Hexe. Er sah, wie sie, noch immer den Stoff in der Hand, die Augen schloss, und einen Augenblick schien es ihm, als murmelte sie einen Spruch.

Die beiden Mäntel mein sollen geschützt sein, formten sich geistesgegenwärtig Abwehrworte in Rodolfos Kopf. Und noch ehe er richtig begriff, was geschah, war die Erscheinung verschwunden. Nur an dem Platz, an dem sie gestanden hatte, flimmerte sekundenlang die Luft, und der Geruch von Schwefel und Callablüten schwelgte für Augenblicke im Raum. Trotz des Abwehrzaubers, den er gesprochen hatte, fraß in Rodolfo Popps Innerem ein Gefühl wie Feuer in einem Holzkloben: Irgendetwas hatte mit seinem Zauber nicht richtig geklappt.

24

Vorsichtig öffnete sich die Tür eines der Mädchenschlafzimmer. Eine Gestalt schob sich zögernd heraus. Als sie sah, dass Lory und Freddy verschwunden waren, huschte sie auf den Flur und rannte die Treppe hinunter ins Erdgeschoss. Stimmengewirr und Lachen hallten aus den Klassenzimmern hinter ihr her. Und mehrmals musste sie einem Schüler oder einer Schülerin ausweichen, die gemessenen Schrittes oder im schnellen Lauf auf dem Weg zu ihren Klassenräumen waren.

Vor Violettes Büro blieb die Person stehen. Einen Moment schloss sie die Augen. Sollte sie Violette berichten, was Lory und Freddy vorhatten, oder nicht? In ihren Gedanken formte sich das Bild, wie die Direktorin die beiden von der Schule warf. Ein Lächeln glitt wie Wetterleuchten über ihr Gesicht. Dann verzogen sich ihre Mundwinkel nach unten, und ihre Augen wurden zu schmalen Schlitzen. Wie Raupen in einem Kopfsalat setzten sich Zweifel in ihr fest. Würde Violette die beiden wirklich aus der Schule werfen? Bis jetzt hatte die Direktorin doch alles entschuldigt, was Lory Lenz tat. Sogar deren Eindringen ins Schwarze Schloss, im vergangenen

Jahr, war von der Schulleiterin angeblich gewollt gewesen. Und sie, die von echten Magierländern abstammte, hatte das Nachsehen gehabt.

Die Person wandte sich von der Tür ab. Nein, sie musste die Angelegenheit mit Lory selbst in die Hand nehmen. Aber was sollte sie tun? Arabellas Minister kam ihr in den Sinn, und das goldene Armband mit den Edelsteinen, das er ihr im vergangenen Sommer geschenkt hatte und das zum Schluss des Abenteuers nur noch Roststaub gewesen war. Sollte sie den Minister bitten, ihr zu helfen? Sie dachte an kostbaren Schmuck, an Wohlstand und Luxus und an Menschen, die in Elendsquartieren hausten. Nein! Sie wollte reich und mächtig sein! Was tun?

Grübelnd schritt sie zur Treppe. Sie hatte das Obergeschoss noch nicht erreicht, als sie plötzlich spürte, dass jemand neben ihr ging. Ganz deutlich fühlte sie die Nähe einer Person. Wer war das? Sie konnte niemanden sehen. Nur leise Schritte und das Knacken und Knarren der Stufen waren zu hören. Ein Schauer lief ihr über den Rücken, und als sie zur Seite sah, dorthin, wo sie die Person vermutete, flüsterte eine Männerstimme:

„Was ist? Elend und Not oder Reichtum und Macht?"

Die Person blieb stehen. „Sie?", hallten ihre Worte laut und freudig durch das Treppenhaus, so dass die kleine Gruppe Schüler, die vor einem der Klassenräume stand, erschrocken herübersah. Sofort senkte sie die Stimme zu einem Flüstern: „Wieso sind Sie hier?"

„Du hast mich gerufen."

„Ich? Wieso?"

„Du hast an mich gedacht und mich dadurch gerufen." Der Mann lachte leise. „Na, was ist? Not und Elend oder Reichtum und Macht? Ich hatte geglaubt, du wolltest Lory Lenz vernichten helfen?"

„Ja, schon."
„Aber?"
„Es hat nicht geklappt."
„Versuchs noch einmal! Nur wer niemals aufgibt, hat Erfolg!"
Sie seufzte. „Und wenn's wieder schief geht?"
„Das kommt auf dich an und darauf, ob du alles richtig machst."
„Ich weiß nicht. Wenn es wieder schief geht, wie im vorigen Sommer, wirft Violette mich aus der Schule. Archibald war furchtbar wütend auf mich! Ich hätte ihn in Verruf gebracht, hat er gesagt, und falls ich noch mal so etwas tue, sorgt er dafür, dass ich aus dem Magierland verschwinden muss. Von meinen Eltern will ich gar nicht erst reden. Die waren noch wütender als Archibald."
„Reichtum und Macht!", antwortete der Mann. „Wer etwas im Leben erreichen will, darf nicht auf die Meinung anderer Leute hören. Andere Menschen verfolgen ihre eigenen Ziele. Deshalb wäge ab, was gut für dich ist!"
Die Person trat an das Treppengeländer. Ohne die Marmorplatten und die mit Holz getäfelten Wände im Erdgeschoss wahrzunehmen, starrte sie hinunter in den Flur. Sollte sie einwilligen oder nicht? Wie Bilder aus einer anderen Welt sah sie sich plötzlich in Gedanken auf Stellas goldenem Thron sitzen, und sie erblickte sich in zerschlissener Kleidung in einer morschen Holzhütte. Schließlich siegte die Aussicht, Stellas Platz einzunehmen und das Magierland zu regieren. Sie drehte sich in die Richtung um, in der sie den Mann vermutete: „Was muss ich tun?"
„Hab ein Auge auf Lory Lenz und Freddy Pink! Begleite sie zu den Teufelszinnen! Dann wirst du wissen, was zu tun ist."
„Aber sie werden mich nicht dabeihaben wollen."

„Denk dir etwas aus! Vielleicht eine Verkleidung."

„Eine hässliche Maske etwa?" Sie dachte mit Schaudern an das Aussehen des Mädchens ohne Gesicht. „Das will ich nicht!"

„Ich hab etwas anderes für dich."

Erneut spukte die Maske ohne Gesicht durch ihren Kopf. „Was ist es?"

„Ein Zauberspruch, mit dem du ..." Der Mann beugte sich zu ihr herüber. Sein heißer Atem, dem der Geruch von Knoblauch und Schwefel entströmte, streifte ihr Gesicht. Die Person kniff die Augen zusammen und zog die Nase kraus. Mit kurzen Worten flüsterte der Mann ihr den Zauberspruch und das Ergebnis davon ins Ohr.

Mit Entsetzen dachte die Person an ihre mangelhaften Kenntnisse in Verzauberung und Magie. „Aber ich..."

„Du brauchst keine Angst zu haben! Auch wenn du schlecht im Zaubern bist. Der Spruch klappt garantiert."

Die Person verzog zweifelnd das Gesicht. „Meinen Sie wirklich?"

„Du kannst mir glauben, dass der Spruch dir helfen wird, denn ich sorge dafür."

„Und Sie meinen, ich kam mich damit wirklich in...?"

„Pst!", zischte der Mann. „Nicht dass dich einer hört!" Wieder kam er dicht an die Person heran: „Allerdings klappt der Spruch nur bei dieser Frau, und sonst bei keinem."

„Aber das Weib ist alt und hässlich!", schrie die Person auf.

„Na und? Willst du, dass dich jeder erkennt?"

Als sie schwieg, fragte der Unsichtbare: „Ist alles klar?"

„Na ja", druckste die Person herum. „Ich weiß nicht..."

„Was noch?"

„Was, wenn Violette Moosgrün verhindert, dass Lory und Freddy zu den Teufelszinnen gehen? Sie hat es Lory verboten und ihr die Landkarte weggenommen. Jetzt hat Freddy Pink irgendwie die Karte wiederbekommen."

„Gut, dass du mir das sagst. Ich werde die Erinnerung an Lorys Vorhaben aus Violettes Gedächtnis löschen. Dann geht nichts mehr schief."

Das Schrillen der Schulglocke enthob die Person weiterer Worte. Schüler eilten schwatzend und lachend an ihr vorbei und strebten den Klassenzimmern zu. Die Gruppe junger Leute, die auf dem Korridor gewartet hatte, löste sich auf. Hintereinander verschwanden die Schülerinnen und Schüler in ihren Klassenräumen. Von unten klangen Schritte. Violette Moosgrün und Filomena Knitter tauchten auf der Treppe auf.

„Ich muss gehen!", flüsterte die Person und rannte zu einem der Klassenzimmer.

„Bis demnächst!", zischte der Mann leise hinter ihr her. Ein zufriedenes Lächeln spielte wie ein Sonnenstrahl über sein Gesicht, mit einer Nase, so lang wie eine Salatgurke und spitz wie eine Ahle. Diesmal entging Lory Arabella garantiert nicht.

Er trat dicht an das Treppengeländer. Keinen Meter von ihm entfernt, schritten Filomena und Violette vorbei. Er breitete die Arme aus, so dass sein Umhang einen Halbkreis bildete. In Gedanken sprach er die Worte:

„Violette, du sollst vergessen,
dass Lory einen Plan besessen.
Und was sie mit dem Plan wollt tun,
auch das sollst du vergessen nun.
Hokuspokus, eins, zwei, drei,
Vergessenszauber schnell herbei."

Violette verspürte einen kurzen Druck in ihrem Kopf. Sie fasste sich an die Stirn. Der Druck ließ nach.

„Tut dir etwas weh?", fragte Filomena Knitter, die Violettes Bewegung bemerkt hatte.

„Ich weiß nicht. Das Wetter." Sie lächelte Filomena an. „Keine Gefahr, deine medizinischen Dienste in Anspruch nehmen zu müssen."

Der unsichtbare Mann rieb sich die Hände. Bis jetzt war alles wunderbar gelaufen. Adolar Zack würde staunen, und Arabella mit ihm zufrieden sein. Lautlos schwebte er davon.

25

Mit leisem Knacken öffnete sich eine Tür. Die Person, die versteckt im Aufgang zum Turm wartete, horchte auf. Vorsichtig spähte sie um die Ecke. Aus dem Mädchenschlafzimmer der Erstklässlerinnen trat Lory Lenz. Mit raschen Schritten ging sie zur Treppe. Auf der obersten Stufe blieb sie stehen und blickte hinunter. Eine Weile lauschte sie in die Stille des Hauses. Durch die Bleiglasfenster im Treppenhaus fielen Strahlen der Abendsonne auf Parkett und Teppichboden und die riesige Birkenfeige am Treppenaufgang. Staubkörnchen schwebten in ihrem Licht. Irgendwo schlug eine Uhr. Ihre melodischen Schläge tönten leise bis hinauf ins Dachgeschoss. Als der letzte Schlag verklungen war, stieg Lory die Treppe hinunter. Laut hallten ihre Schritte durch das Treppenhaus.

Kaum war das Mädchen auf dem Treppenabsatz verschwunden, verließ die Person ihr Versteck. Vorsichtig, stets darauf bedacht, dass das Parkett unter ihren Füßen nicht knarrte, bewegte sie sich auf die Treppe zu, die ins Erdgeschoss führte. Der Geruch von altem Holz und Beize, der aus Decken- und Wandverkleidung strömte, bohrte sich tief in ihre Lunge. Am Treppenaufgang blieb sie stehen und spähte hinunter. Sie sah, wie zwei menschliche Schatten im Erdgeschoss verschwanden.

„Wartest du schon lange, Freddy?", hörte sie das Mädchen fragen.

„Eine Ewigkeit, eh!", antwortete ein Junge.

Gleich darauf tönte das Surren der Klingel bis hinauf ins Obergeschoss. Wenig später öffnete sich unten mit leisem Knacken eine Tür. Stimmen klangen durch Flur und Treppenhaus.

„Wiedersehen, Frau Moosgrün! Wir gehen jetzt!"

„Auf Wiedersehen, Freddy! Viel Spaß zu Haus, und grüß deine Eltern ganz herzlich von mir!"

„Werd ich tun, Frau Moosgrün! Danke!"

Dann sprach Lory:

„Auf Wiedersehen, Frau Moosgrün!"

„Auf Wiedersehen, Lory! Schöne Stunden bei Freddys Eltern wünsche ich dir, und dass du neue Eindrücke mitbringst!"

„Danke sehr! Ich freue mich."

Schritte trappelten. Gleich darauf verriet ein leises metallisches Scharren, dass jemand die Haustür aufschloss. Ein Knacken folgte, dann ein dumpfer Ton, der auf das Schließen der Tür hinwies. Wieder ertönte das metallische Scharren. Leise schwang der Ton durch das Haus. Violette hatte die Haustür abgeschlossen. Erneut erklangen Schritte. Sie verliefen sich im Erdgeschoss. Noch einmal schlug unten eine Tür, und ein Schlüssel drehte sich im Schloss. Violette Moosgrün war in ihre Wohnung zurückgekehrt.

Vorsichtig, stets darauf bedacht, keinen Lärm zu machen, stieg die Person die Treppe hinunter. Leise knackten die Stufen unter ihren Tritten. Fast lautlos trat sie zur Haustür. Ein Zauberspruch kam leise über ihre Lippen. Mit einem leisen Knacken öffnete sich die Tür. Vorsichtig spähte die Person heraus. Gerade noch rechtzeitig, um zu sehen, wie Lory und

Freddy zwischen Rhododendren- und Wacholderbüschen verschwanden.

Die Person huschte aus dem Haus. Noch auf der obersten Stufe wandte sie sich zur Haustür um. Langsam hob sie die Hände und murmelte: „Dreh dich, Schlüssel, hurtig, fein. Lass die Tür verschlossen sein." Augenblicklich drehte sich der Schlüssel. „Zu!", flüsterte sie, stieg die Treppe zum Park hinunter und schlug den Pfad zu der Riesenfichte ein, den Lory und Freddy kurz zuvor gegangen waren.

26

Für einen Moment spürte Sina Apfel Benommenheit und einen leichten Druck im Kopf, wie nach einer durchwachten Nacht. Langsam öffnete sie die Augen. Um sie herum war es dunkel und es roch nach Feuchtigkeit und Moder. Feuchte Kälte durchdrang ihre Glieder und ließ sie erschauern. Was war geschehen? Vorsichtig bewegte sie Arme und Beine. Stroh raschelte. Langsam kehrte die Erinnerung zurück. Sie lag in Arabellas Kerker. Und irgendetwas war geschehen. Was? Arabella kam ihr in den Sinn und die Person, mit der die Hexe gesprochen hatte. Wer war das gewesen? Sina war sich sicher, dass sie die Person schon einmal gesehen hatte. Wo? Sie versuchte sich zu erinnern. Doch so sehr sie sich auch mühte. Es fiel ihr nicht ein. Ihr Gedächtnis war wie ausgelöscht, wie ein leerer Topf. Nur dass es sich um den Verräter aus Stella Tausendlichts Reihen handelte, wurde ihr bewusst, und dass die Person sie gesehen hatte. Wie ein Blitzschlag durchzuckte sie die Erkenntnis, dass sie eine Gefahr für den Verräter war. Und wie eine Alarmglocke schrillte in ihrem Kopf der Gedanke an Flucht. Aber wie sollte sie das bewerkstelligen?

27

„Hast du alles dabei?", fragte Lory und beobachtete, wie Freddy Pink einen überdimensionalen Rucksack mit Tragegestell unter dem Geäst der Riesenfichte hervorzerrte. Der frische Geruch der Zweige strömte würzig in ihre Lungen. Sonnenstrahlen spielten über den Rasen, und Bäume und Büsche warfen in ihrem rotgoldenen Schein lange Schatten.

„Klar!" Der Junge deutete auf den Rucksack. „Seil, Werkzeug, Zaubermäntel, Brot, Käse, eine ‚ungarische Salami' und eine Wasserflasche, die niemals leer wird. Ich habe an alles gedacht." Er zog die Kopie der Wanderkarte aus seiner Windjacke und rollte sie auseinander. „Fliegen wir zuerst zum Urbanus-Harms-Berg!" Er deutete auf einen graubraunen Fleck auf der Karte: „Hier!"

Lory blickte skeptisch auf den Jungen. „Fliegen? Hast du ein Flugzeug oder das Zauberauto hier?"

„Unsinn! Willst du, dass jeder in der Villa von unserer Flucht erfährt?"

„Und mit was fliegen wir dann?"

Freddy verzog verächtlich das Gesicht: „Sag bloß, du kannst dich nicht von einem Ort zum anderen wünschen?!"

„Ich weiß nicht. Ich hab's noch nie probiert."

„Bist du nicht magisch?"

Lory zuckte mit den Schultern. „Glaub schon, sonst wäre ich nicht in Violettes Schule."

Freddy schnaufte. „Dann halt dich an mir fest!"

Hinter einem Rhododendrongebüsch klang leises Rascheln. Gleich darauf knackte ein Ast. Freddy und Lory blickten in die Richtung, aus der die Geräusche gekommen waren.

„Da ist jemand!", flüsterte Lory. Ihr Herz raste.

„Verschwinden wir!" Freddy hob den Rucksack auf seine Schultern und fasste nach Lorys Hand.

Ehe das Mädchen sich versah, erhob sich Freddy mit ihr in die Luft und sie flogen mit einer Geschwindigkeit davon, dass Lory glaubte, in einem Düsenjet zu sitzen.

„Verdammt, sie sind verschwunden!", murmelte die Person und trat wie ein Dieb hinter dem Rhododendrongebüsch hervor. Mit leisem Klopfen putzte sie ein paar Spinnwebenfäden von ihren Jeans und dem Sweatshirt. Hatte sie richtig gehört? Hatte Freddy Pink nicht von Urbanus-Harms-Berg gesprochen? Verdammt! Wie sollte sie so schnell dahin gelangen?

Ohne weiter zu überlegen, breitete sie die Arme aus und murmelte einen Zauberspruch. Kaum war das letzte Wort des Spruches verklungen, kam eine Windböe auf, die sie wie ein Papierblatt erfasste. Ehe die Person sich versah, schoss sie wie eine Rakete davon.

28

Reginald erschauerte. Beobachtete ihn jemand? Der bläuliche Lichtkegel seiner Sumpfgastaschenlampe wanderte über den Weg und die Umgebung ringsum. Baumstämme mit gewaltigem Umfang, knorrige Äste, die fast bis zur Erde reichten, und dichtes Blattwerk, das keinen Sonnenstrahl und kein Tageslicht durchließ, kennzeichneten den Teil des Zauberwaldes, in den kaum ein Magierländer kam. Im feuchten Boden wuchsen Moose und Flechten, und im spärlichen Licht glitzerten Schleimspuren. Sie kennzeichneten die Wege, die die Zauberwaldschnecken genommen hatten. Hier und da kündete ein zerfressenes Blatt oder der angenagte Stängel eines Farns von ihrer Existenz. Was für eine unheimliche Gegend!

Kein Laut war zu hören. Nicht einmal der Wind rauschte in den Wipfeln der Bäume. Und trotzdem musste jemand in seiner Nähe sein. Ganz deutlich spürte Reginald Regenbogen, dass ein Augenpaar auf ihm ruhte. Er zog seinen regenbogenfarbigen Umhang enger. Seine Augen glitten suchend über Blattwerk und Gebüsch. Da sah er es: Zwischen den weit herabhängenden Ästen einer riesigen Buche, so alt und verwittert, als ob es zu dem knorrigen Baumstamm, zu Blättern und Ästen gehörte, lugte das Gesicht einer Frau hervor.

„Urururgroßtante Kathrein?", fragte Reginald und trat auf das Gesicht zu. Äste bewegten sich, als ob der Wind darin spielte. Ein hutzliges Weiblein trat aus dem Gebüsch.

„Warum bist du gekommen?", fragte sie. Unter buschigen grauen Brauen blickten trübe, himmelblaue Augen argwöhnisch auf Reginald Regenbogen. „Du willst mir doch nicht einreden, dass du urplötzlich verwandtschaftliche Gefühle für mich hegst, nachdem dein Urururgroßvater ...?". Die Frau tippelte in gebückter Haltung aufgeregt ein Stück auf ihn zu, und wieder zurück. Ihr weiter Umhang mit den ausgeblichenen Regenbogenfarben schlotterte bei jedem Schritt um ihren hageren Körper. Struppige graue Haarsträhnen, die ihr bis zur Hüfte reichten, umrahmten wirr ihr faltiges Gesicht, in dem sich Kinn und Nase fast berührten. „Lang ist's her, dass sich ein Mitglied der Familie Regenbogen hat bei mir sehen lassen!"

„Nichts für ungut, Urururgroßtante Kathrein!", erwiderte Reginald. „Ich bin nicht gekommen, die alte Geschichte aufzuwärmen. Ich hoffe, du trägst mir nicht nach, dass ich ein Mitglied der Familie Regenbogen bin, deren Urururururahn dich damals verstoßen hat?"

„Ach was?", krächzte die Alte. „Lassen wir die alte Geschichte ruhen! Du kannst schließlich nichts dafür, und deine Eltern sind tot." Sie deutete auf den riesigen Wurzelstock eines Urwelt-Mammut-Baumes. Wie bizarre Fäden und knorrige Auswüchse ragten die Wurzeln in die Luft und verbargen den Eingang einer Höhle. „Komm rein, Junge, und dann sag mir, was dich zu mir führt!"

Hintereinander, wobei Kathrein voranging, schlüpften sie unter dem Wurzelvorhang durch und betraten einen Gang, der, von bläulichem Sumpfgaslicht spärlich erhellt, mehrere Meter in die Erde führte und an einer eisenbeschlagenen Eichentür endete. Mit lautem Rasseln öffnete die Frau die Tür. „Tritt ein!"

Sie traten in einen Raum, der einer Hexenküche glich. Auf Regalen und Borden standen Fläschchen und Gläser mit verschiedenen Essenzen. Über einem Feuer hing ein Kessel, in dem eine Flüssigkeit brodelte. Würziger Kräutergeruch stieg daraus bis zur Decke empor. Wie der Duft eines Kräuteraufgusses in einer Sauna verbreitete sich das Aroma im Raum. Auf der rechten Seite stand ein Tisch mit vier Stühlen aus Wurzelholz. Die Sitzflächen der Stühle waren aus Stroh geflochten. Der Zahn der Zeit hatte sie grau und verwittert gemacht. Die linke Wandseite nahmen ein riesiges Buffet und mehrere Regale ein, in denen Töpfe und Pfannen, Gläser und Dosen mit gerebelten Kräutern standen. Alle Behältnisse waren fein säuberlich mit Namensschildern versehen. *Waldmeister, Fingerhut, Alraune, Spitzwegerich...* Reginald wurde es leid, all die Namen zu lesen.

Kathrein Regenbogen deutete auf einen der Stühle: „Setz dich, Junge!"

Reginald setzte sich.

Die Alte schlurfte zu dem Schrank, nahm zwei Tassen heraus, stellte sie auf den Tisch und goss aus einer irdenen Kanne eine glasklare Flüssigkeit ein. Der Hauch eines frischen Sommermorgens, von Weite, Freiheit und Leben ging von dem Wasser aus, durchströmte den Raum und vermischte sich mit dem Kräuterduft, der dem Kessel entstieg.

Argwöhnisch schaute Reginald in die Tasse: „Was ist das?"

Kathrein lachte. „Du kennst nicht das Wasser des Lebens?"

„Du braust es noch immer?"

„Freilich! Nur ich weiß, wo die Quelle liegt und welche Kräuter und Wurzeln ihm die Kraft verleihen, Tote zum Leben zu erwecken."

Sie prosteten sich zu. Und als Reginald den ersten Schluck nahm, durchströmte ihn eine ungeheure Euphorie, eine Kraft, als könnte er die ganze Welt besiegen.

Kathrein setzte die Tasse ab. „Nun sag, warum du gekommen bist!"

„Was weißt du über den grünen Skarabäus, Urururgroßtante Kathrein?"

„Oh!" Für einen Moment verschlug es der Frau die Sprache. „Warum fragst du?"

„Wegen Lory Lenz." Reginald berichtete ihr, was er von Lory erfahren hatte. „Das Mädchen will den Skarabäus im Gebirge der Teufelszinnen suchen und im Austausch mit dem Talisman Sina Apfel aus Arabellas Kerker befreien."

„Mmh!", brummte die Alte. „So geht das nicht!"

„Was meinst du?"

„Sie darf nicht nach dem Talisman suchen."

„Warum nicht?"

„Der grüne Skarabäus liegt nicht in der Höhle."

„Dachte ich 's mir!" Reginald sah Kathrein ins verwitterte Gesicht: „Wo ist er?"

Die Alte schwieg.

„Sag's mir, Tante Kathrein! Hat ihn Arabella woanders versteckt?"

„Nein!"

Reginalds Gesicht bekam einen skeptischen Ausdruck. „Gibt es den Talisman nicht mehr?"

Wieder schwieg Kathrein Regenbogen.

„Antworte, Tante Kathrein! Ich muss verhindern, dass Lory in ihr Unglück rennt!"

„Dir liegt an dem Mädchen, stimmt's?"

Reginald nickte. „Und am Magierland. Schließlich soll Lory…"

„Pscht!", unterbrach ihn Kathrein mit einem lauten Zischen, als ob Luft aus einem Reifen entwich. „Ich weiß von Lorys Mission. Niemand darf vor der Zeit darüber reden."

Reginald sah seine Urururgroßtante durchdringend an: „Du weißt, wo der Skarabäus steckt?"

„Warum willst du das wissen?"

„Weil ich ihn brauche. Wenn ich ihn habe, wird es mir gelingen, Lory vor einer Torheit zu bewahren."

„Das kannst du nicht."

„Wieso?"

„Weil es kommt, wie es kommen muss. So ist das nun mal im Leben. Alles ist vorherbestimmt." Jetzt war es Kathrein Regenbogen, die ihren Neffen scharf ansah: „Außerdem wird es dir nicht gelingen, Sina zu befreien, egal ob du den Skarabäus hast oder nicht!"

„Wieso? Wenn ich den Skarabäus habe, kann ich das Mädchen gegen ihn austauschen."

Kathrein lachte. „Du Narr! Weißt du nicht, dass Arabella schlau ist? Sie hat den Skarabäus ausgewählt, weil sie weiß, dass…" Sie rückte näher an Reginald heran. Ihre Worte waren ein Flüstern, so leise, das der Junge sie kaum verstand.

„Was?", rief er, als Kathrein Regenbogen geendet hatte. „Das ist unmöglich! Das glaub ich nicht!"

„Glaub es!", entgegnete die Alte. „Arabella ist ein ausgekochtes, raffiniertes Ding! Die blufft noch mit ganz anderen

Sachen."

„Warum tut sie das? Und woher weiß sie...?"

„Sie weiß es nicht!", unterbrach ihn die Alte. „Ganz bestimmt nicht! Sie will Lory bloß in die Irre führen. Außer mir weiß keiner im Magierland etwas über den Verbleib des Skarabäus. Nicht einmal die uralten Leute, so wie ich."

„Ich kann's nicht fassen!" Reginald starrte vor sich hin und schüttelte den Kopf. „Es ist zu unglaublich, so, dass die Wahrheit wie eine Lüge klingt!" Plötzlich sah er auf, und starrte Kathrein ins faltige Gesicht. „Lory!", rief er und sprang auf. „Wenn das stimmt, was du sagst, dann muss ich sie warnen. Sie darf nicht zu der Höhle gehen. Sina Apfel werden Archibald und seine Garde befreien." Er reichte Kathrein Regenbogen die Hand: „Leb wohl, Urururgroßtante Kathrein! Und danke für deine Information!" Er rannte zur Tür.

„Lass dich wieder einmal sehen, Junge!", rief ihm Kathrein hinterher. „Nicht erst in hundert Jahren oder dann, wenn du etwas wissen willst! Du bist mir jederzeit herzlich willkommen."

„Mach ich!", tönte es in das Zuschlagen der Tür. Laut hallten Reginalds Schritte durch den Höhlengang, bis sie in der Ferne verklangen.

„Lory in Gefahr?", murmelte Kathrein Regenbogen, und ein eiskalter Schauer lief ihr, als hätte sie soeben der Tod berührt, über den Rücken. Vor ihren Augen erschien Lorys Bild: Bleich, mit geschlossenen Augen lag das Mädchen wie Schneewittchen in einem steinernen Sarg. Ihre schwarzen Haare hoben sich krass von dem weißen Spitzenkissen ab, und ihre Hände ruhten, ineinander gelegt, auf der weißen, rüschenbesetzten Decke, die ihren Körper verbarg. Weiße Rosen umrandeten den Sarg wie eine Blumengirlande ein

Tor. Über dem ganzen Magierland lag Dunkelheit. Blitze schossen aus schwarzen Wolken. Heulen und Zähneknirschen klang aus allen Ecken, übertönt von Donnergrollen, das wie Kanonenschüsse aus Millionen Geschützen durch die Nacht hallte.

„Was soll ich machen?", seufzte Kathrein. Die Verzweiflung ließ ihr Gesicht noch tausend Jahre älter wirken, als sie in Wirklichkeit war. Ihr Blick fiel auf den Wasserkrug. „Das Wasser des Lebens!", rief sie. „Das ist die Lösung!" Sie schlurfte zum Tisch, packte den Krug und murmelte einen Zauberspruch. Augenblicklich hielt sie eine bauchige Flasche aus grünem Glas in der Rechten. Vorsichtig, stets darauf bedacht von der kostbaren Flüssigkeit nichts zu verschütten, goss sie das Wasser des Lebens mit leisem Gluckern aus dem Krug in die Flasche. Ein Schraubverschluss drehte sich wie von selbst auf den Flaschenhals. Mit einem Griff schob die alte Frau die Flasche in die Tasche ihres Umhangs. „Hoffentlich komme ich nicht zu spät", murmelte sie und humpelte so schnell sie konnte aus ihrer Behausung. „Nicht auszudenken, wenn Arabella gewinnt!"

29

„Hach!", stöhnte Lory, als hinter ihr und Freddy die Stimme von Urbanus Harms ertönte.

„Wo soll's denn hingehen, Kinderchen, so mitten in der Nacht?"

Abrupt drehten die beiden sich um. Der Westwind wehte in ihre Gesichter und brachte den Geruch von Kühle, Gras und Sommer mit. Am Fuße des Berges, der sich auf der rechten Seite einer weiten, von Gras bedeckten Ebene erhob, stand wie ein gewaltiger Klotz in der Dunkelheit der

Alte vom Berg. Er trug einen schwarzen Umhang, und seine Rechte stützte sich auf den knorrigen Ast einer uralten Eiche. Ein struppiger grauer Bart fiel ihm bis auf die Brust, und die zottigen, schlohweißen Haare, die seinen Kopf wie ein Helm umschlossen, reichten ihm bis auf die Schultern herab.

Lory verzog wütend das Gesicht. Sie hätte sich denken können, dass sie Urbanus Harms begegnen würden. Ob er sie noch immer fangen und gegen Arabellas Drachen tauschen wollte?

„Wo wollt ihr hin, Kinder?", wiederholte Urbanus seine Frage. Seine Stimme klang hinterlistig.

„Wandern!", entgegnete Freddy keck.

„Ja, wandern." Lory stieß Freddy an. „Schnell weg hier!", flüsterte sie. Sie rannten davon.

Mit einem ärgerlichen Blick sah Harms den beiden hinterher, bis ihre schwarzen Schatten in der Nacht verschwanden. „Wandern?", murmelte er. „Jetzt, mitten in der Nacht?" Wo Violette Moosgrün so streng war, dass nicht einmal am helllichten Tag ein Schüler ohne ihre Erlaubnis das Gelände der Zauberschule verlassen durfte. Außerdem war Lory Lenz mit dem Jungen unterwegs. Nie würde Violette erlauben, dass das Mädchen durch die Berge streift. Schließlich hatten die Astrologen sie... Aber darüber durfte niemand reden. Der Alte vom Berg lächelte. Bloß gut, dass die Geister der Nacht ihn informiert hatten. Er dachte an Arabellas Drachen, und ein Lächeln spielte über sein Gesicht, das sofort wieder verschwand. „Verdammt!", fluchte er laut. „Ich habe sie nicht aufgehalten." Was nun? Jetzt musste er wirklich zu den Teufelszinnen wandern. Ein höchst anstrengendes Unterfangen, dem er gerne entgangen wäre, wenn... Aber wie sollte er das Mädchen in seine Höhle locken? Außerdem war dieser Junge mit den schrecklichen Haaren bei Lory. Und zwei... Nein. Er fasste seinen Stock fester. Da sah er eine Person von der Größe eines Kindes. Wie aus dem Boden gestampft stand sie plötzlich vor ihm.

Glockenhell und bestimmt klang ihre Stimme, als sie fragte: „He, Sie! Haben Sie zufällig zwei Kinder gesehen, einen Jungen und ein Mädchen, etwa in meinem Alter?"

Urbanus Harms lächelte. „Warum sollte ich dir das sagen?"

„Weil..." Für einen Moment wusste die Person nicht, was sie sagen sollte.

„Na was, he? So rede endlich!"

Urplötzlich trat ein bösartiger Ausdruck in ihren Blick, und sie konterte: „Warum sollte ich Ihnen das sagen?"

„Warum nicht? Immerhin bist du allein unterwegs, und es ist Nacht. Kinder in deinem Alter schlafen um die Zeit. Und ich frage mich..."

„Fragen Sie sich, was Sie wollen! Außerdem bin ich kein Kind mehr." Die Augen der Person blitzten zornig. „Wenn ich meinem Opa sage, dass Sie mich..."

„Wieso? Was hat dein Opa mit meiner Frage zu tun?" Er sah sein Gegenüber durchdringend an. Eine Erkenntnis dämmerte ihm: „Bist du etwa die...?"

„Na und?", unterbrach ihn die Person. „Schon aus dem Grund brauche ich keine einzige Ihrer Fragen zu beantworten." Wieder funkelten ihre Augen zornig, und ohne auf ein weiteres Wort von Urbanus Harms zu warten, fragte sie: „Sind die beiden Kinder hier vorbeigekommen oder nicht?"

„Meinst du Lory Lenz und Freddy Pink?"

„Die meine ich!", rief die Person.

„Grad eben waren sie hier", antwortete Harms. Sein Lächeln glitt ins Verschlagene. „Hatten es ziemlich eilig, die beiden! Sagten, sie wollten wandern. Aber jetzt in der Nacht und so schnell, wie die weg waren, glaube ich eher, sie waren auf der Flucht. Haben wohl etwas ausgefressen, was?" Seine Augen funkelten listig.

„Mmmh", brummte die Person zustimmend.

„Und was, wenn ich fragen darf?"

„Gelogen und gestohlen!"

Harms lachte. „Lügen und stehlen tut heut alle Welt. Ich glaube eher, dass es noch einen anderen Grund gibt, wenn du sie verfolgst."

„Na ja." Die Person kratzte sich am Kopf. „Sie suchen den grünen Skarabäus."

„Was? Ist der grüne Skarabäus nicht der Glücksbringer für Liebe, Geld und gutes Gelingen, der denjenigen, der ihn besitzt, unsterblich macht?"

„Das sagen die Leute."

„Glück und Unsterblichkeit?", murmelte Urbanus Harms. „Wer kann das nicht gebrauchen?"

Die Person sah Harms von unten an. „Und in welche Richtung sind sie gegangen?"

„Kommt darauf an, wo sie hinwollen!", brummte der Alte vom Berg und dachte noch immer an Thurano, den Skarabäus und daran, dass Drachenblut unbesiegbar macht.

„Sie suchen eine Höhle", antwortete die Person „Die im Gebirge der Teufelszinnen liegt."

„Ach?" Harms betrachtete das Geschöpf wie eine Spinne ihre Beute. „Wie interessant! Woher weißt du das?"

Die Person brauste auf: „Kann sein, dass die Information für Sie interessant ist! Mich interessiert eher, wo's zu den Teufelszinnen geht?! Und woher ich weiß, wo Lory und Freddy hingehen, kann Ihnen egal sein! Ich weiß es eben, schließlich ist Minister Rumpel..." Abrupt brach sie ab.

Urbanus Harms deutete in die Richtung, in der das Gelände langsam anstieg. „Dort sind die beiden verschwunden!"

„Warum sagen Sie das nicht gleich?" Ohne Urbanus noch eines Blickes zu würdigen, rannte die Person davon.

Der Alte vom Berg sah ihr hinterher, bis auch sie in der Dunkelheit verschwand.

„Teufelszinnen!", murmelte er. „Da bin ich eher da!" Mit einem hämischen Lachen drehte er sich einmal um die eigene Achse und schwebte in Richtung der Berge davon.

30

„Reginald!", rief Violette Moosgrün und starrte den jungen Mann an, der im regenbogenfarbigen Cape, hochrot im Gesicht und schweißüberströmt, vor der Haustür der Schulvilla stand. „Was ist passiert, dass du zu so früher Stunde hier erscheinst und mich aus dem Bett holst?"

„Entschuldigung!", keuchte Reginald Regenbogen und wischte sich mit dem Arm den Schweiß vom Gesicht. „Ich muss zu Lory. Unbedingt! Sofort!"

„Tut mir Leid, mein Junge!" Violette zuckte mit den Schultern. „Lory ist übers Wochenende mit Freddy Pink weggefahren. Er hatte sie zu sich nach Hause eingeladen." Sie lächelte. Sanft strich der Wind durch ihre rotblonden Locken. Der Duft der Kletterrosen lag schwer über dem Park. „Eine nette Geste, nicht wahr? Wo Lory an keinem einzigen Wochenende nach Hause fahren kann."

„Bist du sicher, dass die beiden bei Freddys Eltern sind?"

„Wieso? Wo sollten sie sonst sein?" Erschrecken spielte über Violettes Gesicht. „Du meinst ...?"

„Dass sie womöglich nach dem grünen Skarabäus suchen."

„Ja dann ..." Violette Moosgrün zog ein Handy aus der Tasche ihres Umhangs und starrte darauf. Automatisch bewegten sich die Tasten, wobei bei jeder ein leiser Piepton erklang. „Violette Moosgrün! Guten Morgen, Frau Pink! ... Entschuldigen Sie die frühe Störung! Ich wollte mich nur vergewissern, ob Freddy und Lory bei Ihnen angekommen sind."... „Wieso nicht da?"... „Ach Freddy wollte am Wochenende gar nicht nach Hause kommen?"... „Was das Zauberfest in der Schule macht? Wieso? Wir haben gar nicht... kein..." Violette schnaufte. Blitzartig arbeiteten ihre Gedanken. „Ach, danke! Die Schüler amüsierten sich gestern Abend königlich!"... „Wieso ich dann angerufen habe? Nun... Nur so! Ich wollte... Ich meine..."... „Entschuldigung! Ich bin total durcheinander!"... „Nein, nein. Kein Grund zur Beunruhigung! Guten Morgen!"

Violette steckte das Handy zurück in die Umhangtasche. Ihr Gesicht war aschfahl. „Sie sind nicht bei Freddys Eltern! Er hat sie belogen. Angeblich wollte er am Wochenende in der Schule bleiben und hat ihnen irgendetwas von einem Zauberfest erzählt, das hier, in der Schule, stattfinden sollte."

„Dieser Gauner!", rief Reginald.

Ratlos starrte Violette auf den Kiesweg: „Was nun?" Diesmal würde Archibald Rumpel garantiert ihre Schule schließen, wenn er von Lorys und Freddys Verschwinden erfuhr.

Reginald rieb sein Ohrläppchen. „Weißt du, wo der grüne Skarabäus versteckt sein soll?", fragte er. „Etwa in den Teufelszinnen?" Er berichtete, was ihm Lory von ihrem nächtlichen Traum erzählt hatte.

Wieder zuckte Violette mit den Schultern: „Keine Ahnung!" Sie sah Reginald direkt ins Gesicht, und ihre Augen weiteten sich. „Irgendetwas ist mit Lory und einer Landkarte gewesen. Aber was?" Sie griff sich an die Stirn. „Ich kann mich einfach nicht mehr erinnern! Aber ich habe sie gewarnt, ja nicht nach dem Skarabäus zu suchen! Allerdings hätte ich mir denken können... Wahrscheinlich... Nein, ich weiß es wirklich nicht mehr."

Reginald verzog skeptisch das Gesicht: „Hat dich jemand mit einem Vergessenszauber belegt?"

Violette zuckte mit den Schultern. „Wer sollte das gewesen sein?"

„Der Verräter?"

„Wenn wir nur wüssten, wer es ist!"

„*Vergessenszauber schnell vorbei. Sag mir, wie die Lösung sei*", sprach Reginald einen Zauberspruch gegen Vergessenszauber.

Violettes Körper durchlief ein leises Beben. Sie fasste sich an die Stirn: „Ich weiß nicht... ich kann nicht... Teufelszinnen. Ja! Du hast Recht! Lory wollte zu den Teufelszinnen. Sie hat aus einem Buch, das sie in der Bibliothek gefunden hatte, eine Landkarte kopiert. Ich hab sie ihr weggenommen." Violette winkte Reginald: „Komm!" Sie eilten ins Haus. Kühle Luft und gedämpftes Licht nahmen sie gefangen, und der Geruch von der Decken- und Wandtäfelung.

Violette stürzte zu ihrem Büro, riss die Tür auf und war mit wenigen Schritten an ihrem Schreibtisch. Mit einem Ruck zog sie die oberste Schublade auf. „Leer!" Bestürzt sah sie Reginald an. „Die Karte ist weg! Irgendwer hat sie aus dem Schuber genommen. Und nun..."

Ehe Violette Moosgrün begriff, was geschah, rannte Reginald Regenbogen zur Tür und stürmte aus dem Haus. Violette folgte ihm. Kaum, dass die Haustür hinter ihnen zugeschlagen war, erhob sich Reginald in die Luft. Violette sah ihm hinterher. Pfeilschnell flog er dem rotgoldenen Streifen der aufgehenden Sonne entgegen. Nur sein regenbogenfarbiger Umhang flatterte wie eine kunterbunte Wolke im Wind. Rasch wurde er kleiner und kleiner, bis er als schwarzer Punkt hinter einer Kieferngruppe verschwand.

Violette Moosgrün schlüpfte ins Haus. Sorgenvolle Gedanken rasten durch ihren Kopf. Ganz bestimmt würde Archibald Rumpel ihre Schule schließen, wenn er erfuhr, dass Freddy und Lory zu den Teufelszinnen gegangen waren. Ein

Schreck durchzuckte sie wie ein Stromschlag. Ob wenigstens Ellen-Sue Rumpel im Haus war? Der traute sie es am ehesten zu, Freddy und Lory zu folgen.

So schnell sie konnte, rannte sie die Treppe hinauf. Laut hallten ihre Tritte durch das Haus. Mit wenigen Schritten stand sie vor der Tür des Mädchenschlafzimmers der Zweitklässlerinnen. Ohne anzuklopfen, trat sie ein. Durch das geöffnete Fenster klang Vogelzwitschern. Leicht blähte der Wind die Gardinen. Mit dem Wind kam der Duft der Kletterrosen herein. Violette nahm es kaum wahr. Wie gebannt starrte sie auf die Betten, und ihre Vermutung wurde bestätigt. Zwei Betten waren besetzt. In ihnen träumten Sabrina May und Nicole de Fries dem neuen Tag entgegen. Das dritte Bett, das äußerste rechte, in dem Ellen-Sue Rumpel schlief, war unberührt.

„Das verdammte Mädchen!", fast schrie es Violette, und Tränen traten ihr in die Augen.

Sabrina und Nicole erwachten. Einen Moment schweifte ihr verschlafener Blick durch das Zimmer. Ihre Gesichter bekamen einen ängstlichen Ausdruck, als sie die Schulleiterin erblickten.

„Was ist los?", fragte Nicole und rieb sich den Schlaf aus den Augen. Kurze, blonde Haarsträhnen fielen ihr wirr in die Stirn.

Sabrina richtete sich auf: „Ist etwas passiert?" Wie ein Mantel umrahmten ihre fuchsroten Haare Kopf und Oberkörper. Unzählige Sommersprossen übersäten das runde Gesicht mit den katzengrünen Augen, die erwartungsvoll auf Violette gerichtet waren.

„Wo ist Ellen-Sue?", fragte Violette.

Nicole zuckte mit den Schultern. „Weg!"

„Weg?" Violette war einer Krise nahe. „Was heißt das? Sie kann doch nicht einfach verschwinden?"

„Anscheinend doch!", meinte Sabrina. „Seit gestern Abend haben wir sie nicht mehr gesehen. Sie hat etwas von Freddy und Lory erzählt, die etwas vorhätten, und sie müsste hinterher, um ihren Großvater, den Minister, zu informieren."

„Auch das noch!", stöhnte Violette, bedeutete den Mädchen, noch etwas zu schlafen, und verließ das Zimmer. Der Zaubercomputer kam ihr in den Sinn, und Graf Gabriel mit seinem Personen-Suchprogramm. Wenn sie das Programm selbst einmal ausprobierte und im PC nach Freddy, Lory und Ellen-Sue suchte? Vielleicht konnte sie miterleben, wie die drei Kinder die Höhle erreichten. Falls ihnen ein Unheil drohte, würde sie sofort eingreifen können und Stella und ihre Minister informieren. Obwohl, wenn Arabella ihre Hände im Spiel hatte, konnte es für die Kinder längst zu spät sein, bevor Rumpels Spezialisten bei ihnen eintrafen. Mit klopfendem Herzen stieg sie die Treppe zum Geheimkabinett hinauf.

31

Oh, warum fiel ihr nicht ein, wie sie aus dem Kerker verschwinden könnte?! Die Knie an den Körper gezogen und die Arme um die angewinkelten Beine geschlungen, saß Sina Apfel auf ihrem Lager aus faulem Stroh. Der Geruch von Feuchtigkeit, Fäulnis und Moder hüllte sie ein wie eine muffige Decke. Vom vielen Grübeln schmerzte ihr der Kopf, und jedes Zeitgefühl war ihr verloren gegangen. Nur der Hunger rumorte als bohrender Schmerz in ihrem Magen. Sie fühlte die trockenen Lippen und die ausgedörrte Kehle. Ein Zeichen, dass die Zeit längst überfällig war, zu der ihr ein Gerippe von Arabellas Skelettgarde Brot oder Brei und Wasser bringen sollte. Wollte Arabella sie verhungern und verdursten lassen? Warum kam der Wächter nicht?

Wie ein freudiger Schreck durchzuckte sie ein Gedanke. Der Wächter! Natürlich, das war's! Warum war ihr die Idee nicht eher gekommen? Der Wächter musste ihr helfen, den Kerker zu verlassen. Aber wie? Und wenn sie aus dem Verlies herausgelangte, wie sollte sie das Schloss verlassen, ohne dass sie den Weg hinaus kannte und ohne dass Arabella Finsternis etwas merkte, oder einer der Skelettgardisten sie erblickte und erwischte?

Hoffnungslos, den Tränen nahe, rollte sie sich noch enger in sich zusammen. Dabei fiel ihr Blick auf den leeren Wasserkrug, der umgekippt in einer Ecke lag. Zu ihrer Idee gesellte sich ein weiterer Einfall. In der nächsten halben Stunde entwickelte Sina Apfel daraus einen Plan. Erst das Klappern von Knochen und das Rasseln eines Schlüsselbundes, der sich in das Schloss ihrer Zellentür schob und knirschend drehte, holte sie in die Wirklichkeit zurück.

32

„Da ist die Stelle!", brummte Urbanus Harms, und setzte mit wehendem Umhang, den Spitzhut schief auf dem Kopf, zur Landung an. Staub wirbelte auf, und Steine rollten bergabwärts, als seine Schuhsohlen über die Erde scharrten. Er verschnaufte einen Augenblick. Dabei suchten seine Blicke die Umgebung ab. Kahle Felswände ragten schroff in den blassblauen Himmel, an dessen östlichem Horizont ein rotgoldener Streifen vom Erwachen des neuen Tages kündete. Wie Feuer funkelten die Berggipfel im Morgenrot. Unheimlichen Mächten gleich, sanken die Nebel der Nacht von den Bergen herab ins Tal und hüllten Wiesen und Wälder in ihren grauen Dunst. Ja, hier war die Stelle. Sein Mund formte sich zu einer Spitze, und ein leiser Pfiff, der dem eines Murmeltieres glich, schallte von den Felswänden tausendfach verstärkt durch die Dämmerung. Dem ersten Pfiff folgten zwei weitere. Angestrengt lauschte der Alte vom Berg. Aber nur das leise Heulen des Windes, der um die Felsgipfel strich, tönte zu ihm.

„Teufelsdreck!", fluchte Harms und pfiff noch einmal. Wieder geschah nichts. „Oh, verdammt!"

Er ärgerte sich, dass er nicht die Zauberkraft von Arabella Finsternis besaß. Seine Mutter, die Natur oder wer auch immer hatte ihn in diesem Punkt stiefmütterlich bedacht. Außerhalb seiner Höhle gelang ihm nur selten ein magischer Trick. Er setzte zur dritten Pfifffolge an, und kaum waren die Töne verhallt, erklang von irgendwo ein leises Scharren, und vor Urbanus Harms stand wie aus dem Boden gezaubert ein Murmeltier. Sein braunes Fell glänzte wie das einer gesund ernährten Katze, und in dem Gesicht mit der spitzen Schnauze und den Barthaaren funkelten schwarze Äuglein. Auf seinem Haupt glänzte eine winzige goldene Krone.

Das Tier sieht wie ein Freund aus, der Schabernack versteht, dachte Harms. Ob er das Murmeltier für seinen Plan gewinnen konnte?

„Was führt dich her, mein Freund?", fragte das Murmeltier. „Wer bist du und warum rufst du mich, wo es noch zu dunkel für einen Spaziergang ist?"

„Ich bin Urbanus Harms."

„Oh!" Das Murmeltier betrachtete den Alten vom Berg scharf: „Stimmt! Siehst deiner Mutter verdammt ähnlich!"

„Ich hab einen Wunsch, ehrwürdiger Herr und König Ringobert Murmel III.!"

Die Murmeltieräuglein funkelten wachsam. „Und was hat der mit mir zu tun?"

„Du bist der König der Murmeltiere."

„Na und?"

„Ich weiß, dass du Spaß verstehst. Deshalb wollte ich dich bitten, einen Weg zu zaubern, der von dem, wo wir jetzt stehen, abzweigt, ein paar hundert Meter durch die Berge führt und dann zu dieser Stelle zurückkehrt."

„Warum soll ich das tun, und wieso machst du es nicht selbst?"

„Ich würde es gern selber tun. Aber meine Zauberkräfte sind leider beschränkt. Arabella Finsternis, du verstehst!" Er quetschte ein paar Tränen aus seinen Augen. „Sie hat mir einen Teil meiner Zauberkraft geraubt." Er sah Ringobert Murmel flehend an. „'s wäre schön, wenn zu dem neuen Weg ein Wegweiser gehören würde, auf dem der Name ‚Teufelszinnen' steht."

Wieder musterte der Murmeltierkönig Urbanus Harms. „Sag, Harms, was führst du im Schilde?"

„Nichts Schlimmes, König Ringobert, mein ehrwürdiger Freund! Nur einen kleinen Scherz!"

„Was für einen Scherz?"

„Zwei Freunde von mir wandern zum Klettern zu den Teufelszinnen. Ich möchte sie ein wenig an der Nase herumführen und sie im Kreis laufen lassen!" Er lachte keck. „Für ein, zwei Stunden wenigstens. Dann kann das Gebirge wieder so aussehen wie jetzt."

Der Murmeltierkönig wiegte bedenklich den Kopf: „Wozu soll das gut sein, Harms?"

„Sie wissen nicht, dass ich hier auf sie warte. Und die Sache mit dem Weg ist wirklich nur ein Scherz!" Harms lachte ein sorgloses Lachen. „Was für ein Spaß, wenn sie mich ein Stück weiter oben entdecken und erfahren, dass ich sie ein wenig genarrt habe!" Er sah das Murmeltier belustigt an. „Gemeinsam wandern wir dann weiter."

„Hmm!", brummelte der Murmeltierkönig. „Und es steckt bestimmt keine böse Absicht dahinter?"

Harms legte seine Rechte auf sein Herz. „Sie enttäuschen mich, Majestät! Wo ich einer der ehrlichsten Menschen im Magierland bin!"

„Hab schon anderes von dir gehört!", murmelte Ringobert Murmel III. „Und für irgendwelche Scherze ist mir meine Zauberkraft zu schade."

Über Harms Gesicht spielte für Sekundenbruchteile ein Ausdruck von Wut. „Majestät!", fuhr er, seinen Ärger nur mit Mühe unterdrückend, fort. „Ich hoffe, Ihr denkt noch daran, dass meine Mutter Euch 1805 das Leben gerettet hat. Und der Gefallen, um den ich Euch bitte, bringt Euch gewiss keinen Ärger ein."

„Hmm, ja! Also gut." Noch ehe sich der Alte vom Berg versah, ertönte ein gewaltiges Krachen und Bersten. Wie bei einer Detonation spaltete sich der Felsen zu Harms Linken zu einer schmalen Gasse. Steinbrocken prasselten hernieder, rollten ein Stück talabwärts, kehrten zurück und fügten sich links und rechts des neuen Weges zu Felswänden zusammen. Ein zweiter Weg spaltete wenige Meter weiter unten den Felsen. Dazu zeigte ein aus frischem Fichtenholz geschnitztes Schild mit schwarzer Aufschrift die falsche Richtung zu den Teufelszinnen an. Und so schnell, wie es begonnen hatte, war das Werk vollendet.

„Danke, Majestät!", jubelte Urbanus Harms und dachte an Lory Lenz und Thurano. „Ich danke Euch! Nie werde ich Eure Güte vergessen!"

In die schwarzen Äuglein des Murmeltierkönigs trat erneut der Ausdruck von Wachsamkeit. „Ein bisschen viel Dank für einen kleinen Scherz, was?" Er betrachtete Urbanus Harms scharf. Wenn der nicht was anderes im Schilde führte? „Ihr erlaubt, dass ich mich entferne?"

„Auf Wiedersehen!", rief der Alte vom Berg, ein wenig zu schnell. „Ich wünsche Euch für den Rest der Nacht einen guten Schlaf und am kommenden Tag viel Erfolg bei der Arbeit!"

„Danke, Harms!" Der Murmeltierkönig huschte davon. Sekundenbruchteile später funkelten seine schwarzen Äuglein wenige Meter entfernt aus einer Erdhöhle in den heraufdämmernden Tag.

Der Alte vom Berg rieb sich die Hände. Wie schön, dass Ringobert Murmel III. ihm zu Diensten gewesen war! Das gab ihm genügend Zeit, die Höhle zu erreichen. Und dann...

„Ha!" Als er den Weg höher stieg, vermischte sich sein leises, hämisches Lachen mit dem Heulen des Windes. Ein paar Meter weiter oben blieb er stehen und wandte sich um. Zwischen schroffen Felsen wallte noch immer der Morgennebel und verhüllte wie eine dichte Decke den Blick ins Tal. Urbanus Harms breitete die Arme aus und schloss die Augen. *„Dornen und Hecken sollen den rechten Weg verdecken"*, murmelte er. *„Und erst beim Mondenschein sollen sie wieder verschwunden sein."*

Zu Urbanus Harms' Ärger geschah nichts. „Verdammt!", fluchte er. Warum klappte die Zauberei ausgerechnet bei ihm nicht? Er versuchte es wieder und wieder. Erst, als er schon aufgeben wollte, weil er dachte, dass es nie klappen würde, schossen, nur wenige Meter entfernt, aus Felsen und Stein abgestorbene Ranken von Kletterrosen hervor, mit Stacheln, wie Dolche so scharf und spitz.

„Hat geklappt!", murmelte der Alte vom Berg. Sein Gesicht drückte Zufriedenheit aus. Jetzt konnte nichts mehr schief gehen. Mit dieser Sperre würde er, trotz seiner Behinderung, garantiert vor Lory und Freddy die Höhle in den Teufelszinnen erreichen. Und, um die Sache perfekt zu machen, wollte er den Weg über den Satansberg wählen. Dort entlang würde ihm garantiert keiner folgen. Der Pfad war aus allen Landkarten gestrichen. Kein Bergwanderer traute sich zu, am Schwarzen Schloss vorbeizugehen. Zu groß war die Furcht vor Arabella Finsternis. Außerdem war die Strecke, so hatte er bei verschiedenen Wanderungen in diesem Gebiet festgestellt, näher als der angegebene Wanderweg.

Seinen Stock fest umklammert, stapfte Urbanus Harms weiter. Ein Lächeln lag auf seinem Gesicht. Diesmal war er sich sicher, dass er Lory bekommen würde, und den grünen Skarabäus erhielt er gratis dazu. Ein Dank an die Geister der Nacht!

33

„Wann sind wir endlich da?" Wie einen Kartoffelsack ließ sich Lory müde und übernächtigt auf einen Felsvorsprung fallen. Von Moos und Grasbüscheln umringt ragte der Stein wie ein Thron aus der Felswand hervor. Das Bergmassiv gehörte zu einer Steinformation, die rechts vom Weg erst sanft und dann steil in den Himmel ragte. Zirbelkiefern, Eriken, Moose und Flechten wuchsen an der Felswand wie Polypen auf ihrem Wirtstier.

Lorys Blick glitt zurück, in ein von sanftem Grün überwuchertes Tal, das in der Mitte ein Wildbach in einer silberglänzenden Schlangenlinie durchschnitt. Im schnellen Lauf stürzte rauschend das Wasser hernieder. Zarte Nebel zogen zwischen den Bergen dahin. Ein Adler kreiste im Rotgold der Sonnenstrahlen über dem Tal, und es roch nach Frische, Kräutern und Kiefern. Weiter unten ragten in der Ferne, wie ausgewaschene rote und schwarze Tupfen, die Dächer von Tausendlicht Stadt und der Burgberg mit Stellas Schloss aus dem morgendlichen Dunst. Bunte Fähnchen flatterten auf den Zinnen. Ein Stück weiter westlich ruhten wie zwei riesige dunkel- und hellgrüne Flecke der Zauberwald und die große Grasebene. Irgendwie hatte Lory das Gefühl, im Kreis zu gehen.

„Es dauert noch eine Weile, denk ich", entgegnete Freddy, vom Steigen hochrot im Gesicht. Verdutzt sah er sich um. „Kann das sein? Mir scheint, hier waren wir vor einer Stunde erst!" Er deutete auf den Stein, auf dem Lory saß. „Auf dem Felsbrocken hab ich vorhin gesessen."

Auch Lory kam es so vor, als hätte sie den Felsen schon einmal gesehen. „Was geht hier vor?" Wie ein Polyp kroch die Angst in ihrem Inneren hoch. War hier Arabella Finsternis am Werk? „Sind wir im Kreis gegangen?"

„Bestimmt!" Freddy zog die Karte aus seiner Tasche. „Das versteh ich nicht."

Lory trat auf ihn zu: „Was?"

„Der Weg ist falsch."

„Wieso?"

Gemeinsam starrten sie auf den Plan.

„Schau!" Freddy deutete auf eine schwarze Linie: „Diesen Weg gehen wir." Sein Finger wies auf einen graubraunen Bogen, der wenige Zentimeter weiter oben auf der Karte das Felsmassiv durchbrach. „Das ist die ‚Teufelspforte'! An dieser Stelle müssten wir jetzt stehen, weil der Pfad zu den Teufelszinnen genau durch dieses Felsloch führt." Er sah sich um. „Aber der Weg macht eine Kurve. In der Karte führt er geradeaus. Und von der ‚Teufelspforte' ist weit und breit nichts zu sehen."

„Bestimmt haben wir irgendwo weiter unten den Weg verfehlt und uns verlaufen."

„Das kann nicht sein." Noch einmal betrachtete Freddy die Karte. „Es gibt nur einen Weg zu den Teufelszinnen. Nirgendwo gibt es auch nur die kleinste Einmündung."

Wieder sah sich Lory in der Umgebung um. „Es ist seltsam."

„Was?"
„Wir hatten vor über einer Stunde die Vegetationszone verlassen." Sie deutete auf die Eriken, die Moose und Krüppelkiefern. „Und jetzt wachsen plötzlich wieder Pflanzen in dieser Höhe. Und schau einmal...!" Lory wies auf die vertrocknete Dornenhecke. „Hast du schon einmal Rosen im Hochgebirge gesehen?"

„Gesehen habe ich so hoch oben keine. Sie gedeihen in dieser Höhe nicht. Deshalb sind sie eingegangen, und wir sehen nur noch die vertrockneten Ranken."

„Trotzdem!", meinte Lory. „So hoch wie die Hecke ist, muss sie einmal hier gewachsen sein, gegrünt und geblüht haben. Und das ist normalerweise in dieser Höhe unmöglich." Leise Zweifel kamen ihr. Sie waren im Magierland, und da war alles möglich.

„Hast Recht, eh!" Freddy seufzte. „Oder wir haben die Teufelspforte vorhin nicht gesehen. Und sind wirklich den falschen Weg gegangen."

„Na, so blind sind wir nicht, dass wir Krüppelkiefern am Tag übersehen!"

Lory bückte sich, hob zwei kleine Steine auf und legte sie auf den Felsbrocken, auf dem sie gesessen hatte.

„Was tust du?", fragte Freddy erstaunt.

„Komm!", forderte das Mädchen ihn auf. „Wir gehen den Weg weiter, und wenn wir wirklich im Kreis gehen, werden wir das anhand der Steine feststellen können."

„Einverstanden!"

Keiner der beiden bemerkte die Kindergestalt, die etwa hundert Meter weiter unten, versteckt hinter einem Felsen, das Geschehen beobachtete.

„Die Schere schleift der Stein",
murmelten ihre Lippen.

*„Ich muss verwandelt sein,
denn Reichtum und Macht sind mir zugedacht.
Drum hat es einen Sinn,
dass ich Kathrein Regenbogen bin.
Verwandlung!"*

Ehe noch ein Windhauch ihr Gesicht streifte, stand die Person als Kathrein Regenbogen in der Berglandschaft. Nach einem Augenblick der Besinnung, in dem sie ihr verändertes Aussehen mehr als missmutig betrachte, eilte sie auf Lory und Freddy zu.

In dem Moment, als die beiden weiterwandern wollten, fiel Freddys Blick auf sie. „Wer ist das?" Er deutete ein Stück den Weg hinab.

Auch Lory fand es seltsam, dass urplötzlich ein steinaltes Weiblein den Berg hinaufstapfte. Immer deutlicher löste sich ihre Gestalt aus dem morgendlichen Dunst. Sie trug einen Umhang, dessen Regenbogenfarben kaum noch zu erkennen waren, und einen ebensolchen Spitzhut, unter dem struppige weiße Haare hervorwallten und ihr bis auf die Hüften fielen. In aufrechter Körperhaltung und mit einer Geschwindigkeit, die Lory und Freddy ihr in ihrem Alter gar nicht zugetraut hätten, kam sie rasch näher.

„Wer sind Sie?", rief Lory, als die Alte sie fast erreicht hatte. Sie sah das von feinen Falten durchfurchte Gesicht, dessen Kinn und Nase sich fast berührten. Unter buschigen Brauen blitzten schwarze Augen, erfreut und ein wenig verschlagen. Die Frau war nur wenig größer als sie.

„Ihr kennt mich nicht?", antwortete die Frau mit einer Stimme, von der Lory glaubte, sie schon gehört zu haben. „Kathrein Regenbogen werde ich von allen genannt! Ich wohne im Zauberwald. In einer vor der Welt verborgenen Gegend, wo Moose und Flechten in Hülle und Fülle wachsen, findet ihr meine Höhle."

„Kathrein Regenbogen?", rief Lory. Erstaunen spielte in ihrem Gesicht. „Sind Sie mit Reginald verwandt?"

„Du kennst ihn?" In Kathreins Frage schwang Vorsicht.

„Ja, klar! Er hat mich im vergangenen Sommer zweimal aus Arabellas Schloss gerettet." Lory blickte träumerisch zum Himmel: „Er ist einfach toll!"

„Ja, das ist er!", entgegnete Kathrein schroff. „Ich bin seine Urururgroßtante, väterlicherseits."

„Und wieso sind Ihre Augen schwarz? Reginald hat himmelblaue Augen."

„Die Augenfarbe hab ich von meiner Mutter geerbt", entgegnete Kathrein. Und um die Diskussion über Reginald und ihr Aussehen, die ihr offenbar unangenehm war, zu beenden, fragte sie: „So allein im Gebirge, Kinder, und zu dieser frühen Stunde? Wo wollt ihr denn hin?"

„Das sagen wir nicht!", antwortete Lory und ärgerte sich. Wieso wollte jeder, dem sie begegneten, wissen, wo sie hingingen?

„So!", schmunzelte Kathrein. „Auch wenn ihrs mir nicht sagt. Ich weiß es trotzdem."

Freddy blickte die Frau herausfordernd an: „Na, wohin gehen wir, eh?!"

„Zu den Teufelszinnen, den grünen Skarabäus suchen!"

Lory blieb der Mund offen stehen. „Woher wissen Sie das?"

Kathrein Regenbogen lachte. „Wir sind im Magierland, mein Kind! Vergiss das nicht! Ich weiß sogar, dass du Lory Lenz bist, und der Junge...", sie deutete auf Freddy, „... ist Freddy Pink. Und..." Sie machte ein ernstes Gesicht. „Ihr seid aus Violettes Zauberschule abgehauen, stimmt's?"

Lory und Freddy sahen zu Boden und nickten. Beide dachten das Gleiche: Ob die Frau sie verraten würde?

Ungeachtet ihrer Reaktion, fuhr die falsche Kathrein Regenbogen fort: „Da ich weiß, dass ihr mich brauchen werdet, um den grünen Skarabäus zu finden, schließe ich mich euch an."

Freddy machte ein ärgerliches Gesicht. „Aber wenn wir Sie nicht mit dabeihaben wollen?"

Lory stieß ihn an. „Still! Wenn sie Violette erzählt..."

„Sei froh...", unterbrach sie die Alte, „... wenn euch jemand helfen will! Der Weg ist beschwerlich und weit, und so gut seid ihr nicht im Zaubern, dass ihr alle Gefahren, denen ihr begegnet, mit Bravour überwinden könnt."

In Lorys Kopf arbeiteten die Gedanken. Ganz bestimmt hatte sie die Stimme von Kathrein Regenbogen schon irgendwo gehört. Es musste in Violettes Villa gewesen sein. „Hat Sie Violette Moosgrün geschickt?", fragte sie.

„Nein."

Freddy verzog das Gesicht. Die Sache kam ihm seltsam vor. „Wer dann?"

„Stella Tausendlicht!"

„Stella?", fragten Freddy und Lory fast gleichzeitig.

Ohne auf die Frage der Kinder einzugehen, hob die falsche Kathrein Regenbogen an: „Was denkt ihr?! In der Schulvilla ist längst bekannt, dass ihr verschwunden seid! Violette hatte Stella informiert. Sie wollte Archibald Rumpels Spezialgarde nach euch suchen lassen. Aber Stella meinte, das sei zu auffällig, wenn die Truppen hier in den Bergen herumsteigen. Arabella wird gewarnt, und wir erreichen gar nichts. Da kam sie auf die Idee, mich zu senden, um euch zu begleiten."

„Na gut!", meinte Freddy resigniert und lud sich den Rucksack auf die Schultern. „Dann kommen Sie halt mit, eh!"

Zu dritt wanderten sie den Weg bergauf und bergab und kehrten nach einer weiteren halben Stunde an den Felsbrocken zurück, auf den Lory die zwei Steine gelegt hatte.

„Tatsächlich!", rief Freddy beim Anblick der Steine. „Wir sind wirklich im Kreis gegangen."

„Und was nun?", fragte Lory.

Aus der Stimme der Kathrein Regenbogen sprach Angst. „Sieht so aus, als ob uns jemand irreführt!"

„Arabella!", rief Lory.

„Mist!", zischte Freddy. „Ich glaub nicht, dass es Arabella ist. Sie will, dass wir den Skarabäus finden."

Wie ein Wurm bohrte sich ein Gedanke in Lorys Kopf. Vielleicht wollte die Hexe das gar nicht. „Unsinn!", flüsterte sofort eine Stimme in ihrem Inneren, und wieder sah sie in Gedanken die Höhle und Sina Apfel in ihrem Kerker.

„Wer soll uns den Weg verstellen?", fragte Kathrein und schloss die Augen. Ganz konzentriert, dachte sie intensiv an denjenigen, der sie dazu angestachelt hatte, Lory und Freddy zu begleiten. In ihrem Kopf formten sich unentwegt die Worte: Was soll ich tun? Zeige mir den rechten Weg! Sekunden später empfing sie die Lösung: „Der Murmeltierkönig muss her!", rief sie. „He! Ringobert Murmel III., zeige dich! Und gib uns den Weg zu den Teufelszinnen frei!"

Ein Rumpeln erklang. Einem Erdbeben gleich stürzten an einer Stelle Felsen herab. An anderer Stelle türmten sie sich übereinander. Die Dornenhecke löste sich in Luft auf, und dort, wo bisher der Weg gewesen war, verhinderte eine Felswand das Weitergehen. Dafür führte der Pfad jetzt steil geradeaus. Etwa hundert Meter weiter oben führte, einem Torbogen gleich, ein Durchgang durch den Felsen.

„Die Teufelspforte!", rief Freddy und deutete auf die Unterführung. „Gehen wir!"

Voll Tatendrang stürmten Lory und Freddy den Weg hinauf. Mit hinterhältigem Lächeln folgte ihnen im gleichen Tempo die falsche Kathrein.

34

Sina griff nach dem leeren Wasserkrug und sprang zur Tür. Gerade noch rechtzeitig, ehe sich die Pforte mit lautem Knarren öffnete. Ein Skelett, bekleidet mit einem schwarzen Umhang, die weite Kapuze tief über den kahlen Schädel gezogen, schob sich mit den Knochen klappernd und rasselnd herein. Unter dem Rand der Kapuze spähten leere Augenhöhlen gespenstisch hervor. In einem kräftigen Kiefer klafften mehrere Zahnlücken. In einer Knochenhand hielt es eine Schüssel mit Brei, in der anderen einen Krug. Bei jedem der tappenden Schritte schwappte im gleichen Rhythmus, wie die Knochen klapperten, Flüssigkeit gegen die Gefäßwand.

Das Gerippe trat an das Strohbett heran. „Sina?!", hallte seine Stimme gespenstisch durch das Verlies. „Bist du da? Warum sehe ich dich nicht?"

Sinas Rechte umklammerte den Krug fester. Mit wenigen Schritten, immer darauf bedacht, keinen Lärm zu machen, trat sie hinter das Skelett. In dem Augenblick, als sich das Gerippe über das Strohlager beugte, hob Sina den Krug. Mit ganzer Kraft ließ sie das Gefäß auf den Kopf des Wächters sausen. Ein dumpfer Ton erklang, als es aufschlug. Tonscherben flogen in alle Richtungen. Rasselnd brach das Skelett zusammen und blieb reglos auf dem Steinboden liegen. Blitzschnell riss Sina ihm den Umhang vom Körper und schlüpfte hinein. Das Kleidungsstück schleifte auf dem Fußboden. Sie sah bestimmt fürchterlich darin aus. Aber das war ihr egal. Rasch riss sie den Schlüsselbund aus der kahlen Knochenhand des Gerippes, rannte aus der Zelle und schloss sie ab.

„Wie nun weiter?", murmelte sie und sah sich in dem von bläulichem Sumpfgaslicht, das aus vereinzelten Wandleuchten schien, spärlich erhellten Gang um. In den Lichtkegeln der Lampen erblickte sie schwarze Steinquader. Fußboden und Wände, alles schien mit den gleichen kalten, rauen Steinen gemauert. Links verlor sich der Gang in der Dunkelheit. Rechts schimmerte an seinem Ende ein bläuliches Licht. Was war das?

Aus der Richtung des Lichtes klangen Stimmen. Sie lauschte. Die Stimmen hörten sich hohl und unwirklich an, und sie konnte nicht verstehen, was sie sprachen. Die Skelette – durchzuckte es sie. Nein, dorthin konnte sie keinesfalls gehen.

Sie wandte sich nach links. Vorsichtig setzte sie Fuß vor Fuß, bis um sie herum nur noch Dunkelheit herrschte.

35

Das ist Lory Lenz! Immer wieder durchfuhr der Gedanke Ringobert Murmel III. Das ist das Mädchen, von dem das ganze Magierland spricht? Diejenige, die nach Aussage der Astrologen die Mission ausführen sollte, auf die die Bewohner des Lichtreiches seit Jahrtausenden warteten. Er duckte sich tiefer in die Senke. Steine drückten in seinen Bauch. Er ließ es geschehen. So konnte er Lory ungesehen betrachten. Hübsch, recht hübsch, ein wenig pummelig. Er liebte pummelige Leute. Auch der Junge machte, trotz seiner seltsamen, grellen Haarfarbe, einen guten Eindruck. Aber die andere Gestalt, die sich Kathrein Regenbogen nannte, die kam ihm wirklich merkwürdig vor.

Er kannte die alte Kathrein schon seit Jahren. Mehr als einmal hatte er sie auf einer Almwiese im Sonnenschein nach Enzian graben sehen, oder hoch oben in den Bergen nach Bergkristallen suchen. Jedes Mal hatte er ihre wunderschönen himmelblauen Augen bewundert. Und jetzt waren die schwarz. Nein, die Person, die dort mit Lory und dem Jungen unterwegs war, war nie und nimmer die Kathrein Regenbogen, die er kannte. Sie ging zu aufrecht, zu schnell und zu elastisch, richtig jugendlich. Die Person konnte, auch wenn sie so aussah, niemals die alte Kathrein sein. Aber wer war sie dann? Arabella? Einen Augenblick ärgerte er sich, dass er durch seine Zauberkraft den Bergweg wieder freigegeben hatte. Er seufzte schwer, ohne darauf zu achten, dass ihn jemand hören konnte. Und der Alte vom Berg? Er war auch nur ein Gauner, und Lügner obendrein. Wer weiß, was der im Schilde führte. Waren Lory und der Junge etwa die Freunde von Urbanus, denen der Scherz mit dem Weg gelten sollte? Kaum zu glauben! Hatte Harms nicht im vergangenen Jahr Lory gegen Arabellas Drachen tauschen wollen. Das ganze Magierland hatte darüber gesprochen und Harms kritisiert. Und jetzt...? Wollte er es immer noch?

Je mehr Ringobert Murmel III. über das Geschehen nachdachte, desto sicherer war er sich, dass etwas faul war an Urbanus Harms und an der Kathrein, die mit den Kindern zu den Teufelszinnen zog. Sollte er einschreiten? Wie? Wenn er nur wüsste...? Aber vielleicht war es besser, sich gar nicht einzumischen. Er überlegte hin und her und kam zu keinem Ergebnis.

Unmerklich war die Sonne über der Teufelspforte aufgegangen. Ihre goldenen Strahlen tauchten Berge und Himmel in strahlendes Licht.

Der Murmeltierkönig gähnte ausgiebig. Der Alte vom Berg hatte ihn viel zu zeitig aufgeweckt. Doch jetzt war keine Zeit zum Träumen. Jetzt musste er handeln! Nicht auszudenken, wenn Lory in Arabellas Hände fiel!

So schnell ihn seine Pfoten trugen, huschte er ein paar hundert Meter den Bergpfad hinunter und schlüpfte in seine Höhle.

36

„Was ist Arabella?" Adolar Zack blickte erstaunt auf seine Herrin, die zum wiederholten Mal von ihrem Thron aufsprang. Gedankenverloren machte sie ein paar Schritte im Saal hin und her und setzte sich dann erneut. Jedes Mal, wenn sie sich erhob, fuhr Thurano mit seinen sieben Köpfen in die Höhe, und ein leises Schnauben tönte durch den Raum, dem feine Rauchwolken aus allen vierzehn Nüstern folgten. Mit dem Rauch zog der Geruch von Schwefel durch den Saal. „Ich könnte glauben, du hast Ameisen unterm Hintern!"

„Unsinn!", zischte Arabella und brummte etwas von „keinen Respekt haben."

„Was ist es dann, Herrin...", fragte Zacharias Schreck, „... was dich so unruhig macht?"

„Irgendetwas geht schief!", antwortete Arabella. „Ich fühle, dass da jemand ist. Zwei, drei, mehr... Ich weiß nicht, wie viele. Und Lory..."

Verständnislos starrte Adolar auf die Hexe: „Was meinst du?"

„Sag's uns!", forderte Zacharias sie auf. „Dann greifen wir ein!" Er dachte an die Person aus Violettes Zauberschule, der er vor noch nicht einmal zehn Minuten den Rat gegeben hatte, sich an den Murmeltierkönig zu wenden.

„Wenn ich nur wüsste...", Arabella klatschte in ihre Hände. Sofort öffnete sich die Tür, und eine Gestalt in einem schwarzen, bodenlangen Umhang trat ein. Ein Klappern und Rasseln wie von Knochen ertönte, als sie sich Arabella näherte. Vor dem Thron verbeugte sie sich tief. Knochen knackten, und eine hohle Geisterstimme tönte durch den Saal: „Was befehlen, Majestät?"

Arabella Finsternis machte eine Winkbewegung zur Tür. „Geh! Bring mir die Glaskugel!"

„Sofort, Herrin!" Die Gestalt verschwand mit Klappern und Rasseln, um nach wenigen Minuten zurückzukehren. Ihre Knochenfinger hielten eine Kristallkugel, die sie Arabella reichte. Für Sekunden blickte Arabella in das Gesicht eines Totenschädels. „Danke, Hermes!" Wieder winkte die Hexe und bedeutete dem Skelett, den Thronsaal zu verlassen. Kaum hatten sich die Türflügel hinter Hermes geschlossen, ließ Arabella sich auf den Thron fallen, lehnte sich zurück und starrte wie gebannt in die Kugel. Sekundenlang tönte nur Thuranos Atmen durch den Saal, und durch die geschlossenen Fenster drangen das Heulen des Windes, gedämpftes Donnergrollen und das Tackern der Regentropfen, die gegen die Scheiben schlugen. Noch immer tobte ein Unwetter mit Blitz, Hagel und Sturm um das Schloss des Grauens.

„Ha! Mh!", brummte Arabella. Dann gellte ihr Schrei durch den Saal, der Thurano erschrocken auffahren ließ. „Aha!", schrie sie so laut, dass sie das Fauchen des Drachen übertönte. „Das ist es! Reginald Regenbogen! Lory und Freddy! Der Alte vom Berg, und wer ist das denn? Die Frau..., Lory... Kathrein Regenbogen... Wieso zweimal?" Sie warf die Glaskugel Zacharias zu. „Halt fest!" Im letzten Moment konnte er sie fangen. Als er hineinblickte, sah er für Sekundenbruchteile das Gesicht von Kathrein Regenbogen darin. Schwarze Augen? Ein Lächeln spielte um seinen Mund. Sein Plan schien bestens aufzugehen.

Ehe die beiden Minister wussten, was geschah, hob die Hexe die Arme, dass die weiten Ärmel ihres schwarzen Spitzenkleides um ihren Oberkörper und den Kopf ein Rad bildeten.

„Wetterküche, eins, zwei, drei,
kommt der Schneesturm schnell herbei.

In die Berge der Teufelszinnen,
soll der Sturm den Schnee hinbringen.
Urbanus Harms und all die anderen,
keiner soll dort oben wandern.
Nur der Lory soll's gelingen,
in die Berge einzudringen.
Zu der Höhle soll sie gehen,
die ich habe ausersehen,
als ihr Grab, so still und kalt.
Und wenn ihr hilft Reginald,
soll mein Fluch auch diesen töten,
ihn befrei'n von Helfernöten.
Hokuspokus Zaubermacht,
dieser Fluch sei jetzt vollbracht."

Die Hexe ließ die Arme sinken, und ihr schadenfrohes Lachen schallte durch das Schloss.

37

Das war also Reginalds Urururgroßtante. Während des Steigens betrachtete Lory immer wieder verstohlen aus den Augenwinkeln heraus Kathrein Regenbogen. Wie alt mochte sie sein? Dem zerknitterten Pergamentgesicht nach zu urteilen, bestimmt hundert Jahre. Oder war sie älter? Im Magierland waren die Menschen oft viele hundert Jahre alt. Sie dachte an Filomena Knitter, die die zweihundert Jahre längst überschritten hatte. Trotzdem war Kathreins Gang aufrecht, elastisch und schnell. Ob das im Magierland so üblich war? Vielleicht gab es ein Zauberelixier, das alte Leute fit hielt, denn joggen hatte sie in diesem Wunderland noch niemanden gesehen. Aber da waren Kathrein Regenbogens schwarze Augen. Kalt blickten sie in die Welt. Wo hatte sie diese Augen schon einmal gesehen? Reginalds Augen waren himmelblau. Sie hatte gedacht, dass alle seine Angehörigen so schöne himmelblaue Augen hätten.

In ihre Überlegungen hinein spürte sie einen Druck im Magen. Sie hatte seit dem vergangenen Abend nichts mehr gegessen. Sie stieß Freddy an: „Wollen wir frühstücken, Freddy? Ich habe einen gewaltigen Hunger!"

„Was, jetzt schon?" Freddy Pink blickte den Weg zurück. Wie ein Torbogen in einer Felswand lag die Teufelspforte tief unten auf halber Bergeshöhe.

„Oh ja!", rief Kathrein. „Frühstücken ist gut! Mir knurrt schon seit Stunden der Magen. Was gibt's denn zu essen?"

„Nur Brot, Käse, Wasser und harte Wurst", entgegnete Freddy und setzte den Rucksack ab. „Etwas anderes habe ich nicht mit." Er sah Kathrein an. „Aber für drei wird mein Vorrat nicht langen. Ihr, Kathrein Regenbogen, müsst sehen, wie Ihr etwas zu essen bekommt."

„Was?!", brauste Kathrein auf. „Du lässt mich hungern? Das werde ich meinem…!" Abrupt brach sie ab. „Das kannst du mit mir nicht machen, Pink!" Mit kraus gezogener Nase und zusammengekniffenen Augen stöhnte sie. „Trocken Brot und harte Wurst! Ich möchte Brötchen mit Butter, Ei, Käse und Marmelade, und vielleicht noch ein Stück Kokoskuchen oder Schokolade. Wie wär's, wenn du das herbeischaffst?"

Freddy glaubte, solch einen Tonfall schon einmal gehört zu haben. Wo und von wem? „Wieso zaubern Sie sich nicht selber Essen her?"

„Ich?" Kathrein Regenbogen verzog das Gesicht. „Wieso ich?" Als sie Freddys verwunderten Blick sah, fügte sie rasch hinzu: „Ich bin heut nicht gut drauf! Das Alter, mein Kind! Da ist nicht ein Tag wie der andere, besonders, wenn es ums Zaubern geht."

Freddy griente. „Und heute ist so ein Tag, was?" Er hatte noch nie gehört, dass jemand auf Grund seines Alters nicht zaubern konnte. Im Gegenteil, je älter die Magierländer wurden, desto perfekter wurde ihre Zauberkraft.

„Na ja", stammelte Kathrein. „Ich..., ich glaub schon, dass..." Abrupt brach sie ab.

„Dann teilen wir mit Ihnen, was wir haben", entschied Lory, die plötzlich Mitleid erfasste.

„Und später?", fragte Freddy. „Unser Weg ist noch weit. Sollen wir verhungern?" Mit geschickten Fingern öffnete er den Rucksack und holte ein Messer, Wurst, Brot, Käse und die Wasserflasche heraus.

Jeder der drei hockte sich auf einen Stein längs des Weges. Freddy schnitt Brot, Wurst und Käse ab und reichte jedem ein Stück.

„Danke!" Lory biss herzhaft in Brot und Wurst.

Ohne Freddy zu danken, stopfte Kathrein Regenbogen Brot, Käse und Wurst in sich hinein. „So'n Mist!", murmelte sie und kaute mit vollen Wangen, so dass Freddy und Lory ihr ansahen, dass es ihr nicht besonders schmeckte.

Noch während des Essens zogen dunkle Wolken heran. Die Luft wurde kühl, und wie aus einem kaputten Federbett wirbelten feine weiße Flöckchen auf die Erde herab.

„Schnee im Juli!", rief Lory. „Wieso?"

„Das gibt's im Gebirge!", erklärte Freddy. Er blickte zum Himmel. Keine zweihundert Meter entfernt schälte sich aus Wolken und Schnee ein dunkler Schatten heraus. Rasch wurde er größer. Was war das? Ein Vogel? Oder wer flog dort auf sie zu?"

Freddy deutete zum Himmel. Der Schatten hatte jetzt Menschengestalt, und wurde rasch größer. Mit beiden Armen winkte er zu ihnen herüber. „Ich glaube, wir kriegen Besuch!"

„Wer ist das?", fragte Lory.

„Ein Mann!", stellte Kathrein fest. Auf ihrem Gesicht spiegelten sich Unbehagen und Angst. „Was will der?" Schweißperlen traten ihr auf die Stirn, und sie zitterte. Hoffentlich landet er nicht!, dachte sie und hätte sich am liebsten im Felsen verkrochen.

38

Sina Apfels Herz schlug schneller, und trotz der Kälte, die in Arabellas Keller herrschte, stand Schweiß auf ihrer Stirn. Schweißgetränkt war auch der Umhang, den sie trug. Seit einer ihr unendlich lang erscheinenden Zeit irrte sie durch dunkle Gänge, ohne einen Ausgang zu finden. Sie wusste auch gar nicht genau, wo sie hinwollte, nur raus aus dem Schloss und zurück in die Zauberschule, zu Violette Moosgrün und zu Lory Lenz. Sie musste sie warnen, ihr sagen, dass der grüne Skarabäus eine Falle war, dass er gar nicht..."

Ein Poltern und Rasseln unterbrach ihre Gedanken. Es hörte sich an, als klopfe und rüttle jemand an einer Tür. Dazu schallte eine hohle, unheimliche Geisterstimme lautstark durch die Gewölbegänge: „Oh, helft mir! Holt mich raus! Sie hat mich eingesperrt! Sie ist fort! Hilfe!"

Vielfaches Knochenklappern erklang wie der Takt einer Uhr. Im raschen Gleichschritt marschierte Arabellas Gerippegarde den Kellergang entlang. Gleich würden sie das Skelett, das ihr hatte Essen und Trinken bringen sollen, befreien. Sie würden sehen, dass sie, Sina, nicht mehr im Kerker war. Sie würden nach ihr suchen, sie finden, und Thurano durfte sich auf einen Braten freuen.

Die Angst lähmte das Mädchen fast vollständig. In Panik irrten ihre Augen durch das Verlies. Nirgendwo war ein

Fenster, nirgends eine Tür. Nur finstere Gänge und Treppen, stellenweise erhellt von Sumpfgaslampen, in denen ein dusteres Licht flackerte, führten durch den Schlosskeller.

Sie wünschte sich, dass sie zu Hause in ihrem Bett läge und ihr Abenteuer in Arabellas Schloss nur ein böser Traum wäre. „Mutti!", flüsterte sie. „Hilf mir! Oh, hilf mir schnell!"

War es Erhörung, Magie, ein Wunder oder was, als sie nur wenige Meter entfernt, ganz am Ende des Ganges, plötzlich einen schwachen Lichtschein entdeckte? Die matte Helligkeit, mit der das Licht hereinfiel, ließ sie an Tageslicht denken. Sie schritt darauf zu. Beim Näherkommen entdeckte sie, dass es ein Fenster war, durch das schwaches Tageslicht auf den schwarzen Steinboden und die Wände aus schwarzem Marmor fiel. Licht und Freiheit!, durchzuckten die Gedanken wie feurige Pfeile ihren Kopf. Sie rannte auf das Fenster zu und riss es auf. Ein eisiger Wind wehte ihr ins Gesicht und ließ sie erschauern. Regentropfen schlugen prasselnd auf Felsen und Moos. Enttäuschung machte ihre Euphorie zunichte, als sie das schwere Eisengitter sah, dass ihr den Weg in die Freiheit versperrte. Schon hörte sie Knochen klappern und hohle Stimmen aufgeregt durcheinander schreien:

„Sie ist weg!"

„Sucht sie!"

„Sie kann nicht weit sein!"

„Wir müssen sie finden!"

„Nicht auszudenken, wenn Arabella von ihrer Flucht erfährt!"

Das Klappern und Rasseln kam näher.

Sina Apfel warf den Umhang ab, den sie dem Skelett weggenommen hatte. Er behinderte sie, wenn sie aus dem Fenster klettern wollte. Verzweifelt versuchte sie sich zu konzentrieren. Starr hafteten ihre Augen an dem Gitter, und immer wieder flüsterte sie: „Geh auf, Gitter! Zerspringe! Gib mir den Weg in die Freiheit frei!" Und sie stellte sich vor, wie das Gitter zersprang und sie aus dem Fenster kletterte. Das Gitter blieb ganz.

Der Schweiß lief Sina in Strömen über Stirn, Rücken und Brust. Ihr Herz schlug wie wild, und jedes Haar an ihrem Körper stand aufrecht. „Verflixt! Warum klappte der Zauber nicht?"

Einzelne Schritte, denen ein „Tak", das wie das Aufschlagen eines Stockes auf Stein klang, im gleichmäßigen Rhythmus folgte, näherten sich leise von außen dem Fenster. Vielfache Schritte schallten, gemischt mit dem Klappern und Rasseln von Knochen, immer lauter durch den Kellergang. Die Gerippegarde rückte näher. Schon bogen schwarze Schatten um die Ecke. Ihre Umhänge flatterten in der Luf, die durch das Fenster hereinzog. Laut hallten ihre Stimmen im Wettstreit mit dem Klappern und Rasseln ihrer Knochen durch das Gewölbe:

„Da ist sie!"

„Fangt sie!"

„Sie wird uns nicht entkommen!"

„*Hokuspokus, eins, zwei, drei!*", schrie Sina Apfel. „*Eisenstäbe brecht entzwei!*"

Wie durch ein Wunder zersprang mit lautem Scheppern das Eisengitter. Klirrend schlugen die Stäbe auf Felsen und Steinen auf. Einige rollten ein Stück über den Weg, der eng und schmal am Schwarzen Schloss vorbeiführte.

Geschafft, frohlockte Sina. Sie hangelte sich an dem Fenster hoch. Die Freiheit, dachte sie und blickte in ein faltiges, von struppigen Haaren umrahmtes Gesicht. Eisgraue Augen funkelten ihr feurig entgegen. Kräftige Hände griffen nach ihr. Arabellas Minister, durchzuckte es Sina, als der Mann sie aus dem Fenster zog.

39

Zwischen grauen Felsen blinkte ausgebleichter, regenbogenfarbiger Stoff. Rissige, faltige Hände griffen nach Kanten und Vorsprüngen. Füße suchten Halt auf Geröll und Stein. Langsam tastete sich Kathrein Regenbogen höher und höher. Schweiß rann ihr von der Stirn, von Rücken und Brust. Immer wieder musste sie stehen bleiben und nach Luft ringen. Dabei suchten ihre Augen unentwegt die Felswände nach einer Höhle ab. Irgendwo musste sie sein. Wo? Und wenn alles nur Schwindel war und die Höhle gar nicht existierte? Schließlich war der grüne Skarabäus...

Kathrein Regenbogens Blicke blieben an einer fast kreisrunden Stelle am Fuße der rechten der beiden Bergspitzen hängen. Genau in der Mitte war der Felsen dunkler, fast schwarz. Sollte das der Eingang zu der Höhle in den Teufelszinnen sein?

In ihre Betrachtung hinein tönten das Aufschlagen und Rumpeln von Steinen. Nur wenige Meter entfernt prasselten sie den Hang hinunter und blieben irgendwo am Wegesrand im Geröll liegen. Für einen Moment glaubte sie, an der Stelle, an der sich die Steine gelöst hatten, die Zipfel eines schwarzen Umhangs hinter einen Felsen verschwinden zu sehen. War da jemand? Oder spielten ihr ihre Augen einen Streich? Und die Steine?

Sie setzte sich auf einen Felsvorsprung, der wie ein Bett aus dem Bergmassiv ragte, und starrte in die Richtung, in die sie die Erscheinung verschwinden sah. Nach einiger Zeit begannen ihre Augen zu tränen, und die Umgebung verschwamm.

„Vielleicht ein Magierländer, der nach Bergkristallen sucht?", murmelte sie. „Oder ein Wanderer?" Aber schwarz? Das sah eher nach einer Person aus dem Reich der Finsternis aus.

Arabella?

Kathrein Regenbogen schloss die Augen und konzentrierte sich völlig auf ihr Inneres. Sie wurde ruhig und ein wenig schläfrig. Und obwohl sie wusste, was Lory in der Berghöhle erwartete, tönte leise Murmeln aus ihrem Mund:

„*Bewusstseinsebene, sage mir,*
was geschieht mit Lory hier?
Zeige mir alle die Gestalten,
die Lory von ihr'm Weg abhalten.
Und wissen möchte ich obendrein,
wie ich kann Lorys Helfer sein.
Hokuspokus eins, zwei, drei
Bilder eilen schnell herbei."

Augenblicklich zogen an Kathrein Regenbogens Augen die buntesten Bilder vorüber. Sie sah Felsbrocken herniederstürzen. Ein Schneesturm fegte über das Gebirge und hüllte Berge und Täler in ein weißes Gewand. Wie der gefräßige Rachen eines Drachen tat sich der Schlund eines Stollens auf. Gesichter und Personen tauchten auf: Urbanus Harms, Freddy Pink, Lory, der Murmeltierkönig, Sina Apfel, Reginald Regenbogen, die Geister der Nacht und sie selbst.

Der Anblick ihrer Person riss Kathrein Regenbogen aus der Trance. „Ich?", murmelte sie verwirrt. „Wieso ich? Das gibt's nicht! Das kann nicht sein." Für einen Augenblick glaubte sie an einen Irrtum. Sollte sie schon so alt sein, dass ihr Gedächtnis nicht mehr so gut funktionierte und sie nicht mehr richtig in Zukunft, Vergangenheit und Gegenwart sehen konnte?

Was sollte sie machen? Mit geschlossenen Augen versuchte Kathrein Regenbogen, ihre Gedanken zu ordnen und sich noch einmal auf das Geschehen um Lory zu konzentrieren. Doch dieselben Bilder zogen an ihren Augen vorbei.

Da wusste sie, dass das, was sie gesehen hatte, wirklich kein Irrtum war.

Mit einem Satz sprang sie auf. „Die Höhle!", murmelte sie. „Ich muss sie erreichen und sehen, was ich tun kann!" Wieder griffen ihre Hände nach Felskanten und Vorsprüngen. Während sie Stück für Stück höher und höher stieg, fing es sanft zu schneien an.

40

Ob der Mann einer von Arabellas Ministern war? Mit besorgten Blicken starrten Lory, Freddy und die falsche Kathrein Regenbogen der Person entgegen, die sich keine zehn Meter von ihnen entfernt in Sturm und Schnee durch die Luft kämpfte. Wie ein flatterndes Segel winkte ihnen aus dem Weiß der Flocken ihr bunter Umhang entgegen.

„Das Cape!", rief Lory und starrte auf den Mann. „So bunt wie ein Regenbogen! Das kann nur Reginald sein!"

Kathrein Regenbogen drückte sich noch enger an den Felsen, und der Wunsch, sie könnte in dem Stein verschwinden, wurde übermächtig stark. Warum half ihr der Kerl nicht, der ihr den Verwandlungs-Zauberspruch gegeben hatte?

Zielgerichtet steuerte der Mann im bunten Umhang auf sie zu. Deutlich konnten sie sein Gesicht erkennen, das bunte Stoppelhaar.

„Es ist Reginald!", jubelte Lory.

Reginald Regenbogen winkte: „Hallo Leute!" Er setzte zur Landung an. „Kehrt um! Arabella narrt euch! Der grüne Skarabäus ist..." Seine Blicke blieben an Kathrein hängen: „Tante Kathrein!" Tief bohrten sich die Augen der beiden ineinander. Im selben Moment erhielt die falsche Kathrein von dem Mann, der ihr den Verwandlungsspruch gesagt hatte, eine Anweisung.

„*Hokuspokus Wirbelwind*", flüsterte sie. „*Weh' den Kerl dort weg geschwind.*"

Noch bevor Reginald den Boden erreichte, erfasste ihn eine Böe, wirbelte ihn hoch in die Luft und trug ihn mit sich fort.

„Reginald!", kreischte Lory. „So helft ihm doch!"

Kathreins Gesicht drückte Erleichterung aus.

Stumm und mit offenem Mund verfolgte Freddy Pink das Geschehen.

Sie starrten Reginald hinterher, bis er als wirbelnder winziger schwarzer Punkt zwischen tanzenden Schneeflocken im Nebelgrau verschwand.

Lory rüttelte Freddy: „Komm! Wir müssen ihn suchen."

„Ihn suchen?", fragte Kathrein Regenbogen.

„Wir können ihn doch nicht umkommen lassen!", rief Lory und wunderte sich über die Gleichgültigkeit seiner Urururgroßtante. So eine Haltung hätte sie der niemals zugetraut. „Bestimmt braucht er Hilfe." Entsetzt dachte sie, dass ihn die Böe an einen Berg geschmettert hatte und er tot sein konnte.

Freddy schulterte den Rucksack. „Gehen wir!"

„Aber ihr wollt doch nicht weitergehen?" Kathrein Regenbogen deutete auf den Schnee ringsum. In kurzer Zeit war die Landschaft weiß wie ein Leichentuch. „Bei dem Wetter, und wenn es weiter so schneit, kommen wir nie in der Höhle an. Warum warten wir nicht, bis das Wetter besser wird?"

In Lorys Augen traten Tränen. „Wer weiß, wann das ist! Dann ist Reginald tot." Sie malte sich die schrecklichsten Bilder aus, sah Reginald schwer verletzt im Schnee erfrieren, von einer Lawine verschüttet werden...

Freddy griff nach Lorys Hand: „Gehen wir!" Er machte eine Kopfbewegung zu Kathrein: „Sie können hier bleiben, wenn es Ihnen nicht passt!" Wie ein Storch im Sumpf stakste er durch knöchelhohen Schnee.

„Halt, warte!", rief Lory. „Meine Schuhe und Strümpfe sind nass." Sie streckte ihr rechtes Bein vor. „Mit Halbschuhen kommen wir nicht weiter. Ich spüre vor Kälte meine Füße schon gar nicht mehr!"

„Stimmt!", bestätigte Freddy und sah auf seine durchweichten Turnschuhe. „Uns fehlt die richtige Ausrüstung."

„Ich weiß nicht!" Kathrein Regenbogen drehte sich hin und her. „Der Schneefall wird immer dichter." Sie betrachtete eingehend die Markenturnschuhe an ihren Füßen, die eher zu einem Teenager gepasst hätten, als zu einer betagten Frau. „Wir brauchen warme, wetterfeste Stiefel und dicke Jacken." Obwohl sie überhaupt nicht daran interessiert war, Reginald zu suchen, war ihr klar, dass sie ohne Winterkleidung im Gebirge erfrieren würden. „Solche Jacken, wie sie Rodolfo Popp auf seiner letzten Modenschau präsentiert hat. Die waren warm wattiert und total cool!"

Freddy Pink lud den Rucksack von seinen Schultern und blickte Kathrein Regenbogen argwöhnisch an. Die redete wie eine Jugendliche und gar nicht wie eine uralte Frau. „Sie waren auf Popps Präsentation?", fragte er.

„Klar doch! Meine Mut..." Abrupt brach sie ab. „Leider ist für mein Alter eine solche Jacke nichts mehr. Ich will mich nicht auslachen lassen."

Lory verzog den Mund. „Und wie kommen wir zu Stiefeln und Jacken?"

Freddy lachte. „Ist doch einfach! Wir wünschen sie uns." Er schloss die Augen.

„Ja, aber...?" Lory konnte noch immer nicht glauben, dass sich durch einfaches Vorstellen des gewünschten Gegenstandes ein Wunsch erfüllen ließ.

„Still!", zischte Freddy. „Ich muss mich konzentrieren."

Lory und Kathrein vergaßen für einen Augenblick die Kälte und den Schnee ringsum. Schweigend starrten sie auf Freddy, der wie ein Guru unentwegt die Worte: *„Winterschuhe und Wetterjacken gehören uns!"*, vor sich hin murmelte. Plötzlich öffnete er die Augen und verkündete: „Ich schaff 's nicht allein."

„Wir helfen dir", entgegnete Lory, obwohl ihr nicht klar war, wie sie das bewerkstelligen sollte.

„Gut." Freddy streckte Lory und Kathrein seine Hände hin: „Fasst an! Wir bilden einen Kreis und stellen uns Moonboots und wattierte Jacken vor. Gemeinsam schaffen wir's bestimmt."

„Einverstanden!", klang es einstimmig von den beiden zurück. Sie reichten sich die Hände und bildeten einen Kreis. Mit geschlossenen Augen konzentrierten sie sich auf die gewünschten Dinge. Dabei murmelten sie unentwegt: *„Moonboots und eine Winterjacke gehören mir."* Sekundenlang geschah nichts. Erst als Lory aufgeben wollte, lagen plötzlich die gewünschten Kleidungsstücke vor ihnen. Rasch schlüpften sie hinein.

„Gehen wir?", fragte Freddy und schulterte seinen Rucksack.

Einstimmig klang ein „Einverstanden" aus zwei Kehlen. Augenblicke später stapften sie schweigend durch den Schnee.

41

„Was soll ich machen?" Von den Augen seiner Untertanen beobachtet, huschte Ringobert Murmel III. unruhig in der gemeinsamen Wohnhöhle auf und ab. Die Behausung aller Murmeltiere des Königsbaues glich einem riesigen Kessel, mit Wänden, verkleidet mit purem Gold. Mehrere Gänge führten von dem Bau in angrenzende Höhlen, die als Vorratskammern und Luftschächte dienten. Dunkelheit herrschte ringsum, in der nur die Augen der Murmeltiere wie winzige grüne Lichter funkelten. Ein frischer Luftzug wehte durch den Bau und brachte den Geruch von Kälte und Schnee herein. Der Murmeltierkönig erschauerte. „Wie können wir dem Mädchen helfen, es retten?!" In seine Gedanken trat das Bild von Lory, die sich dem Sturm entgegenstemmte, und wie ein Storch im Sumpf durch kniehohen Schnee watete. Das Bild verschwand. Eine Höhle tauchte auf. Er sah, wie eine in einen schwarzen Umhang gekleidete Frau den Raum durchschritt. Ihre pechschwarzen Haare, in denen rote Strähnen wie Feuerflammen funkelten, wehten hinter ihr her. Sie erreichte die Wand, die dem Eingang der Höhle gegenüber stand, und verschmolz mit dem Felsen. Augenblicklich war sie verschwunden.

Den Murmeltierkönig durchzuckte ein fast tödlicher Schreck. Tief in seinem Inneren spürte er, dass die Höhle die Grotte in den Teufelszinnen war und die Person, die sich darin im Felsen versteckte, es auf Lory Lenz abgesehen hatte.

Wie eine Faust sich fest um einen Gegenstand klammert, klammerte sich die Angst um sein Herz. Plötzlich wusste er, dass noch eine größere Gefahr in der Höhle auf Lory lauerte. Er roch förmlich den Tod, der von der Felswand an der Stirnseite der Grotte ausging. Eine mächtige Kraft hatte sich dort mit dem Berg vereint und wartete auf Lorys Erscheinen. Wie eine Vorahnung, ergriff ihn die Gewissheit, dass die Person im Felsen niemand anderes als Arabella Finsternis war. Das Bild von der Höhle zerstob ins leere Nichts. Nur der Drang blieb in ihm zurück, Lory helfen zu müssen. Aber wie?

„Was soll ich machen?", fragte er noch einmal und blickte auf die gesenkten Köpfe seiner Untertanen. „Die Situation ist ausweglos!"

„Wir wissen es nicht!", tönte es im Chor.

Ein vorwitziges Murmeltier, das in der ersten Reihe stand, rief: „Draußen liegt Schnee, Herr! Wir können nichts tun."
Der Murmeltier-Rat, fiel Ringobert ein. Seit Jahren hatte er nicht mehr getagt. Höchste Zeit, ihn wieder einzuberufen. Bestimmt wusste einer seiner Ratsherren, wie sie Lory vor Arabella retten konnten. Mit einem Ruck blieb er stehen.
„Ihr hört von mir!", verkündete er und verließ den Wohnraum. Wieselflink huschte er durch mehrere dunkle Gänge, bis er zu einer Höhle kam, deren Wände und hohe Decke von Bergkristallen glitzerten und gleißten. Edle Teppiche bedeckten den Boden, und in der Mitte stand ein kristallener Thron.
Ringobert Murmel wedelte mit der Vorderpfote. Aus einer Ecke kam ein goldenes Zepter angeschwebt und landete sanft in seiner rechten Vorderpfote. Er trat zum Thron und nahm darauf Platz. Nach einigen Momenten der Besinnung spitzte Ringobert das Maul, und ein gellender, hoher Pfeifton, der halb einem Fiepen oder Quietschen ähnelte, hallte hinaus aus seinem Bau. Vom Echo tausendfach verstärkt, schallte er durch das Gebirge bis hoch hinauf zu den Teufelszinnen. Keine Stunde später standen sämtliche Ratsherren, trotz des Winterwetters, um seinen Thron. Sie waren durch Gänge und Höhlen gekrochen, um Ringobert Murmel III. Folge zu leisten.
„Du hast uns gerufen, edler Herr?"
„Was gibt es?"
„Was ist passiert?", tönte es von allen Seiten.
Ringobert Murmel III. ließ einen Moment seine Blicke über die Murmeltiere schweifen, sah deren braune, pelzige Köpfe, die neugierig glänzenden Äuglein. „Hört!", begann er. „Es geht um eine wichtige Sache!"
„Welche?"
„Lass ihn ausreden!"

„Wir hören!", klang es erneut aus allen Richtungen.

„Lory Lenz ist in Gefahr!", fuhr der Murmeltierkönig fort.

„In großer sogar!"

„Wie schrecklich!"

„Was ist geschehen?"

„Seid still und hört!", tönten die Rufe aus dem Saal.

Der Murmeltierkönig berichtete von seinem Erlebnis mit Urbanus Harms und von seinen Visionen in der Höhle der Teufelszinnen. „Und deshalb müssen wir etwas unternehmen."

„Was?"

„Hast du eine Idee?"

„Eine schwere Aufgabe!", hallten die Stimmen durcheinander.

„Gewiss ist sie schwer!", fuhr der Murmeltierkönig fort. „Aber sie ist nicht unlösbar."

„Was willst du tun?", fragte ein kleines Murmeltier, nur wenige Meter von Ringobert entfernt. Vor Aufregung putzte es, so dass es aussah, als leerte ein Hamster seine Backen von Futtervorräten, mit raschen Bewegungen der Vorderpfoten seinen Bart. „Draußen liegt Schnee. Wir können die Teufelszinnen nicht erreichen."

„Stimmt!", tönte es aus verschiedenen Richtungen aus dem Saal.

Eine Zeit lang herrschte Schweigen. Nur das Atmen der Murmeltiere und ab und zu ein Aufstöhnen klangen durch den Raum. Jeder der Anwesenden überlegte, wie Lory zu helfen sei.

Der Murmeltierkönig hob plötzlich die Pfote: „Ich hab's!", rief er. „Meine Idee ist verwegen. Aber ich denke, dass sie wirksam ist. Und nur darauf kommt es an."

„Du sprichst in Rätseln, Herr!"

„Sag uns, was du vorhast!"

„Mach's nicht so spannend!", klang es aus mehreren Kehlen.

„Was haltet ihr davon…", begann Ringobert mit der Erläuterung seines Planes und winkte seine Untertanen näher zu sich heran, „…wenn wir…?" Die weiteren Worte flüsterte er so leise, dass sie nur die Murmeltiere verstanden, die in seiner allernächsten Nähe standen. Als er geendet hatte schweiften seine Blicke über die Anwesenden. Noch einmal fragte er: „Was haltet ihr davon?"

„Großartig!"

„Wunderbar!"

„Ich bin dabei!", riefen die, die jedes Wort von Ringobert Murmel verstanden hatten.

„Was meint ihr?"

„Wir wollen's auch hören!", murrten die, die nichts von dem Plan mitbekommen hatten.

Gleich darauf zog durch den Saal ein Wispern und Zischen, ein Murmeln und Pfeifen. Die eingeweihten Murmeltiere flüsterten den Plan ihres Königs weiter.

„Das ist die Idee!"

„Hoffentlich klappt es!"

„Schwierig, aber nicht unlösbar!", tönte es in Abständen durch den Saal, dem, nach einigen Momenten der Stille und der Besinnung, der einstimmige Ruf folgte: „Wir machen mit!"

„Das will ich hoffen!" Ringobert Murmel erhob sich von seinem Thron. „Dann lasst uns beginnen!" Er schritt auf den Höhleneingang zu und rief die Murmeltiere aus dem Wohnkessel in den Thronsaal. Als sich alle versammelt hatten, erklärte er noch einmal sein Vorhaben.

Wieder schallte ein lautes, einstimmiges „Einverstanden!" durch den Berg.

„Dann los!", rief Ringobert Murmel III. und legte Krone und Zepter auf einem Hocker ab.

Die Murmeltiere ordneten sich in einer Reihe, und folgten ihrem König auf leisen Sohlen und völlig stumm durch Gänge und Höhlen tiefer in den Berg. In einer Höhle, deren Wände aus kahlen Felsen bestanden, blieb Ringobert endlich stehen. Einen Moment musterte er gründlich die Decke über seinem Kopf. Endlich deutete er auf eine Stelle in Deckenmitte. „Hier müsste es sein!"

„Beginnen wir!", klang es tatendurstig von allen Seiten.

Ringobert Murmel III. erhob sich auf die Hinterpfoten, schloss die Augen und breitete die Vorderpfoten aus. Die anderen machten es ihm nach. Und wie ein leise gesummtes Lied ertönten im rhythmischen Gleichklang aus mehreren tausend Murmeltierkehlen unentwegt die Worte:

> *„Komm, o große Zauberkraft,*
> *die es für uns alle schafft,*
> *zu brechen in den Felsenstein*
> *ein winzig kleines Loch hinein!"*

42

Vor Angst kaum noch Herr ihrer Sinne, fühlte Sina Apfel, wie der Mann, der sie gepackt hielt, mit ihr durch die Luft flog. Scharfkantige Felsgrate und schroffe Abgründe zogen wie eine Filmkulisse an ihnen vorbei. Ein scharfer Wind ließ seinen Umhang und Bart und Sinas Pferdeschwanz flattern. In seinem dünnen T-Shirt erschauderte das Mädchen. Wo brachte der Mann sie hin?

Als unter ihnen ein steiler, steiniger Weg, gesäumt von Geröllfeldern, auftauchte, setzte der Mann zur Landung an. Als ihre Füße die Erde berührten, stoben Steine knirschend zur Seite. Einige rollten polternd ein Stück über den Weg, die Böschung hinab. Erst jetzt bemerkte Sina, dass der Mann unter seinen anderen Arm geklemmt einen Stock trug, der einstmals der armdicke Ast einer alten Eiche gewesen war.

Seine eisgrauen Augen ruhten sekundenlang auf ihr. „Bist du Sina Apfel?", fragte er.

„Woher kennen Sie mich?"

„Das ganze Magierland redet von dir! Und Stellas Minister Archibald Rumpel steht Kopf, weil Arabella verlangt, dass Lory den grünen Skarabäus suchen soll!"

Sinas Stimme klang schrill. „Das darf sie nicht!", rief sie aufgebracht. „Es ist ein Trick! Der grüne Skarabäus..." Erschrocken brach sie ab. Sie kannte den Mann nicht. Wenn er einer von Arabellas Helfern war? „Wer sind Sie?"

„Urbanus Harms!", antwortete der Fremde. „Die Leute nennen mich auch den ‚Alten vom Berg'!"

Sina erschrak. Von dem Mann hatten ihre Eltern ihr nichts Gutes berichtet. Er sollte falsch sein, ein Betrüger, und er wollte Lory gegen Arabellas Drachen tauschen. Bestimmt würde er das jetzt mit ihr tun. „Lassen Sie mich gehen?", fragte sie schüchtern, einer negativen Antwort gewiss.

„Warum sollte ich das?" Urbanus Harms lachte. „Bin ich ein Narr?!"

„Was wollen Sie dann?"

„Du wirst mir helfen, in Arabellas Höhle nach dem grünen Skarabäus zu suchen. Und wenn Lory dort angekommen ist, werde ich euch beide gegen Thurano tauschen, und wer weiß, gegen was noch. Arabella wird bestimmt großzügig sein, bei zwei solch zarten Braten wie euch!"

„Der grüne Skarabäus? Aber der ist doch..." Augenblicklich brach sie ab. Nein, das, was sie in Arabellas Schloss erfahren hatte, das würde sie dem Alten vom Berg nicht erzählen. Niemals! Wenn sie nur wüsste, wer die Person auf dem Schlosshof gewesen war, der Arabella das Geheimnis um den grünen Skarabäus anvertraut hatte. Wie ausgelöscht war ihr Gedächtnis, seitdem die Person sie gesehen hatte. Daran war bestimmt ein Vergessenszauber schuld.

„Was ist mit dem Skarabäus?", fragte Urbanus misstrauisch.

„Nichts", meinte Sina so gleichgültig wie möglich. „Er liegt versteckt in der Höhle, mehr nicht."

„Du kennst das Versteck?"

„Woher sollte ich?"

„Schade!" Er packte sie fester am Arm. „Dann komm endlich! Wir müssen die Höhle finden, bevor Lory und der Junge mit der scheußlichen Haarfarbe sie erreichen." Er zog Sina mit sich fort. „Nicht auszudenken, wenn sie eher da sind als wir!"

Langsam stiegen sie höher. Dunkle Wolken brauten sich über den Bergen zu einer Unwetterfront zusammen. Eisige Windböen fegten über Harms und Sina hinweg, so dass sie froren. Sacht begann es zu schneien.

43

Kaum hatte Violette Moosgrün den Zaubercomputer eingeschaltet, spürte sie ein bedrängendes Gefühl in dem kleinen Raum. Jemand stand hinter ihr? Wer? Ihr Herz schlug schneller, und sie drehte sich um. „Graf Gabriel! Sie!"

„Sie brauchen meine Hilfe, liebste Violette!" Er drückte ein paar Tasten des PC. Bunte Bilder flimmerten kurzzeitig vorüber.

„Wieso? Ich habe Sie gar nicht gerufen!"

„Aber ich weiß es."

„Wieso?"

Ohne auf Violettes Frage einzugehen, deutete Graf Gabriel

von Gabriel auf den Bildschirm des Zaubercomputers: „Da sind sie!" Erschrocken trat er ein Stück zurück.

Violette Moosgrün starrte auf den Monitor. Drei bunte Gestalten wanderten einen Bergpfad hinauf. Mit Entsetzen stellte sie fest, dass Ellen-Sue fehlte. Bizarre Felsgebilde ragten links und rechts von ihnen in einen von Wolken verhangenen Himmel. Schneeflocken fielen wie Puderzucker herab und überzogen die Landschaft mit einem dicken weißen Kleid. Sie deutete auf eine Person: „Wer ist die Frau im regenbogenfarbigen Umhang, die mit der bunten Wattejacke darüber?"

Der Graf hatte sich gefasst. „Die Frau wird Kathrein Regenbogen sein. Wer sonst?"

Eingehend betrachtete Violette die Gestalt auf dem Bildschirm. Obwohl sie sich täuschen konnte, im Fernsehen wirkten Personen oft ein wenig anders, als sie in Wirklichkeit waren, kam ihr Kathrein Regenbogen seltsam vor. Sie ging zu aufrecht, für ihr Alter, zu jugendlich und viel zu schnell. Dazu die Markenstiefel an ihren Füßen. Bis auf das Aussehen hatte die Person gar nichts von einer uralten Frau an sich. Die konnte nie und nimmer Kathrein Regenbogen sein! Aber wer war sie dann? Arabella? Violette seufzte. Wie sollte sie beweisen, dass die Frau, die mit Freddy und Lory unterwegs war, nicht die richtige Kathrein Regenbogen war? Und wo war Ellen-Sue Rumpel?

„Was ist?", fragte der Graf. „Warum seufzt Sie?"

Violette deutete auf den Computerbildschirm. „Ich weiß nicht, Graf. Ich hab kein gutes Gefühl. Kathrein Regenbogen macht mir Angst, denn mir scheint, dass sie eine andere ist."

„Unsinn!", knurrte Graf Gabriel von Gabriel. „Es besteht kein Grund, sich zu sorgen! Kathrein ist eine der besten Zauberinnen im Magierland. Sie wird Lory und Freddy beschützen." Er drückte in rascher Folge mehrere Tasten auf dem

Computer. Die drei Wanderer verschwanden. Stattdessen erschien Ellen-Sue Rumpels Name auf dem Monitor. Unter dem Namen blinkten die Kästchen *Suchen* und *OK*. Graf Gabriel drückte auf *OK*. Zu seiner Verwunderung erschienen erneut Lory, Freddy und Kathrein Regenbogen.

„Seltsam!", murmelte der Graf und tippte noch einmal Ellen-Sue Rumpels Namen in den Computer ein. Als er auf *OK* drückte, blendete sich erneut das Bild von Lory, Freddy und Kathrein ein.

„Das gibt's nicht!" Er sah sich einen Augenblick in dem Raum um, in dem außer weiß getünchten Wänden nur der Schreibtisch mit dem PC stand. Durch das einzige Fenster, so rund wie ein Rad, fiel mildes Tageslicht, und der Geruch von verbrauchter Luft hing in dem Zimmer wie Gewitterschwüle an einem Sommertag. Wieder und wieder gab Graf Gabriel Ellen-Sues Namen ein. Stets erschien das gleiche Bild wie zuvor. Sein Blick blieb an Violette hängen. „Das Ding muss kaputt sein!"

„Was?" Violette schien nicht zu verstehen. „Wieso kaputt?"

„Es erscheint immer das gleiche Bild." Er überlegte einen Moment, um dann hinzuzufügen: „Ich werde mich, sobald ich kann, um den Computer kümmern."

„Sie meinen...?"

Der Graf zwirbelte die Enden seines Schnauzbarts. „Sieht Sie nicht, dass das Gerät macht, was es will? Obwohl ich einen anderen Namen eingebe, erscheinen immer dieselben Personen. Das ist doch nicht normal!" Er schaltete den PC ab und trat zur Tür. „Gehen wir!"

„Gewiss ist das nicht normal, Herr Graf!", entgegnete Violette und folgte dem Grafen aus dem Geheimkabinett. Gar zu gern hätte sie gewusst, wieso der Graf Ellen-Sues Namen in den PC eingetippt hatte, getraute sich aber nicht, ihn danach zu fragen. Wusste er, dass das Mädchen nicht mehr im

Schulhaus war? Woher? Gedankenübertragung, Hellseherei oder? Sie sah den Grafen forschend an: „Mittels Telepathie habe ich die Kinder nicht gefunden. Nun ist auch noch der PC kaputt! Was machen wir jetzt, Graf?"

„Abwarten!" Der Graf hob die Hände und murmelte einen Spruch. Augenblicklich verschwand die Tür. Steine verschlossen die Öffnung. Putz setzte sich darauf. In Sekundenbruchteilen blickten der Graf und Violette auf eine weiß gestrichene Wand, hinter der niemand einen Raum vermutet hätte.

Abwarten? Violette knetete nervös ihre Hände. Das konnte sie nicht. Mit Raketengeschwindigkeit jagten die verschiedensten Gedanken durch ihren Kopf. Sie sah Sina in Arabellas Kerker, Lory in einem Sarg, Ellen-Sue Rumpel irgendwo schwer verletzt im Gebirge liegen, und alle drei als Futter im Napf von Arabellas Drachen. Fest entschlossen, etwas zu unternehmen, schritt sie dem Grafen hinterher.

Die beiden hatten das Erdgeschoss noch nicht erreicht, als sich die Haustür öffnete und Archibald Rumpel herein trat. Mit donnerndem Getöse fiel hinter ihm die Tür zu.

„Graf!", rief Stellas erster Minister. „Ich suche Sie! Wieso sind Sie hier?"

„Lory und Freddy sind verschwunden", antwortete Violette anstelle des Grafen.

„Was?", schrie Rumpel. „Warum erfahre ich das nicht?" Mit wehendem Umhang, den Spitzhut schief auf dem Kopf, stürmte er wortlos an ihnen vorbei. Seine Tritte hallten durch das Treppenhaus, als er die Stufen nach oben stieg. Augenblicke später schlug im Dachgeschoss eine Tür. Dann war es sekundenlang beängstigend still, bis die Schritte des Ministers den Flur entlang polterten. Wieder schlug eine Tür, die wie die Eingangstür zum Dachboden klang. Die Schritte verhallten. Erneut setzte Stille ein. Dann dröhnten noch einmal Rumpels Schritte durch das Treppenhaus. Laut polterte er die Stufen herunter.

„Wo ist Ellen-Sue?", schrie er schon von weitem. „Habe ich mir's doch gedacht, dass sie mit Lory und Freddy erneut aus dieser Schule verschwunden ist. Nicht mal im Zaubercomputer habe ich sie entdecken können."

„Sie ist… äh…", stammelte die Schulleiterin. „Ich weiß nicht…"

„Geheimauftrag von Stella Tausendlicht", fiel ihr Graf Gabriel ins Wort. „Nur Stella und ich wissen davon. Und der Zaubercomputer ist kaputt. Deshalb sieht er seine Enkelin nicht in dem PC."

Mit offenem Mund blieb Archibald Rumpel vor Violette und dem Grafen stehen.

„Ein Geheimauftrag mit Ellen-Sue? Wieso weiß ich nichts davon?"

„Stella wird ihre Gründe haben", erwiderte Graf Gabriel. Rasch verabschiedete er sich von Violette und seinem Amtskollegen und stolzierte hoch aufgerichtet hinaus.

Archibald Rumpel folgte ihm.

Während das Zuschlagen der Haustür durch das Schulhaus dröhnte, fragte sich Violette, was es mit Ellen-Sue und dem Geheimauftrag auf sich hatte und warum auch sie nichts davon wusste.

44

Zuerst spürte Reginald Regenbogen die Kälte. Ein dunkles eisiges Etwas umschloss seinen Körper und drang ihm bis ins Mark. Langsam öffnete er die Augen. Um ihn herum war es dunkel, und das Atmen fiel ihm schwer. „Wo bin ich?", krächzte er. Die Antwort war ein langes, tödliches Schweigen.

Er merkte, dass er auf der Seite lag, einen Arm über seinem Gesicht, direkt über den Augen.

Was war geschehen? Sein Kopf fühlte sich wie leer an, und verzweifelt versuchte er sich zu erinnern. Er war Lory nachgeflogen, weil er von seiner Urururgroßtante erfahren hatte, dass Arabella Finsternis das Mädchen mit der Suche nach dem grünen Skarabäus in eine Falle locken wollte. Hoch oben im Gebirge hatte er sie mit Freddy Pink und einer Frau gesehen, in der er seine Tante Kathrein erkannt hatte. Und er hatte sich gefragt, wieso seine Urururgroßtante plötzlich im Gebirge herumwanderte. Sollte sie Lory bereits gewarnt haben? Aber warum waren die beiden Kinder dann nicht umgekehrt? Glaubten sie Kathrein nicht? Und wie war er hierher gekommen? Er hatte zur Landung angesetzt und dann...?

Sein Kopf schmerzte vor Anstrengung, und das Atmen fiel schwerer. Wieso bekam er kaum noch Luft? War er verletzt? Er versuchte Arme und Beine zu bewegen. Aber die eisige Masse hielt sie wie in einem Schraubstock fest. Nur über seinem Gesicht, bedingt durch den Arm, schien ein winziger freier Raum zu sein.

„Hilfe!", rief er. „Hilfe! Hilfe!"

Außer, dass die Luft noch knapper wurde, geschah nichts.

Was ist bloß los? Reginald schloss die Augen und atmete flach. Wieder dachte er an die letzten Ereignisse, und plötzlich erinnerte er sich an jede Einzelheit des Geschehens.

Dunkle Wolkenungeheuer schoben sich über die Berge. Sie verfinsterten die Sonne, und es begann zu schneien. Er sah sich in die Augen von Kathrein Regenbogen blicken, und er spürte dabei die unsichtbare Kraft, die von ihr ausging. Urplötzlich erfasste ihn eine Sturmböe, und wirbelte ihn wie einen Gegenstand in einer Wäscheschleuder herum. Sein Umhang flatterte wie ein Segel im Orkan, und eisige Kälte ließ ihn erschauern. Er hörte Lorys Stimme kreischen. Aber was sie schrie, verstand er nicht. Schneekristalle stachen ihn wie Igelstacheln in Gesicht und Hände. Der Spitzhut wurde ihm vom Kopf gerissen und verschwand im Grau von Nebel und Schnee. Urplötzlich brach der Sturm ab. Wie ein voller Kartoffelsack sackte er nach unten. Und noch ehe der Wind erneut einsetzte, landete er in einem Schneefeld, das sich wie ein Leichentuch um ihn herum ausbreitete. Wie ein Maulwurf wollte er sich aus dem Schnee wühlen. Da ertönte über ihm ein dumpfes Grollen. Von dem Grat zwischen beiden Spitzen der Teufelszinnen brach ein riesiges Schneefeld ab und rollte wie ein gewaltiger Wasserfall die Berge herab. Er wollte fliehen. Doch noch ehe er sich aus der Schneewehe befreien und wegrennen konnte, wurde es um ihn Nacht.

Plötzlich begriff Reginald Regenbogen, dass eine Lawine ihn begraben hatte. Panik erfasste ihn, dass sein Herz wie ein überdrehter Motor raste. Keiner wusste, wo er steckte. Niemand würde ihn so schnell suchen. Es sei denn Lory... Nein. Die war zu der Höhle unterwegs. Kein Gedanke daran, dass sie umkehren und Violette oder einen anderen informieren würde, dass jemand nach ihm suchte. Oder doch? Aber es schneite stark. Vielleicht brauchte auch sie Hilfe. Nein, darauf, dass Lory und Freddy jemanden holen würden, der nach ihm suchte, darauf durfte er nicht bauen. Was dann?

Schweißperlen der Angst rannen Reginald übers Gesicht. Das war das Ende, ein Tod im Schnee, einsam, allein, sinnlos.

Nein! Der Überlebenswille ließ Reginald sich aufbäumen. Doch die eisigen Wände ringsum hielten ihn in ihrer Umklammerung fest. Urururgroßtante Kathrein musste helfen. Wenn sie bei Lory war, konnte sie nicht weit weg von ihm sein. Sie war eine gute Zauberin, und sie hatte das Wasser des Lebens. Wieder kam ihm die unsichtbare Energie in den Sinn, die ihm aus Kathreins Augen entgegengeströmt war. Ein ungeheuerlicher Verdacht machte ihm Angst: Was, wenn die Person, die als Kathrein Regenbogen die Kinder begleitete, vielleicht gar nicht seine Urururgroßtante war?

Für Sekunden versuchte er sich zu konzentrieren, bis in seinem Kopf Kathrein Regenbogens Bild erschien: In nach vorn gebeugter Haltung watete sie wie ein Reiher allein im Sturm durch kniehohen Schnee.

Ein schrecklicher Gedanke durchzuckte sein Hirn.

„Also doch!", murmelte er und wusste plötzlich, dass seine Vermutung stimmte. Die Person, die Freddy und Sina begleitete, war jemand anderes, aber nie und nimmer seine Urururgroßtante Kathrein. Was nun?

Ehe er sich darüber den Kopf zerbrechen konnte, spürte er, dass er keine Luft mehr bekam. Sein Atem rasselte, und wie ein eiserner Ring legte sich ein Druck um seinen Hals.

„Hilf mir!", murmelten Reginalds Lippen. „Tante Kathrein! So hilf mir doch! Oh bitte!" Und während er unaufhörlich und mit leiser werdender Stimme um Hilfe flehte, verlor er das Bewusstsein.

45

„Was bleibst du stehen?", herrschte Urbanus Harms Sina an und zerrte an ihrem Arm. Aus Angst, dass das Mädchen fliehen könnte, hielt er es noch immer fest umklammert.

„Ich habe Hunger, und mir ist furchtbar kalt!", jammerte Sina. Tränen rannen über ihre Wangen. Der Sturm riss an ihren Jeans und dem Shirt. Eine bleierne Müdigkeit legte sich wie ein voll gepackter Rucksack auf sie. „Bestimmt werde ich erfrieren!"

„Na ja!", brummte Harms und betrachtete missbilligend das Mädchen. „So ein dünner Pulli ist kein Kleidungsstück für einen Gebirgsaufenthalt im Winter. Hättest dich wärmer anziehen sollen!" Er schloss die Augen und murmelte einen Spruch. Nichts geschah. „Verdammt! Es klappt nicht!"

„Was wollen Sie machen?", fragte Sina Apfel neugierig geworden, und vergaß für einen Augenblick, dass sie fror.

„Dir eine dicke Jacke und Winterstiefel herzaubern!"

„Probieren wir's gemeinsam?"

„Von mir aus!", brummte Harms. „Glaub nicht, dass dabei was herauskommt."

Sie schlossen die Augen und murmelten gemeinsam diesen Spruch:

„*Hokuspokus, eins, zwei, drei,*
Winterkleidung schnell herbei!"

Wie aus der Luft gekommen, lagen plötzlich vor Sina Apfel eine gesteppte Winterjacke, dicke Wollhandschuhe und mit Schaf-Fell gefütterte Stiefel. Rasch zog sie alles an.

„Nun komm endlich!", drängte Harms. „Wir haben noch einen weiten Weg."

„Aber ich habe Hunger und Durst!"

Harms stöhnte. „Dann wünsch dir Essen und Trinken!"

Sina tat es. Im Handumdrehen hielt sie einen Teller mit Käse und Wurst belegten Broten in der einen und ein großes Glas Orangensaft in der anderen Hand. Ohne auf Urbanus Harms zu achten, kehrte sie mit dem Handrücken Schnee von einem Felsvorsprung und stellte den Teller darauf. So, als hätte sie tagelang nichts gegessen, schlang sie die Brote in sich hinein, und leerte das Glas mit einem Zug. Teller und Glas verschwanden.

„Nun komm endlich!", drängte der Alte vom Berg.

Widerwillig folgte Sina Apfel Urbanus Harms. Bei jedem Schritt, den sie höher und höher stiegen, überlegte sie, wie sie dem Mann entfliehen könnte.

46

„Ich kann nicht mehr!" Mühselig zog Lory ein Bein ums andere aus dem wadenhohen Schnee. Ihre Füße waren, trotz der Stiefel, vor Kälte fast starr. Am liebsten hätte sie sich hingesetzt. Doch die Angst, dass sie dann erfrieren würde, hinderte sie daran. „Mir ist kalt, und ich bin müde!" Sie blieb stehen. Wohin sie blickte, erstreckte sich eine unendliche weiße Fläche. Ein Vorhang von fallenden Flocken verhüllte die Berge, so dass sie nicht einmal mehr ihre grauen Schattenumrisse sah.

Kathrein Regenbogen, die ein Stück hinter Lory herstapfte, kam heran. Das anstrengende Steigen stand ihr ins Gesicht geschrieben. Sie sah erschöpft und müde aus. „Wir wollen rasten!", rief sie und blieb stehen.

Freddy drehte sich um: „Wenn wir rasten, erfrieren wir!", erklärte er hochrot im Gesicht. „Wir müssen die Höhle finden. Bestimmt ist sie nicht mehr weit."

„Und wenn doch?", Kathrein fand das Abenteuer, auf das sie sich eingelassen hatte, plötzlich furchtbar, und sehnte sich nach ihrem Bett, einem warmen Ofen und richtigem Essen, nach Spaghetti mit Tomatensauce, einer Lasagne oder grünen Klößen, die so groß wie eine geballte Männerfaust waren und die ihre Oma hervorragend kochte. „Das Beste ist, wir kehren um!"

„Umkehren?" Freddy setzte den Rucksack ab. Eine Wolke Schnee wirbelte auf, als er fast gänzlich in die weiße Masse einsank. „Ihr spinnt wohl? Bei dem Wetter kommen wir nie mehr lebend unten an."

„Was?", rief Lory, und an ihren Augen zogen die Bilder von Sina Apfel in Arabellas Kerker vorbei. „Umkehren kommt nicht in Frage!" Sie starrte in das Schneetreiben ringsum und seufzte resigniert: „So, wie's hier schneit, finden wir die

Höhle nie!"

Eine Weile herrschte Schweigen. Dann rief Freddy: „Ich hab's! Wir bauen eine Schneehöhle und warten darin, bis das Wetter besser wird."

„Einverstanden!", riefen Lory und Kathrein Regenbogen fast gleichzeitig.

Sofort machten sie sich ans Werk. Da wurden Schneebälle zu riesigen Kugeln gerollt, und zu einer runden Mauer nebeneinander gereiht und übereinander gestapelt, und in der Endphase zu einem Dach übereinander getürmt. Im Eifer der Arbeit rann ihnen der Schweiß von Stirn und Rücken. Schnee, Wind und Kälte spürten sie nicht mehr. Auch die beiden dunklen Schatten, die langsam den Berg heraufstiegen und in einiger Entfernung stehen blieben, sahen sie nicht. Dafür beobachteten die beiden das Geschehen um den Schneehöhlenbau. Die kleinere Person schickte sich mehrmals an, laut zu rufen oder auf die Schneehöhle zuzugehen. Doch jedes Mal hielt die größere ihr den Mund zu und zerrte sie zurück.

Als sich die Dämmerung über die Berge senkte, setzte Freddy den letzten Schneeklumpen auf das Dach.

„Fertig!", rief er und kroch als Erster durch den schmalen Eingang ins Innere der Behausung. „Kommt! Hier drin ist es toll! Zwar nicht so angenehm wie im Gästezimmer von Violette Moosgrüns Schule, aber besser noch, als draußen in Kälte, Schnee und Sturm." Er zerrte seinen Rucksack in die Höhle hinein. Die Schleifspur, die das Gepäckstück hinterließ, war in Sekunden zugeschneit. Lory und die falsche Kathrein folgten ihm.

Kathrein Regenbogen sah sich in der Höhle um. „Mehr als dürftig!", murrte sie beim Anblick der kahlen Schneewände. „Ich gäbe sonst etwas dafür, jetzt in Violettes Schule zu sein!"

„Sie kennen die Zauberschule?", fragte Lory.

Freddy staunte: „Sagen Sie bloß, Sie haben bei Violette gelernt?" Irgendetwas konnte mit Kathrein nicht stimmen. Die Schule war zwar über zweihundert Jahre alt. Kathrein Regenbogen dagegen, so schätzte er anhand der Falten in ihrem Gesicht, schien mindestens fünfhundert Sommer zu zählen. „Ich wusste gar nicht, dass Violette in ihrer Zauberschule auch Erwachsene aufnimmt."

„Ab und zu schon", entgegnete Kathrein, und ihr Gesicht färbte sich tomatenrot.

„Wann waren Sie dort?", fragte Lory.

„Oh!" Das Rot in Kathreins Gesicht wurde noch eine Nuance dunkler. „Das ist sehr lang her! So lange, dass ich mich gar nicht mehr genau erinnern kann." Als sie Freddys skeptischen Blick bemerkte, fügte sie hinzu: „Es muss um die vorletzte Jahrhundertwende gewesen sein. Ja, genau 1901."

Freddy Pink strahlte. „Wie interessant! Dann haben Sie noch mit Zauberstäben hantiert und sind auf Hexenbesen geflogen."

„Ja!", rief Lory. „Und Zauberhandys und -computer gab es damals auch noch nicht." Sie berührte Kathreins Arm. „Ach bitte, erzählen Sie uns von dieser Zeit!"

„Da gibt's nichts zu erzählen", erwiderte Kathrein barsch. „Lasst uns lieber etwas essen! Ich bekomme schon Magenkrämpfe vor Hunger! Und Durst habe ich auch."

„Ich finde…", meinte Lory und sah sich in der kargen Höhle um, „…wir sollten uns warme Schlafsäcke wünschen." Sie erschauerte. „Obwohl wir in der Höhle vor Sturm und Schneetreiben geschützt sind, finde ich es trotzdem kalt hier drin."

„Packen wir's!" Freddy streckte seine Hände Kathrein und Lory entgegen. „Bilden wir den magischen Kreis!"

Wieder fassten sie sich an den Händen und schlossen die

Augen. Kurz darauf klang leises Murmeln aus der Höhle heraus, und in ihren Köpfen entstanden Bilder von Mumien-Schlafsäcken, und wie sie darin warm und wohlig schliefen. Zehn Minuten später lagen die gewünschten Sachen in der Höhle, und sie erwachten aus der Trance.

„Toll!", rief Lory. Sie konnte noch immer nicht glauben, wie durch bloße Gedankenkraft Wünsche wahr werden konnten.

Reißverschlüsse ratschten. Wie Würmer in der Erde verschwinden, krochen sie in die Schlafsäcke. Freddy verteilte Brot, Käse und harte Wurst und reichte die Wasserflasche herum. Draußen heulte der Sturm. Während sie es sich schmecken ließen, ärgerte sich Lory, dass durch den Aufenthalt im Iglu wertvolle Zeit verging. Bestimmt hätten sie ohne Schnee längst die Höhle in den Teufelszinnen erreicht.

Langsam näherten sich die beiden menschlichen Schatten der Schneehöhle. In einigem Abstand blieben sie stehen.

„Ich will zu Lory…", begann die kleinere Gestalt zu sprechen. Sofort presste ihr die größere die Hand auf den Mund: „Still! Wenn sie uns bemerken, töte ich dich!"

Schweigend beobachteten die beiden Personen den Iglu. Schneekristalle stachen in ihre Gesichter, und der Sturm riss an ihrer Kleidung. Wann würde Lory die Schneehöhle verlassen?

47

Nur wenige Meter trennten die richtige Kathrein Regenbogen von der Höhle, die wie ein dunkler Schlund im Bergmassiv der Teufelszinnen klaffte. Verhangen von Schleiern tanzender Schneeflocken, konnte sie die Umrisse nur schwer erkennen. Erschöpft vom anstrengenden Steigen durch Schnee und Sturm blieb sie stehen und rang nach Luft. Da machte sich plötzlich ein unangenehmes Gefühl in ihr breit. Sofort ergriff sie Furcht. Was war das? Angestrengt blickte sie zum Eingang der Höhle. Es kam ihr vor, als strömte Unheil daraus hervor, eine Kraft, so gewaltig und beängstigend, dass sie niemand bändigen konnte. Oder doch?

Noch ehe sie feststellen konnte, was das unangenehme Gefühl in ihr erzeugte, durchzuckte sie wie ein Schwerthieb die Erkenntnis: Reginald! Etwas war mit ihm geschehen! Was? Sekundenlang konzentrierte sie sich auf den Jungen. Endlich hörte sie seine Stimme in ihrem Kopf: „Tante Kathrein! Hilf mir! Oh bitte!" Und wie eine eiserne Faust fasste die Angst nach ihrem Herz. Was war passiert und wo mochte der Junge stecken? Für einen Moment schloss sie die Augen, und ihre Hand fasste nach der Wasserflasche in ihrem Umhang. Und plötzlich war ihr klar, dass sie das Wasser des Lebens nicht umsonst mitgenommen hatte. Reginald war der Erste, dem sie es verabreichen musste, wenn, ja wenn es noch nicht zu spät dafür war. Sie musste ihn finden. Wo?

Reginalds Stimme in ihrem Inneren erstarb. Dafür tauchte in ihrem Geist ein unendlich weites Schneefeld auf. Es lag unterhalb eines Bergmassivs, und an seinen Rändern lugten abgeknickte Fichtenstämme wie dicke, vergessene Slalomstöcke aus dem Schnee. Eine Lawine, durchzuckte es Kathrein. Eine Lawine war niedergegangen und hatte wie ein Tornado eine Schneise in den Wald geschlagen. Und plötzlich war ihr klar, dass Reginald Regenbogen unter dem Schnee begraben war.

Vergessen war die Person, die sie in der Nähe der Höhle umherhuschen sahen. Vergessen waren Lory, Sina Apfel und der grüne Skarabäus. Abrupt wandte sie sich um. Und so schnell sie ihre Füße trugen, watete sie den Weg zurück.

48

Wie Donnergrollen schallte Arabellas Stimme durch den Thronsaal: „Nur um mir zu sagen, dass Sina Apfel verschwunden ist, nehmt Ihr Kontakt mit mir auf?!" Die Töne schienen von Decke und Wänden gleichzeitig zu kommen und klangen so Furcht erregend, dass sämtliche Fensterscheiben klirrten, Thurano sich in die äußerste Ecke des Raumes verkroch und alle seine sieben Köpfe unter seinen Flügeln versteckte. „Wo Lory jeden Augenblick in der Berghöhle auftauchen kann!"

„Wir dachten, es wäre wichtig!", flüsterte Zacharias Schreck.

„Ja, furchtbar wichtig!", echote Adolar Zack.

„Und warum kümmert Ihr Euch dann nicht um Sina? Warum holt einer von Euch sie nicht zurück?"

„Wir?", fragte Adolar leise. „Wieso? Ich dachte..."

„Ich versteh nicht?", murmelte Zacharias. „Wo sollen wir das Mädchen suchen?" Ängstlich zusammengeduckt, mit eingezogenen Köpfen, standen die Minister neben dem Thron, und ihre Blicke irrten durch den Saal. Nirgendwo konnten sie Arabella erblicken. Wo steckte die Hexe?

„Idioten!", donnerte Arabella weiter. „Alles Dummköpfe um mich herum! Lassen Sina Apfel entwischen, und suchen nicht einmal nach ihr! Oh, was habe ich für unfähige Leute um mich geschart?!"

Die beiden Männer starrten jetzt verlegen auf die Spitzen ihrer Schnallenschuhe. Jeden Moment rechneten sie damit, dass die Hexe sie verfluchte, zu Staub zerrieb oder ihnen sonst etwas Schreckliches antat.

„Aber uns kannst du trauen", wagte Zacharias kaum hörbar zu antworten.

„Wir, Herrin, enttäuschen dich nie!", fügte Adolar Zack leise hinzu. „Wir passen auf und helfen dir immer."

Die Hexe ignorierte die Worte der Minister. Wo mochte Sina stecken? Und Lory? Wann würde sie in der Höhle ankommen?

Im Kamin schwächelten winzige Flammen vor sich hin. Als die Blicke der Minister, wie von unsichtbarer Kraft gelenkt, das Feuer trafen, loderte es auf, als hätten sie oder Arabella Spiritus hineingegossen. Augenblicklich zog durch den Saal der Geruch von Rauch und verbranntem Holz. Er überlagerte die Schwefeldämpfe, die zart aus den Nüstern des Drachen quollen, und den Duft von weißen Callablüten, der wie ein Hauch über dem Thronsaal schwebte.

„Hebt die Arme!", klang die Stimme der Hexe schroff durch den Raum. „Konzentriert Euch! Starrt beide auf das Feuer und sprecht mir nach: *„Zeige dich, Lory Lenz!"*

Die Minister gehorchten. Minuten verrannen. Als Zacharias Schreck und Adolar Zack schon glaubten, es würde gar nichts geschehen, erschien wie in einem Fernseher Lorys Bild in den Flammen. Wie eine Seidenraupe in einem Kokon lag das Mädchen eingehüllt in einem Schlafsack. Nur ihr Gesicht schaute heraus. Sie hatte die Augen geschlossen und ihre Atemzüge klangen gleichmäßig.

„Was tut sie?", schnarrte Arabella erregt.

„Sie schläft in einem Iglu", erwiderte Adolar Zack. Augenblicklich wälzte sich Lory auf die andere Seite und wieder zurück.

„Gut!", tönte es zufrieden von der Hexe. „Dann schickt ihr den Befehl, Sina zu retten und sofort zu der Höhle in den Teufelszinnen aufzubrechen!" Detailgenau beschrieb Arabella ihren Ministern, was sie Lory einsuggerieren sollten. „Und sagt mir Bescheid, wenn sie losgegangen ist!"

„Machen wir, Herrin!", erwiderte Zacharias Schreck.

„Jawohl, das tun wir!", entgegnete Adolar Zack.

Während die Minister weiterhin auf Lorys Bild im Kaminfeuer starrten, schickten sie den Befehl der Hexe Wort für Wort bildhaft in des Mädchens Kopf.

„Sina!" Lory schreckte aus dem Schlaf. Ihr Schlafsack knisterte, als sie sich aufrichtete. Um sie herum war es dunkel. Sie hörte den Sturm heulen und die leisen, gleichmäßigen Atemzüge von jemandem, der neben ihr schlief. Langsam begriff Lory, wo sie sich befand, und dass sie wieder von Sina Apfel geträumt hatte. Wie ein Häufchen Elend hatte das Mädchen auf seinem Strohlager in Arabellas Kerker gehockt und sie mit leiser Stimme angefleht: „Hilf mir, Lory Lenz. Geh und finde den grünen Skarabäus."

Sie sah sich um. In der Dunkelheit konnte sie die anderen nicht sehen. Aber sie wusste, dass rechts neben ihr Freddy Pink lag, und links hatte Kathrein Regenbogen ihren Schlafsack ausgerollt.

Ehe Lory weitere Betrachtungen anstellen konnte, hörte sie tief in ihrem Inneren zwei Stimmen wispern: „Lory! Du musst Sina retten! Sie ist krank und macht's nicht mehr lang! Hilf ihr! Jetzt! Sofort! Du willst doch nicht schuld sein, wenn Sina stirbt. Sie wartet auf dich. Geh, hol den grünen Skarabäus und erlöse sie!" Und wieder zogen durch Lorys Gedanken die Bilder der Höhle in den Teufelszinnen.

Wem gehörten die Stimmen, die wie die zweier Männer klangen? Sie wusste es nicht. Nur die Gewissheit, dass es Sina schlecht ging und sie sterben würde, setzte sich in ihrem Inneren fest wie ein Teerfleck auf einem weißen Kleid.

Sina retten? Wie? Draußen stürmte und schneite es, und allein, jetzt, mitten in der Nacht, würde sie die Höhle in den Teufelszinnen niemals erreichen.

„Geh und rette Sina!", hörte sie die Stimmen sprechen. „Hab keine Angst! Dir geschieht nichts. Wünsch dir ein Paar Schneeschuhe, wie sie die Trapper in Kanada haben! Damit wirst du die Höhle mühelos erreichen."

„Wer sind Sie?", flüsterte Lory. Sie erhielt keine Antwort. Nur ein Schlafsack raschelte in einer Ecke, und die Stimmen in ihrem Inneren wiederholten die Worte: „Wünsch dir Schneeschuhe! Dann wird alles gut!" Und wie zur Bestätigung entstand in ihrem Kopf das Bild von zwei Schneeschuhen, und sie sah sich damit sicher über die Schneefelder wandern.

„Na gut!", murmelte Lory. Ich wünsche mir die Schneeschuhe. Und wie in einem Märchen fühlte sie plötzlich etwas Schweres auf ihrem Schlafsack. Sie tastete danach. Fühlte gebogenes Holz, ein Gitternetz, eine Spitze, Lederriemen. Tatsächlich, das mussten die Schneeschuhe sein!

„Geh!", flüsterten die Stimmen. „Zieh die Schuhe an und mach dich auf den Weg!"

Lory schälte sich aus dem Schlafsack. Mit den Schneeschuhen in der Hand kroch sie langsam aus der Schneehöhle. Ein eisiger Wind blies ihr ins Gesicht. „Gut so!", lobten die Stimmen in ihrem Inneren. „Mach dich auf, immer den Berg hinauf, und alles wird gut!"

Kaum, dass sie aus der Höhle gekrochen war, hatte Lory mit einem Mal das Gefühl, dass die Stimmen aus ihrem Kopf verschwanden. Der Zaubermantel kam ihr in den Sinn, den Freddy in seinem Rucksack trug. Bestimmt würde sie den brauchen. Ohne zu überlegen, legte sie die Schneeschuhe beiseite und kroch in die Höhle zurück. Aus den Schlafsäcken klangen die leisen Atemzüge der Schlafenden und ein leises Rascheln. Erschrocken hielt sie in ihrer Bewegung inne. Hatte sie jemand gehört, oder hatte sich nur einer im Schlaf gedreht? Als alles still blieb, tastete sie nach Freddys Rucksack. Wieder hörte sie ein leises Knistern. Ohne sich zu besinnen, packte sie den Rucksack und kroch aus der Höhle. Der eisige Wind trieb ihr Schneeflocken ins Gesicht. Wie Nadelspitzen stachen sie ihr in Hände und Gesicht. Nur mit

Mühe gelang es Lory, den Rucksack auf die Schultern zu heben. Rasch schnallte sie die Schneeschuhe an.

Aus der Nähe klang das Knirschen von Schnee. Mit klopfendem Herzen lauschte das Mädchen in die Dunkelheit. War da jemand? Wieder hörte sie das Knirschen. Sie starrte in die Richtung, aus der das Geräusch kam. Traten da nicht zwei Gestalten hinter einem Felsen hervor? Deutlich sah sie zwei Schattenumrisse langsam auf sich zukommen. Während der eine hünenhaft groß war, schien der andere einem Kindergartenkind in der Vorschulgruppe zu gleichen. War das ein Zwerg, ein böser vielleicht?

Ohne sich zu besinnen, stapfte Lory davon.

Augenblicklich wandten Adolar Zack und Zacharias Schreck ihre Augen von dem Kaminfeuer ab.

„Hurra!", jubelte Adolar. „Lory hat sich auf den Weg gemacht!"

„Jawohl, das hat sie!", bestätigte Zacharias. Die beiden Minister sahen sich noch einmal im Raum um. Wo steckte Arabella? Warum konnten sie die Hexe noch immer nicht sehen?

„Wo bist du, Herrin?", fragte Zack.

„Warum sehen wir dich nicht?", wollte Schreck wissen.

„Weil ich nicht im Schloss bin", erwiderte Arabella.

„Wo bist du, Herrin?", fragte Adolar Zack noch einmal.

Statt einer Antwort erklärte die Hexe: „Da seht Ihr's, Ihr Deppen! So wird's gemacht: Ein paar Bilder in Lorys einfältigem Kopf, und schon tut sie das, was ich will!" Sie lachte und fuhr dann fort: „Und Ihr? Was steht Ihr so dumm rum? Tut endlich etwas!"

„Was denn?", klang es von Zacharias Schreck zurück.

„Sag es uns!", rief Adolar Zack. „Wir tun alles, was du willst, Herrin!"

„Hört, Zacharias!", begann die Hexe, so dass der Minister zusammenzuckte. „Macht Euch auf und bringt mir Sina zurück! Nicht auszudenken, wenn bekannt wird, dass diese Göre aus meinem Kerker entkommen konnte!"

„Jawohl, Herrin!" Mit gesenktem Kopf schlich Zacharias Schreck zur Tür. Mitten in der Nacht das Schloss zu verlassen, um im Gebirge herumzustreifen, das war ihm gar nicht recht.

„Und ich, Herrin?" Adolar Zack wagte kaum aufzusehen. „Soll ich Zacharias beim Suchen helfen? Oder hast du eine andere Aufgabe für mich?"

Die Hexe räusperte sich. „Ihr bleibt hier! Ich dachte, Ihr wisst von selbst, was zu tun ist? Wozu habe ich Euch sonst zu meinem Minister ernannt?"

„Oh ja, Herrin, ich gehorche sofort! Als wäre es mein eigenes Schloss, werde ich auf alles Acht geben, was hier geschieht." Gleich Zacharias Schreck schlich Adolar Zack unter mehrfachen Verbeugungen im Rückwärtsgang zur Tür. Lautstark, dass es wie ein Schuss durch das Schloss schallte, fiel sie hinter ihm zu.

49

Das Gehen mit den Schneeschuhen war für Lory zuerst ungewohnt. Wie eine Ente mit Riesenfüßen kam sie sich vor. Doch schon bald hatte sie den Bogen raus und setzte fast rhythmisch einen Fuß vor den anderen. Um sie herum war pechschwarze Nacht, und mehr als einmal fragte das Mädchen sich, ob es noch auf dem richtigen Weg war. Dann drehte sie sich immer wieder um, und mehr als einmal kam es ihr vor, als stapfte ein menschlicher Schatten einige Meter hinter ihr durch den Schnee. Oder waren es zwei? Sie starrte eine Weile in die Dunkelheit, bis der scharfe Wind ihre Augen tränen ließ und sie glaubte, sich mit ihrer Beobachtung zu irren.

Je höher sie kam, umso schneidender wurde der Wind, und die Kälte drang Lory in alle Glieder. Sie wusste nicht wie lange sie gegangen war. Bestimmt war die Mitternachtsstunde längst vorbei. Ob die Höhle noch weit entfernt war? Und wenn sie sich in den Bergen verirrte? Sie spürte die Müdigkeit, die immer tiefer in sie drang, und wäre am liebsten umgekehrt. In der Schneehöhle konnte sie wenigstens schlafen und sie war nicht allein. Und jedes Mal, wenn sie daran dachte umzukehren, flüsterte eine Stimme in ihrem Inneren, die jetzt wie die von Violette Moosgrün klang: „Geh weiter, Lory Lenz! Du schaffst es! Noch vor morgen Nachmittag wirst du die Höhle erreichen." Und jedes Mal, wenn sie glaubte den Weg zu verlieren, sagte ihr dieselbe Stimme, in welche Richtung sie gehen musste. So stapfte Lory weiter bergauf. Und wie zwei Hunde ihrem Herrn folgen, folgten ihr die Schatten der beiden unbekannten Personen.

50

„Sina Apfel finden?", murmelte Zacharias Schreck, und sein Gesicht zog sich in Falten. Wie Arabella sich das dachte. Dazu musste er erst einmal herausbekommen, wo die steckte. Er schüttelte sich, bei dem Gedanken, dass Sina möglicherweise einen Helfer hatte, der sie aus dem Verlies befreit hatte. Angst griff nach seinem Herz wie eine eiserne Faust. In dem Fall dürfte es schwierig für ihn werden, das Mädchen zu Arabella zurückzubringen.

Für Sekundenbruchteile durchzuckte ein Gedanke seinen Kopf. Und wenn er gar nicht nach ihr suchte? Aber Arabella hatte ihn beauftragt, Sina zu finden. Nicht auszudenken, wenn es ihm nicht gelang, des Mädchens habhaft zu werden! Arabellas Zorn war grenzenlos. Vielleicht würde er, obwohl er nicht so knusprig wie ein junges Mädchen war, zu Brei zermalen im Futternapf von Arabellas Drachen landen. Erneut durchrieselte ihn ein eisiger Schauer des Schreckens. Nein, dann wollte er schon lieber nach Sina suchen! Aber wo?

Ihm kam eine Idee. Die Sache war einfacher, als er gedacht hatte. Er brauchte nicht einmal in den Bergen oder im Moor herumzustapfen oder das Mädchen irgendwo sonst suchen. Bestimmt würde Sina versuchen, in Violettes Villa zurückzukehren. Wo sollte sie auch hin, wo ihre Eltern in Ägypten waren? Wenn er sich in Violettes Park versteckte und wartete, bis das Mädchen erschien, konnte er es fast mühelos schnappen. Wie eine reife Kirsche würde er sie pflücken und zurück zu Arabella bringen. Dann würde seine Herrin zufrieden mit ihm sein. Dann war er angesehener als Adolar Zack. Dann...

Er breitete seinen Umhang aus und brauste wie ein Flugzeug mit Düsenantrieb davon.

51

„Geisterreigen in der Nacht...", tönten die hohlen Stimmen durch die Dunkelheit und kämpften vergeblich gegen das Tosen des Sturmes an.

„Sei still, Jack!", mahnte Gordon.

„Wann finden wir Lory?", fragte Hubert.

„Der Schnee und der Sturm werden uns töten!", knurrte Bill.

„Witzbold!", rief Jack. „Wir sind längst tot."

Schneeflocken stoben ihnen entgegen und schlugen gegen

ihre weißen Porzellangesichter, und der eisige Wind ließ ihre Gewänder flattern.

„Ich kann nicht mehr!" Bill sackte wie eine Stoffpuppe zur Erde.

„Ich auch nicht!", klang es von Jack.

„Mir geht's genauso!", jammerte Hubert.

„Rasten wir etwas!", meinte Gordon und setzte mit Hubert und Jack zur Landung an. Eine Schneewolke stob auf, als sie die Erde erreichten und ihre Beine fast einen halben Meter in das Schneebett einsanken.

„Verdammtes Schneetreiben!" Gordon klopfte den Schnee von seinem Umhang.

„Wir müssten etwas tun", schlug Hubert vor.

„Was?", fragte Bill.

„Ich vermute...", ergriff Gordon das Wort, „... dass Arabella das Schneetreiben inszeniert hat."

„Warum?", fragte Jack.

Hubert rieb sich die Nase. „Sollte mich wundern, wenn der Schneesturm nicht etwas mit Lory zu tun hat!"

„Bestimmt!", stimmte Gordon zu und runzelte nachdenklich die Stirn.

„Wir müssten den Schnee schmelzen lassen", schlug Hubert vor und trat von einem Bein auf das andere. Am liebsten hätte er die Sache sofort in Angriff genommen.

Bill sprang vor Enthusiasmus in die Höhe. Schnee stob um sein Gewand. „Oh ja!"

„Und den Schneesturm müssen wir auch beenden", meinte Jack. „Sonst macht das Schneeschmelzen keinen Sinn."

„Los, kommt!" Gordon streckte die Arme aus: „Fassen wir uns bei den Händen!"

Verständnislos starrte Bill auf Gordon: „Was hast du vor?"

„Was wohl?", schnarrte der einäugige Jack und rückte an seiner Augenklappe. „Den magischen Kreis will er bilden."

Sie fassten sich an den Händen, schlossen die Augen und begannen, mit langsam wiegenden Bewegungen, zu tanzen. Zwei Schritte links, vier Schritte rechts, aufstampfen, dass der Schnee wie eine feine Wolke um ihre Füße stob. Dabei summten sie nach einer monotonen Melodie unentwegt die Worte: *„Schnee, Schnee, rasch weg er geh. Und auch der Wind die Ruhe find."*
Und sie tanzten und sangen, und nichts geschah.

52

„Hier muss es sein!", murmelte Kathrein Regenbogen und hielt an. Sie starrte in der Dunkelheit auf einen Fleck inmitten eines ausgedehnten Schneefeldes, das unterhalb eines Felsmassivs wie ein Leichentuch über die Landschaft gebreitet lag. „Ich spüre Reginalds Energiekörper. Ganz bestimmt liegt er hier." Mit wenigen Schritten watete sie durch den Schnee und begann, an einer Stelle mit bloßen Händen zu graben. Minuten später hielt sie ihre erstarrten Hände an den Mund und hauchte Wärme hinein.

„Es geht nicht!" Ihre Stimme klang laut. Sie überlegte, ob sie sich eine Schaufel wünschen sollte. Aber wie lange würde sie mit einer Schaufel brauchen, den Jungen auszugraben? Nein! An dieser Sache musste sie mit Magie herangehen.

Kathrein breitete die Arme aus und schloss die Augen. Mit allen ihren Gedanken konzentrierte sie sich auf Schnee und Wind. Nach einer Weile begann sie sich, im gleichmäßigen Rhythmus, wie eine vorsichtige Tänzerin hin und her zu wiegen.

Ganz in Trance sang sie leise und monoton immer wieder die gleichen Worte: *„Der Schnee verschwind' und auch der Wind."*

Nichts geschah. Der Sturm heulte weiter, und noch immer

fielen die Flocken so dicht, als hätte einer eine Badewanne voller Mehl vom Himmel geschüttet.

„Mist!", fluchte die alte Kathrein. Warum klappt es nicht? Sie versuchte es wieder und wieder, wiegte sich im Reigen und sang den Zauberspruch. Doch so sehr sie sich auch mühte, das Wetter blieb, wie es war.

53

Fliehen! Immer wieder kreisten Sina Apfels Gedanken um das eine Wort, und mehr als einmal betrachtete sie Urbanus Harms voller Hass. Wie? Sollte sie Lory rufen, die als schwacher Schatten ihnen vorausstapfte? Aber dann würde der Alte vom Berg sie töten. Er hatte es nicht umsonst gesagt. Warum versank er nicht plötzlich vor ihren Augen in einer Schneewehe? Dann würde sie Lory rufen und mit ihr zurück in Violettes Villa gehen. Ein Lächeln spielte über ihr Gesicht. Die Schneewehe, das war's!

Sie blieb stehen und schloss die Augen.

„Was ist?", fragte Harms und zerrte an ihrem Arm.

„Ich muss ein wenig verschnaufen."

„Das kostet uns zu viel Zeit."

„Aber ich kann nicht mehr!"

„Junges Gemüse, das keinen Mumm hat!", brummte Urbanus Harms. Widerwillig blieb er stehen.

Während sie warteten, konzentrierte sich Sina völlig auf den Alten vom Berg. Sie stellte sich vor, wie er sie losließ, dann einen Schritt vorwärts ging und sein ganzer Körper in einer riesigen Schneewehe versank. Dazu formte sie in Gedanken die Worte:

„Harms, du sollst versinken,
im tiefen Schnee ertrinken.

*Darum gib mich frei,
durch meine Zauberei."*
Wie durch ein Wunder ließ Urbanus Harms plötzlich ihren Arm los.

Sofort erwachte Sina Apfel aus der Trance. Ohne sich zu besinnen rannte sie davon.

„Warte, du Luder!" Der Alte vom Berg stolperte hinter ihr her. Aber seine Füße fanden keinen Halt. Wie ein Sack voller Wackersteine versank er kopfüber im Schnee.

„Verdammtes Biest!", schrie er mit wutverzerrtem Gesicht. Schnee drang in seinen Mund und verschloss ihn. Er drehte sich um seine eigene Achse, so dass er den Kopf frei bekam. Doch so sehr er auch strampelte und sich zu befreien versuchte, er steckte in der Schneewehe fest. Der eisige Wind zauste in seinem Bart, und Schneekristalle stachen ihn wie Kaktusstacheln in Gesicht und Hände. Immer wieder versuchte er verzweifelt, seinen Körper aus den Schneemassen zu befreien. Es gelang ihm nicht. Voller Wut schickte er die fürchterlichsten Flüche in alle Himmelsrichtungen. „Verdammtes Weib! Miststück! Mich sitzen zu lassen, das zahl ich dir heim! Ich hasse dich! Verflucht sollst du sein...!" Und je mehr er fluchte und Teufel und Hölle beschwor, desto tiefer sank er in den Schnee. Langsam erlahmten seine Kräfte.

Er hielt inne. Nein, so hatte er keinen Erfolg. Etwas anderes musste geschehen. Was? Ach, wenn er doch nur richtig zaubern könnte, so wie die anderen alle im Magierland! So gut zaubern wie seine Mutter, wie Kathrein Regenbogen oder wie Stella Tausendlicht und Professor Laurentin Knacks. Aber das war Utopie oder nicht?

Einer Eingebung folgend, schloss er die Augen und stellte sich die Umgebung ohne Schnee und Sturm vor. *„Kommt warmer Wind, der Schnee zerrinnt. Der Sturm sich legt, milde Luft sich regt."*

Wieder und wieder murmelte Urbanus Harms wie eine defekte Schallplatte dieselben Worte. Aber nichts geschah. Stattdessen wurde die Schneewehe um ihn herum immer höher und höher.

54

„Verdammt, wo bleibt sie bloß?!" Wie eine Geistererscheinung löste sich Arabellas Gestalt aus dem Felsen heraus. „Sie muss doch endlich kommen!" Aufgeregt schritt sie, in ihren schwarzen Umhang gehüllt, in der „Höhle der Zweizinnen" auf und ab. Ihre Schritte hallten auf den Felsen durch die Dunkelheit, und Steine und Geröll knirschten unter ihren Schuhen. Der Duft von Schwefel und Callablüten, ihres Lieblingsparfüms, vermischte sich mit der verbrauchten Luft in der Höhle. Sie spürte die Kälte der nahen Felsen, und das Gefühl der Einsamkeit und Abgeschiedenheit fraß an ihrem Herzen. Das Warten wurde ihr lang. Und mehr als einmal schaute sie aus dem Berg hinaus in die Dunkelheit. Nur mit Mühe konnten ihre Augen den Schleier tanzender Schneeflocken durchdringen. Von Lory war weit und breit nichts zu sehen.

„Wahrscheinlich noch zu früh", murmelte sie und erschrak. Obwohl es noch immer schneite, als schütte jemand weißes Pulver aus den Wolken herab, hatte der Schneefall nachgelassen, und auch der Sturm wehte nicht mehr so stark über die Teufelszinnen, wie die Hexe es sich wünschte. Wieso? Ein Gefühl der Angst erfasste sie. Irgendetwas ging hier vor, das sie nicht beeinflussen konnte. Was?

Sie schloss die Augen und konzentrierte sich. Plötzlich spürte sie eine Kraft, die nicht zu ihr gehörte. Was war das? Ein Schauer rann durch ihren Körper.

„Es müssen mehrere sein!", murmelte sie. „Ganz viele, die

das Unwetter mit Gedankenkraft bezwingen wollen!" Wer? Wie in bunter Folge tauchten verschiedene Gesichter vor ihr auf: Kathrein Regenbogen, Urbanus Harms und die Geister der Nacht. Und dann war da noch wer. Sie sah unzählige Murmeltiere. Wie Ameisen in einem Haufen wuselten sie in Höhlen und Gängen herum. Was taten sie? Ehe sie es ausmachen konnte, erwachte sie aus der Trance.

Sie öffnete die Augen. „Sie sind alle gegen mich!", zischte sie. „Mit vereinten Kräften gehen sie gegen mich vor. Was mache ich nur?"

Eine Idee schoss ihr durch den Kopf. Ohne sich zu besinnen, breitete die Hexe die Arme aus und rief, dass es laut durch den Berg schallte: „*Hokuspokus eins, zwei, drei, die Höhle bös verzaubert sei!*" Dabei stellte sie sich vor, was mit Lory geschehen würde, wenn das Mädchen die Höhle betrat. Mit einem hämischen Lachen trat sie auf die Felswand zu und während sie sich mit dem Rücken dagegenlehnte, erstarrte ihr Körper erneut zu einer Säule grauen Granits und wurde eins mit dem Berg.

55

Übernächtigt, mit sorgenvollem Gesicht, den Kopf in die Hände gestützt, saß Violette Moosgrün an ihrem Schreibtisch und grübelte. Eine kleine Schreibtischlampe erhellte nur spärlich den Raum, und durch das einzige Fenster fiel bleiches Mondlicht auf den Teppich, die Schrankwand und das Regal mit Büchern und Akten.

Die Situation war nahezu ausweglos. Ellen-Sue war, auch wenn der Graf von einem Geheimauftrag gesprochen hatte, verschwunden, und Lory und Freddy hatten sich auf die Suche nach dem grünen Skarabäus gemacht. Sie seufzte. Wenn nicht ein Wunder geschah, würde Archibald Rumpel übermorgen ihre Schule schließen. Was sollte sie tun?

In ihrem Inneren regte sich ein unangenehmes Gefühl. Einer Vorahnung gleich wusste sie plötzlich, dass Lory in Gefahr schwebte, in großer sogar. Was passierte dort oben, irgendwo in den Bergen?

Mit einem weiteren Seufzer lehnte sie sich auf dem Bürostuhl zurück und schloss die Augen. Ganz konzentriert stellte sie sich Lory vor. Nach einigen Momenten, in denen sie mehrmals tief durchatmete, erschien wie in einem Fernseher Lorys Bild in ihrem Kopf. Wie eine Bergsteigerin stapfte sie in stockdunkler Nacht, in nach vorn gebeugter Haltung, gegen Sturm und Schnee ankämpfend, durch ein unendliches Schneefeld. In Violettes Geist erschienen in laufender Bildfolge verschiedene Gestalten: Arabella, die Geister der Nacht, Urbanus Harms und Sina Apfel. Letztere trug jetzt eine dicke Steppjacke. Wieso war das Mädchen nicht mehr in Arabellas Kerker? Was ging in den Bergen vor? Das Bild zerrann. Violette erblickte eine Höhle. Sie sah Lory hineingehen. Gedämpftes Licht umfing das Mädchen und die vier Steinsäulen in der Mitte des Raumes. Aus dem Felsen der Stirnwand trat eine Gestalt. Schwarz und unheimlich stand sie vor Lory. Es war eine Frau. „Suchst du den grünen Skarabäus, Lory Lenz?", rief sie, und ihr hämisches Lachen schallte wie Donnergrollen durch den Berg. Arabella! – durchfuhr es Violette. Blitze zuckten durch das Höhlendunkel wie Flammenschwerter in der Hölle. Einer traf Lory. Der Schauplatz wandelte sich. Violette sah einen steinernen Sarg in der Berghöhle stehen. Ein Mädchen lag darin, gebettet auf weiße Spitzenkissen. Pechschwarze Haare umrahmten ihr rundes Gesicht. Lory! Wie Schneewittchen lag sie auf ihrem steinernen Bett, umrankt von weißen Rosen. Violette erwachte aus der Trance. Lory tot! Nein! Das durfte nicht geschehen! Niemals!

Sie sprang so rasch von dem Stuhl auf, dass er um Haaresbreite nach hinten gekippt wäre. Im letzten Moment hielt sie ihn fest. Mit wenigen Schritten lief sie aus dem Zimmer. Ihre Schritte hallten durch das Haus und durchbrachen die geheimnisvolle Stille der Nacht. Die Holzstufen knarrten, als sie hinauf ins Dachgeschoss stieg. Ganz am Ende des Ganges klopfte sie an Babette Cornelissens Kammer.

„Babette!", rief sie leise. „He, Babette!"

Als sich nichts rührte, klopfte sie lauter. „Babette! Wach auf!"

Einen Moment rührte sich nichts. Dann klangen hinter der Tür leise Schritte. Die Tür öffnete sich. Mit wirren Haaren, über das Nachthemd einen Morgenmantel geworfen, stand die Haushälterin vor ihr. Angst sprach aus ihrem Blick, als sie fragte: „Was gibt's, Violette? Was ist geschehen?"

„Lory!", entgegnete Violette Moosgrün, und für einen Augenblick fehlten ihr die Worte. „Ich habe eine Vorahnung."

„Was?"

„Arabella wird sie töten!"

Babette schlug die Hände vors Gesicht. „Oh, mein Gott! Was tun wir?"

„Du bleibst hier!", befahl Violette. „Einer muss auf unser Haus und die Schüler achten." Sie eilte davon, dass ihr moosgrüner Umhang wie eine Fackel hinter ihr herwehte.

„Was hast du vor?", rief ihr Babette hinterher. Doch da war Violette schon um den Treppenabsatz verschwunden. Momente später hallte das Zuschlagen der Haustür durch die Schulvilla.

56

„Violette!" Erstaunt blickte Stella Tausendlicht auf die Direktorin der Zauberschule, die mit zerzausten Haaren, nach Luft ringend, vor ihr stand. „Was führt dich zu mir, jetzt, mitten in der Nacht?" Ihre Stimme klang glockenhell, wie die eines Engels. Sie bedeutete Ruben, ihrem Bediensteten, der die Schulleiterin durch das Schloss geleitet hatte, zu gehen.

Mit einer tiefen Verbeugung, dass ihm die halblangen Haare wie ein Vorhang vom Kopf herabhingen, verabschiedete sich der Page. Elegant schwang er sein Barett mit der Pfauenfeder. Im Aufrichten setzte er es wieder auf seinen Kopf. Kerzengerade schritt er davon. Die Pfauenfeder wippte im Takt seiner gleichmäßigen Schritte. Wie alle Diener seines Ranges trug er Pluderhosen und ein knapp sitzendes Jäckchen. Rasch durchquerte er den von bläulichem Sumpfgaslicht schwach erhellten Flur. Leise hallten seine Tritte auf den Marmorplatten. Am Ende des Ganges bog er auf die Treppe, die hinunter in die Eingangshalle führte, ein und verschwand aus dem Blickfeld von Stella und Violette. Bilder, Rüstungen, Schwerter und Hellebarden warfen dunkle Schatten auf Fußboden und Wände. Der zarte Duft von Hyazinthen, dem Lieblingsparfüm von Stella Tausendlicht, vermischte sich mit dem Geruch von alten Mauern, Holz und verbrauchter Luft, der dem Schloss entströmte.

„Ach Stella!" Violette Moosgrün hob hilflos die Arme. Tränen rannen über ihre Wangen. „Ich weiß nicht, was ich tun soll! Lory!" Für einen Moment registrierte ihr Unterbewusstsein die Schönheit ihres Gegenübers. Stella trug ein langes weißes Seidenkleid, das ihre schlanke, zarte Figur wie ein Schleier umhüllte. Lange blonde Haare flossen ihr wie fein gesponnenes Gold bis auf die Hüften herab, umspielten ein ovales Gesicht mit schmaler Nase, einem fein geschwungenen Mund und großen, ausdrucksstarken, himmelblauen Augen. Auf Stellas Haupt glänzte ein goldenes Diadem. Zwölf Diamanten funkelten darin im Licht der Sumpfgaslampen in allen Farben des Regenbogens.

„Komm herein!" Stella Tausendlicht öffnete die Tür zu ihrem Kabinett, legte Violette den Arm um die Schultern und führte sie in das Zimmer hinein. Sie deutete auf einen der goldfarbigen, geschwungenen Stühle aus dem achtzehnten Jahrhundert, die vor einem dazu passenden Tisch inmitten des Raumes standen und deren Füße, genau wie die des Tisches, in Löwentatzen endeten. „Setz dich!"

Violette trat ein. Für einen Moment huschten ihre Blicke zu dem großen Kronleuchter. In seinen geschliffenen Glastropfen spiegelte sich helles Sumpfgaslicht und warf bunte Kringel auf Tisch und Parkettfußboden. Die Standuhr aus Wurzelholz in der rechten Ecke zeigte die zweite Stunde. Durch ein geöffnetes Rundbogen-Fenster wehte eine frische Brise in den Raum und blähte leicht die Wolkenstores. Zwei mit Blattranken und Blumenornamenten verzierte Schränke mit gedrechselten Beinen, nahmen die linke Seite des Zimmers ein.

Violette trat zu einem Stuhl, zog ihn mit leisem Scharren vor und setzte sich.

Stella nahm ihr gegenüber Platz. „Nun erzähle!"

Die Direktorin der Zauberschule berichtete ihr von den Geschehnissen in ihrem Haus. „Lory und Freddy haben sich ohne meine Erlaubnis auf den Weg zu der Höhle in den Teufelszinnen gemacht. Ich dachte, dass ihnen Ellen-Sue Rumpel folgt. Das Mädchen ist ebenfalls verschwunden. Aber ich sah sie in der Trance nicht, und auch nicht im Zaubercomputer. Nun habe ich das ungute Gefühl, dass die Kinder in Gefahr sind, besonders Lory. Sie habe ich in einem Sarg, in Arabellas Höhle, gesehen."

„Oh!" Stella seufzte. „So schlimm!"

Violette sah die Besorgnis in Stellas Blick. „Wir müssen etwas unternehmen!"

Die Herrin des Lichtreiches betätigte eine Klingel. Minuten

später erschien der Page, der Violette zu Stella begleitet hatte.

„Was gibt's, Herrin?"

„Hole meine Minister her!"

„Sofort!" Lautlos verschwand der Page. Nur das leise Klacken der Tür hallte durch das Kabinett, als er sie hinter sich schloss. Eine halbe Stunde später erschienen mit verschlafenen Gesichtern Archibald Rumpel und Graf Gabriel von Gabriel.

„Was gibt es so Wichtiges?", fragte Rumpel.

„Warum ruft Sie uns zu dieser Stunde?", wollte der Graf wissen. Ein ärgerlicher Blick traf Violette.

„Entschuldigt, Freunde!" Stella Tausendlicht bedeutete den beiden, sich an den Tisch zu setzen.

Zögernd kamen die Minister näher. Leise schabten die Stühle über das Parkett, als sie sich setzten.

„Es geht um Lory!", begann Stella, und wurde sofort vom Grafen unterbrochen.

„Sie ...", er deutete auf Violette, „... ist schuld, dass das Mädchen verschwunden ist! Sie hat nicht aufgepasst."

„Und deshalb ...", fiel Minister Rumpel ein, „... werde ich Ihre Schule schließen!"

Stella hob begütigend die Hände. „Die Schuldfrage klären wir später! Jetzt müssen wir etwas unternehmen, denn ich befürchte, dass Lory wirklich sterben wird, wenn uns nicht schnellstens eine Idee zu ihrer Rettung einfällt." In kurzen Sätzen schilderte sie, was Violette ihr berichtet hatte. Dann sah sie die Schulleiterin und ihre Minister an: „Also, wer hat einen Plan, was wir tun können?"

Im Kabinett herrschte Schweigen. Nur das Ticken der Wurzelholzuhr tönte durch das Zimmer, und der Wind säuselte um das Schloss. Die Minister und Violette sahen nachdenklich vor sich hin. Die Schulleiterin hatte erneut Tränen in den Augen.

Endlich brach der Graf das Schweigen. „Ich weiß nicht, Majestät! Ich hab keine Idee, wirklich nicht!"

„Schlecht, Graf!", entgegnete Stella. „Und Ihr wollt mein Minister sein?" Ihr Blick glitt zu Rumpel: „Und Ihr, Archibald?"

Archibald Rumpel sah auf. Hilflos zuckte er mit den Schultern. „Ich hab keine Ahnung, Stella! Aber habt Ihr nicht meine Enkelin Ellen-Sue in geheimer Mission...?"

Graf Gabriel stieß ihn an. „Minister Rumpel, hatte ich nicht gesagt, dass die Sache geheim ist? Ihr wisst, was das bedeutet!" Er machte eine Kopfbewegung in Richtung Violette und sein scharfer Blick traf die Schulleiterin. „Ellen-Sues Auftrag betrifft etwas ganz anderes!" Als er Stellas befremdeten Blick bemerkte, fügte er hinzu: „Ich muss diese Angelegenheit noch mit unserer Herrin besprechen."

„Wieso?" Archibald Rumpel sah, dass der Graf ihm einen vernichtenden Blick zuwarf. „Schon gut, Graf!", entgegnete er daraufhin. „Ich dachte nur... Ich wollte..." Er sah Stella an: „Also, ich habe auch keine Idee."

„Das ist schlecht, meine Herren!" Auf Stella Tausendlichts Gesicht spiegelte sich Enttäuschung. „Ich hatte von meinen Ministern etwas mehr Initiative erwartet."

Der Graf setzte sein einschmeichelndes Lächeln auf. „Keine Panik, Majestät! Mir ist soeben etwas eingefallen."

„So sprecht, Graf!", forderte ihn Stella auf.

Des Grafen Stimme klang euphorisch. „Ich werde mich persönlich, unter Einsatz meines Lebens, in die Höhle der Teufelszinnen begeben und Lory aus Arabellas Fängen retten!" Er sprang vom Stuhl auf, dass dieser um Haaresbreite nach hinten gekippt wäre. In letzter Minute hielt er ihn fest. „Sofort breche ich auf!"

„Einverstanden, Graf!" Ein Lächeln spielte um Stellas Mund.

Auch Violette erhob sich. „Und ich, Graf, werde Euch begleiten!"

Die Augen des Grafen funkelten zornig. „Sie, Violette? Aber wieso? Nein, ich kann Sie nicht…"

„Eine Superidee!", unterbrach ihn Stella, und wieder spielte ein freudiges Lächeln über ihr Gesicht. „Zu zweit lässt sich vieles besser lösen."

„Aber ich will nicht, dass sie…"

„Keine Widerrede, Graf!" Stella klopfte ihm freundschaftlich auf die Schulter. „Sie gehen zu zweit!" Sie wandte sich an Archibald: „Und du, Archibald, hältst dich mit deiner Einsatztruppe bereit, falls es Schwierigkeiten gibt! Lorys Rettung hat oberste Priorität!"

„Natürlich, Stella!", erwiderte Minister Rumpel. „Meine Leute sind eingewiesen. Sie stehen zur Verteidigung des Lichtreichs jederzeit bereit."

„Das will ich hoffen, Archibald!" Stella erhob sich. „Dann auf Wiedersehen, Violette, meine Herren!" Ihr Blick glitt von einem zum anderen.

Auch Minister Rumpel erhob sich. „Auf Wiedersehen!", klang es dreifach durch den Raum. Nacheinander reichten sie Stella die Hand.

Als Violette Moosgrün und Archibald Rumpel zur Tür gingen, nahm die Herrin des Lichtreichs den Grafen beiseite. „Sagt mir, Graf Gabriel, was hat es mit Ellen-Sue und ihrer Mission auf sich? Wieso weiß ich nichts davon?"

Der Graf errötete. „Keine Sorge, Herrin!" Ein Ausdruck von Wachsamkeit glitt über sein Gesicht. „Es war nur eine Ausrede von mir. Der Zaubercomputer war defekt. Und Sie wissen doch, wie Minister Rumpel ist. Er wittert gleich überall eine Riesengefahr für das Magierland und für Sie, Herrin! Deshalb habe ich…"

„Ihr habt ihn angelogen!" Stella drohte dem Grafen mit dem Finger. „Ich hoffe, dass so etwas nie wieder vorkommt, Graf Gabriel! Im Lichtreich muss stets Ehrlichkeit herrschen.

Wir wollen uns doch nicht auf eine Stufe mit Arabella Finsternis und ihren Leuten stellen."

„Natürlich nicht!", beeilte sich der Graf zu sagen. „Es war wirklich nur eine Notlüge!" Ehe Stella das Thema weiter erörtern konnte, küsste er ihr zum Abschied galant die Hand und verließ im Eiltempo das Kabinett. Nur das Zuschlagen der Tür hallte noch durch den Raum.

57

„Reginald!" Wie eine Wahnsinnige wuselte Kathrein Regenbogen um die Stelle herum, unter der ihr Urururgroßneffe von Schneemassen begraben lag. Was sollte sie machen? Wie ihn befreien? Ob er überhaupt noch lebte?

Noch immer fielen Schneeflocken aus einem wolkenverhangenen Himmel. Über die Berge wehte ein scharfer Nordostwind, der unbarmherzig an Kathreins Umhang zerrte und mehr als einmal ihr fast den Spitzhut vom Kopf gerissen hätte.

„Reginald!" Warum half ihre ganze Zauberkraft nicht, die Schneemassen, die sich über ihrem Liebling und einzigen Verwandten türmten, wegzubringen?

Noch einmal hob sie die Arme, und mit einer Stimme, deren Lautstärke selbst den Sturm übertönte, schrie sie den Zauberspruch in die Nacht:

„Wind, Wind! Sei mir lieb Kind.
Blase allen Schnee in die Bergeshöh'!"

Sofort ertönte ein Heulen und Brausen in der Luft. Direkt über der Stelle, an der Reginald Regenbogen verschüttet lag, bildete sich ein Luftwirbel, zuerst klein und unscheinbar. Rasch wurde er größer, mannshoch, hoch wie ein Haus. Pulverschnee wirbelte, wie von einem Gebläse in alle Himmelsrichtungen verteilt, durch die Luft. Ehe sich Kathrein Regenbogen versah, war auf einer etwa drei mal drei Meter großen Fläche aller Schnee verschwunden. Vor ihr lag Reginald auf felsigem Grund. Wachsbleich war sein Gesicht und seine Augen geschlossen.

„Reginald!" Mit Entsetzen im Gesicht starrte Kathrein auf ihn herab. „Reginald! Lebst du noch? Oh, mein Gott! Sei nicht tot!"

Kathrein beugte sich über den jungen Mann und fasste nach seinem Handgelenk. „Der Puls", flüsterte sie. „Ich spüre nichts!" Ihre Stimme klang schrill, als sie schrie. „Er ist tot!" Tränen rannen über ihre faltigen Wangen. Und als wäre ihr plötzlich eine Idee gekommen, fasste sie in die Taschen ihres Umhangs und begann darin nach etwas zu suchen. „Wo ist sie? Verdammt! Wo hab ich die Flasche?" Umständlich zog sie das bauchige Fläschchen aus grünem Glas heraus, schraubte den silbernen Metallverschluss ab und goss etwas von der glasklaren Flüssigkeit in ihre Hand. Mit zwei Fingern begann sie Reginalds Schläfen mit dem Wasser einzureiben. Er rührte sich nicht.

„Ich schaff es nicht!", murmelte Kathrein und knöpfte den Umhang des jungen Mannes und sein Hemd auf, bis die nackte Brust zum Vorschein kam. Jetzt tröpfelte sie die Flüssigkeit auf Reginalds Herz und verrieb sie großflächig.

Noch immer rührte er sich nicht.

Kathrein Regenbogen schob ihre Hand unter Reginalds Kopf und hob ihn etwas an. Mit der anderen Hand öffnete sie, indem sie ihm die Flasche an den Mund hielt, Reginalds Lippen. Vorsichtig kippte sie einige Tropfen der glasklaren Flüssigkeit in seinen Mund.

Reginald bewegte sich nicht. Sie versuchte es wieder und

wieder. Den Jungen ins Leben zurückzuholen, schien aussichtslos.

Mit letzter Kraft schloss Kathrein Regenbogen die Augen und konzentrierte sich auf ein Bild, das ihren Neffen zeigte, der lebendig und lustig vor ihr stand. Und während der erste helle Streifen des erwachenden Tages über den Berggipfeln schimmerte, flüsterte sie wie eine magische Formel unentwegt die Worte: „Steh auf, Reginald, mein Liebling, steh auf!"

Nichts geschah.

Kathrein seufzte: „Warum klappte es nicht?" In ihr Klagen hinein hörte sie eine Stimme. Ganz leise klang sie durch das Heulen des Sturmes: „Lory!"

58

Kaum hatte der Graf Stella Tausendlichts Kabinett verlassen, verfinsterte sich sein Blick. Violette wartete tatsächlich auf ihn. Ganz verloren stand sie wie ein dunkler Schatten auf dem nur durch spärliches Sumpfgaslicht, das in mehreren Wandleuchten brannte, erhellten Flur. Es passte ihm gar nicht, dass sie beide zusammen nach Lory Lenz suchen sollten. Nein, das war ihm ganz und gar nicht recht. Ob es eine Lösung gab...?

Violette trat auf Graf Gabriel zu: „Brechen wir sofort auf, Graf?"

„Ich weiß nicht."

Violettes Stimme klang hysterisch. „Aber wir dürfen keine Zeit verlieren! Lory ist in Gefahr!" Sie schüttelte verständnislos den Kopf. „Ich verstehe nicht, warum Ihr zögert, Graf! Ich habe den Eindruck, Ihr seid gar nicht daran interessiert, dass Lory heil und gesund zu uns zurückkommt." Tränen traten ihr in die Augen. Und gelogen habt Ihr auch. Von wegen Ellen-Sue sei in geheimer Mission unterwegs.

„Wie können Sie so etwas denken, Violette?!" Die Stimme des Grafen klang scharf. „Das mit Ellen-Sue habe ich nur gesagt, damit Rumpel eure Schule nicht schließt. Außerdem wäre ich der Letzte, der Lory tot sehen will."

„Und warum zögert Ihr dann, ins Gebirge zu gehen?"

„Ich zögere nicht, liebste Violette! Ich wäge nur ab. Schließlich muss das Unternehmen, Lory zu retten, gut vorbereitet werden. Sie werden verstehen, dass wir Arabella Finsternis keine Chance geben dürfen. Die Hexe ist schlau, und wie schnell ist der Plan verdorben, weil wir etwas übersehen haben." Dem Grafen kam eine Idee. Er sah an Violette herab! „Auch sollten wir uns etwas anderes anziehen, liebste Violette. Oder glauben Sie, dass ihre Schuhe und der dünne Sommerumhang die richtige Kleidung fürs Gebirge sind?" Er fasste sie behutsam am Arm. „Gehen Sie nach Hause! In einer halben Stunde hole ich Sie ab." Er sah sie durchdringend an, und ein Lächeln spielte um seinen Mund. „Oder ist Ihnen die Zeit zu knapp?"

„Na ja, Graf! Wir dürfen keine Minute verlieren!" Sie sah an ihrem moosgrünen Seidenumhang herunter und auf ihre Absatzschuhe. „Aber ich sehe es ein, dass ich fürs Gebirge wirklich nicht richtig gekleidet bin."

Er reichte ihr die Hand. „Bis dann, liebste Violette!"

„Bis dann, Graf!" Die Schulleiterin eilte davon.

Der Graf sah ihr hinterher, bis sie am Treppenaufgang verschwand. Laut hallten ihre Tritte durch das Schloss. Er zwirbelte seinen Schnauzbart. „Was tue ich bloß?", murmelte er. „Eine halbe Stunde ist wenig Zeit."

59

Noch ganz beglückt von ihrem Plan, nach dem sie Urbanus Harms hatte in die Schneewehe stolpern lassen, stapfte Sina Apfel, so schnell sie konnte, ein ganzes Stück den Berg hinauf. Die Furcht, dass der Alte vom Berg vielleicht doch nicht so fest im Schnee steckte, um nicht allein herauszukommen, trieb sie wie ein hochtouriger Motor an.

Jetzt blieb sie stehen, schnappte nach Luft und spürte, wie ihr Herz vor Anstrengung und Angst wild pochte. Einen Augenblick sah sie sich in der Umgebung um. Immer noch fielen dicke Flocken vom Himmel, und der Wind, der rau über die Berge blies, ihre Wangen rötete und sie erschauern ließ, riss an ihrer Kleidung. Da ereilte sie der nächste Schock. Lory! Wo war das Mädchen, deren Schatten sie, als sie Harms in die Schneewehe fallen ließ, nur wenige Meter vor sich gesehen hatte?

Ohne auf Lory zu achten, war sie davongestürzt und jetzt hatte sie das Mädchen aus den Augen verloren. Tränen traten Sina in die Augen. Oh, warum nur machte sie immer alles falsch?

Mit einem tiefen Atemzug versuchte sie sich zu beruhigen. Vielleicht war Lory gar nicht weit entfernt. In der Dunkelheit und bei dem Schneetreiben konnte sie nur wenige Meter weit sehen. Ganz sicher, so musste es sein.

Sina Apfel hob die Hände wie einen Trichter an den Mund. „Lory!", schrie sie in Nacht und Wind. „Wo bist du, Lory Lenz?"

Keiner antwortete ihr. Nur der Wind fauchte wie ein gewalttätiger Geselle über die Berge, und am Horizont schimmerte der erste helle Streifen des erwachenden Tages durch das Wolkengrau.

Tränen traten in Sinas Augen. Sie hatte sich verirrt. Wer

weiß, wo Lory jetzt steckte? Bestimmt hatte sie die Höhle in den Teufelszinnen längst erreicht und Arabella sie als Futter für Thurano genommen. Dann war alles vorbei, das Magierland verloren.

„Lory!", schallte noch einmal ihr Schrei durch Schnee und Wind. In dem Schrei lag alle Verzweiflung, aller Hass auf Arabella, zu dem das Mädchen fähig war. „Lory!" Wie eine Sirene, die ein geschehenes Unglück verkündet, verhallte er über dem Land.

Sina Apfel wollte es erst nicht glauben, als ganz leise durch das Tosen des Sturmes ein zaghaftes: „Hallo! Hierher!", klang.

Wer war das? Urbanus Harms?

„Lory!"

„Nicht Lory!"

Freude durchzuckte Sinas Herz. Das war nicht Harms. Die Stimme klang wie die einer Frau. „Wer sind Sie?"

„Frau...!" Den Namen schluckte der Wind.

„Wer?" Die Freude wich erneutem Erschrecken. Was, wenn die Frau Arabella Finsternis war?

„...gen! Komm zu mir, Mädchen! Ich ...che deine Hilfe!"

„Wo sind Sie?"

„Hier! Komm, hilf...!"

Die Stimme klang von irgendwo rechts. Sollte sie dem Ruf folgen? Einen Augenblick zögerte Sina. Was, wenn die Frau doch Arabella war und sie in eine Falle lockte?

„So komm endlich, Mädchen! Ich..."

Unsinn! – dachte Sina. Die Frau war bestimmt nicht Arabella. Oder? Ganz überzeugt davon war sie nicht, als sie mit klopfendem Herzen in die Richtung stapfte, aus der die Stimme gekommen war.

60

Kathrein Regenbogen blickte auf die Gestalt, die sich als schwarzer Schatten aus der Dunkelheit löste und langsam auf sie zustapfte. Wer war das? Sie war klein wie ein Kindergartenkind. Ein Zwerg? „Wer bist du?"

„Sina Apfel!", tönte es zaghaft und ein wenig ängstlich zurück. „Und Sie?"

„Kathrein Regenbogen!" Beim Näherkommen des Mädchens konnte die alte Frau erkennen, dass es wirklich ein Kind war, das mutterseelenallein nachts durch den Schnee stapfte. Sein dicker Steppanorak und die Jeans waren über und über von Schnee bedeckt. Schnee lag auch auf ihrem Pony, der frech unter der Kapuze hervorlugte.

„Wieso bist du nicht mehr in Arabellas Kerker?", fragte Kathrein.

„Ich konnte fliehen", erklärte Sina.

Zögernd trat sie näher, und starrte mit großen, fragenden Augen auf den leblosen Körper von Reginald. „Ist er tot?"

„Ich hoffe, nicht!"

Erneut beugte sich Kathrein Regenbogen über ihren Urururgroßneffen, und versuchte, ihm etwas von dem Wasser des Lebens einzuflößen. Vergeblich. Der junge Mann rührte sich nicht.

„Oh weh!", stöhnte die alte Frau und fühlte sich am Ende ihrer Kraft. „Was mach ich nur?" Verstört starrte sie auf die fast leere Flasche in ihrer Hand. „Ich habe beinahe das ganze Wasser des Lebens verbraucht. Warum gelingt es mir nicht, Reginald ins Leben zurückzuholen?"

„Vielleicht ist das Wasser zu alt", meinte Sina, und betrachtete noch immer den jungen Mann, der auf dem Felsboden wie auf einem Bett aus kalten Steinen lag. Es kam ihr vor, als hätte das Gesicht des Mannes leicht gezuckt. Oder war es nur eine Täuschung im Zwielicht des erwachenden Tages, eine Erscheinung, hervorgerufen durch die Schneeflocken, die auf seinem Gesicht landeten und zerschmolzen?

„Ich habe das Wasser gestern erst frisch bereitet", erklärte Kathrein. „Deshalb wundert's mich ja, dass es nicht wirkt?"

Sina, der beim Anblick von Reginald Regenbogen die Tränen in die Augen traten, schluchzte: „Bestimmt hat Arabella ihre Hand im Spiel."

Kathrein Regenbogen sah zu den Teufelszinnen hinauf. Noch immer verhüllte eine Wand aus Schneeflocken die mächtigen Türme der beiden Fingerberge. „Hoffentlich ist Lory noch nicht in der Höhle! Nicht auszudenken, wenn wir zu spät kommen!" Sie steckte die Flasche in die Tasche ihres Umhangs zurück.

„Was ist?", fragte Sina. „Wollen Sie Reginald nicht noch einen letzten Tropfen des Wassers geben?"

„Ich fürchte, ich hab nicht mehr genug für Lory."

„Wieso?" Sina Apfel starrte Kathrein an, als wäre sie eine Außerirdische. „Wird Lory sterben?"

Kathrein zuckte mit den Schultern. „Der ganze Inhalt der Flasche war für sie gedacht."

Sina Apfel blickte verstört: „So schlimm wird's kommen?"

„Ich fürchte, ja!" Kathrein Regenbogen wiegte bedenklich den Kopf. „Gestern war Reginald bei mir. Ich hatte eine Vision."

„Was?", fragte Sina. „Erzählen Sie!"

„Ich sah Lory tot in einem Steinsarg liegen."

„Oh nein!", jammerte das Mädchen. „Das ist ja furchtbar!" Sie wischte mit dem Handrücken die erneut aufsteigenden Tränen fort. „Können wir gar nichts tun?" Wenn Lory starb, blieb die Mission unausgeführt. Nicht auszudenken, was dann mit dem Magierland und der ganzen Menschheit geschah. Wieder starrte sie auf Reginald, und für einen Moment, so schien es ihr, hatten seine Augenlider gezuckt.

Ganz sacht und kaum merklich. Oder war das Einbildung, genau wie vorhin?

„Was tu ich bloß?", jammerte Kathrein Regenbogen, ohne auf Sina und Reginald zu achten. Nervös trat sie von einem Bein auf das andere. „Ach, wenn mir doch etwas einfallen würde, dass Reginald erwacht!

Wieder fiel ihr Blick auf den jungen Mann. Reglos und bleich wie ein Toter lag der noch immer mit geschlossenen Augen auf dem Felsboden, und weder das Wasser des Lebens noch die telepathische Handlung der alten Kathrein hatten ihn wieder auf die Beine gebracht.

„Ob er wirklich tot ist?", fragte Sina Apfel. Tränen rollten ihr über die Wangen.

„Ich weiß es nicht", entgegnete Kathrein mit hängenden Schultern. Verzweiflung und Hoffnungslosigkeit lagen in ihrem Blick. Sie seufzte: „Ich weiß nicht mehr, was ich tun soll!" Erneut zog sie die Flasche mit dem Wasser des Lebens aus dem Umhang und hob sie hoch. Leise gluckerte die glasklare Flüssigkeit darin. Kathrein stöhnte laut: „Wenn nicht mal das Zauberwasser hilft!" Sorgenvoll betrachtete sie den Inhalt der Flasche. Kaum einen Zentimeter hoch bedeckte die Flüssigkeit den Flaschenboden. Entsetzt stellte sie fest, dass sie für Reginald wirklich viel zu viel von dem Wasser verbraucht hatte.

„Aber wir müssen ihm helfen!", rief Sina. „Er kann doch nicht tot sein, einfach so!"

Kathrein Regenbogen zog die Augenbrauen hoch. „So wie's aussieht, ist er's."

„Was ist mit ihm passiert, dass er reglos am Boden liegt?"

„Er wurde von einer Lawine verschüttet", antwortete Kathrein. Auch ihr liefen jetzt Tränen über die runzligen Wangen. Laut schluchzte sie: „Und jetzt…, jetzt kriege ich ihn nicht wieder ins Leben zurück!"

Sina Apfel starrte verzweifelt auf Reginald. Dass er vorhin geblinzelt hatte, kam ihr so unwirklich vor wie eine Schlittenfahrt am Äquator. Garantiert hatte sie sich bei der Beobachtung geirrt. Einen Augenblick schien sie verwirrt, und sie wusste nicht, was sie tun sollte. Dabei wanderten ihre Blicke unstet von Kathrein zu Reginald und wieder zurück. Da kam ihr eine Idee. Sie breitete die Arme aus. „Fassen Sie mich an, Frau Regenbogen! Wir versuchen den Zauber gemeinsam."

„Gute Idee!"

Die beiden bildeten einen magischen Kreis und schlossen die Augen. Gleich darauf tönte ihr leiser Singsang in den erwachenden Tag: *„Du sollst leben, Reginald! Werde Millionen Jahre alt."* Dem Gesang schloss sich der Befehl an: „Steh auf!"

„Nicht so eilig!", meldete sich plötzlich eine schwache Stimme vom Erdboden. „Ich stehe schon auf! Aber warum beseitigt ihr nicht erst einmal die Schneemassen ringsum?"

Die beiden starrten auf den jungen Mann. Langsam setzte er sich auf. Seine himmelblauen Augen blitzten listig.

„Er lebt!", jubelte Sina.

„Hurra!", schrie Kathrein Regenbogen. „Endlich!" Sie beugte sich über ihn: „Bleib liegen, mein Junge! Du bist noch zu schwach."

„Kümmert euch nicht um mich!", wehrte Reginald ab. „Seht zu, dass ihr Lory retten könnt! Oder ist sie bereits in Sicherheit?"

„Wir wissen nicht, wo Lory ist", antwortete Kathrein.

„Wieso?", fragte Reginald und starrte auf seine Ururururgroßtante. „Ich denke, ich habe dich, bevor mich der Windstoß hierher getrieben hat, bei Freddy und Lory gesehen."

„Das war nicht ich!", erwiderte Kathrein. Ihr Gesicht wurde sorgenvoll. Sie erinnerte sich an ihre Vision, in der sie sich selbst gesehen hatte. Irgendjemand musste sich in ihre Person verwandelt haben. Wer? Arabella?

„Eine Doppelgängerin!", schrie Reginald. Jetzt wusste er genau, dass seine Vermutung der Wahrheit entsprach. „Dann nichts wie los!" Er richtete sich, gestützt von Sina Apfel und seiner Urururgroßtante, auf. „Beseitigen wir zuerst den Schnee!", ordnete er an. „Damit wir besser vorwärts kommen. Und dann nichts wie weg hier! Wir müssen Lory finden, noch bevor sie Arabellas Höhle erreicht."

Wieder reichten sie sich die Hände zum magischen Kreis. Während sie sich sanft wie im Tanz hin und her wiegten, sangen sie: *„Kommt warmer Wind, der Schnee zerrinnt. Der Sturm sich legt, milde Luft sich regt."*

Lange Zeit geschah nichts. Dann legte sich plötzlich der Sturm. Wie durch ein Wunder hörte es zu schneien auf. Die Luft wurde mild, der Schnee nass und schwer, und über die beiden Spitzen der Teufelszinnen strich ein lauer Frühlingswind.

61

„Oh weh!", stöhnte Hubert.

Abrupt blieben Jack, Bill und Gordon stehen. „Was hast du?", fragten sie fast gleichzeitig. „Wir haben doch das Unwetter bezwungen!"

Hubert deutete gen Osten, wo sich am Himmel der erste helle Streifen des erwachenden Tages hinter dem Massiv der Teufelszinnen abzuzeichnen begann. „Es schneit zwar nicht mehr, aber wir haben Lory noch nicht gefunden, und der neue Tag bricht an."

„Oje!", kreischte Jack. „Hätten wir uns bloß nicht auf das Abenteuer eingelassen."

„Wir sind verloren!", schrie Bill. „Das Licht wird uns zerstören!"

„Verdammt!", fluchte Gordon. „Wir zerfallen zu Staub!"

„Was machen wir?", jammerte Hubert.

Wie Fahrradfahrer auf einer holprigen Piste begannen ihre Leiber zu zittern und ihre ansonsten weißen Porzellangesichter wirkten grau und alt. Durch ihre Köpfe jagten die Gedanken mit Raketengeschwindigkeit. Was tun?

Jack fand als Erster die Sprache wieder. Aber das Zittern hemmte seine Worte so sehr, dass sie nur gebrochen und mit gurgelndem Geräusch aus seinem Mund kamen: „Wir... müs... sen uuu... uuun... nnsss ver... versteck... cken."

„Ja!", schrie Bill. „Verstecken in irgendwelchen Ecken!"

„Pha, Ecken!", rief Gordon und stampfte mit dem Fuß auf. „Eine Höhle muss her! Eine Höhle für den Tag."

„Eine Höhle wäre richtig", stimmte Hubert zu.

Jack, der sich ein wenig beruhigt hatte, schaute sich in der Umgebung um. Links und rechts von ihnen schossen Felswände rau und steil gen Himmel. „Aber wo finden wir eine?" Nirgendwo entdeckte er auch nur das kleinste Loch in den Felsen.

„Es gibt keine Höhle in dieser Gegend des Gebirges", erklärte Gordon. „Die einzige, die ich wüsste, ist die in den Teufelszinnen."

„Ha!", rief Jack. „Dann fliegen wir hin, verstecken uns in der Höhle und warten auf Lory, so, wie's Harms uns geraten hat."

„Juhu!", jubelte Hubert. „Das ist eine geniale Idee!"

„Einverstanden!", meinte Bill.

„Fliegen wir!" Gordon streckte seine Hände den Kameraden entgegen: „Fasst an!"

Die vier fassten sich an den Händen und brausten in einer Kette davon, dass die Luft vibrierte und ein Rauschen mit vielfachem Echo von den Bergen brach, das an einen Tornado-Tieffliger erinnerte.

Augenblicke später hatten sie den Eingang zur Höhle in

den Teufelszinnen erreicht. Gerade noch rechtzeitig, ehe die Sonne wie ein glutroter Ball über den beiden Fingerbergen aufging.

„Schnell hinein!", rief Gordon.

„Verstecken wir uns!", flüsterte Hubert.

„Los, Jungs!", forderte der einäugige Jack seine Kameraden auf.

Und Bill jubelte: „Ab ins Innere!" Schon verschwand er als Erster in der Höhle. Die anderen folgten ihm.

Dumpfe Luft nahm sie gefangen, in der ein feiner Duft von Schwefel und weißen Callablüten schwang. Sie sahen die kahlen, nackten Steinwände, die sich über ihnen zu einem Rundbogen spannten. Scharfe Felsgrate und Steinkanten stachen bizarr heraus. Auf dem Boden lagen Steine und Geröll.

„Ziemlich unwirtlich hier, was?", fragte Hubert. „Da ziehe ich das Moor und unsere Höhle dort vor!"

„Hast Recht!", meinte Gordon.

„Wir sind ja nicht für immer hier", entgegnete Bill.

„Zum Glück nicht!", ließ sich Jack vernehmen.

Langsam traten die Geister tiefer in die Höhle hinein. Während ihre Augen nach einem Platz suchten, an dem sie sich vor Lory verstecken konnten, lösten sich aus der, dem Eingang gegenüberliegenden Wand die dunklen Umrisse einer Gestalt. Schwarz trat sie aus dem Felsen hervor.

„Willkommen, meine Herrschaften!", tönte die raue Stimme einer Frau wie Donnergrollen durch den Berg. Grüne Blitze trafen die Geister der Nacht, dass sie wie elektrisiert zusammenzuckten und ihre Bewegungen erstarben. Wie Schokoladenmasse einen Kuchen, überzog sie mit Lichtgeschwindigkeit eine steinerne Masse. Zu Säulen erstarrt standen die Geister in dem Raum. Gleich darauf schallte ein hämisches Hexenlachen durch die Höhle, dem diese Worte folgten:

„So wie euch wird es jedem ergehen, der sich mir in den Weg stellt!" Mit einem erneuten höhnischen Gelächter verschmolz die Gestalt wieder mit dem Berg.

62

War es, weil der Schneefall plötzlich aufhörte, oder die milde Luft, die von einem auf den anderen Moment über die Berge wehte, dass Lory Lenz mit einem Mal ein beklemmendes Gefühl erfasste? Mit jedem Schritt, den sie den Teufelszinnen näher kam, verstärkte sich die Beklemmung: Irgendetwas Schreckliches würde geschehen. Was?

Erschrocken blieb sie stehen. Um sie herum schmolz der Schnee. Tausende Bächlein und Rinnsale stürzten zu Tal, und über den Teufelszinnen schob sich zwischen Wolkenberge der erste helle Schimmer des erwachenden Tages.

Schweiß lief Lory über Stirn und Rücken. Die Riemen von Freddys Rucksack drückten schwer auf ihre Schultern. Mit einem Ruck warf sie den Rucksack ab. Fast lautlos versank er ein Stück in dem nassen, schweren Schnee. Sofort spürte sie auf ihrem Rücken ein fast schwereloses Gefühl der Erleichterung, von Freiheit und Unbeschwertheit. Mit dem Gefühl kam der Gedanke, in Violettes Villa zurückzugehen.

Da traf sie wie ein Hammerschlag eine Stimme in ihrem Kopf: „Geh weiter, Lory Lenz! Sina Apfel wartet auf dich und den grünen Skarabäus."

Es war dieselbe Stimme, die sie schon in ihrem Zimmer in Violettes Zauberschule gehört hatte. Lory konnte nicht sagen, ob sie einem Mann oder einer Frau gehörte. Sie hatte den Tonfall von beiden.

„Ich kann nicht mehr!", antwortete Lory. „Ich bin müde, habe Hunger und Durst, und meine Füße tun mir weh!"

„Nicht aufgeben, Lory! Es ist nicht mehr weit. In einer halben Stunde hast du es geschafft."

„Aber ich kann nicht mehr!", schnaufte Lory. „Und ich habe Angst!"

„Wieso Angst?", fragte die Stimme. Sie klang ärgerlich. „Denk an Sina Apfel! Sie leidet in ihrem Kerker. Willst du, dass sie stirbt oder Thurano als Futter dient?"

Anstatt zu antworten, schnallte Lory die Schneeschuhe ab und warf sie beiseite. Mit lautem Poltern schlugen sie auf dem Felsen auf und rutschten mit lautem Getöse ein Stück den Berghang hinab. So schnell würde die Dinger da unten keiner finden. Das Mädchen knöpfte den Anorak auf. Ein leises Knistern von Stoff erklang, als sie ihn auszog und den Schneeschuhen hinterherwarf. Der laue Wind kühlte angenehm ihr heißes Gesicht und den erhitzten Körper.

„Du musst weitergehen!", flüsterte die Stimme erneut. „Sina wartet darauf, dass du sie befreist."

„Haaach!", stöhnte Lory verzweifelt. Erneut spürte sie die Angst in sich. Wieder kam ihr der Gedanke an Umkehr. Doch die Stimme drängte sie zum Weitergehen:

„Komm, Mädchen! Mach dich auf! Sina Apfel wird dir ewig dankbar sein, wenn du ihr hilfst, Arabella zu entkommen."

Mit lautem Stöhnen bückte sich Lory nach dem Rucksack. Ächzend lud sie sich das Gepäckstück wieder auf die Schultern. Und wie eine Wolke sich vor die Sonne schiebt, hatte sie plötzlich eine Vision: Ein steinerner Sarg stand in einer Felshöhle. Jemand lag darin. Wer? Sina Apfel? Sie konnte das Gesicht nicht erkennen.

Noch ehe sie Näheres ausmachen konnte, traf sie die Stimme: „Geh weiter, Lory Lenz! Gleich bist du am Ziel!"

Wie eine Rauchsäule sich ins Nichts auflöst, verschwand das Bild des Sarges vor ihren Augen, so dass sie glaubte, sie hätte geträumt. Schweren Herzens stapfte sie weiter.

63

„*Und brechen in den Felsenstein ein winzig kleines Loch hinein.*"
Wie der Gesang tibetanischer Mönche klang das Stimmengemurmel von Ringobert Murmel III. und seinem Gefolge durch den Berg. Die Minuten wurden zu Viertelstunden und Stunden, und als sie schon glaubten, es würde nie gelingen, bröckelte der Felsen genau an der Stelle, auf die sie starrten. Steinpartikel rieselten wie Mehlstaub von der Decke herab, und es bildete sich ein Loch, wie für eine Maus geschaffen.

„Es klappt!"

„Wir schaffen es!"

„Hurra!", riefen einige.

„Still!", mahnte Ringobert Murmel III. „Macht weiter! Wir dürfen nicht aufhören. Noch haben wir 's nicht bis zur Höhle in den Teufelszinnen geschafft."

„Aber wir schaffen es?"

„Ganz bestimmt!", tönten Stimmen aus der Murmeltiermenge.

„Das will ich meinen!", entgegnete Ringobert und schlug die Vorderpfoten zusammen. „Wisst ihr was?"

„Nein!", „Was gibt's?", „Was hast du?", „Sag's uns!", tönten die Stimmen durcheinander.

„Wir verändern den Zauberspruch, damit es schneller geht."

„Was?", „Wie?", „Wie meinst du das?", schallte es durch die Höhle.

„So hört!", rief Ringobert Murmel III. Mit seiner fiependen Murmeltierstimme sang er den neuen Spruch:

> *„Komm du große Zauberkraft,*
> *die es für uns alle schafft,*
> *zu brechen in den Felsenstein,*
> *ein riesengroßes Loch hinein!"*

„… ein riesengroßes Loch hinein!", echoten die Murmeltiere. „Großartig! Hurra!", klang es von allen Seiten.
Und wie sie sangen und sich auf den Fels konzentrierten, hoffte Ringobert, dass es für Lory noch nicht zu spät war.

64

Erschöpft und müde gelangte Lory zu der Höhle am Fuße der Teufelszinnen. Schweiß lief ihr von der Stirn, über Rücken und Brust, und sie atmete schwer und stoßweise.
Mit einem Ruck lud sie Freddys Rucksack von ihren Schultern. Mit leisem Poltern schlug er auf dem Felsboden auf. Wieder spürte sie das schwerelose Gefühl der Erleichterung auf ihrem Rücken.
Für Augenblicke schweifte Lorys Blick über die Umgebung. Im Zwielicht des erwachenden Tages erstreckte sich vor ihr eine unendliche Gebirgskette von bizarren grauen Felsen mit Vorsprüngen und Graten. Mit ihrer Größe wirkte sie auf Lory gewaltig, kalt und bedrohlich. Schwarze Wolken brauten sich über den Bergen zusammen, die wie eine riesige wallende Wand nach und nach den Streifen rotgoldnen Tageslichts verdeckten. Der Lichtschein tauchte die Umgebung in ein gespenstisches Zwielicht. Und trotz der lauen Luft, die über die Berge wehte, spürte Lory einen eisigen Windhauch. Er schien aus der Höhle zu kommen. Außerdem war es merkwürdig still, so ruhig, dass es geradezu unwirklich wirkte. Kein Adler oder Geier segelte am Himmel dahin. Keine Gämse oder ein anderes Tier der Berge war hier oben zu Hause, nur Schnee, nackte Felsen, Geröll und Schutt.
Lory erschauerte. Zu unheimlich war die Atmosphäre an diesem Ort. Sie dachte an ihre Vision von dem Sarg und wünschte sich, zu Hause in Überall, in ihrem Bett zu liegen,

und der Ausflug zu den Teufelszinnen wäre nur ein böser Traum.

Wieder hörte sie die Stimme. Diesmal schien sie aus dem Berg zu kommen: „Komm, Lory! Such den grünen Skarabäus und befreie Sina Apfel! Stella Tausendlicht wird dich dafür reichlich belohnen!"

Und wie durch einen Zauber fielen Beklemmung und Angst von ihr ab. Sie öffnete Freddys Rucksack, zog den Zaubermantel heraus und schlüpfte hinein. Während sie ihn zuknöpfte, sah sie an sich herab. Der Mantel passte wirklich wie angegossen. Rodolfo Popp hatte gute Arbeit geleistet.

Vorsichtig trat sie zum Eingang der Höhle. Das wenige Tageslicht, das durch das riesige Loch ins Innere des Berges fiel, warf seinen bleichen Lichtkegel auf felsigen Boden und die vier Steinsäulen in der Mitte des Raumes.

Zögernd betrat Lory die Höhle. Sie kam ihr fremd vor und gar nicht so, wie sie sie in ihren Traumbildern gesehen hatte. Die Steinsäulen? Kalt und trostlos, in unterschiedlichen Größen und Umfängen, füllten sie wie eine Schülergruppe den Raum. Eine reichte sogar fast bis zur Decke. Wieso standen die Säulengebilde hier? In keinem ihrer Träume hatte sie die Steine gesehen. Ob sie in der falschen Höhle war? Wieder kam ihr das beklemmende Gefühl, dass etwas nicht in Ordnung sei. Eine Bedrohung ging von der Höhle aus. Geradezu körperlich fühlen konnte Lory die negative Aura.

„Du bist richtig!", dröhnte die gewohnte Stimme in ihrem Kopf. Sie war jetzt ganz nah und flößte Lory Angst ein. „Das ist die Höhle, in der der grüne Skarabäus liegt. Du musst ihn nur finden!"

Mutig ging Lory ein paar Schritte weiter. Wo mochte der Skarabäus sein? Wenn sie ihn nur recht schnell fände, und dann nichts wie weg, zurück in Violettes Haus!

Aufmerksam spähte sie in das Halbdunkel. Ihre Blicke

glitten über karge Steinwände, über Felsboden und Geröll. Und mehr als einmal glaubte sie den grünen Skarabäus in der Dunkelheit aufleuchten zu sehen. So, wie ein Riesenglühwürmchen, das kurz erglühte und sofort wieder von der Dunkelheit verschluckt wurde, schwirrte er an ihr vorbei. Jedes Mal schritt sie auf ihn zu, und wenn sie nach ihm griff, huschte er wie ein Lichtfunke durch ihre Hände, oder sie hielt nur einen faustgroßen, scharfkantigen Stein in der Hand. Wütend warf sie ihn weg. Ein lautes „Teck" erklang, wenn er auf dem Felsen aufschlug, und manchmal auch ein „Teck, Teck, Teck", wenn er ein Stück davonrollte. Den grünen Skarabäus erwischte sie nicht. Dafür wurde die Beklemmung in ihrem Inneren immer stärker, und das Gefühl, dass eine Gefahr auf sie lauerte. Sie wandte sich um. Sah den Lichtkegel des Tageslichts, der durch den Höhleneingang fiel. Schnell hinaus, dachte sie und wollte gehen.

„Der Skarabäus ist hier!", schallte die Stimme plötzlich durch den Raum. „Du musst ihn nur finden!"

„Aber wo soll ich suchen?"

„Schau nach links! Schau nach rechts, schaue über dich! Such den Fußboden ab!"

Lory tat es. Den grünen Skarabäus fand sie nicht.

„Sie verulken mich!", rief Lory ärgerlich. „Warum machen Sie das?"

Statt einer Antwort schallte ein hämisches Lachen durch die Höhle, das sich tausendfach an den Felswänden brach, und Lory erneut einen Schauer über den Rücken jagte.

„Ich bleibe nicht hier!" Sie stampfte mit dem Fuß auf. „Ich gehe!" Zu ihrem Entsetzen entstand an der Stelle im Felsenboden, die ihr Fuß getroffen hatte, ein winziges Loch. Steine zerbröselten. Ein leise rieselndes Geräusch erklang, und wie Sand in einer Eieruhr sackte das Geröll nach unten weg. Was war das? Vorsichtig zog sie den Fuß weg.

„Weg willst du?", fragte die Stimme, und ein eiskaltes Lachen hallte schrill von den Wänden wider. „Es wird dir nicht gelingen!" Vor Lorys Augen löste sich aus der Stirnwand der Höhle langsam eine Gestalt. Im schwarzen Seidenumhang mit blitzenden Augen stand die Hexe Arabella Finsternis vor ihr.

Wie ein Hammerschlag kam Lory die Erkenntnis, dass die Stimme, die sie ständig in ihrem Inneren gehört hatte, die von Arabella Finsternis gewesen war.

„W..., wa..., was wollen Sie von mir?" Lorys Herz schlug wild, und sie zitterte am ganzen Körper. Wie eine Sache, die nicht mehr zu ändern ist, setzte sich in ihrem Kopf die Gewissheit fest, dass sie jetzt sterben würde. „Wieso? Was haben Sie vor?"

„Was wohl?", antwortete Arabella, und erneut hallte ihr hämisches Lachen durch den Berg. „Dich töten!"

„Warum? Ich habe Ihnen nichts getan."

„Du bist mir im Weg, denn du willst mich vernichten."

„A..., aber wieso? Ich tu doch nichts!"

„Deine Mission im Magierland, die Vorhersage der Astrologen... Alles spricht dafür, dass du..." Abrupt brach sie ab.

„Was?", fragte Lory.

„Darüber darf niemand sprechen."

„Warum?"

„Weil die Astrologen..."

„Darüber darf niemand sprechen!", unterbrach plötzlich ein Chor aus vier Stimmen die Hexe. Die Worte schienen aus den Steinsäulen zu kommen. „Auch du nicht, Arabella Finsternis!" Ein von Schluchzen und Weinen unterbrochener Gesang schloss sich den gesprochenen Worten an:

„Geisterreigen in der Nacht,
hat uns in die Höhl' gebracht.

Weil Elija wir vertrauten
und nach Lory Lenz ausschauten.
Werden nie mehr Ruhe finden.
Müssen an den Stein uns binden.
Lory stirbt durch Hexenhand.
Untergang für's Magierland."

„Schweigt!", donnerte Arabellas Stimme durch die Höhle. Wie Explosionsgetöse hallte sie von den Wänden wider. Augenblicklich verstummten die Stimmen.
Lory starrte auf die sprechenden Säulen: „Wer ist das?"
„Die Geister der Nacht!", erwiderte Arabella. „Sie kamen in die Höhle, um dir aufzulauern. Elija Irrlicht hatte ihnen Erlösung von ihrem nächtlichen Tanz versprochen, wenn sie dich zu ihm bringen und du für sie im Moor stirbst." Wieder lachte die Hexe, dass es schaurig durch den Berg dröhnte. „Aber daraus wird nichts mehr. Ich habe sie in Steinsäulen verwandelt, weil ich dich brauche, und nicht sie. Keiner wird die Geister je erlösen. Und ich schätze, dass sie ihre mitternächtliche Tanzstunde dem Säulendasein vorziehen würden."
Lory blickte zum Ausgang der Höhle. Mit der Herrin der Finsternis war nicht zu spaßen, und sie wollte auch nicht für immer und ewig in einer Steinsäule gefangen sein. Sie dachte an ihre Mutter, an Lucas und an ihre Oma Ilse. Sah die Tränen, die sie um sie weinten. Nein. Nichts wie weg! Sie rannte davon.
Lory hatte den Ausgang noch nicht erreicht, als Arabellas Stimme erneut durch die Höhle donnerte: „Hier geblieben, Lory Lenz! Du entgehst mir nicht! Nie mehr!" Und wie aus dem Boden gestampft, wuchs plötzlich ein Steinbrocken aus dem Felsengrund und passte sich mit donnerndem Getöse lückenlos in die Höhlenöffnung ein.

Dunkelheit bedeckte Lory wie ein pechschwarzes Laken. Sie hörte Arabellas Absätze auf dem Steinboden klicken. Die Schritte kamen näher.

Lory trat zwei Schritte nach rechts. Ihre Hand ertastete die Wand. Kühl und rau fühlte sich der Felsen unter ihren Fingern an. Sie hatte keine Zeit, lange darüber nachzudenken. Wieder näherten sich Arabellas Schritte, und dazwischen? Was war das? Ganz fein hörte Lory ein Geräusch zwischen dem Klicken der Absätze heraus. Es klang wie das leise Knirschen und Rieseln von Steinen und Sand. Was war das? Rutschte irgendwo etwas weg?

Für einen Augenblick verstummten Arabellas Schritte, und auch die Geräusche hörten auf. Lory dachte an das Loch im Fußboden. War es das? Oder löste die Hexe bei jedem Schritt Steine los? Würden sie im Berg versinken? War das Arabellas Plan?

Wieder erklangen Arabellas Schritte. Sie kamen näher. Schon spürte Lory die Hexe dicht neben sich, hörte ihren Atem, roch den Duft von Schwefel und Callablüten, dem Lieblingsparfüm der Herrin der Finsternis.

So schnell Lory konnte, tastete sie sich an der Wand weiter. Arabella folgte ihr.

Aber wieso konnte die Herrin der Finsternis sie sehen, wo sie doch den Zaubermantel trug? Stimmte etwas nicht damit?

„Wieso sehen Sie mich?", fragte Lory. „Wo ich den Zaubermantel trage, der unsichtbar macht."

Die Hexe lachte. „Weil Rodolfo Popp ein Stümper ist!"

„Wieso?"

„Bei meinem Besuch in Popps Modeatelier habe ich den Mänteln die Zauberkraft genommen. Rodolfo Popp hat ihnen die Kraft zwar zurückgegeben. Aber er war zu aufgeregt, denn er fürchtete sich vor mir. Da ist ihm ein Fehler unterlaufen. Die Mäntel erhielten die Zauberkraft nur zum Teil zurück. Und zwar so, dass andere Leute dich nicht sehen können, ich es aber kann." Wieder kam Arabella Lory verdächtig nahe.

Das Mädchen machte zwei Schritte vorwärts und stieß mit der Stirn gegen eine Steinsäule. Ein Schmerz wie ein Schwerthieb durchfuhr ihre Stirn. Sie rieb sich die schmerzende Stelle und fühlte, wie sich eine Beule bildete. Langsam wuchs ein kleiner Huckel, wie der Ansatz eines Horns, genau dort heraus, wo bei ihr am Haaransatz das Feuermal prangte.

„Oh! Aua! Mein Arm!", klang eine Männerstimme aus der Säule. „Kannst du nicht aufpassen? Du hättest mich fast umgerannt."

„Schweig, einäugiger Jack!", befahl Arabella, und packte Lory an den Schultern, dass das Mädchen ein eiskaltes Gefühl durchrieselte. „Wenn ich will, kann ich dich zu Staub zermahlen!"

Der Geist stöhnte noch einmal auf, und schwieg.

Der heiße Atem der Hexe schlug Lory gegen die Wange. Sie spürte ihren festen Griff. Der Mantel wurde ihr vom Leib gerissen und beiseite geschleudert. Lory spürte die eisige Kälte, die von der Hexe auszugehen schien, und wie in der heraufziehenden Nacht legte sich Dunkelheit auf ihre Sinne. Kam so der Tod?

65

Wo der Graf bloß blieb? Violette trat zur Haustür. Zum wiederholten Mal wollte sie nach ihm Ausschau halten. Vor einer Stunde schon, hatte er sie abholen wollen und nun... Wütend riss sie die Tür auf. In dem Moment, als sie hinaustreten wollte, stieß sie gegen jemanden. Ein wenig verwirrt blickte sie in das Gesicht eines Mannes.

„Mein Gott, Graf Gabriel!" Violette rieb sich Stirn und Nase. „Um Haaresbreite hättet Ihr mich umgerannt!" Hinter ihr fiel lautstark die Tür ins Schloss. Der laue Sommerwind umwehte Villa und Park, liebkoste ihr Gesicht und strich zärtlich durch ihre Haare.

„Sie mich, Verehrteste! Sie hätten mich umgerannt!"

„Entschuldigung! Woher sollte ich wissen, dass Ihr …?"

„Schon gut", unterbrach sie der Graf. „Was führt Sie so eilig aus dem Haus?" Ein Vorwurf lag in seiner Stimme. „Wollten Sie etwa ohne mich gehen?"

„Mein Gott, Graf! Ich warte seit einer Stunde auf Euch. Wo wart Ihr so lange?" Wieder kam ihr der Verdacht, dass der Graf gar nicht an Lory interessiert war. Ob er der Verräter war? Misstrauisch musterte sie ihn. Obwohl es erst 3.30 Uhr war und sie alle gar nicht geschlafen hatten, sah Graf Gabriel von Gabriel in seinem cremefarbenen Wollumhang und dem dazu passenden Spitzhut frisch und erholt aus, so, als gingen die Ereignisse um Lory an ihm spurlos vorüber. Ob er eine geheime Zauberkosmetik benutzte, die ihn jung aussehen und nicht altern ließ?

„Wie ich schon sagte, liebste Violette!", holte der Graf sie in die Wirklichkeit zurück. „Unsere Bergexpedition, die Suche nach Lory Lenz, muss gut organisiert werden." Er öffnete die Haustür und schob sie sanft in den Hausflur hinein. „Deshalb schlage ich vor, dass wir noch einmal in den Zaubercomputer sehen."

„Noch einmal?" Erneut blickte Violette den Grafen misstrauisch an. „Ich denke, der ist kaputt?"

Der Graf zwinkerte der Schulleiterin spitzbübisch zu. „Das war ein Trick von mir, um Sie, Verehrteste, abzulenken!"

„Was?" Violette fiel auf, dass Graf Gabriel plötzlich wie gebannt auf die Haustür starrte. Mich ablenken? Warum?

„Wegen Minister Rumpel", erwiderte Graf Gabriel und lächelte gekünstelt. „Ich habe ihn in Verdacht, der Verräter zu sein." Deshalb habe ich auch Ellen-Sues Namen in den PC eingegeben." Sein Blick wurde ernst. „Leider kann ich es nicht beweisen, dass Rumpel wirklich Arabellas Mann in unseren Reihen ist." Er hob den Zeigefinger: „Noch nicht, liebste Violette! Aber der Tag wird kommen, da…" Abrupt brach er ab. „Also kommen Sie! Gehen wir zuerst in das Geheimkabinett!"

„Ich weiß nicht, Graf!" Violette brannte darauf, das Haus zu verlassen. „Muss das wirklich sein?"

„Nur zu unserer Sicherheit", erklärte der Graf noch einmal. „Damit wir ganz genau wissen, wo Lory jetzt steckt, und nicht das ganze Gebirge absuchen müssen."

Violette Moosgrün erinnerte sich an ihre Vision, in der sie Lory in einem Sarg hatte liegen sehen. „Das dauert zu lange, Graf! Ihr wisst doch, dass Lory in größter Gefahr schwebt?"

Leise schloss der Graf die Haustür. „Nun kommen Sie schon! So ein Blick in den Zaubercomputer dauert keine Ewigkeit, und für uns ist es eine Rückversicherung, dass wir auch an der richtigen Stelle suchen."

Violette, in deren Innerem die Angst um Lory wie ein gefährliches Ungeheuer wuchs, befreite sich aus Graf Gabriels Griff. „Gehen Sie allein ins Geheimkabinett! Ich muss zu den Teufelszinnen!" Sie fasste nach der Türklinke. „Wenn Ihr im PC etwas seht, so folgt…" Entsetzt brach sie ab. Die Tür ließ sich nicht öffnen. Wieso? Sie starrte auf Graf Gabriel. „Wieso sind wir eingesperrt? Was habt Ihr gemacht?"

„Ich?", empörte sich der Graf. „Was soll ich gemacht haben?"

„Die Tür!", schrie Violette, und die Angst um Lory lag auf ihr wie ein Berg Blei. „Ihr habt sie angestarrt! Ihr habt…"

Jetzt war es der Graf, der wütend klang. „Ich habe gar nichts getan, Frau Moosgrün! Eine Unterstellung ist das! Ich wollte nur nicht, dass Sie sich unnötig in Gefahr begeben. Der Zaubercomputer sollte uns einen Hinweis geben, dass Lory..."

Einer Eingebung folgend, stürzte Violette Moosgrün in den Speisesaal. Der Graf folgte ihr. „Was haben Sie vor?"

Violette ergriff einen Fensterriegel. So sehr sie auch drehte, er bewegte sich nicht.

„Eingesperrt!", schrie sie hysterisch. „Wir sind eingesperrt! Und Ihr..." Ihr Blick fiel auf das Rhododendrongebüsch am Rande des Rasens. „Da!" Sie deutete in den Garten. „Wer ist das?"

Auch Graf Gabriel hatte die Gestalt erspäht, die sich im Grau des erwachenden Tages vor der Rhododendron-Gruppe abhob. Sie trug einen schwarzen Umhang, und auf ihrem Kopf saß ein schwarzer Spitzhut, unter dem weiße, struppige Haare bis auf die Schultern herabfielen. Eine Nase, so lang wie eine Salatgurke und so spitz wie eine Ahle, stach ihr aus dem Gesicht.

Für Sekundenbruchteile glitt, von Violette unbemerkt, ein befreiendes Lächeln über Graf Gabriels Gesicht. „Sieht aus wie einer von Arabellas Ministern! Ja, wie Zacharias Schreck!"

„Was? Wieso?" Violettes Herz schlug wie ein überdrehter Motor. „Was will der Kerl hier?"

Arabellas Minister starrte eine Ewigkeit wie gebannt zum Haus herüber. Dann trat er plötzlich zurück und verschwand im Blattwerk der Rhododendronbüsche. Äste bewegten sich, als rüttele an ihnen ein heftiger Wind. Langsam schwangen sie aus.

„Da sehen Sie, liebste Violette, wer uns im Haus eingesperrt hat!" Der Graf wiegte bedenklich seinen Kopf. „Und Sie verdächtigen mich! Es wird schwer werden, seinen Bannzauber zu durchbrechen."

„Glaubt Ihr?" Violette schien den Tränen nahe. Was sollte aus Lory werden, wenn sie nicht mehr aus der Villa herauskamen?

„Nur Geduld, liebste Violette!", beruhigte sie der Graf. „Ich werde alles dafür tun, dass Lory nichts geschieht." Er winkte ihr. „Sehen wir zuerst in den Zaubercomputer!" Er schritt zur Tür.

„Na gut!", resigniert folgte ihm Violette Moosgrün in das geheime Kabinett.

66

Teck, teck. Tropfen für Tropfen fiel von der Decke herab. In seinen Traum hinein, in dem er mit Lory über Violettes Villa flog, spürte Freddy, dass etwas Nasses im gleichmäßigen Rhythmus auf seine Stirn tropfte. Was war das? Es war fremd und gehörte nicht zu seinem Traum. Reflexartig strich er mit der Hand über seine Stirn und fühlte etwas Nasses. War das Wasser oder?

Um ihn herum klangen leise Atemgeräusche. Mit einem Ruck öffnete Freddy die Augen. Teck. Wieder traf ein Tropfen seine Stirn. Im matten Tageslicht, das kegelartig durch den Iglueingang fiel, sah er die Wasserlache, die um seinen Schlafsack und die anderen beiden Schlafsäcke stand. Da erinnerte er sich an den Schneesturm und daran, dass sie eine Schneehöhle gebaut hatten. Plötzlich begriff er, dass der Schnee schmolz, und er spürte die warme Luft, die vom Eingang hereinzog. Blitzartig wurde ihm klar, dass sie aus der Schneehöhle herausmussten. Ein lautes Schnarren erklang, als er den Reißverschluss seines Schlafsacks öffnete. Der Stoff knisterte bei jeder Bewegung. „Lory! Frau Regenbo..." Das Wort erstarb ihm auf der Zunge. Sein Blick sog sich wie das Tentakel eines Kraken an Lorys Schlafsack fest. Er war leer! Wieso? „Lory!" Als er keine Antwort erhielt, begriff er, dass Lory Lenz verschwunden war.

„Verdammt!", schrie er, und sein Herz schlug schneller vor Angst und Wut. Warum war sie gegangen, ohne ihn zu informieren? Hatte Arabella oder einer ihrer Minister sie geraubt?

Wie ein Wurm in der Erde begann sich die falsche Kathrein Regenbogen in ihrem Schlafsack zu regen. Stoffgeknister zog durch die Höhle.

Die Frau, die Kathrein Regenbogen glich, rieb sich verschlafen die Augen. „Was ist los?!", brummte sie ärgerlich, noch ganz von ihren Träumen gefangen. „Warum weckst du mich?"

„Lory ist weg!"

Verschlafen blickte Kathrein aus dem Schlafsack in die Dämmerung der Höhle. „Wieso?" Endlich schien sie zu kapieren. „Wo ist sie hin?"

„Kommen Sie erst einmal aus der Höhle heraus!", meinte Freddy und schälte sich aus seinem Schlafsack. „Es ist Tauwetter. Nicht, dass die Höhle über uns zusammenbricht." Rasch zog er seine Schuhe an.

Mit einem Satz war Kathrein aus dem Schlafsack und in ihre Schuhe geschlüpft. In Windeseile kroch sie, noch vor Freddy, aus der Höhle heraus.

Ehe der Junge ihr folgen konnte, stellte er fest, dass sein Rucksack fehlte. Ein böses „Verdammt!" entfuhr seinem Mund.

„Was ist?", tönte die Stimme der falschen Kathrein von draußen herein.

Mühselig kroch Freddy aus der Schneehöhle heraus. Im Dämmerschein des erwachenden Tages schimmerten die Rinnsale und Bächlein und die nassen Felsen ringsum wie glänzendes Silber. Bis auf den Huckel, den die Schneehöhle in der Landschaft bildete, war aller Schnee, wie ein Spuk, wenn der Morgen graut, verschwunden. Dazu wehte eine ungewöhnlich milde Luft, wie der Wind in der Sahara, von den Bergen herab.

„Lory ist weg!", antwortete Freddy Pink. „Sie hat den Rucksack mit meiner Ausrüstung mitgenommen!"

„Die falsche Schlange!", kreischte Kathrein erbost.

Sie starrten eine Weile schweigend vor sich hin. Der Föhn strich schmeichelnd um ihre Wangen, und der Geruch von Wärme und Sommer füllte ihre Nasen.

Freddy unterbrach als Erster das Schweigen: „Wo wird sie hingegangen sein?"

„Na, wohin wohl?!", zischte Kathrein Regenbogen, und Wut sprach aus ihrem Blick. „Sie holt den grünen Skarabäus. Was aus Sina Apfel wird, ist der doch egal!" Und mir auch, fügte sie in Gedanken hinzu.

„Das glaub ich nicht!", warf Freddy ein. „Wie kommen Sie auf so etwas?"

Kathreins Stimme klang wachsam. „Ein Gefühl?"

Freddy sah sie skeptisch an: „Haben Sie das zweite Gesicht?"

„Na ja", entgegnete die falsche Kathrein, und tausend Gedanken schossen ihr durch den Kopf, von denen die meisten sich um Reichtum und Macht statt Armut und Not drehten. Sie musste sich genau überlegen, was sie Freddy sagen konnte. „Es ist nur eine Vermutung. Mein Inneres sagt es mir. Du verstehst?"

„Ach so!" Freddy Pink schien zufrieden. Er winkte Kathrein: „Gehen wir!"

„Wohin?", fragte sie. „Nach Tausendlicht Stadt?"

„Zur Höhle!", antwortete Freddy. „Wohin sonst?"

„Ohne Frühstück?"

„Können Sie frühstücken, wenn Lory in Gefahr schwebt?"

Das Gesicht zur Grimasse verzogen schwieg Kathrein. Dass es kein Frühstück gab, ärgerte sie.

Freddy schritt davon.

Die Doppelgängerin von Kathrein Regenbogen folgte ihm.

Während Freddy Pink hoffte, dass Lory nicht in Arabellas Hände geraten war, wünschte die falsche Kathrein das Gegenteil.

67

„Zerstörung, Tod und Finsternis!", fluchte Arabella laut, und grüne Blitze schossen aus ihren Augen wie ein Funkenregen, den der Wind entfacht, wenn er in ein Feuer bläst. Sie werden kommen und versuchen, den Stein zu zerstören, der den Eingang versperrt. Sie wollen Lory retten. Was mach ich nur?

Grübelnd sah sie auf Lory herab. Das bläuliche Sumpfgaslicht, das jetzt in mehreren an der Wand befestigten Fackeln flackerte, warf Schatten auf Fußboden und Wände, und auf Lorys Gesicht. Wie eine große Puppe lag das Mädchen mit geschlossenen Augen reglos auf dem Felsboden, die schwarzen Zöpfe um Gesicht und Schultern gebreitet. Sacht hob und senkte sich ihr Brustkorb. Noch atmete sie.

Aus den Säulen klang leises Wispern:

„Hat Arabella Lory getötet?"

„Wir sind schuld daran! Wir haben ihr nicht geholfen."

„Dann sind wir verloren, auf ewig verdammt!"

„Oh, hätten wir nicht auf Elija Irrlicht gehört!"

Arabella stampfte mit dem Fuß auf den Boden auf, dass ein Ton, wie wenn Metall auf Stein schlägt, durch die Höhle hallte und der Berg erzitterte: „Schweigt, ihr Geister der Nacht! Ihr stört mich beim Nachdenken, und wenn ihr mich nervt, kann es sehr gefährlich für euch werden!"

„Bitte nicht!"

„Verschone uns, du große Zaubermeisterin!"

„Verzeihe uns, wir sind schon still!"

„Wir sagen nichts mehr!", antworteten die Geister der Nacht.

Arabella ignorierte sie. „Was mach ich nur?", murmelte sie und schritt um Lorys Steingrab herum. „Sie sofort töten?" Sie wiegte bedenklich den Kopf. „Wo Thurano lieber lebende Mädchen mag, weil es ihm Spaß macht, die Angst in ihren Augen zu sehen, bevor er sie verspeist." Noch einmal wanderte sie eine Runde um Lory herum. „Ach wenn mir doch etwas einfallen würde!"

„Ha!" Wieder lachte sie. „Und mir ist bereits etwas eingefallen!" Die Hexe breitete die Arme aus und murmelte einen Zauberspruch. Mit lautem steinernen Rumpeln bildete sich unter Lorys Körper eine Grube, und langsam sank sie auf deren Boden herab.

„Wie sie daliegt!", freute sich die Hexe. „So umrahmt von Felsgestein. Ich könnte denken, sie liegt tatsächlich in einem Sarg." Wieder murmelte sie einen Spruch. Unter Lory lagen plötzlich weiße Spitzenkissen, und weiße Rosen umrahmten ihren Kopf und die Ränder der Grube. Zufrieden betrachtete die Hexe ihr Werk.

Erneut sprach sie einen Zauberspruch. Augenblicklich schloss sich mit dumpfem Ton, wie wenn Stein auf Stein schlägt, der Felsen über Lory Lenz.

„Jetzt ist sie weg!", jubelte die Hexe und trat zu der hintersten Höhlenwand. „Jetzt wird Lory in ihrem Steingrab ersticken, und keine Macht der Welt wird sie erretten. Wieder lachte sie. Und was das Beste ist, ich kann jederzeit meine Beteiligung an der Tat abstreiten. Was kann ich dafür, wenn die Göre allein in die verwunschene Höhle geht? Mit einem irren Lachen schritt Arabella Finsternis auf die hinterste

Höhlenwand zu. Während die Sumpfgasfackeln erloschen, wurde sie eins mit dem Felsen.

68

„Ich verstehe das nicht, Graf!" Violette Moosgrün deutete auf den Computerbildschirm, über den ein verschwommenes Bild aus bunten Farben flimmerte. Ihre Lichtreflexe gaukelten wie Schmetterlinge über die kahle, weiß getünchte Wand, die dem Bildschirm gegenüberstand und über die Gesichter und Umhänge der Anwesenden. Durch das runde Fenster fiel mattes Tageslicht in den Raum, auf Fußboden und PC. Wie ein vergessenes Möbelstück stand er in der Mitte des Zimmers, eingehüllt von einer Glocke verbrauchter Luft. „Seit mindestens einer Stunde versucht Ihr mit dem Ding Kontakt zu Lory Lenz zu bekommen, und alles, was wir sehen, ist dieses Geflimmer."

„Ich verstehe es selbst nicht, liebste Violette!" Die Finger des Grafen drückten erneut mehrere Tasten auf dem Bedienbrett. Außer dass sich das Flimmern verstärkte und die bunten Farben noch mehr ins Unkenntliche glitten, geschah nichts. „Das kann's doch nicht geben!", jammerte Graf Gabriel. „Ich bin außer mir! Jemand muss den PC verhext haben."

„Daran glaubt Ihr doch selbst nicht, Graf!" Violette schüttelte den Kopf. „Wer sollte so etwas tun? Ins Geheimkabinett kommt nur Ihr, der Computerspezialist Wendelin Hops, Archibald Rumpel und ich." Sie starrte einen Moment vor sich hin. „Außerdem vergreife ich mich nicht weiter an dem Ding. Und wenn, brauchte ich ihn, so wie jetzt, nur zum Hineinschauen, weil drei meiner Schüler verschwunden sind."

„Aber Sie sehen es doch…", wehrte sich der Graf und deutete auf den Computer. „Das Ding funktioniert nicht mehr." Wahrscheinlich hat Archibald Rumpel, als er vorhin hier war, den Computer..."

„Ach was!" Violette Moosgrün schritt entschlossen zur Tür. „Wir sollten versuchen, aus dem Haus zu kommen. Lory ist jetzt wichtiger als der PC."

Der Graf, dessen Finger immer noch ergebnislos auf die Knöpfe der Tastatur hämmerten, sah auf: „Was wollen Sie tun?"

„Ich werde Archibald informieren. Sollen er und seine Spezialeinheit uns hier rausholen."

Die Augen des Grafen glitten nervös hin und her. „Das können Sie nicht tun!", rief er aufgebracht.

Violette drehte sich zu ihm um: „Und warum nicht?"

„Weil er uns möglicherweise gar nicht befreien wird."

„Was wisst Ihr, Graf?"

„Wissen? Gar nichts." Graf Gabriel von Gabriel verzog seinen Mund zu einem überlegenen Lächeln. Dreist sah er Violette ins Gesicht. „Was, wenn Archibald Rumpel der Verräter ist? Sind Sie so naiv zu glauben, dass er uns in dem Fall hilft?"

Violette Moosgrün knetete ihre Hände, und ihr scharfer Blick traf den Grafen. „Und was sollen wir Eurer Meinung nach tun, Graf?"

„Ich dachte, der Computer..."

Violette winkte ab. „Hört auf, Graf! Das Ding funktioniert nicht! Wer weiß, wer den PC manipuliert, wenn nicht gar zerstört hat. Wir sollten die Geschichte wirklich schnellstens Stella Tausendlicht melden und dann..."

„Stella hat andere Sorgen. Die Störung der Aufnahmefeier in Ihre Schule hängt ihr immer noch nach."

„Aber es ist wichtig, dass wir Lory schnellstens zu Hilfe kommen." Für Sekundenbruchteile sah sie das Bild von dem rosenumrankten Steinsarg vor sich, in dem Lory mit bleichem

Gesicht und geschlossenen Augen, das schwarze Haar wie ein Mantel um den Kopf gebreitet, friedlich vor sich hin lächelte. Violette schluchzte auf: „Mein Gott, wenn sie tot ist!"

„Hören Sie auf, Violette!" Mit einem verärgerten Gesicht ließ der Graf den PC in der Tischplatte verschwinden.

„Wenn es für Lory nur noch nicht zu spät ist!", murmelte die Schulleiterin. Ohne noch einmal nach dem Grafen zu sehen, verließ sie das Geheimkabinett.

Sofort folgte ihr Graf Gabriel von Gabriel. Mit einem Zauberspruch ließ er die Tür in der Wand verschwinden, dass es aussah, als ob es an dieser Stelle nie einen Eingang gegeben hätte.

Die beiden schritten die Treppe hinunter. Die Holzstufen knarrten und knackten unter ihren Tritten, dass es laut durch das stille Treppenhaus hallte.

„Seien Sie vernünftig!", mahnte Graf Gabriel, als Violette die Hand auf die Türklinke zu ihrem Büro legte. „Wenn Archibald wirklich der Verräter ist, liefern Sie ihm nur einen neuen Vorwand, Ihre Schule zu schließen."

Violette schüttelte den Kopf. „Aber wir müssen etwas tun, Graf! Sonst tötet Arabella das Kind." Ihre Stimme wurde leiser und weicher. „Eine Katastrophe für das Magierland!" Ohne auf die weiteren Einwände des Grafen zu hören, trat sie in ihr Büro. Die gelben Lilien in der Kristallvase auf dem Schreibtisch verbreiteten einen betörenden Duft, der den Geruch von Papier und Akten überlagerte. Rücken an Rücken standen wie in einem Bücherregal in den Rollschränken zahlreiche Ordner. Durch das einzige Fenster fiel schwaches Tageslicht.

Violette Moosgrün trat zum Fenster.

Der Graf sank auf einen der Stühle, die in einer Ecke vor einem runden Tischchen standen.

Violette deutete in den Garten: „Er ist immer noch da!"

Der Graf sprang auf. „Wer?" Mit wenigen Schritten stand er neben Violette.

Sie deutete auf die Rhododendron-Gruppe, die die Rasenfläche vom Wald abgrenzte. „Der Kerl von vorhin! Noch immer verbirgt er sich in den Rhododendronbüschen."

Graf Gabriels Blick wanderte zu den Rhododendren. Dasselbe Gesicht von vorhin lugte, wie eine Maus aus ihrem Loch, aus dem Blätterdickicht. Wie vom Sturm gebeutelt bewegten sich an der Stelle die Äste auf und nieder. Starr, wie der Blick eines Spielzeugteddys, waren die Augen des Mannes auf den Eingang der Villa gerichtet.

„Warum verschwindet er nicht?!", brummte der Graf.

„Es scheint, er wartet auf jemanden", entgegnete Violette Moosgrün. Eine plötzliche Eingebung durchraste sie wie ein Blitz die Gewitterwolken. Der Schreck ließ sie erschauern. Was, wenn der Kerl darauf wartete, dass die Villa einstürzte und sie unter sich begrub, oder dass sonst etwas Schreckliches geschah?

„Ich rufe Archibald!", trumpfte Violette auf. „Er soll dem Spuk ein Ende machen! Egal, Graf, ob Euch das passt oder nicht!"

Das Gesicht des Grafen verfinsterte sich, so, als hätte er statt eines Schluckes Wein Essig erwischt. „Aber Violette! Ich bin der Letzte, der Sie von etwas abhalten will. Aber verstehen Sie mich: Ich möchte nicht, dass Sie…, dass wir Archibald Rumpel bemühen. Wie ich schon sagte, falls er der Verräter ist, wäre er gewarnt, und wenn nicht, hat er anderes zu tun als…"

„Papperlapapp!", unterbrach ihn Violette scharf. „Die Angelegenheit ist ernst genug. Und was ist wichtiger für uns und das Magierland als Lory zu retten?" Sie trat vom Fenster zurück und ließ sich auf ihren Schreibtischsessel sinken.

Das Gesicht in die Hände gestützt, die Augen geschlossen, versuchte sie sich auf Archibald Rumpel zu konzentrieren. Doch statt zu dem Minister Kontakt zu bekommen, dröhnten Stimmen in ihrem Kopf. Oder war es nur eine, die von Graf Gabriel?

„Hör auf!"

„Tu es nicht!"

„Du wirst deine Schule verlieren!"

Sie blickte zum Fenster, vor dem noch immer Graf Gabriel stand. Er hatte ihr den Rücken zugewandt. Was mochte er denken?

Violette schüttelte den Kopf, als könnte sie so die Stimmen abschütteln. „Unsinn!", rief sie und schlug mit der Faust auf den Tisch, dass die Vase einen Hopser vollführte. Wasser schwappte auf die Tischplatte und bildete mehrere winzige Pfützen. Violette wischte sie mit der Handkante weg.

Erschrocken sah sie der Graf an: „Was ist los? Hatten Sie eine Erscheinung?"

„Ich rufe alle zusammen, die noch in meinem Hause sind. Wir bilden einen magischen Kreis und dann werden wir sehen, ob es uns nicht gelingt, die Haustür zu öffnen." Sie trat zur Tür. Gleich darauf tönte ihr Ruf durch das Haus:

„Babette! Babette Cornelissen! Aufstehen!"

Nach einer Weile erklang in einem der oberen Räume leises Poltern. Eine Tür schlug, und Babette Cornelissens verschlafene Stimme tönte herunter:

„Was ist los, Violette? Ist etwas passiert, dass du mich zu so früher Stunde rufst?"

„Weck die Kinder!", rief Violette hinauf. „Und dann kommt herunter! Ich brauche Euer aller Hilfe!"

„Oje!", klagte Babette. „Da muss etwas Schlimmes geschehen sein." Und ohne ein weiteres Wort trat sie zu den Zimmern der wenigen Schüler, die gleich Lory das Wochenende in Violette Moosgrüns Zauberschule verbringen mussten. Laut pochte sie an jede Tür, und ihre Stimme schallte durch das Haus:

„Gerit, Jerome! Aufstehen!", „Barbara! Komm! Steh auf!", „Sabrina! Nicole! Wacht auf! Violette will euch sehen!"

Die Schulleiterin wartete im Erdgeschossflur. Mit verärgertem Gesicht stand Graf Gabriel von Gabriel hinter ihr. Zehn Minuten später versammelten sich Babette Cornelissen, Gerit Bachmann, ein hochaufgeschossener Junge aus der Zehnten, Jerome McGoy, ein pausbäckiger Sportlertyp von dreizehn Jahren, Barbara Wachsmuth, eine zierliche Brünette aus Klasse acht, und die Freundinnen und Klassenkameradinnen von Ellen Sue Rumpel, Sabrina May und Nicole de Fries, um Violette und den Grafen. Zipfel ihrer Shirts, Blusen und Hemden hingen stellenweise aus den Jeans. Verschlafen starrten sie Graf Gabriel und Violette entgegen.

„Was ist passiert?"

„Warum rufen Sie uns?"

„Hat es ein Unglück gegeben?", tönten ihre Stimmen durch das Treppenhaus.

Mit kurzen Worten erklärte ihnen Violette Moosgrün, was geschehen war. „Wir wollten ins Gebirge, um Lory zu helfen. Aber jemand hat unsere Schule verhext, so dass wir weder ein Fenster noch die Haustür aufbekommen. Wir sind im Haus gefangen!"

„Wer war das?", fragte Babette. Ihr Blick traf Graf Gabriel. Sie glaubte ein hinterhältiges Leuchten in seinen Augen zu sehen. Den Mann hatte sie nie gemocht, und wie er Violette zusetzte, von wegen Minister Rumpel würde die Schule schließen! „Ihr, Graf?"

„Ich?!", empörte sich der Graf. „Wie kommen Sie auf mich? Ich werde mich doch nicht selbst einsperren." Er zog eine goldene Taschenuhr aus der Brusttasche seines Jacketts, das er unter dem Umhang trug. Mit einem Druck seines Daumens sprang der Uhrdeckel auf, und die Melodie Time To Say Goodbye erklang. Er warf einen Blick auf das Zifferblatt: „Schon sechs Uhr!" Ob Lory schon in der Höhle war? Mit einem leisen Klick schloss er den Uhrdeckel. Sofort brach die Melodie ab.

„Wir vermuten...", erklärte Violette, „... dass es einer von Arabellas Ministern war. Der Typ steht draußen im Park, versteckt sich zwischen den Rhododendronbüschen."

Babette musterte ihre Arbeitgeberin skeptisch, und ihre Stimme klang erstaunt: „Wie kommt einer von Arabellas Ministern in unseren Park?" Warum hatte der Graf den Kerl nicht vertrieben?

Ohne auf Babettes Frage einzugehen, breitete Violette Moosgrün die Arme aus: „Kommt! Bilden wir einen magischen Kreis und sehen wir zu, dass es uns gelingt, die Haustür zu öffnen!"

Sie fassten sich an den Händen und konzentrierten sich auf das Öffnen der Tür. Augenblicke später klang ihr leiser Gesang durch das Haus:

> „Hokuspokus eins, zwei, drei.
> Große Kraft komm' schnell herbei.
> Öffne Tür und Fenster weit.
> Steh uns jeder Zeit bereit
> Diene nur zum Guten hier.
> Bitte öffne uns die Tür."

Wie sie sangen und sich in den Hüften wiegten, zwei Schritte rechts, vier Schritte links, erhob sich, wie aus dem Nichts gekommen, ein Brausen, und eine Sturmböe jagte durch das Haus, dass mit lautem Knacken alle Innentüren aufsprangen. Die Haustür und die Fenster blieben zu!

„Weiter!", rief Violette. „Wir müssen es schaffen!"
Wieder und wieder hallten das Tappen ihrer Schritte und der murmelnde Singsang durch die Villa. Die Haustür oder ein Erdgeschossfenster öffneten sich nicht.

69

Langsam öffnete Lory die Augen. Um sie herum war es dunkel. Sie spürte, dass sie auf etwas Weichem lag. Süß-samtener Duft, wie der von den Kletterrosen an Violettes Villa, füllte ihre Nase. Wo war sie? Sie tastete seitwärts. Schon nach wenigen Zentimetern stieß sie mit der Hand gegen etwas Spitzes. Wie eine Nadel drang es in ihren Handrücken ein. Ein kurzer Schmerz durchzuckte sie. „Aua!"

Was war das? Ein Dorn? Vorsichtig tastete sie an dem Gegenstand herum. Sie fühlte eine dünne, glatte, ovale Fläche mit gezacktem Rand, dem sich zwei weitere, gleichartige Flächen anschlossen. Sie glaubte Blätter zu erkennen, einen Stiel mit Stacheln, Blütenköpfe, Rosen. Vorsichtig tastete sie weiter. Keinen Zentimeter entfernt stieß ihre Hand gegen etwas Hartes. Es fühlte sich kalt und rau an, wie Stein. Ihre Hände glitten höher. Im Abstand von etwa einer Hand über ihrem Kopf spürte sie das gleiche kalte, raue und harte Hindernis. War da eine Wand? Sie bewegte ihre Beine. Sofort berührten ihre Füße den Felsen. Wie in einem Kasten eingezwängt kam sie sich vor. Wo war sie?

Sie hob den Kopf und stieß mit der Stirn gegen das Hindernis. „Aua!"

Als sie die Hand zu der Stelle am Kopf führte, an der sie sich gestoßen hatte, streifte ihr Handrücken ebenfalls über rauen Stein. Ihr Herz schlug schneller, und wie eine Flutwelle am Strand stieg Panik in ihr auf. Sie schien von Felsen ganz umschlossen. Wo war sie? Hatte sie jemand eingesperrt? Warum? Was war passiert?

Sie erinnerte sich an die Höhle in den Teufelszinnen und an Arabella. Noch immer fühlte sie deren kalte Hand auf der Schulter, und ein Schauer durchrieselte sie, als ob Eiswasser über nackte Haut rinnt.

Hatte Arabella Finsternis sie in den Felsen eingeschlossen? War sie zu Stein geworden? Dass sie ihre Arme und Beine bewegen konnte, sprach dagegen. Sie war kein Stein. Sie war im Felsen, wie in einer winzigen Gefängniszelle, eingesperrt. Was nun?

Das Bild von Sina Apfel kam Lory in den Sinn, wie sie voller Angst auf faulem Stroh in Arabellas Kerker gelegen hatte. Und sie erinnerte sich an Freddy Pink, die Schneehöhle, an Kathrein Regenbogen und die Ereignisse der vergangenen Stunden. Waren die Träume Wirklichkeit? Immerhin lag sie hier eingezwängt zwischen den Steinen. Wie eine Fliege in einem Bernsteinklumpen kam sie sich vor.

Wieder rann ihr ein Schauer den Rücken herab, und sie fühlte die Kälte, die sie umgab. Was sollte sie tun? Und während sie darüber nachsann, spürte sie, wie ihr langsam das Atmen schwerer und schwerer fiel. Nackte Angst trieb ihr Schweißperlen auf die Stirn, und ihr Herz raste. Hatte Arabella sie dazu verdammt, in dem Stein zu ersticken?

70

Tapp, tapp. Tapp, tapp. Zwei Schritte rechts, vier Schritte links. Noch immer tanzten Violette, Babette, die Schüler und der Graf den Zauberreigen, ohne dass sich die Haustür oder ein Fenster in der Villa öffnete. Zu dem Tappen ihrer Schritte klang ihr monotoner Gesang durch das Haus: *„Hokuspokus, eins, zwei, drei, große Kraft komm schnell herbei..."*

Tapp, tapp. Schweißperlen standen auf ihren Gesichtern, und ihre Lippen formten wieder und wieder die Worte des Zauberspruchs: *„... Bitte öffne uns die Tür."*

„Es klappt nicht!", seufzte Sabrina May.

„Wie schade!", rief Nicole de Fries.

„Ich kann nicht mehr!", schnaufte Barbara.

„Können wir nicht was anderes machen?", murrten Gerit und Jerome.

„Ruhe!", zischte Babette, und warf immer wieder einen Blick auf den Grafen. Ihr schien es, dass der Minister nicht recht bei der Sache war. Oder irrte sie sich?

„Macht weiter!", forderte Violette sie auf. „Wir dürfen nicht aufgeben, nicht jetzt!"

Nur der Graf schwieg. Auf seinem Gesicht spiegelten sich die widersprüchlichsten Empfindungen von gespannter Erwartung, Verschlagenheit, Resignation und Ärger.

Tapp, tapp, tapp, tapp. Babette Cornelissen blieb plötzlich stehen. Ein Ruck ging durch den Kreis.

Ärgerlich sah Violette auf die Haushälterin: „Was ist? Warum hältst du an? Geht's dir nicht gut?"

„Na ja. Es ist...", druckste die Haushälterin herum. „Wir tanzen hier und glauben, dass nichts geschieht. Und dabei ist die Hintertür im Keller vielleicht längst offen." Mit einem Lächeln auf dem Gesicht wandte sie sich an den Grafen: „Werter Herr Graf, würdt Ihr so liebenswürdig sein und nachschauen gehen?" Sie zwinkerte Violette zu. Die Schulleiterin verzog missverständlich das Gesicht. Was meinte Babette? Wohlweislich fragte sie nicht. Sie kannte ihre Angestellte. Babette Cornelissen wusste stets, was sie tat.

„Ich?!", rief der Graf ärgerlich. „Wieso ich? Erteilt mir jetzt eine Bedienstete Anweisungen?!"

„Aber Graf!", mischte sich Violette Moosgrün ein. „Keiner von uns würde sich erdreisten, Euch zu kommandieren. Es ist nur eine Bitte, die meine Angestellte vorbringt. Nicht wahr?" Sie nickte Babette zu. „Und auch ich bitte Euch herzlichst, in den Keller zu gehen und nachzuschauen."

„Ich? Ja wieso? Warum...?" Widerwillig machte sich der Graf in den Keller auf. Mit einem Ruck öffnete er die Tür, die ins Untergeschoss führte. Lautstark schallte ihr Knarren durch das Haus. Als er die Treppe hinabstieg, hallten seine Schritte auf den Steinstufen laut durch Kellergewölbe und Treppenhaus.

Babette Cornelissen winkte: „Los, weiter, Leute! Jetzt klappt es bestimmt!"

Tapp, Tapp, Tapp, Tapp, nahmen sie den Reigen wieder auf, und in den leisen Gesang, der ihren Lippen entströmte, klang ein lautes Knacken. Die Haustür sprang auf. Abrupt brachen Gesang und Tanz ab.

„Oh!", rief Violette und stürzte zur Tür.

„Wo wollen Sie hin?", riefen die Kinder.

„Lory retten!", antwortete Violette Moosgrün in das Zuschlagen der Tür. In dem Moment, als Graf Gabriel aus dem Keller zurückkehrte, schwebte sie in Richtung Teufelszinnen davon.

„Wo ist Violette?", herrschte der Graf die Haushälterin an.

„Lory helfen!", entgegnete Babette.

„Warum hat Sie Violette nicht zurückgehalten? Sie sollte allein nichts unternehmen!"

„Ich hätte sie nicht zurückhalten können", erwiderte Babette Cornelissen. „Ich bin nicht ihr Vormund! Violette kann tun und lassen, was sie will!"

Ohne auf Babettes Einwand zu hören, stürzte Graf Gabriel von Gabriel aus dem Haus. Mit einem lauten, dumpfen Ton fiel die Tür hinter ihm zu.

Verwundert starrten ihm die Haushälterin und die Kinder hinterher.

Einen Moment blieb der Minister unschlüssig auf der obersten Stufe der Freitreppe stehen. In seinem Kopf kreisten die Gedanken. Ob Violette wirklich zu den Teufelszinnen geflogen war? Verdammt! Warum hatte er das nicht verhindern können? Und was war mit Ellen-Sue? Er musste schnellstens etwas unternehmen, nicht auszudenken, wenn auch diesmal alles schief ging. Der Mann in den Rhododendronsträuchern kam ihm in den Sinn. Was mochte er vorhaben? Mit großen Schritten rannte er die Treppe hinunter. Kies knirschte unter seinen Schnallenschuhen, als er den Parkweg entlang schritt. Minuten später war er hinter einer Gruppe Wacholderbüsche verschwunden.

71

„He! Zacharias!", flüsterte eine Stimme, die wie die von einem Mann klang. Oder war es eine Frau, die so tief sprach?

Zacharias Schreck zuckte zusammen, und drehte sich in die Richtung, aus der die Stimme kam. Wer hatte ihn gesehen? Wer wusste, dass er sich in den Rhododendren versteckt hatte? „Wer sind Sie?"

„Das tut nichts zur Sache!"

„Aber wieso…? Was wollen Sie von mir?" Zacharias spähte in alle Himmelsrichtungen. Äste kratzten und stachen ihn in Hände, Gesicht und Rücken, und die länglichen Blätter fühlten sich auf seiner Haut glatt und kühl an. Nirgendwo konnte er jemanden sehen. „Wo sind Sie?"

Die Person lachte. „Du kannst mich nicht sehen! Ich bin unsichtbar!"

„Und was wollen Sie von mir?"
„Wo ist Arabella?"
„Ich weiß nicht. Ich glaub, in der Höhle der Teufelszinnen."
„Verdammt!", fluchte die Person. „Dort kann ich sie im Unterbewusstsein nicht erreichen." Die Höhle war von Arabella Finsternis vor jeglicher Art von Telepathie geschützt worden. Nur wenige Magierländer hatten die Gabe, Ereignisse, die in der Höhle geschahen, zu sehen, und nur auserwählte Zauberer konnten darin zaubern. Was tun?

Die Minuten verrannen. Der schwere Duft der Kletterrosen zog von der Villa herüber, und in Ästen und Zweigen säuselte der Sommerwind. Als Zacharias Schreck schon glaubte, die Person sei verschwunden, meldete sich die Stimme erneut.

„Höre, Schreck! Verschwinde hier! Gehe zu Arabella! Sie braucht deine Hilfe."

„Wieso? Ich verstehe nicht ganz. Meine Herrin hat mir befohlen..."

„Ach was!", unterbrach ihn die Person kurz. „Die Verhältnisse haben sich geändert. Arabella braucht jetzt jede Kraft, um Lory zu vernichten."

„Aber wieso...?"

„Nicht aber!", klang es wütend. „Sag ihr, dass Violette Moosgrün Lory helfen will! Sie ist schon zu den Teufelszinnen unterwegs."

„Da... das geht nicht", stotterte Zacharias. „Dass ich zu den Teufelszinnen eile."

„Wieso nicht? Das ist ein Befehl!"

„Ich darf nicht! Meine Herrin hat mir etwas anderes befohlen. Ich soll Sina Apfel zurück in den Kerker bringen. Deshalb warte ich in Violettes Park. Irgendwann kreuzt das Mädchen hier auf und dann..." Zacharias lachte. „Dann werde ich sie mir schnappen!"

„Sina übernehme ich!", entgegnete die Person. „Und ich sorge auch dafür, dass du keinen Ärger bekommst, wenn du Sina nicht zu Arabella zurückbringst."
Zacharias Schreck überlegte. Sollte er der Person glauben? Aber wenn das eine Falle war, ein Trick, mit dem Arabella Finsternis ihn auf die Probe stellen wollte? Unsinn! Seine Herrin hatte mit Lory zurzeit genug zu tun, als ausgerechnet ihn auf die Probe zu stellen. „Wirklich?", fragte er. „Bekomme ich wirklich keinen Ärger?"
„Ich verspreche es."
„Wer sind Sie?"
Die Person trat an Schreck heran und flüsterte ihm den Namen ins Ohr.
Zacharias roch das markantes Parfüm von Moschus und „Sir Irish Moos". Es gab keinen Zweifel: Die Person war wirklich die, für die sie sich ausgab.
„Und warum sehe ich Sie nicht?"
„Was, wenn uns jemand aus Violettes Haus beobachtet?"
„Ach ja." Zacharias Schreck kam sich dumm vor, die Frage gestellt zu haben. „Na, dann gehe ich mal!" Froh, das ungemütliche Versteck in den Rhododendronbüschen und die unsichtbare Person verlassen zu können, schwebte der Minister davon.
Die Person sah ihm nach, bis er als schwarzer Punkt hinter den mächtigen Wipfeln der Eichen, Buchen und Tannen verschwand. Höchste Zeit, selbst zu den Teufelszinnen zu fliegen, dachte sie. Sicher würde Arabella enttäuscht sein, wenn sie in dieser schwierigen Situation nicht an ihrer Seite kämpfte. Die Person hob die Arme und flüsterte einen Zauberspruch. Wie die Haut eines Chamäleons eine andere Farbe annimmt, stand sie plötzlich in einem schwarzen Umhang da, und auch ihr Spitzhut hatte sich schwarz eingefärbt.
Die Person lachte leise und breitete die Arme aus, dass der

Umhang einen Halbkreis bildete. Sekunden später schwebte sie in Richtung Teufelszinnen davon.

72

„Wer geht dort?" Kathrein Regenbogen deutete ein Stück bergauf.

Sina und Reginald starrten in die Richtung. Im Dunst des erwachenden Tages stapfte eine Gestalt den Berg hinan. Nur schattenhaft waren ihre Umrisse zu sehen. Die Person ging langsam, und es schien, als würde sie hinken.

„Es wird doch keiner von Arabellas Ministern sein?", hoffte Reginald.

Sinas Herz schlug schneller, denn sie ahnte, wer die Person war. „Ich... ich glaube...", stammelte sie und zitterte vor Angst, „... das wird Urbanus Harms sein." Hoffentlich tat er ihr nichts, wo sie daran Schuld trug, dass er in der Schneewehe gelandet war.

„Was will Harms im Gebirge?", fragte Kathrein. „Mit seinem steifen Knie sollte er in seiner Berghöhle bleiben."

„Er will Lory gegen Arabellas Drachen tauschen", entgegnete Sina. Sie berichtete ihren Begleitern, wie sie aus dem Schwarzen Schloss geflohen und dabei in Urbanus Harms' Hände gefallen war und wie sie den Alten vom Berg überlistet hatte. „Wenn er mich sieht, kann ich mich auf eine Abreibung gefasst machen. Drachenfutter ist noch das mindeste, was er dann aus mir macht!" Reginald legte beruhigend seine Hand auf Sinas Schulter: „Keine Angst, Sina Apfel, bei uns bist du sicher! Wir, Kathrein und ich, werden nicht zulassen, dass dieser Gauner dir etwas tut."

„Aber er ist hinterlistig", meinte Sina. „Ich habe Angst vor ihm!"

Reginald erinnerte sich, wie der Alte vom Berg im vergangenen Sommer mit einem Trick Filomena Knitter, das Mädchen ohne Gesicht, Laurentin Knacks und ihn auf hinterhältige Weise in Arabellas Schloss gelockt hatte. Ihm kam eine Idee. „Was haltet ihr davon?" Er winkte Kathrein und Sina zu sich heran. Mit leisem Flüstern erklärte er ihnen seinen Plan.

„Das ist gut", meinte Kathrein Regenbogen. „Was muss der Kerl sich im Gebirge herumtreiben und uns vielleicht noch daran hindern, Lory zu helfen?"

„Großartig!", jubelte Sina. „Dann ist der Typ endlich außer Gefecht!"

Reginald winkte den beiden: „Beeilen wir uns, dass wir ihn einholen können!"

Mit großen Schritten stiegen die drei hinter Urbanus her, bis sie auf wenige Meter an ihn herangekommen waren. Stumm fassten sie sich an den Händen und bildeten den magischen Kreis. Jeder von ihnen dachte das Gleiche. Als Urbanus Harms sich umdrehte, trafen ihn ihre Zauberblicke.

73

Ein lautes, dumpfes Dröhnen und Brüllen, so gewaltig, dass „Schloss Finsternis" erzitterte und der Schaukelstuhl, in dem Adolar Zack saß, wie bei einem Erdbeben hin und her schwang, riss den Minister aus einem traumlosen Schlaf. Erschrocken rieb er sich die Augen. Was war das?

Einen Moment besann er sich. Als er merkte, dass er in seinem Zimmer saß, klopfte jemand laut an der Tür. Erschrocken zuckte Zack zusammen. „Zum Teufel!", murmelte er. „Wer ist das denn?!"

Ohne ein „Herein!" abzuwarten, schob sich eines der Skelette von Arabellas Gerippegarde rasselnd durch die Tür. „Wo ist unsere Herrin?", fragte es mit hohler Stimme, dass die lückenhaften Zahnreihen klappernd aufeinander schlugen. „Thurano knurrt vor Hunger, und sein Unmut ist grenzenlos!"

„Keine Ahnung!", brummte Zack und dachte daran, wie schön es wäre, Lory dem Drachen zu servieren.

„Sie, Herr, müssen sie suchen! Nicht auszudenken, wenn Thurano das Schloss zerstört und Sie verspeist!"

Adolar warf dem Gerippe einen finsteren Blick zu. Was erzählte dieser Trottel? „Wieso verspeist er mich?"

„Na, wenn er nichts zu fressen bekommt!", entgegnete das Skelett und zitterte vor Angst. „An uns, den Gerippen, wird Thurano sich nicht vergreifen. Da hat er nur Knochen. Und außer Ihnen ist keiner im Schloss, der ihm etwas Fleisch zu bieten hat." Und wie zur Bestätigung dröhnten mehrere dumpfe Schläge durch das Schloss, dass Wände und Fußboden erzitterten. Thuranos hungriges Brüllen übertönte das Klopfen der Regentropfen, Donner und Gewittersturm.

„Oh!", rief Adolar Zack. „Er schlägt mit seinem Schwanz um sich." Das fehlte noch, dass ihn dieses Drachenvieh fraß. Der Minister sprang aus seinem Stuhl. „Ich suche sie!" Aber wo sollte er Arabella suchen? Das Magierland war groß. Er wusste nicht, wohin die Hexe gegangen war. „Wenn ich bloß wüsste, wo sie jetzt steckt?"

„Telepathie!", entgegnete das Gerippe, und versuchte das Aufeinanderschlagen seines Gebisses zu unterdrücken. „Sie wissen doch, dass wir nur so Kontakt zu ihr bekommen."

„Das habe ich bereits versucht", erwiderte Schreck. „Aber ich sehe sie nicht. Es ist, als wäre Arabella aus dem Magierland verschwunden."

„Verschwunden?" Das Gerippe starrte in das erlöschende Kaminfeuer. Das konnte nicht sein. Sie mussten Arabella aufspüren. Nicht auszudenken, wenn der Drache aus Wut auch die Gerippe zerschlug. „Ja dann...?"

In einer plötzlichen Erkenntnis rief Adolar: „Ich hab's!" Der Zaubercomputer in Arabellas Geheimkabinett war ihm in den Sinn gekommen. Die mit ihnen verbündete Person aus Stella Tausendlichts Reihen hatte in den PC ein Personen-Suchprogramm installiert. Damit müsste er die Hexe aufspüren können.

Mit einem Satz, dass der Schaukelstuhl mit lautem „Ruck, Ruck" hin und her schwang, sprang der Minister auf und rannte aus dem Zimmer.

In der Hoffnung, dass Adolar Zack Arabella fand und sich der Drache beruhigte, sah ihm das Skelett hinterher, bis der Minister am Ende des Ganges im Treppenaufgang verschwand. Das Gerippe schloss leise die Tür und stakste mit lautem Rasseln und Klappern zu seinem Quartier im Schlosskeller zurück.

Adolar Zack rannte durch dunkle Gänge, Flure und Treppenaufgänge, in denen in trüben Lampen bläuliches Sumpfgaslicht flackerte. Wie ein fein gewebtes Tuch warf das Licht seinen schwachen Schein über schwarze Granitwände, Marmorfußböden und Treppen. Es roch nach Moder, Schwefel und dem zarten Duft von Callablüten. In Nischen und Ecken rasselten Gerippe mit Schwertern und Lanzen, und ihre Knochen klapperten bei jeder ihrer Bewegungen.

Er gelangte zu einer eisenbeschlagenen Holztür, die fast am Ende eines Turmaufganges lag. Mit bebenden Lippen murmelte er einen Zauberspruch. Knarrend schwang die Tür auf. Der Minister trat in einen Raum, dessen Wände wie überall in dem Schloss aus schwarzen Granitquadern bestanden und dessen Fußboden schwarze Marmorplatten belegten. Kein Fenster war in dem Zimmer und kein einziges Möbelstück. Nur aus einem fünfarmigen Silberleuchter flammte bläuliches Sumpfgaslicht bei seinem Eintreten auf.

Wieder murmelte Zack einen Spruch. Aus der Stirnwand fuhr ein Tisch, auf dem ein Notebook stand. Er klappte den Deckel hoch. Einen Moment starrte er auf das Gerät. Er hatte noch nie einen Computer bedient, nur immer zugeschaut, wie Zacharias Schreck die Tasten auf dem Bedienbrett drückte. Es hatte leicht ausgesehen, und nie war dabei etwas schief gegangen. Mutig und entschlossen drückte sein Zeigefinger eine Taste. Der Bildschirm flammte auf. Sekunden später erschien vor hellblauem Hintergrund das Bild des Schwarzen Schlosses. Blitzartig betätigte Adolar, wie er es bei Zacharias gesehen hatte, weitere Tasten. Bunte Bilder wechselten in rascher Folge. Ein Fenster erschien, unter dem ein Kästchen mit dem Wort *Suchen* stand.

Adolar Zack schrieb Arabellas Namen in das Fenster, bewegte den Cursor auf „Suchen". Ein kurzer Druck auf die unterste Taste. Auf dem Bildschirm erschien das Bild der Teufelszinnen. Wie raue Finger ragten die beiden Berge in den wolkenverhangenen Himmel. Gleich einer Filmkamera, die ein Objekt heranzoomt, kamen die Berge auf dem Bildschirm näher. Als sie so nahe waren, dass Adolar Zack jede Einzelheit der Felsen, jeden Grat und jede Spalte ausmachen konnte, blieb das Bild stehen. Ein neues Fenster erschien, unter dem in einem Kästchen in flammend roter Schrift die Worte *Detaillierte Suche* standen.

Einen Augenblick stand Adolar mit hängenden Schultern hilflos vor dem PC. Was sollte er schreiben? Zögernd glitten seine Finger über die Tasten, als er noch einmal Arabellas Namen in das weiße Fenster tippte. Der Bildschirm flackerte kurz auf und das gleiche Bild der Teufelszinnen erschien. Nach wenigen Sekunden tauchte erneut das weiße Fenster mit dem Kästchen *Detaillierte Suche* auf dem Bildschirm auf.

„Was soll das?", schnaufte Zack, und probierte wieder und wieder, den genauen Ort herauszubekommen, an dem seine Herrin jetzt war. Nichts änderte sich.

„Mist!", schimpfte Adolar Zack und tippte, anstatt Arabella, „Herrin der Finsternis" in das Fenster. In dem Moment, als er die Entertaste betätigen wollte, dröhnte Thuranos Gebrüll noch schrecklicher als je zuvor durch das Schloss, und Wände und Decken erzitterten, als bebe die Erde. Der Minister zuckte erschrocken zusammen. Sein Finger traf die falsche Taste. Ein jaulender Sirenenton ertönte sekundenlang aus dem Computer, und in dem Moment, als er abrupt erstarb, wurde der Bildschirm schwarz, und das Lämpchen, das die Stromzufuhr anzeigte, erlosch.

„Oh!", schrie Adolar. Vergeblich glitten seine Finger über die Tasten. Der Computerbildschirm blieb dunkel. „Ich hab ihn kaputtgemacht! Was wird Arabella sagen?"

Verschreckt sah er sich in dem Raum um. Zum Glück hatte ihn keiner gesehen. Und das Skelett? Woher sollte das wissen, dass er im Geheimkabinett gewesen war?

So schnell, wie er gekommen war, verließ er den Raum, durcheilte mit wehendem Umhang Gänge und Treppen und verließ das Schloss.

74

Die falsche Kathrein Regenbogen blieb stehen und wischte sich mit dem Arm den Schweiß von der Stirn. „Schau mal, Freddy!" Sie deutete auf eine Steinsäule, die in etwa einhundert Metern Entfernung völlig frei, inmitten eines Geröllfeldes, stand. Wie eine graue Schlange wand sich der Gebirgspfad daran vorbei und weiter über Steine und Schutt. „Der Stein sieht aus, als hätte ihn jemand am Wegrand abgestellt."

„Ob in dem Stein jemand steckt?"
„Du meinst Arabella hat...?"
„Arabella oder ihre Minister. So einsam wie die Steinsäule mitten in der Landschaft steht, wäre das doch möglich, oder nicht?"

„Kann sein!" Über das Gesicht der falschen Kathrein Regenbogen glitt ein gehässiges Grinsen. Sie stellte sich vor, wie schön es wäre, wenn Lory in dem Stein steckte. Dann blieben ihr der weitere Weg und allerhand Arbeit erspart.

Sie gingen weiter. Steine und Geröll knirschten unter ihren Schuhsohlen, und von den Teufelszinnen blies ihnen der Föhn entgegen, dass ihnen der Schweiß in Strömen über Gesicht und Körper lief. Aus Felsnischen und Geröllhalden, in die kaum ein Sonnenstrahl kam, blinkten Schneefelder zu ihnen herüber.

Als sie in gleicher Höhe mit der Steinsäule waren, schluchzte plötzlich eine tiefe Stimme laut auf: „Bitte helft mir, ihr Wanderer!"

Freddy und seine Begleiterin sahen sich erschrocken um. Weit und breit war kein Mensch zu sehen. Hatten sie sich verhört?

„Bitte helft mir!", klang es erneut ganz nah.

Da merkten sie, dass die Stimme aus der Steinsäule kam.

„Wer bist du?", fragte Freddy.

„Urbanus Harms!", tönte es mit leisem Schluchzen zurück. „Und ihr?"

„Freddy Pink!", erwiderte Freddy und wunderte sich, dass Kathrein schwieg.

„Und wer ist die andere Person?", tönte die Stimme aus der Säule.

Statt zu antworten, fragte Kathrein: „Wie sind Sie in die Steinsäule gekommen?"

„Sie haben mich in den Stein verwandelt."

„Wer?" Kathreins Augen starrten auf Freddy. „Arabella und ihre Minister?"
„Nein!"
„Wer dann?", tönte es von Freddy und Kathrein fast gleichzeitig zurück.
„Die Regenbogens und Sina Apfel!"
„Die Regenbogens?", Freddy blickte fragend auf Kathrein. Wie viele von ihrer Sippschaft gab es wohl im Magierland?
„Und Sina Apfel? Ich denke, die schmachtet in Arabellas Kerker?"
„Sina ist dem Gefängnis entkommen!", erklärte Urbanus Harms. „Und aus Arabellas Schloss geflohen. Seitdem treibt sie sich im Gebirge herum, um Lory an die Herrin der Finsternis auszuliefern."
„Was?" Freddy glaubte, nicht richtig zu hören. „Das glaube ich nicht!"
Die Stimme von Urbanus klang erneut tränenreich. „Ich sage die Wahrheit! Sina hat mit Arabella einen Pakt geschlossen, ihr Lory zu bringen. Im Gegenzug hat die Hexe sie fliehen lassen. Zufällig bin ich an ‚Schloss Finsternis' vorbeigekommen und habe Sina geholfen, aus dem Kellerfenster zu klettern. Zum Dank dafür hat sie Kathrein und Reginald Regenbogen beschwatzt, mich in diese Steinsäule zu verwandeln."
„Kathrein Regenbogen?" Freddy sah auf seine Begleiterin. Ihr Gesicht glühte bis unter den Haaransatz wie eine vollreife rote Paprikaschote. „Wieso Sie?"
„Er lügt!", flüsterte die falsche Kathrein. „Es..., es muss eine Ver..., Verwechslung sein. Oder..., oder jemand hat sich in mich verwandelt." Sie hob die rechte Hand zum Schwur: „Ich schwöre, dass ich wirklich Kathrein Regenbogen bin!"
Freddy Pink starrte eine Weile betreten vor sich hin. Log seine Begleiterin? Er dachte an ihren jugendlichen Gang, ihr

rasches Bergaufschreiten. Log der Alte vom Berg? Sagten beide die Wahrheit, oder was war wirklich los?

„Nun verwandelt mich endlich!", drängte Urbanus Harms in das Schweigen hinein.

Während Kathrein nicht recht wusste, was sie tun sollte, fragte Freddy:

„Lügen Sie auch nicht, Herr Harms?"

„Aber nein! Warum sollte ich das?"

„Weil mein Vater sagt, dass Ihnen keiner trauen darf. Oder stimmt es nicht, dass Sie Lory gegen Thurano eintauschen wollen?"

„Aber mein Freund!", schmeichelte Harms. „Das war nur ein harmloser Scherz, bei dem ich mir nichts gedacht habe. In Wirklichkeit will auch ich, dass sich die Vorhersage der Astrologen erfüllt und Lory…"

„Still!", zischte Freddy. „Darüber darf niemand sprechen!"

„Schon gut!", versuchte der Alte vom Berg, den Jungen zu beruhigen. „Verwandelt ihr mich endlich?"

„Ich weiß nicht!", meinte Kathrein. Ihr Herz schlug Alarm. Was würde der Alte vom Berg sagen, wenn er sie als Kathrein Regenbogen plötzlich vor sich stehen sah? Dann kam vielleicht heraus, dass sie gar nicht die richtige Kathrein war. Harms und Freddy würden ihr Fragen stellen, die sie nicht beantworten könnte und mochte. Ganz bestimmt würden die beiden herauskriegen, wer sie in Wirklichkeit war. Dann…

„Reichtum und Macht oder Armut und Not!", zuckten die Worte von Arabellas Minister durch ihren Kopf. Sie beugte sich zu Freddy und flüsterte: „Machen wir, dass wir weiterkommen! Wer weiß, wer wirklich in der Säule steckt. Und selbst wenn es Urbanus Harms ist, wer garantiert uns, dass er uns nicht die Hucke voll lügt? Harms ist ein Gauner, ein Betrüger, ein Scharlatan! Im ganzen Magierland spricht keiner ein gutes Wort über ihn."

„Ich weiß!", flüsterte Freddy zurück. Die beiden eilten davon. Nur ihre Schritte auf Steinen und Geröll hallten noch eine Weile hinter ihnen her.

Harms kochte vor Wut, als er hörte, wie die beiden verschwanden, ohne ihn aus dem Stein zu befreien. „Na wartet!", schrie er. „Ich werde euch töten, zu Drachenfutter zerhacken, braten, rädern, vierteilen …!" In seinem Herzen schwor er ewige Rache.

75

Wie eine drohende Macht erhoben sich die zwei fingerförmigen Felsen der Teufelszinnen in den nebelgrauen Himmel. Der Föhn war allmählich in eine frische Brise übergegangen, und wehte jetzt als eisiger Wind von den Bergen, der Sina, Reginald und Kathrein Regenbogen wie der eiskalte Atem des Todes vorkam und sie erschauern ließ. Mit dem Wind kamen der Geruch von Schwefel und Callablüten und das Gefühl von Vergänglichkeit und Tod.

„Sind wir da?", schnaufte Sina Apfel und starrte auf den Felsen. „Wo soll hier eine Höhle sein? Ich sehe keine."

„Ja siehst du es nicht?!", rief Kathrein. „Ein riesiger Felsbrocken versperrt den Eingang." Sie deutete auf den Berg. „Bestimmt Arabellas Werk!"

„Ob Lory in der Höhle ist?", fragte Sina Apfel.

„Klar!", meinte Reginald. Er zeigte auf den Rucksack, der nur wenige Meter vom Höhleneingang entfernt, wie weggeworfen, am Wegrand lag. „Bestimmt hat Lory den Rucksack dort liegen lassen? Oder Freddy Pink. Ich habe bei ihm einen Rucksack gesehen."

„Hmm!", brummte Kathrein. „Ich schätze, dass Lory wirklich in der Höhle ist und der Junge bestimmt auch."

Reginald verzog hilflos das Gesicht, dass er wie ein Schulanfänger wirkte, der eine Frage nicht beantworten konnte. „Und Arabella hat den Eingang verschlossen und hält die beiden darin gefangen."

Sina sah betreten zu Boden. „Ob sie noch leben?" Ihre bange Frage tönte für Sekunden wie ein Aufschrei in allen Ohren.

„Hoffentlich!", stöhnte Kathrein und blickte besorgt zum Himmel. Die Wolkenmasse über den Teufelszinnen hatte sich zu einem unüberwindlichen Bollwerk zusammengebraut. Schon zuckten aus dem Wolkengebirge die ersten Blitze. In tausendfachem Echo brach sich der Donner an den Bergen ringsum, so dass es wie millionenfaches Geschützfeuer klang.

„Das fehlt uns noch!" Kathrein deutete auf die Wolkenwand. Gewaltig und bedrohlich überzog sie in kurzer Zeit die ganze Umgebung. Der eisige Wind, der von Minute zu Minute an Stärke zunahm, ließ Reginald und Kathreins bunte Umhänge flattern und zerrte an Sinas Jacke und Jeans. Es roch nach Kälte und Schnee. „Ein heranziehendes Gewitter mit Sturm...", brummte Kathrein unwillig, „...und der Höhleneingang verschlossen! Mir scheint, die Elemente haben sich gegen uns verschworen."

„Wie kann das sein?", fragte Reginald und zog seinen Umhang enger, dass der eisige Wind weniger heftig an ihm riss. „Alle Magierländer wissen, welche Aufgabe Lory zu erfüllen hat, und dass Arabella die Herrschaft anstrebt. Demnach müssten die Elemente auf unserer Seite stehen."

„Und der Verräter?", gab Kathrein zu bedenken. „Hast du den vergessen, Junge?"

„Natürlich nicht!", brummte Reginald.

Seine Urururugroßtante fuhr fort: „Außerdem wird das Gebiet um die Teufelszinnen, obwohl es nicht unmittelbar zum Reich der Finsternis gehört, sondern eine Sonderzone ist, schon von Arabella beeinflusst. Und wie es aussieht, ist sie voll am Wirken."

„Was machen wir?", fragte Sina und sah die beiden groß an. „Wenn Lory bereits tot ist, haben wir nicht mehr viel Zeit."

„Stimmt!" Kathrein Regenbogen hielt noch einmal die Flasche mit dem Wasser des Lebens in die Höhe. „Noch könnten wir Lory damit retten. In einer Stunde nicht mehr."

„Wieso?", fragte Sina und starrte auf die Flasche in Kathreins Hand. „Ich dachte die Wirkung des Wassers des Lebens ist unbegrenzt."

„Leider nicht!", erklärte Reginald Regenbogen. „Es wirkt nur bis zu einer Stunde nach Eintritt des Todes. Danach nicht mehr. Dann ist der Mensch wirklich tot."

„Du hast es erlebt", meinte Kathrein Regenbogen, „dass selbst bei Reginald um Haaresbreite das Wasser versagt hätte." Sie deutete auf die letzten Schlucke Flüssigkeit in der Flasche: „Und da hatten wir noch mehr davon!" Ihr Blick glitt sorgenvoll von Sina zu Reginald. „Ich schätze, dass mit dieser Menge wir nicht mal fünfzehn Minuten Zeit haben, um Lory ins Leben zurückzuholen."

„Wie wahr!", seufzte Reginald. „Drum beeilt euch! Wir müssen Lory aus Arabellas Höhle befreien. Und Freddy natürlich auch."

Sina betrachtete die Flasche. „Warum zaubern Sie nicht mehr von dem Wasser herzu?"

Kathrein lachte. „Das geht nicht, Kind! Das Wasser des Lebens muss frisch zubereitet werden. Kein Magierländer kann das einfach herbeizaubern."

„Dazugezaubertes Wasser...", ergänzte Reginald, „...hat keine Wirkung."

„Schade!", seufzte Sina und deutete auf den Felsbrocken, der den Höhleneingang verschloss. Wie ein steinerner Korken klemmte er lückenlos in dem Berg. Nicht mal eine Messerkante konnte ein Magierländer in den Spalt zwischen Berg und Stein schieben. „Wie sollen wir Lory aus der Höhle befreien? So wie es aussieht, schaffen selbst wir drei den Stein nie vom Fleck."

Reginald breitete seine Arme aus: „Versuchen wir's mit Gedankenkraft!"

Sie stellten sich in einer Reihe vor der Höhle auf und reichten sich die Hände.

„Schließt die Augen und entspannt euch!", begann Kathrein Regenbogen mit dem Ritual. „Atmet tief ein und aus, immer ein und aus!"

Sie taten es. Nach einer Weile, als ihr gleichmäßiges Atmen Kathrein Regenbogen sagte, dass die Trance begann, hob sie zu sprechen an:

> *„Stein wird Staub und Staub wird klein.*
> *Wir wollen in die Höhle rein.*
> *Der Felsen muss zerfallen sein.*
> *Damit die Lory wir befrei'n."*

Und während Kathrein, Reginald und Sina Apfel sich auf die Beseitigung des Felsbrockens konzentrierten und mit fester Stimme die Worte wiederholten, hüllte sie die Wolkenwand wie eine Bettdecke ein. Langsam begann es zu regnen. Dicke Tropfen fielen hernieder und schlugen mit lautem Klatschen auf Felsen und Weg auf.

Und wie ein Dieb in der Nacht, näherten sich durch Regen, Nebel und Wind zwei dunkle Schatten aus verschiedenen Richtungen der Höhle in den Teufelszinnen.

76

Je näher die Schatten der Berghöhle kamen, desto deutlicher wurde es, dass es zwei menschliche Gestalten waren. Wie Schattengeister schälten sich ihre Umrisse im Abstand von etwa einhundert Metern aus der Nebelwand. Die Personen trugen schwarze Umhänge und Spitzhüte. Ihre Schnallenschuhe waren über und über mit Kratzern übersät, die die scharfen Kanten der Steine in das Leder geritzt hatten. Die Spitzhüte saßen ihnen schief auf den Köpfen, und Haarsträhnen hingen ihnen wirr in die erhitzten, regennassen Gesichter. Vom Steigen atmeten sie schwer. Als sie einander sahen, blieben sie stehen. Ihre Herzen begannen schneller zu schlagen, und jeder der beiden fragte sich, wer der andere wohl sein mochte? Nach einem Augenblick der Besinnung, traten sie zögernd aufeinander zu. Sie starrten sich sekundenlang an, als hätten sie sich noch nie im Leben gesehen.

„Du?", fragte Zacharias Schreck.

„Du?", echote Adolar Zack, und ein befreites Lächeln glitt über sein Gesicht. „Wie gut, dass ich dich gefunden habe, Zacharias!" Adolar wagte gar nicht daran zu denken, wenn er weiter allein und bei diesem Wetter im Gebirge umherwandern müsste. „Aber sag, wie kommt es, dass du zu der Höhle in den Teufelszinnen unterwegs bist? Ich dachte, du wolltest Sina Apfel suchen."

„Ein Auftrag von unserem Helfer aus Stella Tausendlichts Reihen!", entgegnete Schreck und musterte Adolar misstrauisch. „Aber sag, was willst du im Gebirge? Ich dachte, du hütest Arabellas Schloss."

„Na ja ...", begann Adolar stockend. „Die Sache ist die ..." Er bedeutete Zacharias mit einer Handbewegung, weiterzugehen. Sie wanderten weiter, und Adolar Zack berichtete von Thuranos Wutanfällen. „Arabella muss kommen und den

Drachen beruhigen und füttern! Alle im Schloss haben Angst, dass sie von ihm zerschlagen oder gefressen werden."

Zacharias Schreck lachte. „Die Gerippe auch? Ich dachte, Thurano liebt nur das Fleisch kleiner Mädchen!" Sein Lachen erstarb urplötzlich, als sein Blick auf die Steinsäule fiel, die keine drei Meter vor ihnen aus dem Nebel auftauchte. Er stieß Zack an: „Was ist das?"

„Eine Steinsäule!", entgegnete Adolar. „Siehst du das nicht?"

„Aber sie steht so mutterseelenallein am Wegrand. Könnte es nicht sein, dass...?"

„Du meinst...", unterbrach ihn Zack, „...dass unsere Herrin jemanden..."

„So, wie der Stein dort steht!", schnitt ihm Schreck das Wort ab. „Ich kann mich nicht entsinnen, an der Stelle schon einmal eine derartige Säule gesehen zu haben."

„Ich auch nicht", entgegnete Zack.

Langsam bewegten sich die beiden auf das Steingebilde zu. Leise knirschten Steine und Geröll unter ihren Schnallenschuhen. Plötzlich tönte ihnen eine tiefe Stimme entgegen:

„Hallo!"

„Wer ist da?", fragte Zack und sah sich ängstlich nach allen Seiten um. Die undurchdringliche graue Nebelmasse hüllte Berge und Täler fest in ihr Wolkengewand ein. Nirgends konnte er eine Person erkennen.

„Die Steinsäule, du Dummkopf!" Schreck deutete auf den Stein. „*Sie* hat gesprochen!"

Adolar Zack begann zu zittern. „Also doch eine Verwandlung."

„Helft mir!", tönte die Stimme aus dem Stein. „Bitte verwandelt mich zurück!"

„Wer bist du?", fragten Zack und Schreck fast gleichzeitig.

„Urbanus Harms, der Alte vom Berg!"

Arabellas Minister lachten, so dass sie sich kaum beruhigen konnten.

„Lacht nicht!", tönte die Stimme ärgerlich in ihr Lachen hinein. „Helft mir lieber!"

„Warum sollen wir dir helfen?", entgegnete Adolar gleichgültig.

„Ich habe Informationen…", log Urbanus Harms. „Informationen, bei denen Arabella die Ohren aufgehen werden!"

„Du?", fragte Schreck verächtlich.

Adolar Zack spitzte die Ohren. „Was ist es?"

„Erst verwandelt mich zurück!"

Die beiden Minister sahen sich einen Augenblick an. Ihre Blicke sagten, dass Harms ein Lügner war. Sollten sie ihm helfen oder sollten sie es nicht?

„Nun macht endlich!", drängte Harms. „Lange halte ich es hier drinnen nicht mehr aus! Und die Informationen sind wirklich wichtig!"

Schreck starrte auf die Säule, und in sein Gesicht trat ein wachsamer Ausdruck. „Sag uns erst, worum es geht!"

„Um Lory Lenz!"

„Ist sie schon in Arabellas Höhle?", fragte Adolar Zack.

„Erst verwandelt mich!"

Die beiden Minister hoben die Arme und murmelten einen Spruch. Kaum hatten sie geendet, zersprang mit lautem Getöse, dass es von den Bergen tausendfach widerhallte, der Stein, und vor Adolar und Zacharias stand der Alte vom Berg.

„Nun sprich!", forderte ihn Zacharias auf. „Wir sind schon gespannt!"

„Ob Lory bereits in der Höhle ist, weiß ich nicht", begann Urbanus Harms. „Aber es sind allerhand Personen unterwegs, die Lory helfen wollen."

„Wer?", fragte Zack.

„Sag's uns!", drängte Schreck.

Der Alte vom Berg berichtete von seinen Erlebnissen mit Sina Apfel, und wie er in die Steinsäule verwandelt worden war. „Freddy Pink war auch schon hier. Eine Frau war bei ihm."

„Was für eine Frau?", klang es von Zack und Schreck.

„Keine Ahnung, wer es war! In dem Stein konnte ich sie nicht sehen." Er zuckte mit den Schultern: „Vielleicht Violette Moosgrün?" In Harms Kopf schoss eine Idee: Wenn er es klug anstellte, konnten ihm die Minister behilflich sein, Lory zu bekommen.

„Was machen wir?", fragte Adolar Zack und sah Schreck an, als ob der sofort eine Antwort wüsste.

„Keine Ahnung!", meinte Zacharias Schreck. „Auf jeden Fall müssen wir Arabella warnen."

„Das müssen wir", bestätigte Zack.

„Ihr könnt Eure Herrin warnen", meinte Harms, und in seine Augen trat ein verschlagener Blick. „Aber hört zuerst meinen Plan!" Mit wenigen Worten erklärte er den beiden Ministern, was ihm soeben eingefallen war.

„Ich weiß nicht", meinte Zack. Der Gedanke, im Nebel außerhalb des Wanderweges herumzuklettern, schien ihm gar nicht verlockend. Wie leicht konnte er sich verirren oder sogar abstürzen.

„Und du kennst den Weg?", fragte Schreck, dem der Plan gefiel.

„Natürlich!", log Harms. „Also kommt!" Gefolgt von Zacharias Schreck humpelte er davon. Ein leises „Tak" erklang jedes Mal, wenn er seinen Stock auf Steine und Geröll aufsetzte.

Zögernd folgte ihnen Adolar Zack.

Nach etwa zehn Minuten verließen sie den Wanderweg und kletterten über Stein- und Geröllfelder zu der Höhle in den Teufelszinnen.

77

Wie eine gewaltige Masse umgab Lory die Dunkelheit.
„Wo bin ich?"
Wirre Bilder von Schneefeldern, den fingerähnlichen Spitzen der Teufelszinnen, dem grünen Skarabäus, von Freddy und Violette formten sich in ihrem Kopf zu grausigen Phantasiegebilden, und sie spürte Arabellas eisige Berührung. Dann wieder umfing sie Dunkelheit. Sekundenbruchteile später zogen in ihren Gedanken Bilder von Reginald Regenbogen, der Höhle in den Teufelszinnen und den zu Steinsäulen erstarrten Geistern der Nacht vorbei. Auch diesen Bildern folgte erneute Dunkelheit. War sie gestorben? Aber wieso...? Irgendetwas stimmte nicht. Was?
Sie atmete schwer. Die Luft! Wieso wurde sie immer knapper? Wo war sie?
Von irgendwo tief unter ihr ertönte ein leises Rumpeln, ein Bohren und Kratzen.
Was war das? Wieder kam die Dunkelheit. War das der Tod?

78

„...und brechen in den Felsenstein ein riesengroßes Loch hinein."
Wie Bienensummen schallte der Gesang, von Hustenanfällen übertönt, aus tausend Murmeltierkehlen durch den Berg und die staubgefüllte Luft. Steinbrocken polterten zu Boden und zerfielen zu Schutt. Staub rieselte leise von der Decke herab. Winzige Eimer klapperten. Automatisch, wie von unsichtbaren Händen bewegt, füllten sie sich mit Steinstaub, Sand und Geröll. Pfote um Pfote reichten sie die Murmeltiere in einer langen Kette hinaus aus dem Berg, und leer wieder zu-

rück. Riesige Halden Schutt ragten vor dem Murmeltierbau wie graue Sandburgen in den vom Nebel verhangenen Himmel, wurden mit jedem Eimer höher und höher. Das Loch in der Felsendecke, das zuerst mauselochgroß war, später die Leiber von Murmeltieren hindurchließ, weitete sich zu einem Gang. Leitern standen bereit, die das Eindringen in die Decke und damit in den Berg ermöglichten.

„Vorsicht!", rief Ringobert Murmel III. Eine Steinlawine brach herunter und ließ die am Boden arbeitenden und in einer magischen Kette zaubernden Murmeltiere erschrocken zur Seite springen. Wie bei einem Erdstoß erzitterte der Berg. Für Minuten war die Umgebung in Staub und Schutt gehüllt. Statt des Gesanges dröhnte Husten und Pusten durch den Stollen.

Kaum hatte die Staubwolke sich verzogen, mahnte Ringobert Murmel III.: „Wir müssen vorsichtiger sein, Freunde! Schließlich wollen wir Lory helfen und nicht schaden." Er sah sich unter seinen Untertanen um: „Auch würde ich das Singen unterlassen. Oder wollt ihr Arabella warnen?"

„Nein!"

„Natürlich nicht!"

„Das wäre furchtbar!", klang es von allen Seiten.

„Ich schlage vor...", fuhr der Murmeltierkönig fort, „...dass wir die Worte des Zauberspruchs nur in Gedanken sprechen."

„Aber wird das auch helfen?"

„Schwächt das nicht die Zauberkraft?"

„Um zu wirken, muss der Spruch laut und kraftvoll sein", wurden einzelne Stimmen laut.

Ringobert Murmel III. hob die Vorderpfoten. „Keine Angst, liebe Freunde! Gedanken sind Kräfte, auch wenn ihr die Worte nicht laut aussprecht. Glaubt nur fest daran, dass es wirkt, dann wird es geschehen!"

„Wir glauben daran!", schallten die Murmeltierstimmen durch den Berg. Sie nahmen ihre Arbeit wieder auf. Erneut hallten das Rieseln von Sand und Schutt und das Poltern von Steinen durch den Felsenraum. Die Schutthalde vor dem Eingang wuchs zusehends und mit ihr die Hoffnung, dass es für Lory noch nicht zu spät war.

79

Hinter einem Felsvorsprung duckten sich zwei menschliche Gestalten. Gebannt starrten sie auf das Geschehen vor der Höhle.

„Was machen sie?", flüsterte die eine, und wäre am liebsten im Erdboden versunken. Stand doch tatsächlich vor der Höhle der Teufelszinnen die echte Kathrein Regenbogen! Nicht auszudenken, wenn die sie sah...? Langsam kroch die Doppelgängerin der Kathrein Regenbogen im Rückwärtsgang davon und tauchte wenige Meter weiter, hinter einem Felsen, ab.

„Leise! Sonst hören sie uns noch!", zischte Freddy Pink und ließ die drei Gestalten vor der Höhle nicht aus den Augen. Um nichts in der Welt wollten sie etwas verpassen. Aber wieso stand dort Kathrein Regenbogen? Sie war doch... Freddy sah sich nach seiner Begleiterin um. Aber die war nicht zu sehen. Konnte es sein, dass sie zur Höhle gelaufen war, ohne dass es von jemandem bemerkt worden wäre? Und warum hatten Reginald und das Mädchen nichts gesagt, als Kathrein erschien? Irgendetwas ging hier vor, was keiner erklären konnte. Wieder starrte Freddy zu der Höhle hinüber.

„Dieser verdammte Felsbrocken!", schimpfte Kathrein Regenbogen und versuchte, ihn mit den Händen fortzubewegen. Er rührte sich kein Stück. Nicht einmal zum Wackeln hatten sie ihn gebracht.

„Lass sein!", warf Reginald ein. „Das bringt nichts! Der Stein ist verzaubert. Arabella hat ihn mit Gedankenkraft genau in die Öffnung eingepasst. Wir werden ihn nicht herausbekommen."

„Aber wir müssen in den Berg!", fast schrie es Kathrein. „Lory wird sterben, wenn wir sie nicht retten."

„Was, wenn sie gar nicht da drin ist?", fragte Reginald und gab sich der Illusion hin, dass Lory noch irgendwo in den Bergen herumwanderte.

Kathrein deutete auf den Eingang: „Und wieso ist dann der Stein davor?" Ihr Finger wanderte zu dem abgelegten Rucksack. „Und der Rucksack ist auch nicht von allein hierher gekommen."

„Wer weiß, wem er gehört!", meinte Sina. „Wanderer werfen heutzutage alles weg, auch im Magierland."

„Der Rucksack gehört mir!", mischte sich die Stimme eines Jungen in das Gespräch.

Reginald, Sina und Kathrein sahen sich um.

„Wer bist du?", fragte Kathrein.

„Freddy Pink!", entgegnete Freddy.

„Gott sei Dank hat Arabella den Jungen nicht!", ließ sich Reginald vernehmen. „Wo ist Lory?" Ungeachtet Reginalds Rede fuhr Freddy fort:

„Lory und ich waren zusammen auf dem Weg zu den Teufelszinnen. Aber dann ist sie in der Nacht heimlich im Schneesturm verschwunden." Er sah Kathrein an: „Sie müssten es doch wissen, Frau Regenbogen! Sie waren doch dabei?"

„Das war ich nicht!", entgegnete Kathrein fest. Jetzt war es zur Gewissheit geworden, dass es eine Doppelgängerin von ihr gab. Ob es Arabella war oder jemand anderes? Wer?

Freddy schüttelte verständnislos den Kopf. „Wieso waren

Sie das nicht? Ich habe Sie doch genau gesehen, so leibhaftig, wie Sie jetzt vor mir stehen! Schließlich haben wir zusammen in der Schneehöhle übernachtet und sind gemeinsam den Weg hierher gegangen." Der aufrechte Gang und die Schnelligkeit seiner Begleiterin kamen ihm in den Sinn. Die ganze Zeit schon hatte er vermutet, dass die Kathrein Regenbogen, die mit ihm gegangen war, jemand anderes war. Wer?

„Tja!", seufzte Kathrein Regenbogen. „Ich schätze, dass die Person meine Doppelgängerin war, oder besser gesagt, jemand, der sich meines Aussehens bedient, um einen Plan zu verfolgen. Einen Plan, der höchstwahrscheinlich für Lory nichts Gutes verheißt."

„Wie entsetzlich!", rief Sina.

„Das hat uns noch gefehlt!", bemerkte Reginald.

Freddy starrte Kathrein ungläubig an: „Und wer ist sie, eh?"

Kathrein zuckte mit den Schultern: „Ich weiß es nicht." Sie wandte sich dem Rucksack zu. „Du sagst, dass es deiner ist?"

„Es ist meiner!", bestätigte Freddy Pink. „Lory hat ihn mitgenommen, als sie sich in der Nacht heimlich davongemacht hat." Rasch öffnete er den Sack und sah hinein. „Ein Zaubermantel fehlt!", verkündete er. „Nur meiner ist noch drin."

„Seht ihr!", meinte Kathrein. „Ich wusste doch, dass Lory in der Höhle ist." Sie zog zum wiederholten Mal die Flasche mit dem Wasser des Lebens aus dem Umhang, und starrte sorgenvoll auf die Neige darin. „Sehen wir zu, dass wir in die Höhle kommen! Sonst ist es für Lory zu spät."

„Sie hat Recht!", bestätigte Reginald. „Wenn uns nicht schnellstens etwas einfällt, um in die Höhle zu gelangen, ist Lory verloren."

„Oh weh!", jammerte Sina. „Das schaffen wir nie!"

„Gebt mir eure Hände!", forderte Kathrein ihren Neffen, Sina und Freddy auf. „Wir versuchen es noch einmal mit dem Zauberbann."

Wieder bildeten sie eine Kette und murmelten den Spruch:

„Stein wird Staub wie Pulver fein.
Wir wollen in die Höhle rein.
Der Felsen muss zerfallen sein.
Damit die Lory wir befrei'n."

„Verdammt!", flüsterte eine der Gestalten hinter dem Felsvorsprung. Leise begann sie zu sprechen:

„Stein bleibt Stein an diesem Ort.
Niemand rollt den Felsen fort.
Kein Mensch kommt in die Höhle rein.
Niemand wird Lory daraus befrei'n."

Der Stein bewegte sich keinen Millimeter.

„Was ist das nur?!", schimpfte Kathrein. „Warum tut sich nichts?" Ihr kam der Gedanke, dass sie vielleicht zu alt zum Zaubern sei, zumindest für solch komplizierte Sachen.

Reginald kratzte sich am Kopf. Die Sorge um Lory und das Magierland umwölkte seine Stirn, und ließ ihn, zusammen mit den erlittenen Strapazen, müde aussehen. „Der Stein müsste längst vom Eingang verschwunden sein. So schlechte Zauberer sind wir nicht."

„Vielleicht...", mutmaßte Freddy, „...wendet jemand einen Gegenzauber an, eh?"

Kathrein Regenbogen starrte ihn an. „Meinst du jemanden von uns?"

„Ich..., ich weiß nicht", stammelte Freddy. „Ich will keinen verdächtigen. Ich... Es könnte doch möglich sein, oder?"

Reginald sah Freddy streng an: „Wie kommst du auf so etwas?!"

„Na ja", meinte Freddy. „Die Sache ist die..." Er berichtete noch einmal von der Kathrein Regenbogen, die ihn die ganze Zeit durchs Gebirge begleitet hatte. „Kann doch sein, dass die Doppelgängerin sich irgendwo in unserer Nähe versteckt hat und unseren Zauber blockiert!"

„Oh, mein Gott!", stöhnte Kathrein. „Wer ist sie nur? Hoffentlich nicht Arabella!"

Auf Reginalds Gesicht bildete sich eine steile Falte. „Wenn wir das wüssten!"

Bei dem Gedanken, den Weg zu den Teufelszinnen mit Arabella Finsternis zurückgelegt zu haben, überlief Freddy ein eisiger Schauer.

Sina Apfel schüttelte es. Arabella wollte sie garantiert nicht begegnen.

„Egal wer es ist", unterbrach Kathrein Regenbogen die Gedanken von Reginald, Sina und Freddy. „Wir werden es später klären. Jetzt müssen wir an Lory denken."

Sina Apfel sah nachdenklich auf die Spitzen ihrer Halbschuhe. „Aber wenn jemand einen Gegenzauber macht, schaffen wir es nie, Lory zu retten?"

„Dann planen wir das ein!" Kathrein breitete die Arme aus: „Reicht mir die Hände!"

Sie fassten sich an den Händen, schlossen die Augen und stellten sich vor, wie der Stein, der den Höhleneingang verschloss, sich in Staub auflöste. Dazu sang Kathrein Regenbogen:

„Stein wird Staub wie Pulver fein.
Zermahlen wird der Riesenstein.
Wir kommen in die Höhle rein
und werden Lory dann befrei'n.

*Kein Gegenzauber das verhindert,
der uns're Zauberkraft vermindert,
der uns're Kraft zerbrechen kann.
Wir sprechen einen Zauberbann.
Hokuspokus, eins, zwei, drei,
schon ist der Höhleneingang frei!"*

Freddy, Reginald und Sina Apfel stimmten in Kathreins Gesang ein. Dazu begannen die vier, sich in den Hüften zu wiegen und zu tanzen, zwei Schritte nach rechts und vier nach links. Geröll knirschte unter ihren Schuhen. Mit allen Sinnen konzentrierten sie sich auf die Zerstörung des Steines. So hörten sie nicht das leise Knirschen von Steinen und Geröll, das sich zu ihren Schritten gesellte. Eine Person trat heran und reihte sich ungefragt in den Reigen ein. Im selben Moment, als auch sie den Zauberspruch zu singen begann, verstummten Reginald, Sina, Freddy und Kathrein. Erschrocken drehten sie sich um. Als wäre sie ein Gespenst, starrten sie auf die Person. Sekundenbruchteile später tönte ein Schrei des Erkennens aus ihren Kehlen, der sich im mehrfachen Echo an den Bergwänden brach.

80

Ob Kathrein und ihre Helfer es schaffen würden, den Stein vom Eingang der Höhle zu zerstören? Von ihrem Versteck hinter einem Felsvorsprung aus beobachtete die Doppelgängerin von Kathrein Regenbogen das Geschehen vor der Höhle der Teufelszinnen. Eine scharfe Steinkante drückte gegen ihre Brust, eine andere gegen ihr rechtes Knie. Vom Laufen und Steigen taten ihr die Füße weh und vom langen Stehen der Rücken. Am liebsten wäre sie umgekehrt. Nur der Gedanke, Stella Tausendlichts Platz einzunehmen, und der Hass auf Lory Lenz ließen sie ausharren.

Hoffentlich schaffen sie es nicht, dachte sie, und ihr Atem stockte. Da kam doch tatsächlich… „Oh nein!", entfuhr es ihr laut. Das durfte nicht sein. Ausgerechnet die musste hier auftauchen. Schweiß trat auf ihre Stirn, und ihre Gedanken wirbelten wie tanzende Schneeflocken in ihrem Kopf. Nicht auszudenken, wenn die Person von Kathrein Regenbogens Doppelgängerin erfuhr. Keine ruhige Minute hatte sie dann mehr in den Bergen, und an Archibald, Stella Tausendlicht und alle anderen Bewohner des Lichtreiches durfte sie gar nicht erst denken. Vorbei war es dann mit der Aussicht, Lory zu vernichten und in Reichtum und mit Macht zu leben.

Während sie noch überlegte, was besser sei, auszuharren oder zu fliehen, tönte in ihrem Rücken eine ihr bekannte Männerstimme: „Na, wen haben wir denn hier?" Ein spitzer Finger bohrte sich in ihren Rücken, und eine andere, tiefe Männerstimme fragte: „Kathrein Regenbogen im Doppelpack? Ich schätze, da ist gehörig etwas faul!"

„Wieso? Was meint ihr?", fragte eine dritte Männerstimme, die ein bisschen brummig klang.

Die falsche Kathrein drehte sich um. Wütend verzog sie ihr Gesicht. Die drei Typen hatten ihr gerade noch gefehlt.

81

Lory atmete kurz und stoßweise. Schweiß stand auf ihrer Stirn. Die Luft wurde immer knapper. Nicht mehr lange und sie würde erstickt sein. Wie in einem Film lief ihr bisheriges Leben vor ihr ab. Sie sah sich als Zweijährige mit ihren Eltern in einem Ferienheim im Erzgebirge, und bei ihrem Schulanfang. Die Zuckertüte war so groß gewesen, dass sie sie kaum tragen konnte. Sie erblickte sich im Garten ihrer Oma Ilse, roch den Duft von Rosen, Iris und Levkojen und all den anderen Blumen, die sanft im Sommerwind schwangen. Am Kirschbaum hatten sich die ersten Kirschen rot gefärbt. Ihre Mutter tauchte auf, die mit Lucas aus dem Krankenhaus kam. Wie ein winziges Bündel lag er in einem Kissen in ihrem Arm. Ihre Oma erschien, die ihr Märchen erzählte. Sie sah Grit, Melanie, Tony und die anderen aus ihrer Klasse. Wie immer riefen sie hässliche Sprüche hinter ihr her. Sie erblickte sich in Arabellas Schloss, aus dem Reginald sie befreit hatte. Violette Moosgrüns Villa erschien vor ihren Augen, und sie hörte die Stimme der Schulleiterin, die sie warnte, nach dem grünen Skarabäus zu suchen. Tränen liefen ihr über die Wangen. Warum hatte sie nicht auf Violette gehört? Jetzt war sie Arabella in die Falle gegangen. Nun musste sie sterben.

Wieder erschien Sina Apfels Bild vor ihren Augen, die auf faulem Stroh in Arabellas Kerker lag.

Nein! Sie musste hier raus, musste sich und Sina befreien, musste leben!

Während ihre Lunge den letzten Sauerstoff einsog, stellte sie sich vor, wie sie in ihrem Bett in Violette Moosgrüns Schule lag und die Erlebnisse im Gebirge der Teufelszinnen nur ein böser Traum waren. Dabei flüsterten ihre Lippen wie in Trance leise die Worte:

„Niemand kann mich töten,
nicht in größten Nöten.
Immer komm ich frei,
durch die Zauberei."

Als würde sie erhört, erklang ein Rumpeln im Berg. Boden, Decke und Wände um sie herum begannen zu beben.

Noch ehe sie begriff, was geschah, versank sie in Nacht und Vergessen.

82

„Violette!", tönte der Jubel vierstimmig und vom Echo verstärkt durchs Gebirge.

Freddy Pink, Reginald Regenbogen, Sina Apfel und Kathrein starrten Violette Moosgrün wie eine Geistererscheinung an. Wieso stand sie plötzlich hier?

Reginald überwand als Erster das Erstaunen. „Gut, dass Sie kommen!", meinte er. „Wir können Hilfe gut gebrauchen."

„Welch Glück für uns!", fiel Kathrein Regenbogen ein. „Mit Ihrer Hilfe könnten wir es schaffen, den Stein vor dem Höhleneingang zu beseitigen."

„Oh ja!", rief Sina und strahlte über das ganze Gesicht. „Jetzt wird Lory gerettet!"

Nur Freddy sah finster vor sich hin. Er befürchtete ein Donnerwetter von Violette. Immerhin hatten er und Lory die Schulleiterin belogen und waren ohne ihre Erlaubnis in die Berge gegangen. Jetzt war Lory in Arabellas Hand, und er trug eine Mitschuld daran. Immerhin hatte er Lory ermutigt und überredet, mit ihm zu den Teufelszinnen zu gehen und nach dem grünen Skarabäus zu suchen.

„Wo ist Lory?" Violette sah sich um. „Habt ihr sie nicht gefunden?"

Kathrein Regenbogen deutete auf den Stein im Höhleneingang. „Sie muss in der Höhle sein. Aber wir kriegen den Stein nicht weg."

„Hoffentlich lebt sie noch!" Sinas Stimme klang weinerlich.

„Wir dürfen keine Zeit verlieren", meinte Reginald.

„Los!", befahl Kathrein. „Bilden wir den magischen Kreis!"
Sie fassten sich an den Händen und begannen sich rhythmisch in den Hüften zu wiegen, zwei Schritte nach rechts und vier nach links und wieder zwei nach rechts und vier nach links, immer weiter und weiter im unendlichen Reigen. Und noch ehe das erste Wort des Zauberspruchs über ihre Lippen kam, dröhnte ein dumpfes Grollen aus dem Berg. Die Felswände erzitterten. Steine und Geröll donnerten von den Spitzen der Teufelszinnen herab und verfehlten nur knapp die Köpfe der fünf. Vor ihren Augen zerfiel der Stein, der den Höhleneingang versperrte, zu Staub.

„Was war das?"

„Arabella!"

„Hilfe, eh!"

„Ich hab Angst!", schrien Violette Moosgrün, Kathrein Regenbogen, Reginald und Freddy durcheinander. Nur Sina weinte laut.

Wie der Rachen eines Tigers gähnte ihnen der Höhlenschlund entgegen. Langsam traten sie darauf zu.

„Vorsicht!", warnte Violette. „Kann sein, dass Arabella sich irgendwo versteckt hält! Ihr möchte ich auf keinen Fall begegnen!"

„Ich auch nicht!", klang es vierfach zurück.

Sie spähten in die Höhle hinein. Dumpfe Luft von Feuchtigkeit und Staub, vermischt mit dem Geruch von Schwefel und weißen Callablüten schlug ihnen entgegen. Im Lichtkegel des Tageslichtes, das durch den Höhleneingang fiel, sahen sie karge Felswände mit scharfen Graten, Ecken und Kanten. Im Oval wölbte sich die Decke über dem Raum. Aus Felsgestein bestand auch der Fußboden. Vier Steinsäulen von unterschiedlichen Ausmaßen reckten sich wie ein Quartett zur Decke empor. Zu ihren Füßen klaffte etwa in der Mitte der Höhle ein Loch, so groß wie ein Sarg. Staub wallte wie eine Rauchwolke daraus hervor.

Wie ein Rudel Rehe auf der Flucht jagten die Gedanken durch die Köpfe der fünf: Wieso war hier ein Loch? Wer hatte es in den Höhlenboden gebrochen? Arabella?

Freddy deutete auf den Zaubermantel, der weggeworfen im Inneren der Höhle gleich neben dem Eingang lag. „Lory!", rief er. „Ihr Zaubermantel liegt hier. Ein Beweis, dass sie in der Höhle gewesen ist."

Einen Augenblick sahen sich Violette, Kathrein, Reginald, Sina und Freddy um. Von Arabella war nichts zu sehen. Nicht einmal der Geruch ihres Lieblingsparfüms schwebte noch in dem Raum.

„Arabella muss fort sein!", flüsterte Violette und trat vorsichtig an das Loch heran. Hinter ihr näherten sich Kathrein Regenbogen, Reginald, Freddy und Sina dem Krater. Sie starrten in die Tiefe. Am oberen Rand, wo das Tageslicht einfiel, sahen sie bizarre Ecken und scharfe Kanten aus den Felswänden ragen. Ein Zeichen, dass Steine herausgebrochen waren. Weiter unten gähnte ihnen aus dem Schlund schwarze Nacht entgegen. Irgendwo in der Ferne hörten sie ein leises Trappeln wie von tausenden Beinen, und ein Scharren, als schleife jemand einen schweren Gegenstand über Felsgestein. Allmählich wurden die Laute schwächer und verhallten. Was war das?

Hinter ihnen wisperten Stimmen und rissen die fünf aus der Betrachtung des Loches. „Helft uns! Befreit uns!" Überrascht drehten sie sich um und starrten auf die Säulen.

„Wer seid ihr?", fragte Kathrein.

„Wir sind die Geister der Nacht!", meldete sich aus einer klobigen Säule, die größer als die anderen war und ein wenig abseits stand, eine kräftige, tiefe Stimme. „Arabella hat uns in Steine verwandelt, und wenn ihr euch nicht vorseht..."

Die raue Stimme einer Frau schnitt ihm das Wort ab.

„Nichts da, ihr Tölpel! Ihr bleibt, wo ihr seid!" Wie ein Bild, das langsam sichtbar wird, tauchte aus der Felswand, die dem Höhleneingang gegenüberlag, die Gestalt einer Frau auf. Sie trug einen schwarzen Umhang, und pechschwarze Haare mit feuerroten Strähnen umwallten ein schmales Gesicht mit hohen Wangenknochen und einer schmalen, geraden Nase. Aus ihren schwarzen Augen sprühten grüne Funken wie Blitze durch den Raum.

„Arabella!", kreischte Sina.

„Hilfe!", schrie Freddy.

„Wir haben nicht aufgepasst!", jammerte Violette und schlug die Hände vors Gesicht. „Oh, Archibald Rumpel! Hilf uns mit deiner Spezialeinheit!"

„Auch das noch!", murmelte Kathrein Regenbogen, schreckensstarr.

Nur Reginald trat todesmutig auf die Hexe zu: *„Große Zauberkraft...!"*, schrie er ihr entgegen, dass es durch die Höhle dröhnte und sich das Echo mehrfach an den Felswänden brach.

Das schallende Gelächter der Hexe übertönte seine Worte. Blechern hallte es von den Wänden wider.

Noch ehe Reginald seinen Zauberspruch zu Ende gesprochen hatte, umschloss ihn ein Steinpanzer wie eine Wand aus Stahlbeton. Steinpanzer legten sich auch um Freddy, Sina, Violette und Kathrein.

Wieder schallte ein höhnisches Lachen durch die Höhle, dass es grausig von den Wänden widerhallte. Mit wehenden Haaren und fliegendem Umhang schoss die Hexe aus dem Berg, und prallte gegen eine Person, die im gleichen Moment in die Höhle treten wollte.

„Du!", schrie sie. „Was treibt dich her? Hat Stella Tausendlicht Neuigkeiten zu verkünden?" Sie machte eine wegwerfende Handbewegung. „Egal, was du von mir willst. Ich hab

keine Zeit. Ich muss Lory erwischen, sonst ist alles verloren!"
Sie rannte davon, dass Umhang und Haare flogen.

Die Person blickte der Herrin der Finsternis einen Augenblick hinterher. Als etwa hundert Meter entfernt die Hexe der Nebel schluckte, zog die Person die weite Kapuze ihres Umhangs über den Kopf. Fast fiel die ihr bis über die Augen und warf einen dunklen Schatten auf Nase und Wangen. So das Gesicht fast unkenntlich gemacht, schritt die Person aufrecht und voller Tatendrang in die Höhle hinein.

Hinter einem Felsvorsprung, nur wenige Meter von der Höhle der Teufelszinnen entfernt, traten vier Gestalten hervor.

„Warte, Arabella!", rief die eine.

„Was ist passiert, dass du 's so eilig hast?", fragte eine andere.

„Ich schätze, ihr ist Lory entwischt!", höhnte die dritte und hoffte im Stillen, noch eine Chance zu haben, das Mädchen gegen Thurano tauschen zu können. Nur die vierte Person, die kleiner als die anderen war, blieb stumm.

83

„Hau ruck!", kommandierte Ringobert Murmel III.

Gleichzeitig hoben mehr als tausend Murmeltierpfoten den Sargdeckel an.

„Hau ruck!"

Mit donnerndem Getöse, dass es weit durch den Berg schallte und an den kahlen Steinwänden, die die Höhle im Bergesinneren umschlossen, widerhallte, setzten sie den Deckel auf dem Steinboden ab. Aus zahlreichen Fackeln, die ringsum die Wände säumten, flackerte bläuliches Sumpfgaslicht. In ihrem Schein warfen die Gestalten der Anwesenden schwarze Schatten auf Fußboden und Sarg, auf die rauen Wände, die Decke und ihre Mitstreiter.

Mehr als zweitausend Augenpaare blickten auf den Sarg. Die ihm am nächsten standen, sahen Lorys wachsbleiches Gesicht auf weißen Spitzenkissen, von ebenfalls weißen Rosen umrankt. Aufgeregt wisperten sie durcheinander:

„Wie schön sie ist!"

„Ist sie wirklich tot?"

„Oh weh! Welch Verlust für das Magierland!"

„Besinnt euch, Leute!", tönte die Stimme des Murmeltierkönigs durch den Raum. „Und überlegt, was wir tun können, um Lory wieder zum Leben zu erwecken."

„Erwachenszauber!"

„Voodoo!"

„Hokuspokus!"

„Lebensmagie! ..."

„Die Lebensenergie aktivieren!", regnete es Vorschläge von allen Seiten.

Ringobert Murmel III. breitete seine Pfoten aus. „Fasst an, Leute! Wir bilden einen magischen Kreis! Mal sehen, ob wir es schaffen, Lory wieder zum Leben zu erwecken."

In Sekundenbruchteilen standen sie Pfote an Pfote in vielfachen Kreisen um den Sarg herum. Wie in einem Bett schien Lory darin zu schlafen. Momente später tönte ihr Murmeln wie das leise Rauschen des Windes durch den Berg:

Große Zauberkraft,
die das Leben schafft,
mach bitte Lory frei,
von Arabellas Zauberei.
Lass sie weiterleben,
dem Magierland das geben,
wofür sie wurde auserseh'n.
Oh lass sie niemals untergeh'n."

Mit keiner Wimper, mit keiner Handbewegung und mit keinem Atemzug regte sich das Mädchen.

Das Murmeln schwoll zu einem vielstimmigen Schrei an, der sich mehrfach an Wänden und Decke der Höhle brach. Lory bewegte sich nicht. Immer wieder wiederholten die Murmeltiere den Spruch. Umsonst! Das Mädchen kehrte nicht ins Leben zurück.

84

Wie Spatzengezwitscher oder das Rauschen des Windes klangen die Stimmen an Arabellas Ohr. Erstaunt blieb sie stehen. Wer war das? Ihr schien es, als würde sie die Stimmen kennen. Rasch ging sie zurück. Als der Nebel sich lichtete, starrte sie auf Adolar Zack, Zacharias Schreck, Urbanus Harms und die falsche Kathrein Regenbogen. „Ihr!", rief sie. „Was wollt Ihr in den Bergen?"

Wie ertappte Sünder drehten die vier sich um und starrten in Arabellas Gesicht.

Ihr strenger Blick traf Adolar: „Hatte ich dir nicht befohlen, im Schloss zu bleiben?!"

„Ja, Herrin!", murmelte Zack. „Aber Thurano hat Hunger." Er berichtete von dem wüsten Benehmen des Drachen.

„Und ich muss dir sagen, Herrin...", hob Zacharias nach Adolars Schilderung an, „... dass unser Spion aus Stella Tausendlichts Reihen Sina..."

Mit einer wegwerfenden Handbewegung gebot Arabella ihm zu schweigen. „Darüber reden wir später! Ich hab die Person getroffen." Ihr Blick fiel auf Harms: „Und du, alter Gauner, bist nur gekommen, weil du denkst, dass du Lory gegen Thurano tauschen kannst, was?" Sie lachte, und ihr Lachen klang schrill und gezwungen. „Bist zu spät dran, Harms! Ringobert Murmel III. und seine Leute sind dir zuvorgekommen."

„Wieso?" Harms starrte Arabella an, als hätte sie ihm einen Schlag versetzt. „Was meinst du, Arabella?"

„Dass die Murmeltiere Lory mitsamt dem Sarg gestohlen haben." Sie berichtete Harms und ihren Ministern von dem Felsbeben und dem Loch im Boden der Höhle. Während des Erzählens blieb ihr Blick an Kathrein Regenbogen hängen, so dass die fast im Felsboden versank. „Was ist das denn? Hab ich dich nicht vor ein paar Minuten in eine Steinsäule verwandelt?" Arabellas Blick wurde bohrend: „Wie kommt es, dass du jetzt vor mir stehst?"

„Ich habe... Ich bin...", stammelte die falsche Kathrein. „Die Sache ist die, ..."

„Sie ist nicht Kathrein Regenbogen!", ergriff Zacharias Schreck das Wort und beugte sich zu Arabella. „Ich habe dir doch erzählt, dass es..." Leise flüsterte er seiner Herrin den wirklichen Namen der falschen Kathrein ins Ohr.

Arabella lachte, und ihr scharfer Blick traf noch einmal die Doppelgängerin von Kathrein Regenbogen. Dann wandte sie sich an ihre Minister: „Was haltet Ihr davon, wenn sie meinem Drachen als Futter dient? Solche süßen Satansbraten mag Thurano besonders gern!"

„Aber wieso?" Zacharias Schreck starrte ungläubig auf seine Herrin. „Ich habe sie doch angeheuert, uns zu helfen."

„Na und?", entgegnete Arabella kalt. „Wer sich mit uns einlässt, muss mit allem rechnen." Sie winkte Adolar: „Geh zurück ins Schloss und bringt sie dem Drachen! Dann gibt Thurano endlich Ruhe."

„Aber wieso?", stammelte die falsche Kathrein, und ihr Herz schlug zum Zerspringen. „Ich werde bestimmt nichts verraten! Ich bin euch stets treu ergeben, und Lory Lenz hasse ich wie ein Ekelekzem, wie Hustenmedizin und Katzendreck!"

Arabella lachte, dass es von den Bergen widerhallte. „Köstlich, die Kleine! Thurano wird sich gütlich tun!" Sie wandte sich erneut an Adolar: „Und nun bringt sie endlich weg! Ich muss sehen, wie ich den verdammten Murmeltieren Lory wegnehmen kann, selbst dann, wenn sie längst tot ist!" Sie rauschte davon, dass ihr Umhang wie eine Fahne hinter ihr herflatterte und die feuerroten Strähnen in ihren Haaren wie Flammen funkelten.

Kaum war die Hexe hinter Felsen und Krüppelkiefern verschwunden, herrschte Adolar Kathreins Doppelgängerin an: „Komm! Ich will keinen Ärger! Du hast gehört, was Arabella befohlen hat." Mit eisernem Griff zerrte er, unter den Blicken von Zacharias Schreck und Urbanus Harms, sein Opfer den Bergpfad hinab.

Augenblicke später forderte Zacharias Schreck Urbanus auf: „Komm! Gehen wir!"
„Wohin? Was hast du vor?"
„Was wohl?!", knurrte Schreck. „Wir folgen Arabella und helfen ihr. Nicht auszudenken, wenn Lory dereinst…!" Abrupt brach er ab. „Aber darüber dürfen wir ja auf Grund des Verbots der Astrologen nicht sprechen."
Urbanus Harms kam eine Idee. „Geh du schon mal vor!" Er humpelte ein paar Schritte um Zacharias herum. Endlich deutete er auf sein Knie: „Ich muss mich etwas ausruhen! Mein Bein, du verstehst! Das Steigen im Gebirge war doch zu anstrengend für mich." Er sank auf einen Felsbrocken nieder, der etwas verloren am Rande des Bergpfades stand.

Zacharias Schreck murmelte ein paar unverständliche Worte, die wie „faule Ausrede" und „Wer weiß, was du vorhast", klangen. Dann schritt auch er den Weg hinab ins Tal.

Urbanus Harms wartete, bis Zacharias außer Sichtweite war. „Der grüne Skarabäus!", murmelte er, sprang auf und humpelte, so schnell er konnte, auf den Eingang der Höhle zu. Noch war nichts verloren. Mit dem Skarabäus würde er Glück, Wohlstand und ewiges Leben bekommen, auch ohne Lory gegen Thurano zu tauschen.

85

„Neun Säulen?", murmelte die Person, und ein hämisches Lächeln glitt über ihr Gesicht. „Die können garantiert nichts mehr tun, um Lory zu retten." Ein Windhauch, der eisig durch die Höhle wehte, ließ die Person erschauern. Sie zog ihren schwarzen Umhang enger, und ihr Blick fiel auf das Loch im Höhlenboden. Langsam, die Augen starr auf den Krater gerichtet, trat sie darauf zu und sah hinein. Dunkelheit gähnte ihr entgegen, und an den Stellen, auf die der Lichtkegel des Tageslichtes traf, stachen scharfe Steinkanten und Ecken aus der Wand heraus. „Aha!", murmelte die Person. „Sie haben das Loch in den Felsen gebrochen." Aufmerksam lauschte sie dem leisen Gesang, der von tief unten wie das Plätschern eines Bächleins heraufklang. Was treiben die Viecher bloß? Wollen sie Lory ins Leben zurückholen? Die Augen der Person funkelten vor verhaltener Wut. Sie breitete die Arme aus, dass ihr Umhang im Rücken einen Halbkreis bildete. Ein Zauberspruch, der wie das Zischen einer Schlange klang, kam über ihre Lippen. Rauch stieg als brodelnde Wolke über dem Loch auf. Steine polterten herab. Mit lautem Rumpeln und Klatschen schlugen sie in der Tiefe auf. In der Wand, auf der linken Seite des Loches, bildete sich eine Treppe. Ohne sich lange zu besinnen, huschte die Person die Stufen hinunter. Leise verhallten ihre Schritte.

„Wer war das?", tönte Violette Moosgrüns Stimme aus der Säule. Sie stand dem Loch am nächsten.

„Keine Ahnung!", antwortete Reginald. „Um mich ist es dunkler als in der dunkelsten Nacht!"

„Stimmt!", bemerkte Kathrein. „Eingeschlossen in den Stein, kann ich nichts sehen."

„Wir auch nicht!", riefen Freddy und Sina im Chor.

Die Geister der Nacht verkündeten: *„Wir sahen auch nicht sein Gesicht und kennen deshalb den Menschen nicht. Doch ganz sicher scheint zu sein, dass er Lory nicht wird befrei'n."*

„Das glaube ich auch!", rief Kathrein Regenbogen.

„Was?", fragte Violette, und schickte in der Hoffnung, dass Archibald Rumpel doch kein Verräter war und ihnen helfen würde, erneut einen geistigen Hilferuf an Stellas Ersten Minister.

Kathrein Regenbogen seufzte. „Dass die Person, die in das Loch gestiegen ist, Lory helfen wird, glaube ich auch nicht. Ich schätze, dass sie ihr eher schadet als nützt." Sie stöhnte laut. „Was machen wir bloß, um dem Mädchen zu helfen? Aus den Steinsäulen selber befreien können wir uns ja leider nicht."

„Ich weiß, was wir tun müssen!", rief Freddy. „Auch wenn wir in den Säulen gefangen sind. Lory unsere guten Wünsche senden, und sie erwachen lassen, das können wir allemal, eh!"

„Ja!", tönte es jubelnd aus allen Säulen. „Schicken wir Lory unsere magischen Kräfte, damit sie endlich erwacht!" Sekundenbruchteile später tönte ein Zaubergesang aus neun, in Stein eingeschlossenen Kehlen durch die Höhle, dass es von den Wänden widerhallte und weit hinaus ins Gebirge klang:

„Lory, komm wach auf!
Wir alle warten drauf!

Du musst für uns leben.
Dem Magierland das geben,
was die Kraft hat auserseh'n,
die die Welt lässt fortbesteh'n."

Sie sangen, und hofften, dass Lory erwachte.

86

Wie ein Karussell, dass sich in eine Richtung bewegt und auf dem immer dieselbe Melodie erklingt, jagte unentwegt nur der einzige Gedanke durch den Kopf der falschen Kathrein Regenbogen: Fliehen! Du musst fliehen! Wie?

Sie spürte den festen Griff Adolar Zacks, der ihren rechten Oberarm wie in einem Schraubstock umklammert hielt. Und es sah nicht so aus, als ob er sie jemals loslassen würde. Aber hatte sie nicht gehört, dass Adolar dumm sein sollte? Mehr als einmal hatte es Archibald erzählt, und sie hatten darüber gelacht. Wenn sie ihn austrickste! Wie?

Nur noch wenige hundert Meter, und sie waren an der Teufelspforte angelangt. Dann war es nicht mehr weit bis zu Arabellas Schloss. Und dahinter, schon auf dem Gebiet des Lichtreiches, lag der Eingang zum Murmeltierbau.

Einer plötzlichen Eingebung folgend, fing sie an zu schreien, laut, unartikuliert, wild.

Augenblicklich blieb Adolar stehen. Erschrocken starrte er sie an, die, zu ihrem Geschrei, jetzt mit Armen und Beinen, wie in einem Anfall, zu strampeln begann.

„Was ist los?! Was ist passiert? Was hast du?", fragte er immer wieder, ohne von Kathreins Doppelgängerin eine Antwort zu erhalten.

Das Spiel setzte sich einige Augenblicke fort. Dann verstummte die falsche Kathrein mit einem Mal. In ihre Augen trat gespieltes Entsetzen. „Du musst Arabella helfen!", schrie sie. „Jetzt! Sofort! Sie ist in großer Gefahr! In sehr großer sogar!"

„Wieso?", entgegnete Adolar Zack. „Du lügst!"

„Nein! Das tue ich nicht." Sie begann plötzlich laut zu schluchzen. „Die Murmeltiere haben Arabella gefangen. Sie wetzen schon die Messer, um sie zu töten!"

„Was?" In Adolar Zacks Gesicht trat das blanke Entsetzen. „Aber sie kann doch zaubern. Sie ist die beste Magierin aller Zeiten."

Die Doppelgängerin der Kathrein lachte schrill. „Du irrst dich! Die Murmeltiere haben die größere Kraft. Sie sind mehrere Tausend, und Arabella ist allein, bestenfalls steht ihr Zacharias Schreck bei." Sie sah Zack an: „Geh in die Murmeltierhöhle und helfe Arabella Finsternis! Sie wird dir ewig dankbar dafür sein."

Einen Augenblick starrte Adolar Zack nachdenklich vor sich hin. Sollte er gehen oder nicht?

„Nun mach schon!", drängte Kathrein. „Du darfst keine Zeit verlieren. Sonst ist es vorbei mit der Herrin der Finsternis!"

Der Minister sah einen Augenblick unschlüssig auf die Teufelspforte und auf Kathrein. „Und du? Ich muss dich ins ‚Schloss Finsternis' bringen. Arabella wird toben, wenn..."

„Mach dir darum keine Sorgen!" Sie lächelte Adolar an, als wäre er ihr Liebhaber. „Wenn du willst, warte ich hier auf dich."

„Wirklich?"

„Wirklich!"

„Und du haust nicht ab?"

„Nein!"

„Und wenn doch?"

„Mach ich nicht!"

Wie Glühwürmchen stoben die Gedanken durch Adolars Hirn. Wenn er Arabella zu Hilfe kam, wäre er beliebter als Schreck. Dann würde seine Herrin ihn bevorzugen, dann ...

Mit einem Ruck hob er die Arme. „Ich traue dir nicht! Deshalb werde ich einen Bannfluch sprechen, der dich an dem Ort, an dem du jetzt stehst, festhält." Er murmelte ein paar Worte. Sofort spürte die falsche Kathrein eine bleierne Schwere in ihren Beinen. Als sie versuchte, einen Schritt zu gehen, konnte sie die Füße nicht mehr bewegen. Eine unsichtbare Kraft hielt sie am Rande des Bergpfades fest.

Zack lächelte. „Bis dann!" Er winkte ihr kurz zu und rannte mit wehendem Umhang, den Spitzhut schief auf dem Kopf, davon. Sekunden später sah sie, wie er als schwarzer Punkt durch die Teufelspforte verschwand.

87

„Tak. Tak. Tak."

Was war das? War jemand in der Höhle? Wer? Die Personen in den Steinsäulen lauschten aufmerksam auf das Geräusch. Violettes, Kathreins, Freddys, Reginalds und Sinas Herzen schlugen Alarm, beim Klang der Schritte, die über Steine und Geröll schlurften. Dazwischen tönte in gleichmäßigem Takt das „Tak. Tak. Tak". Setzte jemand einen Stock auf den Boden auf?

Tak. Tak. Tak.

Was sollten sie machen? Wenn nur die verdammten Säulen nicht wären, deren Steinpanzer sie wie eine Betonmauer umschlossen.

„Tak. Tak. Tak." Steine schlugen klappernd gegeneinander. Geröll knirschte.

Violette Moosgrün fasste sich ein Herz. Was hatten sie zu verlieren? „Hallo!", rief sie. „Wer ist da?"
Augenblicklich war es still in der Höhle.
„Wer bist du?", fragte Violette. „So melde dich!"
Minutenlang herrschte Stille. Schon wollte Violette erneut fragen, da tönte eine tiefe Männerstimme ängstlich durch den Raum. „Wer... Wer ruft da?"
„Violette Moosgrün! Die Direktorin der Zauberschule. Und wer bist du?"
„Violette Moosgrün?", rief der Mann, und einen Moment herrschte erneute Stille. Dann fragte er: „Wo bist du? Ich sehe dich nicht."
„In der Steinsäule!", antwortete Violette. „Arabella hat mich in die Säule verwandelt."
„Uns auch!", tönte es mehrstimmig aus den anderen Säulen.
„Ja und?", fragte der Mann. „Was kann ich dafür?"
„Hilf uns raus!", ergriff Violette wieder das Wort.
„Warum sollte ich das tun?", entgegnete der Mann. „Ich will Arabella nicht verärgern." Ein Scharren und das leise Klappern von Steinen tönten durch die Höhle, als stochere einer mit einem Stock im Geröll herum.
„Was treibst du?", fragte Violette. „Vielleicht kann ich dir helfen."
„Wie solltest du mir helfen können, wenn du in dem Stein steckst?"
„Mit meiner Zauberkraft!"
„Dann befreie dich doch selber, wenn du so gut zaubern kannst!"
Unbeeindruckt von Violettes Rede scharrte der Mann weiter in Geröll und Steinen. Das Geräusch klang mal fern, mal näher.
Nach einer Weile bemerkte Violette: „Du suchst doch was?"

„Was soll ich suchen?", entgegnete der Mann unbeeindruckt.

„Den grünen Skarabäus!", antwortete Violette.

Und Gordon fragte: „Bist du Urbanus Harms?"

Augenblicklich brach das Scharren ab. „Wieso? Was wollt ihr? Was geht euch das an?"

Violette kam eine Idee. „Ich könnte dir sagen, wo du den Skarabäus findest."

„Wie kannst du das, wenn du in dem Stein eingeschlossen bist?"

Violette Moosgrün lachte leise. „Weil ich weiß, wo der Skarabäus versteckt ist."

„So sag es!", rief der Mann.

„Erst, wenn du uns aus den Säulen befreist!"

Einen Augenblick war es still. Dann bemerkte der Mann: „Wer garantiert mir, dass du mir wirklich das Versteck verrätst, wenn ich dich aus dem Stein befreie?" Er lachte laut auf. „Dein Versprechen kann ein übler Trick sein, weil du selbst den Skarabäus finden willst."

„Es ist kein Trick!", entgegnete Violette Moosgrün mit fester Stimme. „Ich kenne das Versteck. Und wenn du mich befreist, verrate ich es dir." Mit Nachdruck fügte sie hinzu: „So wahr ich Violette Moosgrün, die Direktorin der ‚Violette-Moosgrün-Zauberschule' bin!"

Wieder herrschte Stille. Als die Eingeschlossenen schon glaubten, der Mann würde nie mehr sprechen, erklärte der mit fester Stimme: „Nein! Ich werde keinen von euch aus den Säulen befreien!" Erneut erklang Steingeklapper.

„Dann suche weiter, bis Arabella auch dich in eine Säule steckt!", rief Violette verärgert. „Nicht mehr lange, dann ist sie hier und dann hast du weder den Skarabäus noch deine Freiheit."

„Dann...", fügten die Geister der Nacht im Chor hinzu,

und ihre Stimmen klangen hohl und unheimlich, „... wirst du langsam in der Steinsäule sterben."

Das Scharren und Klappern brach ab. „Woher wollt ihr wissen, dass Arabella hierher kommt?"

„Es ist ihre Höhle!", erwiderte Reginald. „Sie kommt fast täglich her. Und jetzt, wo es um Lory geht, übernachtet sie sogar hier." Er lachte schrill. „Es ist nur eine Frage der Zeit, bis sie wieder in der Höhle ist!"

„Außerdem...", ergriff Kathrein Regenbogen das Wort, „... hat sie uns gesagt, dass sie in spätestens einer halben Stunde wieder da sein will." Auch sie lachte jetzt gezwungen. „Drum überlege es dir gut, ob du uns nicht helfen willst!"

Wieder herrschte einen Augenblick Schweigen. Dann antwortete der Mann zögernd: „Aber... ich... Ich kann nicht so gut zaubern, dass ich euch befreien kann."

„Unsinn!", rief Violette. Sie hatte neuen Mut gefasst. „Versuche es einfach! Wir helfen dir dabei."

„Los, mach schon!", „Befreie uns!", „Du tust damit ein gutes Werk!", „Hilf uns!", „Rette uns!", klang es in unterschiedlichen Tonlagen, mal schrill und voller Angst, mal geisterhaft hohl, aus den Steinsäulen.

„Und ihr sagt mir wirklich, wo der Skarabäus steckt?"

„Ja!", tönte es einstimmig aus allen Säulen.

„Na gut!", brummte der Mann. „Was muss ich tun?"

„Sprich mir den Zauberspruch nach!", rief Violette. „Und stell dir bildlich vor, wie wir wieder zu Menschen werden!"

„Und zu den Geistern der Nacht!", ergänzten Gordon, Hubert, Jack und Bill im Chor.

„So sprich!", forderte der Mann Violette auf. Der Gedanke, dass Arabella auch ihn in eine Steinsäule stecken könnte, machte ihm Angst. „Wir wollen keine Zeit verlieren!"

„*Große Zauberkraft...*",
begann Violette, und die anderen fielen ein,

„… die das Leben schafft,
hol uns schnellstens aus dem Stein,
wollen nicht länger gefangen sein.
Drum Hokuspokus, eins, zwei, drei,
mach uns aus den Säulen frei."

Mehrfach wiederholten die in den Steinen Eingeschlossenen den Spruch. Endlich fiel auch der Mann mit ein. In mehrfachem Echo hallten ihre Stimmen von den Felswänden wider. Nachdem sie den Spruch unzählige Male wiederholt hatten, erhob sich in der Höhle ein Sturm. Steinstaub wirbelte auf, und mehrere Detonationen, die wie die Explosionen von Bomben klangen, dröhnten, vom Echo verstärkt, durch den Berg. Steinsplitter flogen in alle Richtungen, trafen scheppernd auf Felswänden, Decke und Fußboden auf. Dann war es sekundenlang bedrückend still, bis ein Schrei aus neun Kehlen die Ruhe zerschnitt.

88

Keines der Murmeltiere hörte das leise Tappen von Schritten, das aus einem der von Sumpfgasfackeln erhellten Gänge klang, durch den sie Minuten zuvor den Sarg mit Lory mehr gezerrt als getragen hatten.

Als die Schritte erstarben, brach auch der Gesang der Tiere ab.

Noch immer lag Lory reglos in dem Sarg.

„Es klappt nicht!", „Sie bewegt sich nicht." „Was sollen wir nur machen?", klang es enttäuscht von allen Seiten.

„Vielleicht versucht ihr es mal mit mir!", ertönte eine Stimme hinter den Murmeltieren. Blitzartig wandten sich ihre Köpfe. Eine Gestalt trat aus dem Gang, der zu der Höhle der Teufelszinnen führte und aus dem kurz zuvor die leisen Schritte geklungen hatten. Die Person trug einen schwarzen Umhang, dessen weite Kapuze tief ins Gesicht gezogen war.

„Wer seid Ihr?", rief Ringobert Murmel III. Er trat ein paar Schritte auf den Fremden zu, und warf einen scharfen Blick in dessen Gesicht.

„Ihr!", rief der Murmeltierkönig im plötzlichen Erkennen. „Mit Euch hatten wir wirklich nicht gerechnet!" Er musterte die Person. „Aber sagt, warum tragt Ihr Schwarz? Ist das nicht die Farbe der Herrin der Finsternis?"

Ohne auf Ringoberts Frage einzugehen, trat die Person an den Sarg: „Ist sie tot?" Mit einem unbestimmten Gesichtsausdruck, der echte oder gespielte Trauer bedeuten konnte, starrte sie auf Lory. Die bleichen Wangen des Mädchens, kein Atem hob und senkte ihre Brust. Sie war tot. Ganz bestimmt war sie tot!

Der Murmeltierkönig sah auf Lory. „Wir hoffen sehr, dass wir sie ins Leben zurückbringen. Aber bis jetzt hatten wir mit unseren Bemühungen kein Glück."

„Stimmt!", riefen einige Murmeltiere im Chor, so dass es wie gewaltiger Donner von den Wänden hallte. „Wir haben es nicht geschafft, Lory zum Leben zu erwecken!" Einige schluchzten laut.

In das Echo hinein mischten sich, von den Tieren und den Menschen ungehört, leise Schritte: Tapp, tapp, tripp, trapp, treck, teck. Auch sie kamen aus dem Gang, der zu der Höhle in den Teufelszinnen führte. Von dort aus hatten die Murmeltiere mit ihrer Zauberkraft in einem Zeitraum von nicht ganz einem Tag ein Loch in die Decke gezaubert. Es waren kurze Schritte, lange Schritte, verhaltene Schritte und Schritte, die trippelten. Dazu erklang ein leises Schwirren in der Luft.

Der Murmeltierkönig schlug die Vorderpfoten zusammen. „Versuchen wir es noch einmal, Freunde!" Er sah die Person an: „Wir hoffen, dass sie uns helfen werden! Mit ihrer hervorragenden Zauberkraft schaffen wir es bestimmt!"

„Ich werde mein Bestes geben!", meinte die Person und hob die Hände, dass ihr Umhang einen Halbkreis bildete.

Sekunden später hallte der Gesang der Murmeltiere durch den Berg: *„Große Zauberkraft, die das Leben schafft, mache Lory frei von Arabellas Zauberei..."* In den Gesang mischten sich die Schritte der neun Personen. Wie Kunden sich beim Sommerschlussverkauf in ein Kaufhaus drängen, drängten sie sich in den Murmeltierbau. Eine weitere Person folgte den neun. Mit ihren kräftigen Stimmen verstärkten sie den Gesang der Murmeltiere. Augenblicklich brachen die Tiere ihr Zauberlied ab und starrten zu dem Höhleneingang, von wo die Stimmen kamen.

„Ihr!", rief Ringobert Murmel III. „Was wollt Ihr in meinem Königsbau?"

„Lory!", klang es einstimmig zurück. „Wir wollen Lory helfen."

„Deshalb also hast du mich gerufen, Violette?", tönte eine Männerstimme hinter Freddy, Kathrein, Sina, Violette und Reginald. Sie drehten die Köpfe.

„Archibald!", tönte es einstimmig.

Der Minister, der heute einen tiefblauen Umhang, der auf den ersten Blick schwarz wirkte, und einen gleichfarbigen Spitzhut trug, drängte an ihnen vorbei und trat an Lorys Sarg.

Violettes Blick folgte ihm. Zu ihrer Verwunderung sah sie eine weitere Person an dem Steinsarg stehen. Obwohl Stirn und Augen von der weiten Kapuze verdeckt wurden, die dunkle Schatten auf das Gesicht warf, fielen ihr die langen gezwirbelten Enden eines blonden Schnauzbartes auf und das blonde Bart-Dreieck auf dem Kinn.

„Graf Gabriel!", rief sie. „Ihr hier? Und ganz in Schwarz?"
„Tarnung, Verehrteste", entgegnete der Angesprochene. „Warum soll ich nicht hier sein? Ihr habt doch nichts dagegen, liebste Violette! Schließlich wollen wir alle, dass Lory lebt. Und ich kann nicht zulassen, dass Ihr Euch allein in Gefahr begebt. Deshalb habe ich eine Abkürzung genommen und war einige Zeit vor Euch hier." Sein Blick glitt über Reginald, Kathrein, Freddy und Sina.

Die beiden Kinder erschauerten unter der Kälte seiner eisgrauen Augen. Was für ein unheimlicher Mann?!

„Überhaupt nicht, Graf!", entgegnete Violette und stürzte zu dem Sarg. Kathrein Regenbogen, Reginald, Freddy und Sina folgten ihr. Erschrocken wichen die Murmeltiere zur Seite.

„Lory!", rief Violette. Sie starrte entsetzt auf das farblose Gesicht des Mädchens und rüttelte es am Arm. „Wach auf! Bitte wach auf!" Genauso bleich und mit geschlossenen Augen hatte sie Lory in ihren Visionen gesehen. „So wach doch auf, bitte!"

Nichts geschah.

Tränen traten Violette in die Augen. „Oh weh! Was machen wir nur? Bestimmt ist sie tot, mausetot!"

„Warte ab!" Kathrein Regenbogen drängte sich an Violette vorbei, zog die Flasche mit dem letzten Schluck des Wassers des Lebens aus dem Umhang und hielt sie Lory an die Lippen. „Reicht euch die Hände und Pfoten!", befahl sie und begann mit fester Stimme zu singen: *„Große Zauberkraft, die das Leben schafft..."* Nach und nach stimmten alle Anwesenden und selbst die Geister der Nacht in den Gesang ein. Nur eine Person sang leise, so dass nicht einmal die ihm am nächsten Stehenden es verstehen konnten, einen anderen Text: *„Große Zauberkraft, die das Leben schafft, Lory nie befrei von Arabellas Zauberei...!"*

In das Singen hinein tönte plötzlich ein leises Pfeifen und Zischen. Die Luft vibrierte. Die Töne kamen aus der Richtung, in der ein weiterer Gang in eine andere Kammer von Ringoberts Königsbau führte.

Augenblicklich erstarb der Gesang. Mit vor Schreck geweiteten Augen starrten alle in die Richtung, aus der die Geräusche kamen. Ein Raunen tönte wie die Beschwörungsformel eines Medizinmannes durch die Höhle: „Arabella!"

Kathrein Regenbogen ließ vor Schreck die Flasche mit dem Wasser des Lebens fallen. Im letzten Moment fing Freddy sie auf. Während alle anderen glaubten, jeden Moment hätte ihr letztes Stündlein geschlagen, hielt Freddy die Flasche an Lorys Mund und ließ das Wasser Tropfen für Tropfen auf ihre Lippen rinnen. Nichts geschah.

„So wach doch endlich auf!", flüsterte er. „Wir müssen weg!" Verzweiflung erfasste ihn. Was, wenn Lory wirklich tot war?

Er schloss die Augen und stellte sich vor, wie er mit der lebendigen Lory Lenz die Höhle verließ. Dazu formte er in Gedanken die Worte von der großen Zauberkraft, die Lory zu neuem Leben erwecken sollte. Ein leichtes Zupfen an seinem Ärmel ließ ihn die Augen öffnen.

„Lo…!" Der Schrei erstarb Freddy auf den Lippen. Lory lebte. Sie hatte die Augen geöffnet und atmete.

Ein paar der Murmeltiere, die sie umringten, warfen erstaunte Blicke auf Lory und Freddy. „Schnell!", flüsterte er. „Wir müssen weg, eh!"

„Arabella?" Fast lautlos glitt Lory aus dem Sarg. Einige Rosen fielen zu Boden und blieben unbeachtet liegen.

Freddy nickte: „Sie wird jeden Moment hier sein."

Im Schein der Sumpfgasfackeln erschienen zwei dunkle Gestalten am Höhleneingang. Als hätte Freddy die Hexe herbeigerufen, ertönten plötzlich ein hinterhältiges Lachen und Arabellas rauchige Stimme: „Wie schön, dass ihr alle versammelt seid, meine Freunde!" Der Geruch von Schwefel und Callablüten brandete in den Raum wie die Woge an den Strand.

Wieder gellte ein Raunen, durchbrochen von Angstschreien, durch die Höhle. Mehrere Murmeltiere fielen in Ohnmacht.

Wie eine Fata Morgana stand Arabella Finsternis, flankiert von ihrem Minister Zacharias Schreck, als schwarze Gestalt in der Öffnung des Ganges, der zu Ringobert Murmels Behausung führte.

„Schnell weg!", rief Freddy.

Im Sturmschritt drängten sich Lory und Freddy wie Slalomfahrer auf einer Piste durch die Murmeltiermassen. Hier und da stießen sie eines der Tiere beiseite, das ihnen im Weg stand.

Und mehr als einmal tönte ein lautes, ärgerliches Murren und Murmeln hinter ihnen her, und erschrockene Blicke verfolgten sie.

Schon schallte Arabellas Stimme durch die Höhle: „Da ihr so schön hier versammelt seid, kann ich garantieren, dass keiner diesen Raum mehr verlassen wird!"

„Was hat sie vor?"

„Was willst du tun?"

„Verschone uns!", schallten die ängstlichen Stimmen der Anwesenden durch den Raum. Einige weinten. Andere flehten um Gnade.

Arabella hob die Arme. Eine Windböe fegte durch den Berg, die sämtliche Sumpfgasfackeln auslöschte und Höhlen und Gänge in undurchdringliches Dunkel senkte. Die Böe zerrte an den Kleidern der Menschen, riss an ihren Haaren und zerstrubbelte die Felle der Murmeltiere. Ihr Rauschen schluckte die Angstschreie der Anwesenden. Mit dem Windstoß verstärkte sich der Geruch von Schwefel und Callablüten.

In dem Moment, als Lory und Freddy den gegenüberliegenden Höhleneingang erreichten, wälzten sich vor die beiden Zugänge riesige Felsbrocken. Mit Müh und Not quetschten sich die beiden in letzter Sekunde durch den Spalt. Dann passte sich der Felsen mit donnerndem Getöse lückenlos in die Öffnung ein.

Das hämische Lachen der Hexe und Graf Gabriels laute gestammelte Worte: „Arabella! Das kannst du nicht tun! Ich bitte dich, lass mich…", er blickte zu Archibald Rumpel, „…äh, lass uns raus! Wir sind doch Stellas Minister und…", und das Donnern des sich schließenden Felsens klangen wie eine Totenklage in den Ohren von Lory und Freddy.

„Geschafft!", rief Freddy und rang nach Luft. Vor ihnen lag der lange, dunkle Gang, der zu der Höhle in den Teufelszinnen führte.

„Glaub ich nicht!", entgegnete Lory. „Wenn Arabella merkt, dass wir nicht in der Höhle sind, wird sie uns weiter verfolgen. Außerdem mache ich mir Sorgen um Violette, Reginald und die anderen, die jetzt meinetwegen in der Höhle gefangen sind."

„Sehen wir zu, dass wir hier verschwinden! Dann überlegen wir, was wir tun können, um die Eingeschlossenen zu retten." Mit ausgebreiteten Armen tasteten sie sich an den Felswänden entlang und hofften, dass sie der Weg hinaus ins Freie führte.

89

Erschrocken blieb Adolar Zack stehen und lauschte in die Dunkelheit des Ganges. Der Geruch dumpfer, verbrauchter

Luft umfing ihn wie eine Taucherglocke, und von fern schallten hämisches Lachen und Jubelschreie durch das Höhlenlabyrinth. Der Lärm kommt von Ringobert Murmels Bau, durchfuhr es Adolar. Dort mussten Arabella und Zacharias Schreck sein. Aber warum lachte Arabella, wenn sie in Gefahr schwebte? Warum jubelte Zacharias? Hatte die falsche Kathrein Regenbogen ihn belogen und genarrt? Oder war es der Herrin der Finsternis gelungen, sich selbst aus der Not zu erretten? Dann kam er umsonst. Und wie ein Schwerthieb durchzuckte ihn ein Schreck: Arabella würde ihn bis in alle Ewigkeit verdammen, wenn er ihren Auftrag nicht ausgeführt hatte. Wenn die falsche Kathrein verschwunden war...? Er durfte gar nicht daran denken.

Das Lachen wurde lauter, und er konnte jedes Wort verstehen, das Zacharias sang: *"Der Tod, der Tod ihnen in der Höhle droht! Hurra! Hurra! Sie sind dann nicht mehr da!"*

Wie ein Lichtblitz kam ihm die Erkenntnis: Die falsche Kathrein Regenbogen hatte ihn wirklich belogen.

Sofort machte Adolar kehrt. Kaum hatte er zwei Schritte zurückgelegt, traf ihn wie ein Axthieb Arabellas Ruf: „Adolar! Was willst du hier? Ich denke, du bist mit meiner Gefangenen zu Thurano unterwegs?"

Adolar Zack erbleichte. „Ja ... Herrin!", stammelte er. „Die Sache ist die ..., ist so ..., ist ..."

„Spuck es aus, Adolar!" Wie eine Furie stand Arabella vor ihm. Aus ihren Augen schossen grüne Blitze. „Was ist mit meiner Gefangenen passiert?! Ist sie etwa geflohen?"

Stockend berichtete Adolar Zack, wieso er Arabella und Zacharias in den Murmeltierbau gefolgt war.

„Du Narr!", schrie die Hexe. „So befolgst du meine Weisung?! Lässt dich von dieser Person einwickeln?" Wieder schoss eine Gewitterfront grüner Blitze aus ihren Augen. „Wenn sie jetzt verschwunden ist, werde ich dich zu Drachenfutter zerhäckseln!" Sie stürzte an Adolar vorbei. Zacharias Schreck folgte ihr.

„Sie ist bestimmt nicht geflohen!", entgegnete der Minister kleinlaut und rannte der Hexe und Zacharias hinterher. „Sie kann nicht weg! Ein Bannzauber hält sie am Wegrand fest."

„Das hoffe ich für dich!", schrie Arabella. „Es langt schon, dass mir vor ein paar Minuten Lory erneut entkommen ist."

90

Tränen der Wut und des Ärgers liefen der falschen Kathrein Regenbogen über die Wangen. Mit angewinkelten Armen, die Hände zu Fäusten geballt, um die Kraft zu verstärken, versuchte sie immer wieder verzweifelt, ein Bein zu bewegen. Es ging nicht. Wie einbetoniert hafteten ihre Füße an dem Felsengrund. Sie bekam die Beine wirklich nicht frei.

Der Wind, der von den Teufelszinnen ins Tal wehte, zauste in ihren Haaren. Die Luft war kühl und erinnerte an Herbst. Wenn sie bloß endlich hier wegkäme! Nicht auszudenken, wenn die richtige Kathrein Regenbogen, wenn Reginald, Violette Moosgrün, Freddy und Sina Apfel hier auftauchen würden und sie so stehen sähen. Dann war der schlimmste Ärger vorprogrammiert. Archibald würde toben. Ganz bestimmt würde es ihm diesmal nicht wieder gelingen, die Sache hinzubiegen. Diesmal glaubte ihr niemand mehr.

In ihr Grübeln hinein erklang ein leises Wispern. Das Geräusch schien aus dem Murmeltierbau zu kommen. Sie sah auf, und blickte erstaunt in die Richtung, aus der die Töne kamen. Wie sie so stand und schaute, wurde das Wispern lauter und lauter. Endlich konnte Kathreins Doppelgängerin einzelne Worte verstehen: „Verflucht...!" „Mist!", „Hilfe! Ich bleibe stecken!" Es waren mehrere Menschen. Deutlich konnte die falsche Kathrein Regenbogen anhand der Stimmen eine Frau und zwei Männer ausmachen. Wer war das? Sie starrte zum Eingang, bis ihr die Augen tränten und ein dunkler Schatten im Höhlenrund erschien. Wie ein Wurm aus der Erde kriecht, krabbelte Arabella, gefolgt von ihren beiden Ministern, aus dem Murmeltierbau.

Die falsche Kathrein erschrak. Gleich würde die Herrin der Finsternis sie sehen. Dann war es um sie geschehen. Oh, warum hatte sie im Unterricht nicht aufgepasst, als es um die Anfänge des Unsichtbarmachens ging? Am liebsten wäre sie im Erdboden versunken oder weggelaufen. Doch so sehr sie es auch versuchte, es ging nicht. Wie angeschmiedet stand sie an ihrem Platz.

Die Herrin der Finsternis richtete sich auf. Zack und Schreck machten es ihr nach. Mit lautem Klatschen klopften sie Staub und Erde von ihren Umhängen ab. Dann schritten sie im Gänsemarsch auf Kathreins Doppelgängerin zu. Wie Läufer, die einen Weltrekord brechen wollen, wurden sie im Laufen schneller und schneller.

Schweißperlen traten der falschen Kathrein auf die Stirn und sie zitterte. Gleich würden die drei sie erreichen. Dann hatte ihr letztes Stündlein geschlagen? Dann...

Die falsche Kathrein Regenbogen wusste nicht, wie ihr geschah, als Arabella, Adolar und Zacharias plötzlich ein paar Meter vor ihr stehen blieben.

Jetzt! – dachte sie und versuchte, sich klein und unscheinbar zu machen. Jetzt würde sie Arabellas Todeszauber treffen. Schon berührte sie ein verächtlicher Blick aus Arabellas stechenden Augen. „Später!", schien dieser Blick zu sagen. Und zu ihrem Erstaunen erhoben sich die drei, ohne ein Wort an sie zu richten, in die Luft. Sekundenbruchteile später flogen sie wie Düsenjets davon. Nur das Flattern ihrer Umhänge im Flugwind war zu hören, als sie an ihr vorbeibrausten.

Die falsche Kathrein Regenbogen sah ihnen hinterher. Nach ein paar Sekunden waren nur noch drei schwarze Punkte zu sehen, die den Teufelszinnen entgegen rasten. Bald waren auch die verschwunden.

Kathreins Doppelgängerin atmete auf. Sie war noch einmal der Gefahr entgangen. Wie lange noch, wenn sie nicht endlich hier wegkam. Wieder und wieder versuchte sie ihre Beine zu bewegen. Vergeblich! Adolar Zacks Zauberkraft hatte sie festgeschmiedet. Und wenn ihr nicht endlich etwas einfiel, kam sie nie mehr hier weg. Es sei denn, jemand anderes käme und würde sie befreien. Aber das war nicht minder gefährlich. Es konnte ihr die Feststellung ihrer Identität bringen und jede Menge Ärger, bis hin zum Rauswurf aus dem Magierland.

Noch einmal versuchte sie die Beine zu bewegen. Es gelang ihr kein winziges Stück.

Wild entschlossen, sich zu befreien, schloss sie die Augen und stellte sich vor, dass sie wie ein gesunder Mensch davonging. Dazu murmelte sie unentwegt:

„*Abrakadabra Hexenkraft,*
die die Freiheit mir beschafft.
Lass mich rennen, laufen, gehen,
wenn es sein muss, auch mal steh'n.
Hokuspokus eins, zwei, drei,
gib mir meine Beine frei."

Wider Erwarten ging ein Ruck durch ihren Körper. Fast wäre sie gestürzt. Ehe sie sich besann, vollführte sie die ersten, noch ein wenig wackligen Schritte. Mit jedem Meter wurde ihr Gang fester.

„Geschafft!", murmelte die falsche Kathrein und konnte es kaum glauben, den Zauber selbst bewirkt zu haben. Erst, als ihr klar war, dass sie wirklich laufen konnte, dachte sie an Flucht. Wenn sie davonrannte und sie keiner erwischte, konnte sie in zwei Stunden in Tausendlicht Stadt sein. Dann fiel ihr ein, dass sie noch immer wie Kathrein Regenbogen aussah. Nein, nach Tausendlicht Stadt konnte sie so nicht gehen. Sie musste sich zurückverwandeln. Aber wie? Den Zauberspruch für die Verwandlung in Kathrein Regenbogen wusste sie auswendig, aber sie hatte keine Ahnung, wie sie die Verwandlung rückgängig machen sollte.

„*Hokuspokus eins, zwei, drei...*", hob sie an. „*...ich zurückverwandelt sei!*"

Nichts geschah. Sie versuchte es wieder und wieder. Vergeblich! So, als wäre sie nie eine andere gewesen, stand sie weiter als Kathrein Regenbogen im Gebirge.

„Verdammt, es klappt nicht!", stöhnte sie, und Tränen der Verzweiflung rannen ihr übers Gesicht. Verwandlung in andere Personen war zwar erst Stoff der zwölften Klasse. Trotzdem hatten manche Lehrer schon in den unteren Klassen immer wieder etwas darüber vermittelt und auch das Thema „Rückverwandlung" angeschnitten. Warum nur hatte sie in der Schule nicht aufgepasst? Warum war sie im Zaubern so schlecht?

Verzweifelt überlegte sie, wie sie wieder zu der Person wurde, die sie in Wirklichkeit war. Wie eine Rakete schoss ihr ein Gedanke durchs Gehirn: Du musst Zacharias Schreck finden! Der musste ihr helfen, sich zurückzuverwandeln. Ohne daran zu denken, dass Arabella sie als Drachenfutter vorgesehen hatte, folgte sie, so schnell sie konnte, der Hexe und ihren Ministern.

91

Die Dunkelheit war undurchdringlich. Nach wenigen Metern blieb Lory stehen.

„Komm, weiter!", drängte Freddy. „Nicht mehr lange und Arabella ist hier. Dann können wir die Flucht vergessen!"

„Und Violette und die anderen?"

„Die müssen sich selber helfen. Immerhin sind Graf Gabriel und Archibald Rumpel bei ihnen, und sie sind mehr als wir und besser im Zaubern ausgebildet."

„Du willst sie im Stich lassen?"

„Will ich nicht!", rechtfertigte sich Freddy. „Aber was hat es für einen Sinn, wenn Arabella uns erwischt? In Tausendlicht Stadt können wir Stella informieren. Sie wird Archibald Rumpels Spezialeinheit schicken und…" Das Wort erstarb ihm auf der Zunge.

Ein leises Rauschen und Schwirren hallte von fern durch den Berg.

„Was ist das?", fragte Lory.

„Ich weiß nicht."

Sie lauschten in die Dunkelheit. Die Geräusche nahmen stetig zu. Schon spürten sie ein leises Vibrieren in der Luft.

„Jemand fliegt durch die Höhlengänge!", flüsterte Freddy, und seine Stimme zitterte vor Angst. „Ich garantiere dir, das sind Arabella und ihre Minister!" Langsam wich der Junge zurück, bis sein Rücken gegen den verschlossenen Höhleneingang stieß und er sich eng an den Felsen drückte.

Der Duft von Schwefel und Callablüten schlug den Kindern wie eine Rauchwolke entgegen, und als hätte jemand die Beleuchtung angeknipst, flammten plötzlich links und rechts der Höhlenwände die Fackeln mit bläulichem Sumpfgaslicht auf. Ihr Schein warf flackernde Schatten auf Fußboden und Wände und die drei schwarzen Gestalten, die plötzlich vor ihnen standen.

Freddys Stimme hatte einen brüchigen Klang. „Zu spät!", hauchte er. „Jetzt müssen wir sterben!"

92

Verstört starrten Violette und ihre Freunde, die Geister der Nacht und alle Murmeltiere auf die verschlossenen Höhlenzugänge. Sie glaubten, in einem Alptraum zu stecken. Zu schrecklich war das soeben Erlebte. Bis auf die Geister, die schon tot waren, würden alle Eingeschlossenen in der Höhle sterben. Sie mussten auf grausame Art und Weise langsam ersticken. Und Lory?

„Wo ist Lory?", rief Violette Moosgrün und starrte in den leeren Sarg. „Ich sehe sie nicht!" Wie ein eiserner Ring legte sich die Angst um ihr Herz und ließ es rasen. Wenn Arabella Lory hatte... Dann war das Magierland verloren?

Auch Stellas Minister, Violette, Kathrein Regenbogen, Reginald, Sina und alle Murmeltiere starrten auf den Sarg. „Wieso ist sie weg?", tönte es einstimmig von ihren Lippen.

„Ich hab sie gesehen!", meldete sich ein Murmeltier aus der hintersten Reihe. „Sie ist mit dem pinkhaarigen Jungen weggegangen. Kurz bevor die Felsen die Höhleneingänge verschlossen, sind sie entwischt."

„Stimmt!", „Sie sind weg!", „Ich hab sie auch gesehen!", „Fast haben sie mich umgerannt!", tönte es von mehreren Seiten aus der Murmeltiermenge.

„Und Arabella?" Gelähmt vor Schreck, wusste Violette für Augenblicke nicht, was sie tun sollte. „Wenn die Hexe Lory tötet?" Der Gedanke an Flucht schoss wie ein Pfeil durch ihr Gehirn. Aber wie? Alle Höhlenzugänge waren verschlossen. Wie sollten sie herauskommen?

Fest entschlossen, etwas zu unternehmen, trat Violette Moosgrün auf Graf Gabriel zu: „Was machen wir jetzt, Graf?"

Der zuckte hilflos mit den Schultern. „Wenn ich das wüsste, wären wir längst hier raus." Die Situation hatte ihn völlig überfordert. Warum hatte Arabella das getan? Sie hatte doch gesehen, dass er, Stella Tausendlichts Zweiter Minister, in der Höhle steckte. Sie konnte doch nicht so grausam sein, dass… In seinem Inneren wuchs die Erkenntnis, dass Arabella genau das war: Unsagbar grausam und böse und nur auf sich und ihren Vorteil bedacht!

„Ob die Spezialtruppe uns suchen wird?", fragte Reginald und starrte Minister Rumpel an. Irgendwie war ihm bei dem Gedanken nicht wohl. Was, wenn Archibald Rumpel wirklich der Verräter war? Würde Arabella auch ihn ersticken lassen?

„Natürlich!", beeilte sich Rumpel zu erklären. „Sobald sie merken, dass ich fehle oder mich nicht melde, rücken sie aus."

„Das kann Stunden dauern!", entgegnete Kathrein Regenbogen. „Wir sollten lieber selber etwas unternehmen, als uns auf andere zu verlassen."

„Was?", klang es mehrstimmig durch den Raum. Schon spürten Menschen und Murmeltiere die Beklemmung, die sich wie eine eiserne Klammer um ihre Lungen zog. Sie atmeten stoßweise und keuchend. Nicht mehr lange und sie würden erstickt sein.

„Fassen wir uns bei den Händen!", schlug Graf Gabriel vor. „Und sprechen wir den alten Zauberspruch von der Kraft, die den Stein wegrollt!"

Ein Raunen ging durch die Höhle, als Hand nach Hand, Murmeltierpfote nach Murmeltierpfote und Hand nach Pfote fasste. Mit fester Stimme, wobei sie immer wieder nach Luft rangen, sprachen sie:

„Große Zauberkraft,
die uns Hilfe schafft,
rolle weg den Stein.
Komm uns zu befrei'n.
Rette uns aus der Not,
denn uns droht der Tod.
Hokuspokus eins, zwei, drei,
mach die Höhlengänge frei."

Der Spruch verhallte. Totenstille lag im Raum. Dann brach sich das Entsetzen Bahn. Einige kreischten: „Es hilft nicht!", „Wir müssen sterben!", „Warum wirkt der Spruch nicht?" Einige weinten laut. Andere schrien sich ihre Angst in unartikulierten Lauten aus dem Körper. Ohrenbetäubender Lärm tobte durch die Höhle.

Graf Gabriel von Gabriel hob die Hände und schrie mehrmals laut: „Ruhe!" Nur mit Mühe und mit Hilfe des mehrfachen Echos seiner Stimme von den Felswänden, gelang es ihm, die Massen zum Stillsein zu bewegen.

„Seid besonnen, Freunde!" Mit zitternden Händen zwirbelte er seinen Bart. Schweißperlen standen auf seiner Stirn. „Nur Besonnenheit kann uns helfen, diese Situation zu meistern."

„Jawohl!", rief Rumpel.

„Wie denn?"

„Besonnenheit bringt uns hier nicht raus!"

„Was sollen wir tun?", tönte es vereinzelt durch den Raum.

„Wir probieren es noch einmal!", schlug Violette Moosgrün vor. „Und bitte, Freunde, stellt euch so bildhaft wie möglich vor, wie wir alle gesund die Höhle verlassen!"

„Ja!"

„Machen wir!"

„Natürlich!", tönten die Rufe von allen Seiten.

Sie wiederholten den Zauberspruch im Chor, einmal, zweimal, ... zehnmal. Die Felsbrocken rückten keinen Millimeter von den Höhleneingängen weg.

Nackte Angst stand jedem der Eingeschlossenen im Gesicht.

„Was ist los?", fragten die einen.

„Warum hilft der Zauberspruch nicht?", wollten andere wissen.

„Hat Arabella die Höhle mit einem Bannzauber belegt?", keuchten mehrere.

„Wie durchbrechen wir den?"

„Haben wir einen Verräter unter uns?"

Der letzte Zuruf ließ die Anwesenden für einen Augenblick erstarren. Dann tönten aus verschiedenen Ecken die Rufe:

„Wer ist es?"

„Er soll sich melden und an unserer Stelle sterben!"

Sie sahen sich gegenseitig misstrauisch an. Wer unter ihnen sollte der Verräter sein?

„Unsinn!", rief Kathrein Regenbogen. Ihre Stimme übertönte die Massen. „Wenn unter uns ein Verräter wäre, würde der mit uns ersticken! In dem Fall bekämen wir die Höhlenzugänge garantiert frei!"

„Hast Recht!", „Stimmt!", „Das ist wahr!", tönten die Rufe durcheinander.

Kathrein Regenbogen dachte an ihre Doppelgängerin. Ob sie es war, die einen Gegenzauber sprach? Vielleicht stand sie draußen in einem der Gänge und ... Kurz entschlossen hob sie die Rechte. „Weitermachen, Freunde!", wies sie die Eingeschlossenen an. „Der Erfolg besteht in Ausdauer und Beharrlichkeit!"

Wieder fassten sich alle an Händen und Pfoten und sangen laut den Zauberspruch.

In ihre Worte hinein tönte ein erst leises, dann immer lauter werdendes Brausen, das aus dem Gang zu den Teufelszinnen zu kommen schien. Sofort brach ihr Gesang ab, und sie lauschten.

„Was ist das?"

„Was geht dort vor?", flüsterten einige der Eingeschlossenen. Angst und Entsetzen verzerrten ihre Gesichter.

Als das Brausen verklang, schallte eine Stimme durch den Berg, die allen das Blut in den Adern gefrieren ließ: „Dein letzter Augenblick ist gekommen, Lory Lenz!"

Aus der Höhle tönte aus mehreren tausend Kehlen ein Aufschrei des Entsetzens durch den Berg: „Arabella!"

93

„Gleich werde ich dich töten!", schallte Arabellas rauchige Stimme Schrecken verkündend durch das Bergesinnere. Vor Lory Lenz und Freddy Pink standen im flackernden Licht der Sumpfgasfackeln wie eine schwarze Mauer Arabella und ihre Minister. Der bläuliche Schein des Lichts ließ ihre Gesichter geisterhaft bleich und Furcht einflößend wirken, mehr noch, als sie es in Wirklichkeit waren. Ihre Körper warfen lange, bedrohliche schwarze Schatte auf Boden und Wand. Der Geruch von Knoblauch, von Schwefel und Callablüten war so stark wie nie, und überlagerte selbst den Modermief der feuchten, verbrauchten Luft.

Ein weiblicher „Dracula" mit zwei seiner Diener, dachte Freddy und starrte mit großen Augen auf die Hexe und ihre Verbündeten. Sein Herz raste. Ohne die Hoffnung, dass Arabella ihn übersah, kroch er vor Angst in sich zusammen. So wirkte er klein und unscheinbar. Wie eine unnachgiebige Wand drückten die Ecken und Kanten des Felsens in seinen

Rücken, ohne auch nur einen Millimeter nachzugeben oder sich in Staub und Geröll aufzulösen.

Gleich wird sie mich töten, dachte Lory, und wie ein Gebet schossen ihr immer wieder die Worte durch den Kopf: *Sie kann mir nichts tun. Ich bin stärker als sie. Große Zauberkraft, hilf mir! Hilfe! Hilfe! Hilfe!*

Arabella Finsternis hob ihren linken Arm. Mit lautem Rasseln schoss ein Eisengitter mit spitzen Stäben von der Decke herunter und legte sich trennend zwischen Freddy und Lory Lenz.

Oh hilf mir, große Zauberkraft!, flehte Lory inbrünstig in ihrem Inneren, und ein leises Glucksen klang aus ihrem Mund, als sie dachte: Ich will nicht sterben. Oh, lass mich die Hexe besiegen!

Die Herrin der Finsternis hob den rechten Arm. Ein weiteres Gitter fuhr hinter ihr und den beiden Ministern aus der Decke. Rasselnd sauste es herab und schlug mit lautem Donnern und Klirren auf dem Fußboden auf, dass die umliegenden Steine hüpften.

Die Hexe stieß ein raues Lachen aus. Wieder brandete ein Schwall Schwefelgeruch vermischt mit dem Duft von Callablüten zu Lory herüber. „Wenn du kannst, Lory Lenz", rief Arabella, „so verteidige dich! Sonst werde ich dich zu Staub zermahlen und die Körner in alle Himmelsrichtungen streuen!" Drohend stand die Herrin der Finsternis, flankiert von ihren Ministern vor Lory.

Das Mädchen zitterte am ganzen Körper. Ihr Herz raste, und es schwindelte ihr. Fast schien sie einer Ohnmacht nahe. Würde sie nie aus diesem Albtraum erwachen?

Arabella Finsternis trat ein paar Schritte auf sie zu.

Lory wich zurück, bis sie gegen das Eisengitter stieß. Hart drückten die Stäbe in ihren Rücken. „Ver…, verteidigen?", stammelte sie, und wusste, dass die Situation, in der sie sich befand, kein Albtraum war. „Wie denn? Ich weiß nicht... Ich kann nicht... Ich..."

Höhnisches Lachen ertönte aus Arabellas Mund. Mehrfach hallte es von den Wänden wider. „Sie kann nicht!"

In das Lachen hinein klang von irgendwo weit innen im Gang ein leises Tackern.

Aufgeschreckt drehte Arabella sich um. Was war das? Wer wagte es, sie jetzt zu stören?

Tack, tack, klack. Das Tackern wurde lauter. Kam da jemand?

Tack, tack, klack. Im bläulichen Licht der Sumpfgasfackeln näherte sich ein riesiger menschlicher Schatten. Wer war das?

Tack, tack, klack. Der Schatten wurde größer. „Violette hatte Recht!", brummte eine Männerstimme aus der Richtung des Schattens. „Der Skarabäus liegt nicht..." Augenblicklich verstummte die Stimme. Nur die Schritte tappten weiter durch den Gang. Gleich darauf wurde ein Mensch sichtbar. Auf einen Stock gestützt humpelte er heran. Wer war das? Ein Freund? Ein Feind?

„Harms!", schrie Arabella beim Anblick des Hünen. Aus ihren Augen sprühten grüne Blitze, und ihr Gesicht verzerrte sich vor Wut. „Du wagst es, mich zu stören?! Und das in dem Augenblick, wo ich Lory Lenz vernichten will?!"

Als hätte ihn ein Peitschenhieb getroffen, zuckte Urbanus Harms zusammen, und blieb stehen. „A..., Arabella!"

„Ist das alles, was du zu sagen hast?!", zischte die Hexe. „Hast wohl den Skarabäus in der Höhle nicht gefunden, was? Ich habe dich dort oben extra nicht gestört. Der Gedanke, dass du den Talisman suchst, um ihn gegen meinen Drachen zu tauschen, bereitet mir sichtlich Vergnügen. Deshalb habe ich dich auch nicht in eine Steinsäule verwandelt, obwohl mir das ein Leichtes gewesen wäre."

„Aber Arabella! Ich wollte..., ich hab... Violette hat mir gesagt, dass der Skarabäus nicht in der Höhle..."

Die Hexe hob ihre Arme, um den Alten vom Berg zu vernichten.

„N..., nein!", stammelte Urbanus. „Bitte tu mir nichts, Arabella! Hör mich erst an. Ich wollte nicht... Ich dachte... Ich habe... "

Während Arabella mit hämischem Grinsen sich das Gestammel von Urbanus Harms anhörte, der wortreich zu erklären versuchte, dass er ihr helfen wolle, Lory zu vernichten, rasten in Lorys Kopf die Gedanken:

Du musst etwas tun! Was? Sie erinnerte sich an die Visualisierungs-Übungen, die sie in Violettes Zauberschule durchgeführt hatten, und an die Tür in Arabellas Kerker. Im letzten Sommer war es ihr gelungen, die Gefängnistür mit Gedankenkraft zu öffnen.

Sie atmete tief durch und versuchte, ihre Angst zu vergessen. Als sie etwas ruhiger geworden war, stellte sie sich vor, wie Arabella und ihre Minister zu Stein erstarrten. Zuerst geschah gar nichts. Erst als sie Freddy zuflüsterte, ihr zu helfen, und beide sich Arabella, Schreck und Zack als Steinsäulen vorstellten, fegte eine Böe durch den Gang. Die Fackelflammen loderten auf und erloschen. Innerhalb von Sekundenbruchteilen standen Arabella und ihre Minister mit versteinerten Köpfen da.

Wie wild geworden hüpfte die Hexe von einem Bein auf das andere und kreischte vor Wut und Erschrecken. Die Minister fluchten. Reglos vor Erstaunen starrte der Alte vom Berg mit offenem Mund auf Lory herunter. Freddy jubelte:

„Die hätten wir unschädlich gemacht! Die tun uns ni...!" Das Wort erstarb ihm auf der Zunge.

„Denkste!", rief Lory und deutete auf die Hexe. Vor den Augen von Harms und den Kindern begannen die Versteinerungen von Arabella und ihren Ministern abzuplatzen. Als bearbeite ein Steinmetz einen Stein, flogen die Splitter in der Gegend umher, schlugen mit hellem Ton auf Wänden, Boden und Eisengittern auf. Einer traf Freddy an der Stirn. Zwei streiften Lory an der Hand. Ein weiterer schlug gegen Harms Knie. Blut lief aus den Kratzern. Vor Schmerz schrie er auf.

„Hilf uns, große Zauberkraft! Hilf uns!", rief Lory verzweifelt.

Ihr Schrei vermischte sich mit dem Klang der ersterbenden Stimmen aus der Höhle: *„Hokuspokus, hei, hei, hei..."* Freddy fiel in den Gesang ein, und selbst der Alte vom Berg, den nur Thurano zu interessieren schien, flehte mit um Befreiung.

Die Worte gingen in Arabellas lautem Lachen unter: „Ihr Narren! Ich, die größte Magierin aller Zeiten, werde mich von euch Würmchen besiegen lassen?! Niemals!" Sie hob die Hände: *„Abrakadabra. Große Zauberkraft..."* Ein Krachen, Poltern und Bersten schallte durch den Berg, dass ihr die Worte auf den Lippen erstarben. Das Getöse vermischte sich mit dem panischen Schreien der Menschen und der Murmeltiere in der Höhle.

Freddy spürte, wie der Felsen, an dem er lehnte, sich aufzulösen begann. Was ging hier vor sich? Ein Jubelschrei aus tausenden Kehlen tönte durch den Berg: „Wir sind frei!" Schritte trappelten über den Steinboden. Er fühlte, wie Hände nach ihm griffen. Jemand zog ihn zur Seite. Dann setzte Stille ein, die Sekunden später von neuem Geschrei unterbrochen wurde:

„Das Gitter!"
„Arabella!"
„Lory!", kreischten mehrere Leute. „Was machen wir?"
Wieder lachte Arabella hämisch. „Was ihr machen könnt,

ihr Narren? Gar nichts!" Sie deutete auf Lory, die, durch das Eisengitter von ihren Freunden und den Murmeltieren getrennt, der Hexe und deren Ministern ausgeliefert schien. „Das Mädchen gehört mir! Und ich werde es mit mir nehmen! Auf ‚Schloss Finsternis' wartet ein Kellerverlies auf sie, und später Thurano, mein Drache." Ihre Augen sprühten grüne Blitze. Ein Funkenregen traf das Eisengitter, das Lory von ihren Freunden abschnitt.

Durch die Massen ging ein Raunen: „Oh weh!"

Lory klammerte sich an das Gitter. Ihr Blick war starr auf Arabella gerichtet. Durch ihren Kopf rasten die Gedanken. Wie sollte sie der Hexe entkommen? Die Angst ließ ihr Herz jagen, und ihr Zorn wurde grenzenlos. Dachte Arabella etwa, sie würde sich so einfach von ihr mitnehmen lassen?

Langsam trat Arabella auf Lory zu. Dicht hinter ihr folgten wie zwei Schatten die Minister der Hexe.

Lory sah das hämische Grinsen in den Gesichtern der drei. Nein! Die bekamen sie nicht! Niemals!

Keiner der Anwesenden wusste, wie es geschah: Plötzlich sprühten aus Lorys Augen grüne Funken. Sie trafen die Hexe am ganzen Körper, dass sie unartikuliert aufjaulte. Wie Feuer in einem Kamin züngelten plötzlich Flammen an Arabellas Umhang hoch, fraßen sich in ihr Haar. Der Geruch von Rauch, Schwefel und verbrannten Haaren und Fleisch zog durch Gang und Höhle. In Bruchteilen von Sekunden schien die Hexe um mindestens zehn Jahre gealtert zu sein. Die Linien um ihre Augen und um den Mund traten schärfer hervor, und ihre Wangen schienen eingefallener.

Wie ein Bild in einem Rahmen tauchte vor Lorys innerem Auge für Sekundenbruchteile plötzlich das Gesicht von Stella Tausendlicht auf. Sie kam ihr so jung und schön wie ein Mädchen von sechzehn oder siebzehn Jahren vor. War das wirklich die Herrin des Lichtreiches? Tief in ihrem Inneren wusste Lory, dass es tatsächlich Stella Tausendlicht war. Ehe sie weiter darüber nachdenken konnte, verschwand Stellas Gesicht und sie blickte in Arabellas erstarrtes Antlitz.

Mit einer Handbewegung löschte die Hexe die Flammen an ihrem Körper. Sie und ihre Minister wichen mehrere Schritte zurück.

Wieder ging ein Raunen durch die Menge.

„Los! Helft mir!", rief Lory. „Vertreiben wir sie!"

„Hokuspokus, dideldei, brecht das Gitter schnell entzwei", tönte es aus mehreren tausend Kehlen. Das Eisengitter, das Violette, Reginald und ihre Freunde und das Heer der Murmeltiere von Lory trennte, schmolz wie Margarine in der Sonne.

Arabella trat weiter zurück.

„Verschwinden wir!", rief Zacharias Schreck.

„Das Beste ist's!", murmelte Adolar Zack.

Arabella Finsternis hob die Hände. Mit einem gewaltigen metallischen Klirren zersprang das zweite Eisengitter. Die Minister rannten davon. Die Hexe trat zwei Schritte zurück. Der Ruf der Menschen und Murmeltiere, die jetzt unentwegt riefen: „Arabella, Zack und Schreck, Hokuspokus schert euch weg!", schluckte ihre Schritte.

Ohne ihren Zauberspruch zu unterbrechen, umringten Violette, Graf Gabriel, Kathrein Regenbogen, Freddy, die Geister der Nacht und einige Murmeltiere Lory.

Eine Windböe fegte durch den Berg. Vor der Menge loderten Flammen auf, so dass sie zurückwich. Rauchschwaden und der Geruch von Schwefel und Hölle hüllten alle ein.

Wieder dröhnte ein lautes „Oh!" aus unzähligen Kehlen durch das Bergesinnere, das von Arabella um ein Mehrfaches übertönt wurde: „Ich kriege dich, Lory Lenz! Wenn nicht heute, so ein anderes Mal!" Ein schauriges Lachen ließ die Menge verstummen, und nur wenige bekamen keine Gänsehaut.

Dann folgte Arabella ihren Ministern. Mit Raketengeschwindigkeit schwebten die drei aus dem Berg.

Urbanus Harms sah Arabella hinterher: „Und ich werde dir helfen, Lory zu bekommen!", murmelte er. „Thurano gebe ich noch lange nicht auf!" Dann hinkte er, auf seinen Stock gestützt, zum Ausgang. Eine Weile tönten das „Tak, Tak" seiner Schritte und das Aufschlagen seines Stockes durch den Berg. Langsam verhallten die Geräusche.

„Sie ist weg!", jubelte die Menge. „Wir haben Arabella gemeinsam vertrieben!", „Lory ist frei!", „Nur gemeinsam sind wir stark!"

Lory blickte in das Gesicht von Violette, von Reginald Regenbogen, Kathrein und den anderen. „Der grüne Skarabäus", murmelte sie. „Ich konnte ihn nicht finden!"

Kathrein Regenbogen drängte sich näher an Lory heran: „Das kannst du auch nicht, mein Kind!"

„Wieso?", tönte es aus verschiedenen Richtungen.

„Weil der Skarabäus nicht in der Höhle ist."

„Wo ist er dann?", „Hat ihn Arabella?", „Gibt's ihn gar nicht?"

Die Alte lachte. „Ich habe ihn! Schon seit 1508!"

„Was?", klang es mehrstimmig. „Und keiner hat es gewusst?!"

„Ja", fuhr Kathrein fort. „Alle Magierländer dachten, das Amulett sei verschwunden, oder es hätte es niemals gegeben."

„Und das …", fuhr Violette fort, „… hat sich Arabella zunutze gemacht, um Lory, unter dem Vorwand, Sina Apfel zu befreien, in die Höhle der Teufelszinnen zu locken. Hier sollte Lory sterben."

„Das bin ich auch, zumindest beinah." Lory lächelte Freddy an. „Wenn du und das Wasser des Lebens mich nicht gerettet hättet!"

Violette wandte sich an Kathrein: „Warum hast du's nicht gesagt, dass du den Skarabäus hast?"

„Ich hab zu spät von Sinas Entführung gehört", rechtfertigte sich Kathrein Regenbogen, „und davon, dass sich Lory zu Arabellas Höhle aufmachen wollte."

Reginald sah seine Urururgroßtante an: „Jedenfalls haben wir allerhand Abenteuer erlebt!"

Violette blickte auf ihre abgewetzten Schuhe und auf den mit Schmutzflecken bedeckten Umhang, der an zahlreichen Stellen Risse aufwies. „Darauf hätte ich garantiert verzichten können!" Ihr strenger Blick traf auf Lory: „Wenn du auf mich gehört hättest, mein Kind, und in der Schule geblieben wärst!" Sie packte Freddy am Arm. „Glaubt mir, Kinder, das wird ein Nachspiel für euch haben! Nicht dass mir Archibald Rumpel meine Schule schließt!"

„Ich werde es mir überlegen", krächzte der Minister. „Die Geschichte mit den Teufelszinnen muss genauestens untersucht werden."

Durch die Menge schoben sich mehrere Murmeltiere, in deren Mitte sich die falsche Kathrein Regenbogen befand. „Seht!", rief Ringobert Murmel. „Sie haben wir am Eingang der Höhle gesehen! Sieht sie nicht genauso aus wie Kathrein?"

„Stimmt!"

„Was soll das?"

„Wieso ist sie doppelt?"

„Sind das Zwillinge?"

„Welche ist die Richtige?", klangen die Stimmen von Menschen und Murmeltieren durcheinander.

Kathrein Regenbogen trat auf ihre Doppelgängerin zu. „Die Richtige bin ich!", rief sie, hob die Arme und murmelte einen Spruch. Eine Windböe wehte über die zweite Kathrein Regenbogen hinweg, dass ihr Umhang und die Haare flatterten. Gleich darauf ging ein Raunen durch die Menge, als an Stelle von Kathreins Doppelgängerin ein Mädchen mit langen schwarzen Haaren und einem Schneewittchengesicht dastand.

„Ellen-Sue Rumpel!", rief Violette. „Erkläre mir das!"

„Oh nein!", kreischte Rumpel und schien einer Ohnmacht nahe. „Nicht schon wieder!" Ihm fehlten die Worte.

„Ich ... wollte ...", stammelte Ellen-Sue, „... sehen, ob ich mich in eine andere Person verwandeln kann. Und dabei ist Kathrein Regenbogen herausgekommen."

Violette Moosgrün schüttelte den Kopf. „Verwandlungen in andere Personen ist Lehrstoff in der zwölften Klasse. Und du bist doch sonst nicht so lernbegierig!" Ihr Blick wurde streng. „Außerdem ist das keine Erklärung dafür, dass du jetzt hier bist!"

„Wir haben sie unterwegs getroffen!", meldete sich Freddy. „Sie ist mit uns mitgegangen."

„Warum?", fragte Violette, und wieder traf ihr strenger Blick Ellen-Sue.

„Ich habe ... Ich wollte sehen, was die beiden treiben." Sie sah auf die Spitzen ihrer Schuhe. „Außerdem dachte ich ..., dass ... ich Freddy und Lory helfen kann, wenn Arabella sie vernichten will." Sie sah Archibald Rumpel an. „Auch wollte ich meinem Opa berichten, was Lory und Freddy tun." Selbstbewusst fügte sie hinzu: „Schließlich ist er für die Sicherheit des Magierlandes verantwortlich."

Violette Moosgrün hatte den Eindruck, dass Ellen-Sue Rumpel log. Aber das würde sie dem Mädchen schwer beweisen können. Sie klatschte in die Hände: „Gehen wir, Freunde! Sonst wird es dunkel, und dann ist es gefährlich im Gebirge." Sie sah auf die Geister der Nacht.

„Wir warten hier!", erklärten die Gespenster einstimmig. „Tageslicht macht uns kaputt!" Enttäuscht blickten sie auf

Lory. Schade, dass sie das Mädchen nicht haben konnten. Elija Irrlicht würde sie für Versager halten.

„Vielleicht klappt es ein nächstes Mal?", flüsterte Gordon. Seine Blicke streiften Hubert, Bill und den einäugigen Jack.

„Ganz bestimmt!", murmelten die drei. „Dann sind wir frei, für immer frei!"

Umringt von Violette, Sina, Ellen-Sue, Reginald und Kathrein Regenbogen, Graf Gabriel und einer Murmeltierschar, angeführt von Ringobert Murmel III., verließen Freddy und Lory die Höhle. Ihre Schritte hallten mit tausendfachem Echo durch den Berg, und weit hinaus bis zu den von Wolken verhangenen Spitzen der Teufelszinnen.

94

Langsam legte sich die Dämmerung über das Moor. Mit dem Verblassen des letzten roten Streifens der sinkenden Sonne erwachte das Nachtleben in Elija Irrlichts Reich.

Der Wind ließ die Zweige der Bäume, die Riedhalme und Binsen rascheln und wispern. Vom Moorsee und aus den schwarzen Löchern ertönte ein Glucksen und Gluckern, ein Pfeifen und Rasseln, als wären tausend Kobolde, Feen und Gespenster unterwegs.

Mit einem Lichtblitz schoss Elija Irrlicht aus seiner Höhle. Funken sprühten nach allen Seiten. „Verdammt!", zischte er. Seine Stimme klang hoch und aufgebracht, wie ein Geist, der in Rage ist. „Auf keinen ist mehr Verlass!" Bis jetzt hatten die Geister der Nacht ihm Lory Lenz noch nicht gebracht. Er stampfte mit dem Fuß auf, und wieder schossen aus seinem Körper Lichtblitze, wie Glühwürmchen funkeln in der Dunkelheit. Denen würde er etwas erzählen! Er würde sie lynchen, unter Strom setzen, würde sie...!

„Hui! Wui! Bui! Uih!", tönte ein leises Zischen in der Luft, und vier dunkle Gestalten schwebten im Eiltempo heran.

„Grüß dich, Elija!", rief Gordon.

„Heut schon so zeitig erwacht!", ließ sich Hubert vernehmen.

„Wir hoffen, es geht dir gut!", riefen Bill und der einäugige Jack.

Mit einem leisen „Peng, Pong, Ping, Dong" landeten sie vor Elija.

„Wieso soll's mir gut gehen?!", brummte das Irrlicht, dass seine sonst hohe Stimme wie die eines Säufers klang. „Ich dachte, ihr würdet Lory mitbringen."

Gordon kratzte sich am Kopf. „Das ging nicht, Elija."

„Wirklich nicht!", bestätigte Hubert kleinlaut.

„Vielleicht ein andermal!", warf Bill ein, und der einäugige Jack meinte:

„Wir können froh sein, dass wir mit heiler Haut davongekommen sind!"

„Ach ihr!" Wieder schossen aus Elija Irrlichts Körper tausende Lichtblitze durch die Dunkelheit, dass die Geister der Nacht erschrocken zur Seite sprangen. „Ihr seid zu nichts zu gebrauchen! Lauter taube Nüsse! Nicht den primitivsten Auftrag könnt ihr erfüllen! Dabei habe ich nur an euch und eure Erlösung gedacht."

„Glaub uns!", Gordon hob seine porzellanweiße Hand. „Wir haben alles getan, um Lory zu bekommen. Aber Arabella..."

„Sie war stärker als wir!", riefen Hubert, Bill und Jack im Chor. „Sehr viel stärker sogar!"

Gordon berichtete, was sie in der Höhle der Teufelszinnen erlebt hatten.

„Alles kein Grund!", knurrte Elija. „Ihr hättet es besser anstellen sollen. Sie packen, ehe sie in Arabellas Höhle war!

Hättet sie fesseln, knebeln, verzaubern..."

„Ach was!", unterbrach ihn Gordon. „Du kannst gar nicht mitreden. Du warst nicht dabei." Und Hubert ergänzte: „Und außerdem ist noch längst nicht alles verloren!"

Elija wurde hellhörig: „Wieso? Was meint ihr? Was habt ihr vor?"

„Nun...", aus Jacks Stimme klang Zufriedenheit. „Wenn wir sie diesmal nicht erwischt haben, klappt es vielleicht beim nächsten Mal." Er winkte seinen Genossen: „Kommt, Jungs! Auf zum Tanz!"

Die Geister erhoben sich in die Luft. „Leb wohl, Elija Irrlicht!", riefen sie im Chor und schwebten mit leisem Zischen davon, dass die Luft vibrierte. Minuten später tönte von fern ihr leiser Gesang durch das Moor: *„Geisterreigen in der Nacht..."*

Mit finsterem Gesicht starrte Elija Irrlicht ihnen hinterher. „Ein nächstes Mal", brummte er, und wieder sprühten tausende Lichtfunken aus seinem Inneren, „das ist zu spät!" Ich wollte sie jetzt! Heute! Hier und sofort!

Drohend hob er seine Faust. Bei der großen Kraft des Universums! Ich werde sie kriegen, das schwöre ich! Und ihr, Geister der Nacht, werdet weitertanzen bis in alle Ewigkeit! Mit einem Geräusch, das wie das Zischen einer Rakete beim Start klang, schoss er davon, bis sein bläuliches Licht zwischen Riedhalmen und Gestrüpp verschwand.

95

Kein einziges Licht brannte in den Fenstern der zwei- und dreistöckigen Gebäude von Überall, und sogar der runde Mond und die Sterne hatten sich hinter dicken Wolken versteckt. Leise raschelte der Wind in den Bäumen und

Büschen, und vom Kirchturm von St. Nikolai hallten zwölf dumpfe Schläge über die Stadt.

Mit dem letzten Glockenschlag bog langsam, wie von Geisterhand bewegt, der silbermetallne PKW, von dem keiner sagen konnte, was für ein Fahrzeugtyp er war, lautlos in die Borngasse ein. Wie schwarze Schatten standen die Wacholderbüsche, Flieder-, Rhododendron- und Rosensträucher in den Vorgärten der Ein- und Zweifamilienhäuser. Die Straßenlampen warfen wie eh und je ihre gelben Lichtkegel auf Straße und Bürgersteig. Ihre Strahlen spiegelten sich in den Karossen der am Straßenrand parkenden Autos, und im Lack des Zauberautos, das sich auf das letzte und kleinste Haus, ganz am Ende der Straße, zubewegte. Das Häuschen lag völlig im Dunkeln. Nur am Tor hob sich im fahlen Licht der Straßenlampe eine menschliche Gestalt ab.

Lory starrte auf die Person, bis ihr die Augen tränten. Wer war das?

Die Gestalt bewegte sich. Es war eine Frau. Für einen Augenblick schlug Lorys Herz schneller. Sie glaubte Arabella Finsternis zu sehen. Erst, als die Person das Gartentor öffnete und hinaus auf die Straße trat, erkannte Lory, dass die Frau viel kleiner als Arabella, und ihre Mutter war.

Der Wagen hielt. Die Fahrerin reichte Lory die Hand. „Bis zu den nächsten Sommerferien, Lory Lenz!" Sie hob mahnend den Zeigefinger: „Und immer schön bildliche Vorstellungen üben! Das ist das A und O der Zauberkunst!"

„Versprochen, Frau Moosgrün!" Lory schickte sich an, die Wagentür zu öffnen.

Violette hielt sie zurück: „Warte, Kind!" Sie sah Lory durchdringend an: „Sei wachsam! Sieh dich vor Arabella vor! Du hast ihr Paroli geboten. Das verzeiht sie dir nie."

„Glauben Sie, dass die Herrin der Finsternis bis nach Überall kommt?"

Als Violette Moosgrün schwieg, kam Lory die Gewitternacht in den Sinn, als sie Arabella Finsternis zum ersten Mal ins Gesicht geschaut hatte, und sie erinnerte sich an die Dame im moosgrünen Kostüm, die Lucas entführt hatte. Sie reichte Violette die Hand. „Ich werde aufpassen, ganz bestimmt!"

„Das will ich hoffen!" Mit einem magischen Blick öffnete Violette die Beifahrertür. Lory sprang heraus und fiel ihrer Mutter in die Arme. „Mutti! Endlich bin ich wieder zu Hause!"

Violette Moosgrün schnippte mit dem Finger. Mit leisem Knacken öffnete sich die Kofferraumklappe, Lorys Reisetasche flog heraus, schwebte langsam zur Erde und landete mit einem leisen Plumps direkt vor dem Gartentor. Lautlos schloss sich der Kofferraum.

Lory winkte Violette noch einmal zu. „Und grüßen Sie Sina Apfel, Freddy Pink und Reginald!"

„Mach ich!", erwiderte Violette und lachte.

Lorys Augen strahlten wie ein sommerheller Sonnentag. „Wie Sina aus Arabellas Kerker geflohen ist, einfach phantastisch!" Ihr Gesicht wurde ernst. „Was passiert jetzt mit Ellen-Sue?"

In Violettes Gesicht erschien ein Ausdruck von Sorge. „Mit der werde ich ein ernstes Wort reden müssen." Sie seufzte. „Hoffentlich sieht sie ihre Fehler ein."

„Ob Ellen-Sue Rumpel wirklich nur eine Verwandlungsübung gemacht hat?"

„Das glaube ich nicht!", entgegnete Violette. „Allerdings können wir das Gegenteil nicht beweisen. Und sie hat ihren Großvater, Minister Rumpel, auf ihrer Seite. Ohne Grund hat er nicht so plötzlich darauf verzichtet, euer Verschwinden aus meiner Schule zu untersuchen."

„Ob er der Verräter ist?"

„Das weiß niemand. Wir Menschen des Lichtreichs werden weiter vorsichtig sein müssen." Violette sah Lory durchdringend an, dass diese glaubte, sie habe etwas verbrochen. „Und dass ich Ellen-Sue im Auge behalte, darauf kannst du Filomena Knitters Zauberbrei löffeln!" Sie hob warnend den Zeigefinger: „Lass dir das Abenteuer in den Teufelszinnen eine Lehre sein! Allein kann keiner Arabella besiegen. Nur wenn wir gemeinsam vorgehen, hat die Hexe keine Chance."

Lory trat zum Gartentor, blieb dann stehen und drehte sich noch einmal nach Violette um.

„Ist noch etwas, Kind?"

„Sagen Sie, Frau Moosgrün…", begann Lory zögernd. „Wie kommt es, dass Stella Tausendlicht, die Herrin des Lichtreichs, plötzlich so viele Jahre jünger ausschaut?"

Violette lachte. Die Prophezeiung der Astrologen kam ihr in den Sinn. „Das ist so vorgesehen, Lory! In ein paar Jahren wirst du wissen, warum. Doch bis dahin darf keiner im Magierland darüber sprechen."

Lory zog die Nase kraus. „Über was nicht sprechen?"

„Über das, was uns die Astrologen geweissagt haben." Violette winkte Lory noch einmal zu. „Bis zum nächsten Mal, Lory Lenz!" Die Beifahrertür schlug zu. Violette Moosgrün wendete den Wagen und brauste lautlos davon.

Lory und ihre Mutter sahen ihr hinterher, bis sie auf der Hauptstraße um die Ecke bog.

Z

Helene Krause

Die Autorin wurde 1954 in Döbeln geboren. Sie absolvierte eine Lehre als Facharbeiterin für Schreibtechnik, legte im Abendstudium an der Volkshochschule das Abitur ab und nahm 1975 ein Fernstudium an der Ingenieurschule für Bauwesen Leipzig auf. Nach erfolgreichem Abschluss des Studiums als Dipl.-Wirtschaftsingenieur (FH) Bau arbeitete sie in der Bauplanungsabteilung einer Döbelner Baufirma. Seit 1993 war sie als Wertermittlerin für Grundstücke bei einer Bank beschäftigt und ist jetzt arbeitslos.

Helene Krause schreibt seit 1991 aus Freude am Schreiben. Neben sechzig Kurzkrimis, darunter eine Serie von zwanzig mit einem kleinen Jungen als Detektiv, schrieb sie eine Fantasykurzgeschichte sowie drei Kriminalromane, die bisher alle unveröffentlicht sind. In der Reihe der Fantasyromane der Lory-Lenz-Serie erschienen bisher „Lory Lenz und das Schloss des Grauens" und die Fortsetzung „Lory Lenz und die Todesfalle".

Sie ist verheiratet und lebt mit ihrem Mann in Döbeln.

Das erste Buch aus der Lory-Lenz-Serie „Lory Lenz und das Schloss des Grauens" erhalten Sie in jeder Buchhandlung oder direkt beim amicus-Verlag.
Fax: 03675 7581008
E-Mail: amicus-verlag@t-online.de
www.amicus-mdlv.de

ISBN 10: 3-935660-73-1
ISBN 13: 978-3-935660-73-0

327 Seiten, kart.
Preis: 15,90 €

Bis zu dem Tag, an dem die böse Hexe Arabella Finsternis Lorys Bruder Lucas entführt , weiß Lory Lenz nicht, dass sie magisch veranlagt ist und im Magierland eine Mission zu erfüllen hat. Als Lory Lucas sucht, landet sie in Arabellas Kerker. Mithilfe des Zauberschülers Reginald Regenbogen gelingt ihr die Flucht. In einen Zaubermantel gekleidet, der unsichtbar macht, begibt sich Lory zum Schloss des Grauens, in dem Arabella Lucas gefangen hält. Unterwegs begegnet sie Professor Laurentin Knacks, der Hexe Filomena Knitter, dem Alten vom Berg, Elija Irrlicht und der Moosfee Stefanie Feewald. Aus Violette Moosgrüns Zauberschule verschwinden Reginald Regenbogen und die Erstklässlerin Ellen-Sue Rumpel, die Lory hasst. Welche Rolle spielt die Regenbogenkatze, der Lory auf ihrem Weg immer wieder begegnet und die sie zu verfolgen scheint? Wird es dem Alten vom Berg gelingen, Lory gegen Arabellas Drachen zu tauschen? Ist Professor Laurentin Knacks wirklich der Verräter oder ist es ein anderer? Wer ist das Mädchen ohne Gesicht? Kann Arabella die Herrschaft über das Magierland erlangen? Schließt Minister Archibald Rumpel aufgrund der Vorkommnisse Violettes Zauberschule? Wird es Lory gelingen, ihren Bruder Lucas zu befreien und wird sie die Aufnahmeprüfung für die Zauberschule bestehen?